I0557200

مسافر

خدا

مهشید آژیر

شناسنامه کتاب

نام کتاب مسافر خدا
نویسنده مهشید آژیر
جلد و صفحه بندی علی توکلی
تاریخ انتشار جولای ۲۰۱۹
محل انتشار کالیفرنیا آمریکا
شماره ISBN ۹۷۸۰۵۷۸۵۴۵۵۰۹
این کتاب بوسیله شرکت نشر کتاب از انتشارات ماهنامه خدنگ برای چاپ آماده گردیده و در سایت آمازون و نشر کتاب و ماهنامه خدنگ برای فروش میباشد
برای تهیه این کتاب به منابع زیر مراجعه نمایید
شرکت نشر کتاب ۲۲۰۳-۲۶۴-۹۴۹
ماهنامه خدنگ ۷۹۹۴-۲۴۳-۹۴۹
شرکت ناشر Ingram Lightning Source
و یا در روی تارنمای آمازون به آدرس زیر کتابهای مهشید آژیر مراجعه نمائید

http://www.amazon.com/

کتاب های منتشر شده از این نویسنده

نیلاب	۲۰۰۳
آسمان و زمین	۲۰۱۰
بی وفا جان	۲۰۱۶
مسافر خدا	۲۰۱۹

سرآغاز

با سلام به دوستان خوب و همیشگی م ، دوست دارم کمی در مورد اینکه چرا کتاب مسافر خدا را نوشتم شرح مختصری بدهم ! پس از انتشار ماهنامه خدنگ در کالیفرنیا در سال ۲۰۱۷ که دلم خواست تا پیرو راه پدرم گردم و روزنامه خدنگ آژیر را که در سال ۱۳۱۵ در کرمانشاه بوسیله پدرم امتیاز گرفت و سالها منتشر می شد را دوباره زنده گردانم که به خواست خداوند تا به امروز ماهنامه موفقی در کالیفرنیا بوده است را منتشر کردم . داستان مسافر خدا را به صورت پاورقی در آن گذاشتم که بسیار مورد توجه خوانندگان عزیز قرار گرفت و مرا مورد تشویق قرار دادند و از من خواستند تا این داستان را هم به صورت کتابی منتشر کنم اما چه چیز انگیزه من شد تا این داستان را بنویسم و آنرا مسافر خدا بنامم ؟ هر چند که جنگ های بین المللی دیگر چند سالی است که اتفاق نمی افتد اما سالهاست تروریست های دنیا که بوسیله کشورهای بزرگ تغذیه میشوند در دنیا بنام دین وحشت می آفرینند و قربانی میگیرند .حال یا بنام مسلمانان افراطی بمب گذاری میکنند و یا سفید پوستان راست گرای افراطی که با حمله مسلحانه به مساجد مسلمانان ، کنیسه های یهودیان و یا کلیسای مسیحیان در دنیا فاجعه می آفرینند . خوب بیاد دارم زمانی که دختر بچه کوچکی بودم و تازه خواندن را می آموختم ، داستان هواپیما ربایی لیلا خالد زن فلسطینی را خواندم که در من بسیار اثر گذاشت ، زن پرستاری که به کمک چند نفر هواپیمایی را ربود تا به دنیا نشان دهد که به مردم مملکتش ظلم میشود ، شاید آنزمان او یک قهرمان بود چون برعلیه ظلم به پا خاست ! اما اکنون دولت هایی که قصد فروش اسلحه دارند با زیر بال و پر گرفتن عده ای سود جو و جاه طلب دنیا را به کشتارگاهی تبدیل کرده اند و عده ای جوان بیچاره که در فقر و بی سوادی بسر میبرند و یا والدین آنها در جنگ ها کشته شده اند را فریب میدهند تا خود را قربانی خواسته های آنان کرده و بهشت را بخرند . من زمانی که کتاب نیلاب را می نوشتم به این موضوع پی بردم و درآن چگونگی به وجود آمدن القاعده را بوسیله سازمان سیای آمریکا و عده ای از افراطیون عربستان سعودی به رشته تحریر کشیدم . بعد از سقوط عراق و پس از اشغال آن گروه داعش به سرکرده گی ابوبکر بغدادی که سالها بنام یکی از افراد القاعده در زندان بود به وجود آمد و عرصه را بر مردم عراق تنگ کرد و سپس به سوریه هم رسید. یکی از انگیزه های من در نوشتن این کتاب داستان دختری بنام نادیه مراد از قبیله یزیدی های عراق بود که پس از سه سال اسارت و غنیمت بودن در دست داعش گریخته و در سازمان ملل سخنرانی کرد و آنها که نشسته و گوش میکردند برایش اشک تمساح ریختند ، چه فایده از گریه کردن وقتی که داعش همچنان تقویت میشود و عرصه را بر مردم دنیا تنگ میکند . در سفری که اخیراً به هند داشتم با دختری آشنا شدم که میگفت یک تروریست که از

پاکستان آمده و باید بمبی را در یکی از اعیاد هندو ها منفجر میکرده چند ماهی در خانه آنها اجاره نشین بوده و عشقی بین آنها به وجود آمده و همین عشق باعث شده که او از عقیده اش بازگردد و پشت به ماموریتش کند ولی بعد خودش را سر به نیست کرده بود چون می ترسیده که گروهش او را بیابند . دنیا پر شده از قصه های تروریست هایی که گول این مرتجعین را میخورند و به امید رفتن به بهشت خود و عده ای را قربانی میکنند . بنا بر این تصمیم گرفتم در این مورد بیشتر بدانم و با خواندن صدها داستان واقعی و دیدن فیلم های مستند که یکی از آنها داستان عشق یک دختر مسلمان در یکی از کشورهای اروپایی به یک داعشی بود که با او فرار کرده و به کشور او میرود و بعد پشیمان شده و با هزار زحمت از جنگ داعش گریخته و به کشورش باز میگردد ولی در فرودگاه او را بنام یک داعشی بازداشت میکنند بود که من بسیار متاسف شدم . هزاران داستان واقعی شبیه این مرا به نوشتن داستان مسافر خدا وا داشت که اگر همه کتاب واقعی نباشد ولی حکایت از واقعیت ها میکند ، این کتاب هم، مانند دیگر کتابهای منتشر شده من است که داستان های واقعی را با قهرمانان دیگری خلق کرده و به دنیا معرفی میکنم . امیدوارم روزی برسد که این همه جنگ و خون ریزی در دنیا تمام شود و دیگر جوانان محروم را به بهانه خریدن کاخی در بهشت گول نزنند و مجبور به کشتار دسته جمعی ننمایند و دولت های بزرگ هم به عوض ساختن اسلحه و فروش آن به کشورهای دیگر در رابطه آشنا سازی مردم جهان به حقوق بشر و آزادی های انفرادی و اجتماعی سرمایه گذاری کنند و دنیا را از فقر و بی سوادی نجات دهند که دیگر طفلان معصومی چون جونیرطعمه این آدم کش ها نگردند و در این دنیا به آرزوها یشان برسند و نوید بهشت و زندگی خوش در آنجا اینها را به چنین کارهایی وادار نکند و برای فریب آنها نام مسافر خدا بر آنها نگذارند . آنها بفهمند که خداوند قربانی نمیخواهد و همه مردم مسافر خدا هستند و روزی به سوی او باز میگردند نه فقط آنهائی که چنین راهی را انتخاب میکنند ، داستان مسافر خدا سفریست به اعماق داعش . امیدوارم اگر عمری بود کتاب آینده ام دیگر در مورد جنگ ، انتقام ، خرابکاران نباشد و داستان دل انگیزی را بنویسم که بیشتر بر دلها نشیند. به امید آن روز

مهشید آژیر

فصل اول

چرا نمیتونم چشمامو باز کنم .. سعی میکنم اما نمیشه .. یه صداهائی دور و برم میشنوم ..گاهی صدای مامانم رو میشنوم .. گاهی صدای بابا رو ..اما خدایا چرا نمیتوونم حرف بزنم ؟چرا لبام تکون نمیخوره شاید من مُردم!! .. اگر نمُردم پس چرا اینقدر خوابم میبره ؟ چرا بیدار نمی شم؟.. خواب میبینم که توی یه بیابون بزرگ هستم یه هواپیمای غول پیکر روی آسمان پیدا میشه و چیزی رو میندازه پائین .. ناگهان زمین میلرزه .. شاید توی جنگ زخمی شدم .. اما من که جنگ نرفتم ،من که توی جنگ نبودم پس کجا زخمی شدم ؟سعی میکنم بیدار شوم اما چشام باز نمیشه ..لبام تکون نمیخوره ..میخوام حرف بزنم اما نمیشه من چم شده؟شایدم مُردم.. شایدم توی یه دنیای دیگم ؟ فقط چند لحظه به این دنیا باز میگردم و دوباره میرم ...ناگهان یه غار میبینم ، عده ای پسر نوجوان که قیافه های سیاه چرده دارند و عمامه های کوچک دور سرشون پیچیده اند ،روی زمین نشسته و همه با هم یک چیز رو میخونن و خودشون رو تکون میدن .. هر چی هست عربی میخونن چون من هیچی نمی فهمم اما قاطی آنها نشسته ام و میخونم یه هو یه چیزی می افته توی غار همه فریاد میزنن .. میدویم بیرون .. دوباره بیدار میشوم این چه خوابی بود که دیدم .. اینها کی بودند ؟ من کجا بودم ؟ هیچ صدائی دور و برم نیست سعی میکنم حرف بزنم ..اما نمیتونم خدایا چه برسر من آمده ؟ نه خوابم ..نه بیدارم و نه میتوونم ببینم ..نه میتوونم حرف بزنم ..پس چرا صداها رو میشنوم صدای حرف میشنوم ..خوب میفهمم یکی به انگلیسی حرف میزنه اما با لهجه دیگری ، شاید توی انگلستان هستم .. یه چیزائی داره یادم میاد آره من توی انگلستانم اما اینجا چکار میکنم؟ چرا اینقدر میخوابم؟ نه میتوونم بیدار بشم؟ نه میتوونم چشمامو بازکنم شاید توی کما هستم ، یعنی کما این جوریه ؟ دوباره خوابم میبره یه زن عرب که عبا پوشیده و یه توری سیاه روی صورتش انداخته دورچشماش وابروهاش رو سیاه کرده وتوی چونه اش یه چاه قشنگ داره که یه خالکوبی آبی رنگ روشه با من حرف میزنه اما من هیچی نمیفهمم .. صدای ترکیدن یه بمب میاد همه میدون بیرون هر کسی به طرفی میدوه ، روی صحنه آریانا داره میخونه چه خبر شد ؟ گندم کجاست ؟داد میزنم گندم .. گندم .. ناگهان خوردم زمین و یه چیزی رفت تو چشمام.. و بیهوش شدم ..من کجا بودم دوباره بر میگردم ، بیدار شدم احساس کردم لبام داره تکون میخوره سعی میکنم همه قدرتم رو جمع کنم و داد بزنم شاید

کسی بشنوه و بدونه که زنده ام ،فریاد میزنم و یا ناله میکنم یه صدائی از توی لبام در میاد مامان .. مامان ناگهان صدای مامان رو میشنوم فریاد میزنه .. دکترداره به هوش میاد دکتر.. داره به هوش میاد! "دیگه چیزی نمیشنوم ..شاید باز خوابم برد ..خدایا من زنده ام یا مرده ام ؟چرا بیدار نُمیشم ؟ولی این اولین بار بود که مامان صدای منو شنید پس هنوز نمردم حتما توی کما هستم باید سعی کنم چشمامو باز کنم اما بازم خوابم میبره ..آریانا خواننده کجا بود! چرا توی خواب من آمده ؟ یه چیزایی داره یادم میاد ..آره با گندم رفتیم کنسرت اون توی منچستر اما من توی انگلستان چه کار میکردم .. من همه ی آهنگ های اونو دارم عاشق صداش هستم .. اما اون زن عرب کیه ..بازم اونو می بینم؟ اون زن یه ظرف غذا گذاشت جلوم شاید حلوا بود ،دلم میخواد بخورم اما نمیتونم گلوم گرفته ؛ نمیتونم دستامو حرکت بدم !! آخه مگه میشه آدم بی غذا که زنده نمی مونه ! پس من چطور زنده ام! شایدم من روحم؟ اما مامان صدامو شنید دکتر خبر کرد! صدای بابام رو هم می شنوم خودشه ..کنارم نشسته دستامو گرفته توی دستش و گریه میکنه ، از خیس شدن دستم می فهمم؟پس من زنده ام .. من زنده ام .. اما کجا هستم توی ایران ؟ آمریکا ؟ انگلستان ؟ یا یه کشور عربی ؟ نکنه من مُردم و بین جهنم و بهشت دست و پا میزنم و این خود برزخ است که میگفتند ..گاهی احساس میکنم که زنده هستم صداها را میشنوم گرمای دست مامان رو حس میکنم اما فقط برای چند لحظه ..ناگهان کوهی از آتش از آسمان میباره ..دوباره خوابم می بره ..این بار خودم رو کنار یه جای مقدس می بینم یه جائی مثل یک حرم ..مردم همه لباسهای سفید به تن دارن ..زن و مرد، دیگه مطمئن میشم که مُردم.. اینا مرده های کفن پوش هستند که دارن دور و بر راه میرن ... توی خیابان کنار همون زن عرب نشستم یه دختر بچه هم کنارمه روی زمین نشستیم روی یه روزنامه کهنه یه مقدار پلو زرد رنگی ریخته ما سه تا با اشتهای زیاد داریم با دست غذا میخوریم .. ناگهان دو سه تا مرد که لباس سربازی تنشونه بسوی ما میدون اون زن فریاد میزنه ..شورته شورته ..من نمی فهمم چی میگه سربازها بما میرسن یکیشون با لگد میزنه بمن ویکی دیگه با پا میره روی غذای ما و اونو پرت میکنه توی هوا ، زن عرب دست من و اون دختر رو میگیره و فرار میکنیم ، ناگهان بیدار میشوم این چه خوابی بود که دیدم .. اینها کی بودند ؟ من کجا بودم ؟ هیچ صدائی دور و برم نیست سعی میکنم حرف بزنم ..اما نمیتونم خدایا

چه برسر من آمده ؟ نه خوابم نه بیدارم ..نه میتوانم ببینم ..نه میتوانم حرف بزنم؟ دوباره صدای ترکیدن یه بمب میاد همه میدون بیرون هر کسی به طرفی میره روی صحنه آریانا داره میخونه چه خبر شد ؟ گندم کجاست داد میزنم گندم .. گندم .. ناگهان خوردم زمین و یه چیزی رفت تو چشمام و بیهوش شدم ..من کجا بودم دوباره بر میگردم بیدار شدم احساس میکنم لبام داره تکون میخوره سعی میکنم همه قدرتم رو جمع کنم و داد بزنم شاید کسی بشنوه و بدونه که زنده ام فریاد میزنم و یا ناله میکنم یه صدائی از توی لبام در میاد « مامان .. مامان .. ناگهان صدای مامان رودوباره میشنوم فریاد میزنه « دکتر... داره به هوش میاد دکتر.. بخدا داره به هوش میاد.. دیگه جیزی نمیشنوم ..شاید بازم خوابم برد ..خدایا من زنده ام یا مرده ام ؟ چرا بیدار نمی شم ولی این بارهم مامان صدای منو شنید ..پس هنوز نمردم حتما توی کما هستم باید سعی کنم چشمامو بازکنم اما بازم خوابم میبره ..آریانا خواننده کجا بود چرا توی خواب من آمده ؟ یه چیزای یادم میاد ..آره با گندم رفتیم کنسرت او توی منچستر اما من توی انگلستان چکار میکردم .. اون زن عرب کیه ..بازم اونو میبینم، اون زن یه ظرف غذا گذاشت جلوم اما نمیتونم بخورم ..شایدم مُردم و این روح منه!!..اما مامان صدامو شنید دکتر خبر کرد، صدای بابام رو هم شنیدم ..خودشه ..کنارم نشسته دستامو گرفته توی دستش و گریه میکنه از خیس شدن دستم میفهمم! پس من زندم ..زندم .. ؟گاهی احساس میکنم که زنده هستم صداها را میشنوم گرمای دست مامان رو حس میکنم اما فقط برای چند لحظه وناگهان کوهی از آتش را میبینم ..دوباره خوابم میبره .. دیگه چیزی نمیبینم ..خدایا اینجا کجاست ؟ تا کی باید توی این برزخ دست و پا بزنم ..اگه مُردم من رو ببر پیش خودت ..اگه زنده ام بذار به هوش بیام این کابوسها کی تموم میشه .. دوباره خوابم میبره .. توی کنسرت آریانا هستیم گندم هم کنارمه ناگهان همه فریاد میزنند منم می آفتم زمین و گندم رو گم میکنم! گندم چی شد؟ یکدفعه بیدار میشم ..احساس میکنم دستم توی دست مامانه ..سعی میکنم همه قدرتم رو جمع کنم و فریاد زدم .. گندم گندم کجائی ؟ ناگهان فریاد مامان رو میشنوم که میگه دکتر ..دکتر به هوش آمد ..به هوش آمد . میخوام چشمامو بازکنم اما درد شدیدی تو سرم پیچید .. وجود مامان رو کنارم حس میکنم ..قطره اشکی که روی صورتم افتاد نشون میده که هنوز زنده ام .. آره من زنده ام ..هنوز نمردم فقط نمیتونم چشمامو بازکنم .. صدای مامان

رو میشنوم که میگه دکتربخدا به هوش آمد ..به هوش آمد گندم رو صدا زد.. آره یه چیزائی داره یادم میاد.. من و گندم منچستر بودیم رفتیم کنسرت آریانا .. چقدر خوش بودیم که ناگهان صدای یه انفجار آمد .همه میدویدن من گندم رو گم کردم روی زمین افتادم و دیگه هیچی یادم نیست . و دوباره میخوابم نمیدونم میخوابم و یا کابوس میبینم .. همون زن عرب کنارم نشسته انگار بمن میگه نرو ..ولی من صداشو نمیشنوم مثل اینکه از توی یه تونل حرف میزنه صداش گنگه .. خدایا منو بیدار کن .. منو ازین برزخ نجات بده من کی ام ؟چه ارتباطی با اون زن عرب دارم ؟من حتی یه دوست عرب هم ندارم .. همه چیز داره یادم میاد ..اسم من بهشاده توی آمریکا زندگی میکنم .. ولی اینجا چه میکنم گندم کیه؟ چرا همه اش بفکر او هستم گندم ..!!گندم دختر عمه منه ..با او رفته بودم کنسرت توی منچستر که ناگهان بمب منفجر شد.. آره اما من انگلستان چکار میکنم .. من که اینجا زندگی نمیکنم چطور آمدم اینجا؟ بازم بی هوش می شم شایدم مغزم بخواب میره توی یه خونه با دوسه نفر دیگه داریم روی یه چیزی کار میکنیم ..نمیدونم چیه شاید داریم روی کامپیوتر چیزی رو می بینیم .. یکی از اونا بمن چیزی میگه ..بازم نمی فهمم انگار میگه این بمبه .. مال منه من دارم روی کامپیوتر یه چیزهائی مینویسم ..اما نمیدونم چی مینویسم اما بنظرم میتونم بخونم روش بزرگ نوشته مسافر خدا.. یعنی من باید بمیرم و برم پیش خدا ؟ یعنی من مسافر راه مرگم ؟ یعنی قراره من بمیرم وبرم پیش خدا یعنی مسافر خدا من هستم.!!؟ روی صفحه کامپیوتر نوشته مسافر خدا .. پس من مسافر خدا هستم ؟ دو نفر دیگه هم توی اتاق هستند ! دوتا مرد جوان، آنها هم روی کامپیوتر خودشون کار میکنند ،انگار همه ما روی یه چیز مهمی داریم کار میکنیم روی صفحه کامپیوتر یه نقشه است نقشه یه سالن بزرگ در مورد اون داریم حرف میزنیم هم میفهمم هم نمیفهمم ،قراره توی این سالن بزرگ بمب بگذاریم انگار همون سالن کنسرت آریاناست یعنی من اونجا بمب گذاشتم؟ وحشت تمام تنم را میگیره و ناگهان تکان شدیدی میخورم نفس عمیقی کشیدم.. مثل اینکه از خواب پریدم ،بازم صدای مامان رو می شنوم که منو صدا میکنه بهشاد جان صدای منو میشنوی ؟ میخوام چشمامو باز کنم اما نمیتونم احساس میکنم روی چشمامو با چیزی بستن دستم رو تکون میدم و بطرف چشمام میبرم تا ببینم چی روی چشم هامه!! مامان با خوشحالی فریاد میزنه ! نه عزیزم نه به چشمات دست نزن .. پس زنده

ام و واقعا مامان کنارمه سعی میکنم حرف بزنم مامان دستمومیگیره بهشاد جان ..عزیزم خدا روشکر به هوش آمدی .. دست بچشمات نزن چشاتو عمل کردن .. اما خوب میشه عزیزم ..خوب میشه ،سعی میکنم حرف بزنم آرام لبام تکون میخوره یه صدائی مثل ناله از گلویم بیرون میاد.. مامان ما کجا هستیم ؟ مامان دستام رو میگیره با صدائی گریه آلود میگه منچستر هستیم توی بیمارستان یادت میاد چی شد؟ سعی میکنم فکرم رو جمع کنم آره من آمدم بودم انگلستان اما برای چی آمده بودم ؟ برای بمب گذاری؟نکنه واقعا من آنجابمب گذاشتم؟ دوباره میپرسم مامان من چرا اینجام؟ مامان با خوشحالی میگه عزیزم بخودت فشار نیار همین که به هوش آمدی و منو می شناسی خوبه بقیه چیزها هم یادت میاد !! دلم نمی خواد بخوابم میترسم بازم اون کابوسها به سراغم بیان با حالت تردید از مامان میپرسم ، مامان یه زن عرب هم بالای سر منه ؟توی صدای مامان یه وحشتی موج میزنه! زن عرب ؟نه کسی اینجا نیست پس اون زن عرب کیه که نگران منه ؟ اونی که توی کما کنارم بود؟ چند بارهم چشمامو بوسید؟ مامان ادامه میده ، فقط منو بابا و مادر بزرگ اینجا هستیم، آه حالا یادم افتاد من آمده بودم کمک مادر بزرگ تا ویزای آمریکا بگیره آره همه چیز داره یادم میاد ،پدرم بیست سال بودکه مادرشو ندیده بود ،از آمریکا برایش وقت مصاحبه گرفتیم منم آمده بودم او را همراه خودم ببرم آمریکا . دوباره به حرف آمدم می پرسم ..مامان مادر بزرگ ویزا گرفت ؟ مامان دستهایم رو بوسید و گفت نه عزیزم بهش ویزا ندادند اما بخاطر تو ما آمدیم انگلیس و همدیگه رو دیدیم . مگه چند وقته من اینجام؟ با وحشت می پرسم مامان من چم شده چند وقته که بی هوشم ؟ مامان دوباره دستهام رو گرفت و گفت عزیزم نترس چیزی نشده یه چند روزی بی هوش بودی . با نگرانی پرسیدم چرا چشام رو بستن کور شدم؟ مامان با عجله جواب داد نه خدا نکنه عزیزم صدمه دیده بود عملت کردن ،دو سه روز دیگه بازشون میکنن نمیدونم راست میگه یا نه! اما درسته داره یادم میاد .. همه چیز یادم میاد..من با مادر بزرگ رفتیم سفارت اما حتی ماروبداخل راه ندادند یادمه با نشون دادن پاسپورت آمریکائیم رفتم توی سفارت طبق قانونی که از طرف رئیس جمهور ترامپ صادر شده بود به چند کشور ویزا نمیدادند و ایران هم یکی از انها بود . مادر بزرگ سه ماه پیش آمده بود لندن و مدارکش رو به سفارت داده بود به او یک ورقه صورتی داده بودند یعنی باید بروود و منتظر صدور ویزایش

باشد میگفت به آنهائیکه ورقه سفید میدادند یعنی باید در موردشان تحقیق کنند و به کسانی که رد میشدند ورقه زرد میدادند ،اما متاسفانه باو هم ویزا ندادند من خیلی ناراحت شدم اما مادر بزرگ گفت اگه قسمت باشه که من پسرمو ببینم می بینم به این جمله که رسیدم ناگهان به صدای بلند گفتم : پس قسمت این بود که من زخمی و بی هوش بشم تا مادر جون پسرشو ببینه !! ناگهان صدای مادر بزرگ رو شنیدم که گفت :کاش نیامده بودم کاش پسرم رو نمیدیدم لعنت به آن دستی که این رو توی سرنوشت من نوشت کاش قلم پام می شکست و نمی آمدم؛ پس غیر از مامان کسان دیگه هم توی اتاق هستن یک دفعه صدای بابام رو شنیدم، پس اونم توی اتاقه ولی چرا چیزی نمیگه ، بابام گفت :مادر خدا نکنه ..حالا که چیزی نشده خدارو شکر که هم بهشاد به هوش آمد ، هم چشماش خوب شدن ...من تازه فهمیدم که اونا هم توی اتاق هستند شاید فکر میکردن که من خوابم که بامن حرف نمیزدن؟ شایدم یه چیز دیگه هست که بمن نمیگن، ناگهان بیاد گندم افتادم اون چطوره شب کنسرت با هم بودیم پرسیدم : گندم کجاست؟ چطوره اونم بی هوشه ؟مامان با خوشحالی جواب داد :خدارو شکر او خوبه فقط .. ناگهان بابا پرید توی حرفش و گفت فقط چند زخم کوچک داشت مرخص شد رفت خونه ..حرف بابام رو صدای مردی که نمی شناختم قطع کرد " به ..به .. مریض ما هوش آمده چطوری قهرمان ؟"

من که اونو نمیدیدم اما حتما دکتر منه دیگه مطمئن هستم که حالم خیلی بد بوده که انتظار به هوش آمدنم رو نداشتن پرسیدم ":شما بگید چطورم چند وقته بی هوشم؟ کی چشام رو باز میکنید؟"

دکتر دستم رو فشاری داد وگفت :" بیشتر ازین خودت رو خسته نکن بخواب "

با تمسخر گفتم : "کم نخوابیدم که هنوز هم باید بخوابم چرا راستشو بمن نمیگین آخه چی به سر من آمده "

دکتر دوباره گفت: "راستش همینه که توی انفجار زخمی شدی چشمات آسیب دیدن ! آنها رو عمل کردیم تا چند روز دیگه هم بازش میکنیم همین . "احساس خستگی میکردم .. شاید دکتر راست میگه نباید خودم رو زیاد خسته کنم اما از خوابیدن میترسم ازین میترسم که دوباره برم توی کما و اون کابوس ها بیان سراغم ، با تمام کوششم بازم خوابم

برد ، نفهمیدم دوباره کجا هستم بارون شدیدی می بارید. بارون های انگلستان با عجله دارم توی بارون میدوم میرسم دم یه خونه ای ناگهان دیدم یک دختر نازک اندام که موهای بلندش زیر باران خیس شده دم در اون خونه ایستاده تا من میرسم با گریه میگه: تا حالاکجا بودی دلم هزار راه رفت !نگاهش میکنم یعنی من این دختر رو میشناسم چشاش خیلی قشنگه لباسش شبیه هندی هاست .. یعنی بین ما رابطه ای هست؟ این دختر کیه چرا از دیدن اشکش دلم لرزید اما ناگهان یه صدائی می شنوم که میگه تو فرصت زندگی نداری تو مسافر خدا هستی تو جات توی بهشته !!به دختره نگاه میکنم اشکهاش با بارون قاطی شده یک معصومیت خاصی بصورت او داده :میگه بامن اینجوری نکن! بهش نگاه میکنم از دیدن اشگهایش دلم مالش میره اما میگم : بمن دل مبند من باید برم موندنی نیستم ! ناگهان از صدای مادر بزرگ بیدار شدم که به مامانم میگفت مهناز این دختر هندیه کیه چرا همش پشت در اتاق ما واستاده ؟ مامانم جواب داد من نمیدونم اما منم می بینمش چند روزه همش دم در اتاق ما میاد شاید یه مریض اتاق بغلی داره . ناگهان قلبم میلرزه من همین الان توی خوابم یه دختر هندی دیدم یعنی ممکنه همون دختره باشه ناگهان فریاد میزنم :مامان یه دختر هندی اینجاس؟ کجاس ؟ اسمش چیه؟ موهاش بلنده؟ آره ؟ آره ؟من اونو میشناسم ؟ صدای مامانم رو با نگرانی میشنوم که میگه: نه عزیزم با ما کاری نداره ما اصلا حتی یه دوست هندی هم نداریم یه مریض اتاق بغلی داره که بی هوشه ! اما دل من یه چیز دیگه میگه !! میگه اون دختری که پشت در اتاقه همونه که توی خوابه منه خدایا پس کی چشم منو باز میکنن آخه تازه اگه چشام هم باز شه به دختره چی بگم ؟ بگم من تورو توی خوابم دیدم ؟ نکنه من دو زندگی دارم ؟ یعنی من دو نفرم ؟ اخه چی به سر من آمده چرا به این دختره گفتم به من دل مبند من رفتنیم من مسافر خدام ..من بزودی میرم پیش خدا .. یعنی این واقعیت داره و من مسافر خدا هستم .

***

امروز دوباره دکتر برای ویزیتم آمد و بعد از معاینه گفت که خبر خوبی داره فردا چشمام رو باز میکنند خیلی خوشحال شدم ، احساس میکنم که انگار دوباره به دنیا میام .. مثل اینکه از همه دورم ،ندیدن منو توی یک دنیای دیگه برده .. یعنی میشه دوباره به دنیای خودم باز

گردم ؟ مامان با نگرانی از دکتر می پرسه: "دکتر یعنی همه چیز خوبه که میخواین چشماشو باز کنین ؟" این سئوال مامان منو می ترسونه نکنه کور شدم ؟ نکنه دیگه هیچکس رو نبینم و توی این دنیای تاریک پر از کابوس باقی بمانم ؟ یعنی عمل چشمم اینقدر مهم بوده ؟ خدایا اینا چی رو از من مخفی میکنن؟ دکتر با آرامش جواب میده امیدوارم که همه چیز خوب باشه نگران نباشید . نمیدونم چرا اینقدر میترسم ؟ چی بسر من آمده هر چی از مامان میپرسم هیچ جوابی نمیده.شاید از بس بهم داروی آرام بخش میدن اینقدر میخوابم .. میخوام بگم من از خوابیدن میترسم اما فایده نداره و بازخوابم میبره و بازهم آن کابوس های وحشتناک بسراغم میان. توی یک کمپ هستم لباس پلنگی نظامی تنمه یه تفنگ رو دو دستی روی سرم گرفتم و بدنبال بقیه میدوم روی صورتم ماسکه از بالای تپه ها میپریم از داربست چوبی بالا میرویم و از اون بالا خودمون رو پرت میکنیم یعنی من سربازی رفتم؟ نه این یک کمپ سربازی نیست! ولی ما داریم تعلیمات نظامی میبینم ،با تفنگ از زیر سیم های خاردار سینه خیز رد میشویم من توی این کمپ چه کار میکنم ؟ شب است توی یه غار هستیم با اینکه برای روشنائی از آتش استفاده شده ولی روی یک میز شکسته چند تا کامپیوتر هست بدون برق اینها چطور کار میکنند ؟ مردهائی که اینجا هستن قیافه هاشون برام غریبه است لباس های عجیبی تنشونه !عمامه های کوچک رنگی دور سرشون پیچیدن ، دور شونه هاشون هم شال های رنگی انداختن! دوباره خودم رو توی یه خونه می بینم ، یه خونه بزرگ، یک نفر دوربین دستشه و داره فیلم میگیره یکی روبروی دوربین ایستاده و خیلی جدی داره حرف میزنه قیافه اش برام اشناست آره یکی از همون هائیست که توی لندن با هم بودیم میرم جلو ببینم چی میگه ،حالا صداشو می شنوم که میگه: من منتخب خداوند هستم برای این ماموریت انتخاب شدم تا دشمنان دین و کسانیکه سربازانشان و زنانشان درکشورمابدون خواسته ما راه میروند و زمین های مقدس را زیر پا میگذارند بفهمانم که چنین اجازه ای ندارند من در سر زمین خودشان در روز۲۲ می خودم را شهید میکنم و به خداوند خود میپیوندم، من یک فدائی هستم و برای این ماموریت به دنیا آمده ام " خدای من اون چی داره میگه این همون روز کنسرته پس من از قبل میدونستم که آنجا قراره چه خبر بشه ؟ نه من کاری نکردم ! بخدامن بیگناهم من از چیزی خبر نداشتم فریاد میزنم من بیگناهم ..من بیگناهم !!ناگهان با تکانهای

مامان بیدار میشوم :بهشاد جان ..بهشاد جان عزیزم بیدار شو داری کابوس میبینی!! بیدار میشوم خیس عرق هستم مثل اینکه از جهنم باز گشته ام خدایا پس کی این خواب های وحشتناک دست از سر من بر میدارن ؟واقعا این ها کابوس هستن یا واقعیت های یک زندگی که من از آن بیخبرم ؟ شاید این ها رو توی فیلمی دیدم ..نه فیلم نیست عین حقیقته ؛ احساس میکنم یکی داره سُرم رو از دستم باز میکنه خدایا تا کی باید فقط احساس کنم ؟ پس کی میتوونم ببینم! می پرسم :چه کار میکنی میگه خوب امروز باید پاشی و کمی راه بری خیلی خوابیدی . با تعجب میپرسم راه برم ولی منکه چشم هام بستن ؟ پرستار با خنده میگه پاهات که بسته نیستن !! مگه با چشم بسته نمی شه راه رفت؟ خوب ما هم کمکت میکنیم باید بلند شی و راه بری . به کمک پرستار و مامان می نشینم سرم گیج می ره مطمئنم اگر چشمام باز بود میدیدم که همه چیز دور سرم میچرخه . آهسته میگم سرم گیج میره . پرستار میگه عادت میکنی خدا رو شکر کن که همه بدنت سالمه باید بلند شی و راه بری،حتی برای چند قدم . بالاخره به کمک مامان و پرستار آهسته پاهایم رو از روی تخت به یک طرف می چرخانم تا پائین بیایم، وقتی پایم رو روی زمین میگذارم احساس میکنم هزار کیلو وزن دارم !نکنه فلج شدم نمیتونم قدم بردارم پرستار میگه این بخاطر خوابیدن زیاده باید راه بری وقتی پامو روی زمین محکم میکنم احساس میکنم یک قله رو فتح کردم پاهایم میلرزند اما باید قدم بردارم مثل اینکه با پای آهنی راه میرم ،احساس سفتی میکنم یک قدم دیگه بر میدارم خوشحال میشوم مثل اینکه دارم به دنیا باز میگردم ، آرام آرام قدم بر میدارم مامان زیر بازوم رو گرفته و خدا رو شکر میکنه که دارم راه میرم میگه انشاالله فردا هم چشمات رو باز میکنند همه چیز درست میشه ..فکر میکنم از اتاق بیرون آمدیم و توی راهرو بیمارستان راه میریم ناگهان صدای دخترانه ای رو میشنوم که با هیجان میگه سلام ..! انگار یک صدای آشناست !وای خدایا این صدا توی گوشم زنگ میزنه صداش بغض آلوده یا من اینجوری فکر میکنم ؟مامان با عجله جوابشو میده و ما رد میشیم قلبم بشدت میزنه من این صدا رو میشناسم ..این کی بود خدایا ؟ قلبم تند تند میزنه من مطمئنم صاحب این صدا رو میشناسم این صدا با قلبم آشناست ..!! از مامان میپرسم مامان این کی بود که سلام کرد ؟ مامان با عجله میگه :

" نمی شناسم یه دختری توی راهرو بود همین جوری سلام کرد " نه

امکان نداره ناگهان صدایی در درون من میگه یعنی این همون دختریه که توی خواب منه ؟ همون دختر هندیه بی اختیار می پرسم مامان این دختره هندی بود ؟ مامان با صدای وحشت زده ای میگه:" نه بابا..نه فکر کنم یکی از پرستار ها بود .. "

خدایامن بین رویا و واقعیت دارم زندگی میکنم یعنی این دختره هندی نبود؟ پس صداش چرا بامن چنین کرد؟ یعنی مامان راست میگه چرا اینقدر وقتی من از دختر هندی میگم مامان وحشت میکنه ؟نکنه من مدتی زمانی از گذشته ام رو فراموش کردم !!خدایا کی چشم هامو باز میکنن تا خودم همه چیز رو ببینم .. بعد از کمی قدم زدن به اتاق بر میگردیم شاید اون هنوز توی راهروست اما من که نمیتونم ببینم . مامان هم چیزی نمیگه، با کمک مامان و پرستار دوباره روی تخت دراز میکشم .. انکار کوه کندم که چنین خسته شدم اما برفتنش می ارزید شاید واقعا اون همون دختر توی خواب من باشه !!شاید اون بیرون منتظر منه اما چرا بیشتر یادم نمی آید ..ولی مطمئنا این همون دختری بود که من بهش می گفتم بمن دل مبند من رفتنیم .. خدایا دارم دیوانه میشم .. من کیم؟ چرا دو زندگی رو بخاطر می آورم . پرستار رویم پتو کشید و گفت :برای امروز زیاد بود حالا استراحت کن. استراحت؟ استراحت یعنی چی؟ اینها نمیدونن که من بین دوزخ و برزخ پرسه میزنم ،گاهی اینجام و گاهی یه جای دیگه زندگی میکنم که اصلا نمیدونم کجاست؟وقتی بیدارم بهشاد هستم و وقتی میخوابم یکی دیگه میشم .. راستی اسم اون دیگری چیه ؟ چرا توی این کابوس ها هیچکس اسم منو صدا نمیزنه ؟ شاید اسمی ندارم؟ اصلا اسم این دختره چیه؟ چرا هیچوقت به این فکر نکردم ؟ سعی میکنم قیافه اش را توی ذهنم مجسم کنم چشمهای درشت و سیاه موهای بلند وپر کلاغی رنگ اندامی باریک و صدائی به نرمی مخمل ،گرم و پر احساس آره حالا مطمئنم اون خودش بود که توی راهرو به ما سلام کرد چرا مامان به من دروغ گفت؟ دوباره پلکهام سنگین میشه بی اراده میخوابم اصلا نمیدونم کجام ؟ توی یه بیمارستان کنار اون دختره نشستم ، اون داره گریه میکنه نمیدونم چرا اینقدر ناراحته دلم میخواد دلداریش بدم اما خجالت میکشم آخه من چه کاره او هستم ؟ولی انقدر بهش نزدیکم که کنارش نشستم یه مرد از توی یک اتاق میاد بیرون و میگه تموم شد عملش تموم شد دختره می پره هوا و خودش رو می اندازه توی بغل اون مرد ..این مرد کیه چه نسبتی با اون داره؟ کی رو دارن عمل میکنند؟

آن مرد بطرف من میاد بلند میشم منو بغل میکنه میگه بخاطر تو پسرم زند ه است چطور ازت تشکر کنم !داره اشک میریزه !! من؟ من چکار کردم ؟ من که قراره بمب بگذارم توی سالن کنسرت !من مگه میتونم آدم خوبی باشم و یکی رو از مرگ نجات بدم ؟ خجالت میکشم چرا من ؟ یعنی من قراره بمب بذارم توی سالن کنسرت ؟کنم ؟ دوباره میرم جای دیگه ! زندگیم مثل تونل زمان میمونه!! از یه جا میرم جای دیگه!! توی غار هستیم یکی داره براموِن حرف میزنه میگه این حکومت های خارجی بخاطر پول نفت عربستان با دولت ما دوستی میکنند نفت ما رو می برند پول مارو میگیرند و برای خارجی ها خرج میکنند ، توی سرزمین های اسلامی، برای آنها شهر میسازند ..زنان بی حجابشان آنجا راه میروند بچه های خارجی بهترین زندگی را اینجا دارند آنوقت بچه های ما ازگرسنگی می میرند ،زنان ما را در دوبی و شهرهای خلیج می فروشند دولت ما دست آنها را میبوسد و به آنها خوش آمد میگوید ما به آنها نشان میدهیم که وقتی برای مردم ما ارزش قائل نیستند ما هم برای جان مردم آنها ارزشی قائل نمیشویم و آنها را میکشیم تا دولت مردانشان بدانند که مردم با مردم طرفند و دولت با دولت ،ناگهان صدای مادر بزرگ رو میشنوم و ازین کابوس می پرم ،دیگه مطمئنم که در درون من کس دیگری هم زندگی میکنه!! ولی هیچی نمیتونم بگم ،چی بگم؟ وقتی اینها باور نمیکنند! شاید فکر میکنن که من دیوانه شدم !نکنه واقعا دیوانه شدم ؟و اینها فقط یه خوابه ..؟ نه.. دختری که بیرون ازین اتاق ایستاده دلیل عاقلی منه ،چقدر بده که نمیتونم ببینم دور وبرم چه خبره مادر جون از مامان می پرسه مهناز جان امروز بهشاد چطوره؟ مامان با لحن نگرانی میگه : مادرجون حال جسمانیش خوبه ،امروز برای اولین بار راه رفت ،مادر بزرگ با خوشحالی گفت : خوب.. خدا رو شکر پس چرا ناراحتی ؟ مامان جواب داد : آخه .. حرفاش منو پریشان میکنه .. یادته میگفت یه زن عرب اینجاس .. امروز هم وقت راه رفتن از کنار اون دختر هندیه رد شدیم اون بیخودی بما سلام کرد با اینکه چشماش بسته هستن ، اما از من پرسید این دختره هندی بود؟ مادرجون خیلی میترسم چرا این حرفا رو میزنه ؟اون که نمی بینه از کجا فهمید اون دختره هندیه ؟ پس اون دختره هندی بود و مامان به من نگفت چرا؟ چرا؟ مادرجون جواب داد : دخترم بعضی وقتها آدمهائی که توی اغما هستند میرن توی اون دنیا و بر میگردن شاید! یعنی نمیدونم خدا میدونه ..شاید وقتی چشماشو باز کنن دیگه

ازین حرفا نزنه !!عزیزم خدا رو شکر کن بچه ات از مرگ برگشته از کوری برگشته این چیزا درست میشه . پس من درست حدس میزنم اون دختره همونه که توی خواب منه .. یعنی اونم منو میشناسه ؟ حتما وگرنه پشت در اتاق من چکار میکنه ؟اگه اون وجود خارجی داره پس منم باید دو نفر باشم ؟ خدایا دارم دیوانه میشم !!چطور اونو بشناسم ؟ اگه فردا چشمامو باز کنن خودم میتونیم ببینم که این دختر هندیه خود نسیم آراست یانه ؟ ناگهان فریاد میزنم نسیم آرا ..نسیم آرا ...اسم اون دختره که توی راهرو واستاده نسیم آراست ؟ آره مامان برو ازش بپرس ..برو بپرس !!

داد و بیداد های من فایده نداشت . مامان مثلا رفت و برگشت و گفت کسی توی راهرو نیست . چکار میتونم بکنم !؟ توی دنیای تاریک پر از کابوس دست و پا میزنم و هیچکس مرا درک نمیکنه . با خودم میگم بالاخره فردا چشمامو باز میکنند اگه خوب شده باشه آنوقت خودم میتونم ببینم . اصلا خوابم نمیبره شاید هیجان دوباره دیدن و شاید وحشت از دیدن کابوس های ترسناک که هیچ رابطه ای با آنها نداشتم نمیذاره بخوابم .. بالاخره صبح شد و دکتر آمد .از شلوغی اتاق میفهمم که عده زیادی توی اتاق هستند وحشت دارم خدایا قراره چی بشه ؟ واقعا اگه چشم هام طوری شده باشه و دیگه دنیا رو نبینم توی این کابوسها سرگردان خواهم ماند ؟ شاید آنوقت واقعا دیوونه بشم . دستی به شونه ام میخوره :"سلام مرد جوان چطوری ؟ حاضری دوباره دنیا رو ببینی؟"

صدای دکترم بود با وحشت میگم "یعنی میتونم دوباره دنیا رو ببینم؟" دکتر میگه "چرا که نه !الان چشمها تو باز میکنیم و به امید خدا دوباره همه چیز رو دوباره مثل روز اول میبینی "

خدایا اگه نبینم چی ؟ بالاخره همه باند ها رو باز میکنند دو تیکه باند روی چشمام چسبیده با محولی یه کم خیسش میکنند و به آرامی برش میدارن . دستم رو میبرم بالا میخوام چشمهامو لمس کنم اما یکی دستم رو میگیره نه صبر کن دست نزن سعی کن آرام آرام چشمهاتو باز کنی انگار پلک هام بهم چسبیده یکی با چیز خیسی دوباره آنها رو میشوره احساس میکنم مژه ندارم شایدم بهم چسبیدن .. یواش یواش چشم هام رو باز میکنم یه نور میبینم ..یه نور سفید مثل اینکه فقط یه دیوار سفید

جلوی منه بعد یواش یواش چیز های تاری میبینم .. بعضی چیز ها رو رو تشخیص میدم مثل شبح، کم کم میتونم مامان و بابا رو تشخیص بدم .. انگار چیزی جلوی چشممو گرفته بابا جلو آمد و بغلم کرد اشکهاش صورتم رو خیس میکنه .

دکتر میگه:" کسی گریه نکنه که چشم های بهشاد نباید اشک بریزه " حالا بهتر می بینم ..کاملا صورت بابا رو میبینم ..واقعاً گریه ام گرفته اما سعی میکنم که جلوی اشکم رو بگیرم .. مامان و مامان بزرگ هم بغلم میکنند .. باور نمیکنم که دارم آنها رو می بینم .. نمیدونم چند وقت توی اغما بودم و دنیا رو ندیدم .. دلم میخواد بلند شوم و برم توی راهرو حتما نسیم آرا آنجا منتظره منه سعی میکنم از تخت بیام پائین دکتر که حالا صورتشو میبینم میگه" کجا ؟ تازه چشمها تو باز کردیم کجا میخوای بری؟"

با شوق میگم "میخوام برم توی راهرو و راه برم "

مامان نگاهی به من میکنه و میگه "کجا بری عزیزم !!؟"

میگم "میخوام برم توی راهرو"

دکتر میگه "نه ..نه امروز باید دوباره چشمهاتوببندیم شاید از فردا بتونی راه بری "

خدایا پس کی ؟ پس کی میتونم نسیم آرا رو ببینم و از او بپرسم چطوری اونو میشناسم ...یه پرستار میخواد دوباره روی چشمامو ببنده میگم میشه یه آئینه بمن بدین میخوام صورت مو ببینم انگار می ترسم که قیافه یکی دیگر رو ببینم پرستار یه آیینه میاره بخودم نگاه میکنم نه خودمم بهشاد خداراشکر که کس دیگه ای نیست بعد به چشم هام نگاه میکنم دورش قرمزه اما انگار رنگ چشمام سیاه شده چشمهای من قهوه ای روشن بود به مامان میگم که رنگ چشمام عوض شده اما اون میگه عزیزم هنوز زخمه وگرنه فرقی نکرده اینقدر وسواس نداشته باش خدا رو شکر که میبینی!! توی صورتم هنوز جای زخمها دیده میشه که تقریبا خوب شدن پرستار چشم هامو میبنده ، دراز میکشم خدایا کی پرده از این معما بر میداری ؟نمیدونم خوابم یا بیدارم .. که می بینم اون زن عرب روی سرم ایستاده روبنده توری سیاهش رو کنار میزنه اشک

از چشمانش سرازیره دولا میشه دستشو میذاره روی پیشانیم وبرام دعامیخونه ،چشمها مو یکی یکی می بوسه اشکهاش روی صورتم می چکه دستهاشو رو میگیرم و فریاد میزنم تو کی هستی ؟ تو کی هستی ؟ چرا نگران منی ها؟ اما ناگهان محو میشه دیگه نمی بینمش .

***

فردا قبل از آمدن مامان چشمهامو باز میکنند با عجله از تخت آمدم پائین و رفتم توی راهرو دنبال نسیم آرا بگردم اما نیست .. دو سه بار همه راهرو ها رو گشتم .. با خودم گفتم شاید عصر بیاد اما نیامد خدایا من به دنبال یک رویا توی بیداری میگردم ..سه روز دیگه هم توی بیمارستان نگه هم داشتن ولی او نیامد بالاخره مرخص شدم . هیچ دلم نمیخواد برم خونه ، آخه نسیم آرا رو گم میکنم !! اون فقط اینجا رو بلده اما چاره ای ندارم .. وقتی رفتیم خونه برای اولین بارگندم رو می بینم حالا میفهمم که چرا به دیدن من نیامده بود ..من فکر میکردم او از من عصبانیه ولی نه روی صندلی چرخ دار نشسته و هر دو پاهاش توی گچه وای چقدر ناراحت شدم ،مامان میگه قصه نخور خدارو شکر هیچ مشکل جدی نداره و انشاالله بزودی راه میره .. وقتی مامان میره بالا میرم کنارگندم وبهش میگم چقدر از دیدنش روی صندلی چرخدار ناراحتم میگه:

" میدونم خوب میشم اما یه ترم عقب افتادم " با تعجب میپرسم یه ترم چرا؟ با لبخند غمگینی میگه :

"یادت نیست چقدر توی کما بودی سه ماهه!!" . باورم نمیشه من سه ماه خواب بودم؟ غمی توی چشمهاش موج میزنه می پرسم تو برای پاهات ناراحتی ؟ خودت میگی خوب میشن ! "

کندم ادامه میده "آره میدونم پاهام خوب میشن اما روحم چی؟.. خیلی افسرده شدم .. نه بخاطر پاهام ..نه!! هر وقت اون لحظه یادم میاید حالم بد میشه .. آن همه خون آن همه فریاد های مرگ بار.. هر وقت چشمامو میبندم اون صحنه ها رو میبینم تو بی هوش شدی اما من نه ..من همه چیز رو دیدم .. بهشاد این خیلی سخته !!"

دلم میخواد بهش بگم که من هم همه چیز رو دیدم اما با چشمهای یکی

دیگه ،حتی چیزهائی که تو ندیدی !میخوام بگم میدونی که من توی چه جهنمی دست و پا میزنم ..اما میترسم باور نکنه .. میترسم منو دیوونه فرض کنه .. ناگهان ازش میپرسم :"گندم انشب همراه ما یه دختر هندی هم بود؟"

گندم با تعجب میپرسه :"دختر هندی نه؟ چطور مگه؟"

هیچی نمیگم میترسم اونم فکر کنه خیالاتی شدم . خیلی نا امید شدم فکر نمیکنم دیگه بتونم نسیم آرا رو پیدا کنم . گندم ادامه میده :

"من دارم میرم پیش روان شناس .. تا شاید اون شب لعنتی رو فراموش کنم . "

با خودم میگم اگه بدونه که من چه ها می بینم چی میگه اون میخواد یه شب رو فراموش کنه من باید یه زندگی رو فراموش کنم یه زندگی که نمیدونم مال منه یا یکی دیگه !!؟خدایا نمیدونم به کی بگم ؟ اگه گندم میگه دختر هندی با ما نبوده پس با کی بوده ؟ با اونی که در درون منه مگه نه ؟ خدایا بمن کمک کن تا خودمو بشناسم من کیم؟ بهشاد یا اونی که با نسیم آرا بود؟

کسرا برادر گندم از پاریس آمده او پاریس کار میکنه سعی میکنه بمن نزدیک بشه شاید دلش واسم میسوزه میگه بهشاد میخوای بریم بیرون یه دوری بزنیم ؟ از خدا میخوام شاید توی خیابون کسی رو ببینم که از گمشده من خبر داشته باشه .یعنی واقعاً من کسی رو پیدا میکنم که به من بگه چه برسر من آمده ؟ رانندگی دست چپ انگلیس هم برای من معضلی شده هر وقت می نشینم توی ماشین فکر میکنم راننده نداره کسرا می پرسه کجا دلت میخواد بریم ؟ بی اراده میگم:" میشه بری به سالن کنسرت ؟"

با تعجب میگه :"چرا آنجا ؟بریم یه جائی بنشینیم چیزی بخوریم "

میگم :"دلم میخواد یه بار دیگه آنجا رو ببینم "کسرا دلش نمیخواد بره اما بخاطر من راضی شد و به طرف سالن کنسرت رفتیم با اصرار ازش میخوام تا نگه داره ، من پیاده می شم نگاهی به اطراف می اندازم خدایا من کجا بودم ؟

کسرا دوباره میگه:" آخه چرا میخوای خودتون ناراحت کنی ؟بیا برگردیم اما من دیگه صدای اونو نمیشنوم ناگهان همه جا تاریک میشه صدای کنسرت رو میشنوم دست نسیم آرا رو گرفتم و به طرف جمعیت میدوم نسیم آرا میگه خدا کنه به موقع برسیم قبل از اینکه ناظم و فاضل خودشون رو منفجر کنن ! فریاد میزنم و ناظم را صدا میکنم یکی از توی جمعیت جوابم رو میده حتما خودشه به نسیم آرا میگم تو اینجا صبر کن و قبل از اینکه جوابم رو بده بسوی صدا میدوم بطرفی که صدای ناظم رو شنیدم از میان مردم میدوم خیلی شلوغه باید قبل از اینکه خودشو منفجر کنه به او برسم آخر های کنسرته مردم دارن میان بیرون فریاد میزنم ناظم نه نکن !!میگه تو اینجا چکار میکنی باید میرفتی قسمت شرق سالن ؟ بهش میرسم فریاد میزنم ناظم نکن این کار رو نکن اینا مردم بی گناه هستن نکن اما او خودنویس شو از جیبش بیرون میاره و اونو باز میکنه میخوام نگذارم که خود نویس رو منفجرکنه! خودمو می انداز م روش سعی میکنم دستش رو بگیرم که دیگه دیر شده و بمب منفجر میشه مثل کوهی از آتش بهوا پرتاب شدم و بعد بی هوش می شم .

***

وقتی چشمامو باز میکنم دوباره توی بیمارستان هستم دکتر و پدر مادرم کنار تختم ایستاده اند، نگاهی به اونا میکنم چی شده؟چرا دوباره اینجام؟ مامان با عجله میگه عزیزم سرت گیج رفته کسرا هم آوردت بیمارستان . نگاهی به دکتر میکنم میگه :

"جوان اینقدر بخود فشار نیار ، تو تازه ازکما در آمدی !!عمل بزرگی داشتی نباید بری جاهائی که هیجان زده ات میکنه!"

حالا یادم افتاد نزدیک سالن کنسرت بیهوش شدم چی بگم ؟ می ترسم ازکابوس ها و رویاها بگم . چطور بگم که من خودم و نسیم آرا رو توی سالن کنسرت دیدم ؟ بگم که دیگه توی خواب نیست این کابوس ها رو توی بیداری هم میبینم .

دکتر میگه:"سُرم که تمام شد ببریدش خونه اما یه وقت از روانشناس بیمارستان واَسَش بگیرید چون باید با این خاطره کنار بیاد همین که

رفته آنجا دلیل این است که این حادثه به روح و روانش هم صدمه زده و میخواد بدونه چی شده !"

راست میگه بهتره که با یک روانشناس حرف بزنم آخه به کی بگم که من هم با نسیم آرا بدنبال ناظم میگشتم و هم با گندم توی سالن کنسرت بودم . خدایا نکنه که من دیوانه شدم ؟ من صحنه های واقعی می بینم . شاید ضمیر ناخودآگاه من ،به من میگه کاش طوری جلوی این انفجار را میگرفتم و به همین جهت این کابوس ها را میبینم !اما آن زن عرب چی؟ نسیم آرا چی؟ مگه ضمیر نا خود آگاه من از اینها خبر داره؟ یادم میاد وقتی میگفتم یه دختر هندی توی راهرو هست مامان می ترسید ولی یه دختر هندی آنجا بود این که دروغ نیست خودم شنیدم که مامان به مامان بزرگ در مورد یه دختر هندی میگفت . پس یه قسمتهائی ازین کابوس ها حقیقت داره ، شایدم همش واقعیست! ولی کسی به من نمیگه. دکتر همراه خانم جوانی بر میگرده و میگه :

"این خانم دکتر روانشناس بیمارستانه ازشون خواهش کردم که بیان و با بهشاد آشنا بشن و یه قراری بگذارید تا ایشون رو ببینید"

آیا من میتونم که همه چیز رو به او بگم؟ با خودم میگم اگر واقعاً نسیم آرا یی باشه و من بگم که اون از انفجار خبر داشته برای او بد نمیشه؟ چطور با دکتر حرف بزنم ؟ خانم دکتر خودش رو نازگل بهاری معرفی میکنه، مامانم از اینکه خانم دکتر ایرونیه خیلی خوشحال میشه و شروع میکنه با او فارسی حرف زدن و میگه چقدر خوشحالم که یک هم زبون خودمون میخواد کمک کنه و بعد با او از اتاق بیرون میره تا وقت بگیره مطمئنم که مامان میخواد جریان زن عرب و نسیم آرا رو بهش بگه،سُرم تموم شده دیگه باید بریم خونه ،اما مامان بر میگرده و میگه که "خَانم دکتر الان وقت دار بهتره حالا بریم پیشش "

دلم نمیخواهد اونو الان ببینم ..نمیدونم چی باید بهش بگم ؟ اما فایده نداره با مامان به مطب او می رویم مامان هم روی یه صندلی می شینه اما خانم دکتر به او میگه بهتره اولین بار من و بهشاد تنها حرف بزنیم مامان با اکراه اتاق رو ترک میکنه

خانم دکتر به من میگه :"خوب حالا برای من همه چیز رو بگو چرا برگشتی سالن کنسرت آنجا دنبال چی میگشتی؟ مامانت میگه از یک

زن عرب و یه دختر هندی حرف میزنی اینها کی هستند ؟آیا اون ها را توی خواب میبینی؟"

نگاهش میکنم چطور بهش اعتماد کنم ؟ می ترسم منو دیوانه بدونه می ترسم در مورد نسیم آرا بگم !می ترسم که اگر نسیم آرائی واقعاً باشه من با گفتن اینکه او از انفجار خبر داشته پلیس رو بسراغش بفرستم آن وقت چی میشه ؟ چه خواهد شد؟ نه تا زمانی که خودم همه چیز رو نفهمیدم نمیخوام حرف بزنم .

میگه :"ببین بهشاد اگه تو نخوای من نمیتونم کمکت کنم باید حرف بزنی میتونی بمن اعتماد کنی "

می پرسم :"خانم دکتر حرفهای منو ضبط میکنید؟"

با اطمینان میگه :"نه !!مگر اینکه خودت بخوای بعدا بشنوی که چی گفتی !!"

میگم :"خانم دکتر دلم میخواد هرچی بهتون میگم بین من و شما بمونه حتی به مادرم هم نگید !"

میگه:" همینطور هم هست مطمئن باش "

با خودم میگم جریان انفجار و کمپ مجاهدین و بقیه چیزهارو نمیگم اما شاید درین مورد که این خواب ها رو میبینم کمکم کنه شاید یه راهی پیدا شه که نسیم آرا رو پیدا کنم .

میگم :"خانم دکتر من احساس میکنم دو نفرم یعنی چه جوری بگم یه صحنه هائی رو میبینم که هیچ وقت قبلا ندیدم مثلا یه زن عرب رو می بینم که نگران منه .. من با دختر عمه ام به کنسرت رفتم ولی توی خواب می بینم که با یک دختر دیگه توی کنسرت هستم! یه دختر هندی ! تازه وقتی بهوش آمدم فهمیدم یه دختر هندی توی راهرو بیمارستان هر روز جلوی اتاق من بوده "

با تعجب می پرسه:"خوب بعد چی شد ؟ وقتی از کما در آمدی اونو دیدیش ؟"

میگم :"یه روز وقتی چشم هام هنوز بسته بود صداشو شنیدم ، وقتی

در راهرو قدم میزدم ، توی راهرو بود، یعنی صداشو شنیدم خودش بود !"

با تعجب می پرسه :"چشمهاتو بسته بودن چرا؟"

میگم:" مگه شما پرونده منو نخوندین من سه ماه توی کما بودم و چشم هام رو هم عمل کرده بودند .. "

میگه :"نه نخوندم "بعد تلفن رو برمیداره و از نرس میخواد که پرونده من رو براش بیارن تا پرونده بیاد من بیشتر از نسیم آرا براش میگم حتی میگم که توی خواب فکر میکنم که عاشقشم چطور من عاشق دختری هستم که هیچوقت او راندیده ام ؟ اما وقتی توی راهرو صداش رو شنیدم قلبم فریاد میزد که این نسیم آراست حتی اسمش رو هم بخاطر میارم"

نرس میاد تو و پرونده منو میذاره جلوی دکتر و میره . خانم دکتر با عجله چند ورق از پرونده ر. میخونه پس از چند دقیقه پرونده رو میبنده .. نگاهی بمن میکنه و با آرامش میگه :

"بهشاد یه فرضیه در پزشکی هست که ثابت نشده اما بعضی از دکترهای روانشناس به آن اعتقاد دارند ممکنه در مورد تو هم درست باشه "

با تعجب می پرسم:" در مورد چی حرف می زنید کدام فرضیه؟"

نگاهی عمیق به من میکنه و با لحن آرام بخشی ادامه میده :

"نگران نباش تو دیوانه نیستی !!حتما میدونی که چشم مثل یک دوربین عکاسی کار میکنه و طبق این فرضیه کسانی که پیوند چشم داشتند در بعضی از موارد دیده شده که چشم عکس خاطرات کسی که چشمش را اهدا کرده را به نفر دوم منتقل کرده و ممکن است که..

نمی ذارم حرفش تموم بشه ناگهان فریاد میرنم :"مگه چشم های من مال خودم نیست مگه بمن پیوند چشم زدن یعنی من دارم با چشمهای یکی دیگه دنیا رومیبینم ؟"

خانم دکتر با لحنی پر از تعجب می پرسه :" چرا داد میزنی ؟ مگر تو نمیدونستی که با چشم یکی دیگه می بینی . ؟"

فریاد زدم :"نه .. نمی دونستم چرا هیچ کس به من نگفت ؟ یعنی این خاطرات یه نفر دیگه ست ؟ یعنی اینا واقعیت داره ؟من تا بحال فکر میکردم که دیوونه شدم ،فکر میکردم دو شخصیتی شدم .. یعنی این کسی که من در درونم احساس میکنم وجود داره ؟ خودش چی شده ؟ چرا چشماشو به من داده ؟"

از سرو صدای من مامان سراسیمه وارد اتاق میشه و با نگرانی میگه "خانم دکتر چی شده چرا بهشاد داد میزنه ؟"

خانم دکتر نگاه ملامت باری به او میکنه و میگه :" خانم شما چرا به بهشاد نگفتین که عمل پیوند چشم داشته ؟"

مامان خودشو می اندازه روی صندلی یکی میزنه توی صورت خودش ومیگه :"ای داد بیداد خانم دکتر چرا بهش گفتین ؟"

من ناگهان بسویش چرخیدم:" چرا به من گفتن ؟ اینو شما باید بهم میگفتین .. چرا از من پنهان کردین ؟ من با چشم کی می بینم ؟ این کیه که شب و روز داره با من حرف میزنه ؟ فکر میکردم دیوانه شدم . فکر میکردم دو نفرم . یعنی این برای شما اصلا مهم نبود ؟ میخواستین اینو تا کی از من قایم کنید ؟"

اشکهای مامان سرازیر شد:" عزیزم ما روزهای سختی داشتیم تو سه ماه توی کما بودی نمیخواستیم بیشتر ازین تحت فشار قرار بگیری "

فریاد میزنم :"بیشتر ازین ؟ میدونی توی چه جهنمی زندگی میکنم ؟" خانم دکتر سعی میکنه من رو آروم کنه و به مامان میگه :

"شما فعلا بیرون باشید تا من و بهشاد حرف بزنیم "

مامان اتاق رو ترک میکنه . خانم دکتر میگه :" بهشاد آروم باش از سرو صدا کردن که چیزی حاصلت نمیشه .. خوب حالا خیلی بهتر شد تو حالا میدونی که نه دیوونه ای نه دو شخصیتی!! البته این یه فرضیه است اما در مورد تو کاملا درست از آب در آمده .. خوب بگو ببینم چه می بینی ؟ چرا توی جهنم هستی ؟"

کمی آرامتر شدم خانم دکتر درست میگه شاید اینجوری بتونم بهتر

با این افکار کنار بیام، حالا میدونم که اینها خواب نیست واقعاً اتفاق افتاده یعنی چشمهای کسی که توی سالن با نسیم آرا بوده را به من دادن آخه چرا؟ خودش چی شده؟ کور شده؟ می پرسم :

"خانم دکتر کی چشمشو به من داده ؟ یعنی این آدم آنقدر خوب بوده که خودش کور بشه و یه آدم دیگه چشم دار؟" خانم دکتر نگاهم میکنه و با لحن غمگینی میگه:

" بهشاد معمولا چشمهای کسی که در حال مرگه رو به یکی دیگه میدن حتماً اون مرده .. !!

انگار یک سطل یخ میریزن روی سرم . یعنی اون مرده ؟پس اون توی شب انفجار کشته شده ؟ ولی خاطراتش رو به من منتقل کرده ؟ یعنی ممکنه؟ ناگهان می پرسم :

"خانم دکتر شما میدونین که چشم کی رو بمن دادن ؟ من باید این معما رو حل کنم شما کمکم می کنید ؟"

خانم دکتر لبخندی میزنه و میگه:" البته .. اما حالا که فهمیدی باید کمی آروم بشی .. چرا میخوای اونو بشناسی ؟این دختر هندی و اون زن عرب با او ارتباط دارن ؟"

چی بگم ؟ بگم که شب و روز دارم با این خواب ها زندگی میکنم ؟ بگم که حتی حرفاشون رو هم می شنوم .؟ بگم انگار کسی که چشمهاشو به من داده ، دوباره در وجود من متولد شده .؟

میگم :"خانم دکتر میشه یه وقت دیگه بیام و با هم حرف بزنیم الان خیلی بهم ریختم . نمیدونم چه کار کنم ؟ اما باید برم و بفهمم که اون کی بوده ؟ از کجا آمده ؟ شاید اون زن عرب مادر او نه ؟ چشم انتظار اوست ؟ شاید اون دختر هندی نامزدش بوده ؟ ناگهان فریاد میزنم پس واسه همین اون دختر هندی پشت در اتاق من بوده میخواسته منو ببینه به چشمام نگاه کنه . خانم دکتر چکار کنم ؟ چطور اونا رو پیدا کنم ؟ یعنی مادرش اجازه داده که چشماشو به من بدن ؟اصلا اسمش چی بوده؟" ؟خانم دکتر با لحن آرام کننده ای میگه :

"بهشاد خوب البته میتونی اون ها رو پیدا کنی .حتما بستگانش اجازه

دادن که چشماشو بتو بدن مطمئنا اطلاعات مربوط به آنها توی پرونده بیمارستان هست . رضایت نامه رو یکی امضاء کرده و ادرس اونا حتماً آنجاهست . اما چرا میخوای این کار را بکنی ؟ ممکنه بیشتر ناراحت بشی ! اونا رو نبینی شاید بهتر باشه ؟ بهتره با این حقیقت کنار بیایی و فراموش کنی !اون دختر هندی اگرهم عاشق بوده عاشق او بوده نه تو!"

خودم میدونم عاشق او بوده اما الان توی دل منه . ! میگم :"خانم دکتر من حتی اسم اون دخترو بخاطر میارم . حتی حرفهایی که با هم زدن رو می شنوم"

خانم دکتر سری تکون میده و میگه : "البته همون طور که گفتم این فقط یه فرضیه ست اما در مورد تو خیلی عجیبه .. که نه فقط تصاویر رو میبینی بلکه صدا ها رو هم میشنوی . شاید چون این خاطرات خیلی نزدیک بوده و بلافاصله چشم هاشو به تو دادن این اتفاقات به مغز تو منتقل شده .. شاید چون توی کما بودی یه ارتباط روحی بین شما برقرار شده .. من باید با یکی از استاد هام درین مورد حرف بزنم اما اگه فکر میکنی دیدن این دختر و مادرش بتو کمک میکنه حتماً پیداشون کن و به دیدنشون برو حتی برای تشکر چون اونا اجازه دادن که تو یک عمر ببینی . البته باید این رو بدونی که تو آنها را می شناسی ، این توئی که این خاطرات یادت میاد . ولی آنها با تو بیگانه هستند انتظار نداشته باش که فکر کنند اون برگشته و عشقی که به او داشته اند به تو هم بدهند .یادت باشه تو برای آنها یک بیگانه هستی . همین چند دقیقه قبل میگفتی که احساس میکنی عاشق اون دختر هستی ! اما اینو بدون که اون عاشق تو نبوده و نیست . او عاشق جوانی بوده که چشمانش را به تو داده "

ناگهان بی اراده می پرسم :"پس چرا دم در اتاق من می ایستاد ؟ چرا نگران حال من بود؟"

خانم دکتر چند دقیقه سکوت میکنه :" من نمیدونم چی بگم .. این ها رو فقط خود اون میتونه جواب بده !شاید میخواسته چشم های اونی که عاشقش بوده رو یه بار دیگه ببینه .. چه میدونم یه دختر عاشق هزار جور فکر میکنه . جواب همه این سئوال ها رو پیدا میکنی اما با خونسردی تو نمی تونی ناگهان جلوی یه دختری سبز شی و بگی که دوستش داری

تو برای اون یه بیگانه هستی هیچوقت اینو فراموش نکن "

احساس نا امیدی میکنم ،خانم دکتر درست میگه ممکنه با همه این چیزا روبرو بشم !اما بازم بهتر ازین جهنمی است که در آن دست و پا میزنم .

می پرسم :" خانم دکتر پس شما بگید چکار کنم ؟"

خانم دکتر لبخندی میزنه و میگه :" تو اول باید با پدر و مادر خودت حرف بزنی حتماً اونا میدونن کی اجازه داده که تو این چشمها رو بگیری دربیمارستان هم باید اطلاعات مربوط به کسی که چشمانش را اهدا کرده وجود داشته باشه ! مطمئن هستم میتونی آنها رو پیدا کنی . اما اول باید خود تو پیدا کنی و با خودت کنار بیایی تا بتونی عاقلانه رفتار کنی . حتی به نظر من در مورد خاطرات هم نباید در ابتدا چیزی به آنها بگی مخصوصا به دختره .. چون این خاطرات عاشقانه یک دختره و هیچ دختری دوست نداره رازهاشو یکی دیگه بدونه مخصوصا یه مرد غریبه . ولی اگه این دیدار ها تورو آرام میکنه . حتما برو و پیداشون کن و باز هم بدیدن من بیا باید در این مورد خیلی صحبت کنیم "

میگم : "خانم دکتر من تا عمر دارم از شما ممنونم شما منو از یک جهنم نجات دادید حالا لااقل میدونم که دیوونه نیستم و باید چکار بکنم دوباره خیلی زود پیش شما میام چون واقعا احتیاج دارم با شما حرف بزنم ولی حالا اجازه بدید بروم و اون ها رو پیدا کنم "

خانم دکتر کارت شو به من میده و میگه : "این تلفن منه هر وقت به مشکلی برخوردی میتوانی به من زنگ بزنی و در موردش حرف بزنیم . بد نیست برایت یک آرام بخش هم تجویز کنم این روزها به آن احتیاج داری مخصوصا اگه خواستی به دیدن اون دختر بری .. باید خیلی آرام باشی تا اشتباهی نکنی "

از خانم دکتر خدا حافظی میکنم و اتاقش رو ترک میکنم . مامان بیرون روی یه صندلی نشسته تا منو می بینه بسویم میاد و با نگرانی میگه : "بهشاد جان خوبی ؟ "

نگاهی به او میکنم و می پرسم : "چرا این کارو با من کردین ؟ چرا به من حقیقت رو نگفتین ؟"

مامان مِن.. مِن میکنه ... بابا هم میرسه . حرفهای منو شنیده میگه :

"من وقتی به اینجا رسیدم که عملت تموم شده بود توی یه بیمارستان دیگه ! بعدا ترو آوردیم این بیمارستان چون هم امکاناتشون بهتر بود هم به خونه عمه ات نزدیکتر .. من دیر فهمیدم ، اما وقتی تو به هوش آمدی چند بار خواستم به تو بگم ولی مامانت نذاشت "

نگاهی به مامان میکنم ، خیلی غافلگیر شده میگه : "چه میدونستم می ترسیدم بدونی که عمل به این بزرگی داشتی ... بفهمی که خدا نکرده کور شده بودی ؟ خیلی بترسی؟ قصد بدی که نداشتم ؟"

ناگهان نگاهش میکنم و میگم : "مامان اون دختر هندی که پشت در اتاق من بود با کسی که چشم هاشو به من داده چه رابطه ای داشت ؟ ها؟؟"

مامان گریه کنان میگه :" بخدا قسم نمیدونم آخه .. توی اون بیمارستان که اصلا حالم رو نمیفهمیدم .. اصلا یادم نیست ..چی میدیدم ؟ من همش گریه میکردم . اما توی این بیمارستان می دیدم که کنار اتاق ما ایستاده فکر میکردم یه مریضی توی اتاق بغلی داره !"

با نگاهی پر از ملامت بهش نگاه میکنم :" وقتی ازت پرسیدم که یه دختر هندی توی راهرو ایستاده یا نه ؟ چرا از من پنهان کردی ؟وقتی برای اولین بار راه میرفتم اون بود که سلام کرد مگه نه ؟ چرا دروغ گفتی ها؟"

با گریه میگه :"بخدا نمیدونم چرا ؟.. آخه تو یه حرفایی میزدی منو می ترسوندی؟ آخه ما که اون رو نمیشناختیم؟"

میگم: "می ترسیدی ؟ از چی ؟ از اینکه من دیوونه بشم ؟ خوب همین جوری هم دیوونه می شدم . خوب حالا باید بریم بیمارستان اولی که منو عمل کردن باید بدونم صاحب این چشمها کیه ؟ باید همه چیز رو بدونم "

مامان میگه :" عزیزم باشه همه چیز رو برات میگم ، اینقدر خود خوری نکن ! وقتی که به مادر بزرگ ویزا ندادن من و بابات تصمیم گرفتیم که بیاییم اینجا و اونو ببینیم پاسپورت پدرت حاضر نبود .من منتظر او

نشدم بشما هم نگفتم میخواستم مادر بزرگ رو سور پرایز کنم ،وقتی این حادثه رخ داد من توی هواپیما بودم که عمه ات به من پیامک زد که چنین اتفاقی افتاده .. تو که نمیدونی من چطور به بیمارستان رسیدم ! تو توی خواب و بیداری بودی گاهی هوش می آمدی و گاهی بی هوش میشدی وقتی من رسیدم دکتر به من گفت که تو هر دو چشماتو از دست دادی ولی در همین لحظه دو تا چشم اهدائی هست که صاحبش در حال مرگه و اگه نتیجه آزمایش هایش با پسر شما یکی باشه میتونیم چشماشو پیوند بزنیم ! من گفتم باشه .. یه ساعت بعد تورو بردن اتاق عمل من انقدر پریشان بودم که حتی نپرسیدم این کیه ؟ اسمش چیه؟ کی رضایت داده؟ همین که تو چشم دار میشدی برای من بس بود!! حتی وقتی عملت تموم شد هم نپرسیدم اون یکی چطوره زند ست یا مُرد ؟ فقط نگران تو بودم کسی رو هم ندیدم که از بستگان اون باشه . من آن روزها هیچکس رو نمی دیدم شب و روزم گریه بود .. این دختره رو هم بخدا آنجا یادم نمی یاد که دیده باشم ، فقط توی این بیمارستان دیدمش ،بعد از عمل هم تو رفتی توی کما که دیگه بد تر .. تو میدونی ما چه کشیدم تا بالاخره خدا رو شکر تو به هوش آمدی ، من گفتم ..من به همه گفتم به تو نگن که چشمات رو عوض کردن ..خوب چه فرق میکرد خدا رو شکر که هم به هوش آمدی هم چشمات خوب شدن "

بهش چی بگم ؟ بگم که به چه قیمتی من بینا شدم ! عزیز کسی مرده و قربون من شده ؟ بگم عشق یک دختر جوون فدای من شده ؟همون دختری که توی راهرو هر روز منتظر بوده تا چشم های منو ببینه ! بگم که مادرش شب و روز بالای سر من بود ؟ بگم که من دارم با چشم یک مجاهد دنیا رو میبینم ؟ بگم که توی یه جای دور مادرش چشم براه دوخته تا پسرش برگرده ؟ بگم خاطرات اون آمده توی مغز من .. توی قلب منه و داره با من زندگی میکنه؟مگه کسی میفهمه که من چی میگم ، شاید مادرم حق داشته ؟ اگه این خاطرات بسراغ من نمی آمدند من هرگز نمی فهمیدم که چشمام مال خودم نیست . اما حالا چه کنم همانطور که حرف می زدیم رسیدیم به کسرا میگم: "کسرا میتونی مارو ببری بیمارستان اولی که من اونجا بودم ؟"

کسرا نگاهی به من میکنه : "وقتی من آمدم تو توی همین بیمارستان بودی ."

بعد رو میکنه به مامان ومیگه :"زن دائی بیمارستان اول کجاست؟" مامانم میگه:" من که یادم نیست زنگ بزن از مامانت بپرس "

پس از حدود نیم ساعت به بیمارستان دیگری میرسیم . نمی دونم وقتی ازین بیمارستان بیرون بیام چه احساسی خواهم داشت یعنی جواب همه سئوال های خودم رو پیدا میکنم ؟ یعنی آدرس نسیم آرا رو بمن میدن ؟ یعنی اونو پیدا میکنم ..؟ یعنی میفهم اونی که شب روز توی مغز من زندگی میکنه کیه؟

***

روبروی اطلاعات نشسته ام و دارم لحظه شماری میکنم . تا بدونم چی شده ؟ پرستاری میاد تا با من حرف بزنه ،میگه :"معمولا ما آدرس و مشخصات اهداء کننده رو به کسی نمیدیم!" میگم:

" خانم من میخوام بدونم او کی بوده که چنین خوبی در حق من کرده ؟ اهل کجا بوده ؟ میخوام از بستگانش تشکر کنم "

پرستار میگه:

"این بستگی به آنها داره که بخوان شما رو ببینن یا نه ؟"

بعد میره ، نیم ساعتی میشه که اینجا نشستیم . مامان اصرار داره بریم خونه و یک روز دیگه بیایم اما من قبول نمیکنم و از جام تکون نمیخورم تازه می فهمم که در این بیمارستان فقط عمل های پیوندی انجام میشه پرستار همراه دکتر میان سالی بر میگرده . دکتر منو همراه خودش به اتاقی میبرد .روبرویش می نشینم .

می گه:"من چشمهای ترا عمل کردم اول بذار معاینه ات کنم ببنیم چطوری؟"

بعد از معاینه میگه :"خدا رو شکر آنقدر خوب پیوند خورده که اصلا باورم نمیشه ..خوب حالا بگو ببینم که تو به دنبال چی هستی ؟"

میگم :"دکتر من امروز فهمیدم که عمل پیوند چشم شدم و چشمام اهدائیه میخوام اون خانواده رو پیدا کنم و ازشون تشکر کنم که چنین لطفی بمن کردن "

دکتر نگاهی به پرونده می اندازه و میگه : "اسمی از خانواده در این جا نیست ،بعد از کمی تامل ادامه میده .. اها عجب تصادفی دو ماه قبل از انفجار جوانی برای اهداء قسمتی از کبدش به پسر خرد سالی به این بیمارستان امده . اما پس از آزمایشات فهمیدند که اشتباهی در آزمایشات قبلی بوده و جگر این جوان را نمیتونن به آن کودک پیوند بزنن . اما این جوان در وصیت نامه ای که در بیشتر بیمارستانها وجود دارد نوشته و امضاء کرده که اگر اتفاقی برای او رخ داد ما میتوانیم تمام اعضاء بدنش را اگر به درد کسی میخورد اهداء کنیم . خیلی ها این وصیت نامه را بخاطر انسان دوستی پر میکنن اما او بیچاره نمیدانست که به زودی در انفجار کشته میشه "

با خودم میگویم اتفاقا در آن لحظه ای که داشت این وصیت را مینوشت خوب میدونست چه روز و چه ساعتی کشته خواهد شد . آیا او واقعا آدم بدی بوده ؟ آیا کسی که حتی پس از مرکش میخواسته به مردم زندگی ببخشه میتونه جان عده ای را بگیره ؟ نه امکان ندارد؟ نه حتماً ماجرا چیز دیگری بوده که باید بفهمم .

دکتر ادامه میدهد : "بله آن شب نه تنها تو بلکه چندین نفر دیگر هم با اعضاء اهدائی او به زندگی برگشتند . جوان خوش اقبالی بودی که تو و او را به این بیمارستان آوردند وگرنه شاید هیچ وقت این عمل صورت نمی گرفت "

می پرسم :"دکتر خودش چی شد چرا مرد ؟"

دکتر میگه : "طفلک خونریزی شدیدی داشته و فوت شده "

خیلی ناراحت میشم ! من شب و روز دارم با یک مرده ارتباط برقرار میکنم !! خدایا آیا چنین چیزی ممکنه ؟خدایا؟ با خودم میگم دکتر به من میگه خوش اقبال یعنی با مرگ یکی دیگه من بینا شدم این خوش اقبالیه ؟ شایدم باشه من نمیدانم!! شایدم بودم اما به قیمت مرگ یک جوون دیگه!می پرسم جسدش چی شد ؟

دکتر میگه:" حتما کسانی اینجا بودند و جسدش رو تحویل گرفتند "

میگم : "دکتر میشه آدرس اون رو به من بدیدن؟!

دکتر میگه :" اینجا آدرسی از او نیست!! از این وصیت نامه ها توی بیمارستانها پره ، اونم یکی رو امضاء کرده !یه نفر هم جنازه اون رو تحویل گرفته !!"

مطمئنم خانواده نسیم آرا بودن که این کار نیک رو انجام دادن، اصلاً مگه من توی رویا ها ندیدم که کنار نسیم آرا نشستم و یکی رو دارن عمل میکنن حتماً همین بیمارستان بوده . می پرسم :

"دکتر خانواده اون پسری که کبدش را عمل کردند اینجا هستند ؟ میشه آدرس شون رو بمن بدین ؟"

دکتر نگاهی به من میکنه و می پرسه: "تو از کجا میدونی که پسرشون عمل شده؟"

خودمو جمع و جور میکنم نباید از اطلاعاتی که دارم بروز بدم .میگم: "خودتون گفتین که میخواسته از جگرش به پسر یه خانواده اهداء کنه! خوب بالاخره یه آدرسی از خودش و یا اون پسری که قرار بوده جگر رو شو به اون بده باید اینجا باشه !حتماٍ اون خانواده در موردش میدونن "

دکترسرشو تکون میده ومیگه : "آره درسته .. اما ببین جوون از خودش که آدرسی نیست ، آدرس اون خانواده رو هم نمیتونیم بدیم چون جزء اطلاعات خصوصیه یه بیمار دیگه است ! بعد از مکثی میگه :

" دارم فکر میکنم چطور بتونم به تو آدرس اونا را بدم میدونی این برعلیه قوانین بیمارستانه . بدون اجازه اونا نمیتونیم آدرس شون رو به کسی بدیم! باید از آنها بپرسیم!" "

میگم دکتر:" اگه اجازه ندن چی؟"

میگه :"این دیگه به شانس تو بسته"

میگم :"آخه شما میخواین به آنها چی بگین ؟ شاید اگه خودم برم دم درخونه شون بهتر باشه !"

دکترمیگه :"امکان نداره !! این برخلاف قانون حفظ اطلاعات خصوصی بیماره . من نمیتونم این کار را بکنم "

با التماس میگم : "دکتر میشه فقط اسم اونا رو به من بدین شاید خودم پیداشون کنم .شما هم مسئول نباشید "

دکتر نگاهی به من میکنه :"اصلا این اطلاعات رو واسه چی میخوای ؟خودش که مرده ! خانوده اش هم که اینجا نیستند ؟ تازه با اون خانواده حرف زدن چه فایده داره؟ چرا دنبال این جریان را گرفتی؟"

شاید باید حقیقت رو به این دکتر بگم چاره ای ندارم! وگرنه کمکم نمیکنه ! دکتر فکر میکنه که من خوش اقبال بودم ؟ اما با قربانی شدن یک نفر دیگه؟اون نمیدونه این خوش اقبالی چقدر واسه من گرون تموم شده! باید دل به دریا بزنم و حقیقت را به دکتر بگم، تا کمکم کنه.

میگم :"دکتر شما اون فرضیه رو شنیدین که در بعضی از موارد اهداء چشم دیده شده که کسی که چشمان یکی دیگه رو گرفته ، خاطرات اهداء کننده به او منتقل شده! شاید باور نکنید ! اما یه فرضیه پزشکی هست که میگه بعضی وقتها کسی که چشم دیگری رو گرفته بعضی از خاطرات اونو بیاد میاره !!و من صحنه هائی میبینم که خاطرات اوست نه من! میدونم شاید شما این فرضیه رو قبول نداشته باشین، اما برای من اتفاق افتاده برای همین میخوام خانواده اش رو پیدا کنم :

دکتر با تعجب به من نگاه میکنه : " یعنی واقعا تو خاطرات اونو میبینی؟"

میگم:" بله و برای همین میخوام آنها رو پیدا کنم . خواب مادرشو میبینم که نگرانه .. شاید مادرش نمیدونه که اون کشته شده ! دکتر باید به من کمک کنید چون در وضع روحی بدی بسر میبرم "

دکتر سرشو بلند میکنه و با تعجب وبا دقت به حرفهام گوش میکنه و میگه:" یعنی این ممکنه ؟ این فرضیه وجود داره ! اما بصورت فرضیه نه واقعیت! اما تو میگی واقعیت داره . یعنی واقعاً تو خاطرات اون رو بیاد میاری ؟ یعنی تو خاطرات اونو میبینی؟یعنی واقعاً اینطوره ؟

میگم :" بله دکتر .. من خیلی چیزها در خواب می بینم که خاطرات من نیستن حتی مادرشو میبینم ..نامزدشو میبینم "

دکتر با همان لحن تعجب زده میگه: "باور کردنش مشکله ..اما خوب اگه می بینی

پس باید قبول کرد .. خوب بگو ببینم چی خواب میبینی ؟ شکل اونارو هم می بینی ؟ یعنی اگه مادرشو ببینی میشناسی؟"

میگم: "بله اگه ببینم میشناسم البته یه زن عرب رو میبینم اگه اون مادرش باشه ؟ دکتر نگاهی به پرونده میکنه و میگه : "اسمش رو نوشتن ..بریتانیائی نیست چون خیلی اسم سختیه بعد به سختی میخونه جو..جو نی یر . جونیر راشد.

***

وای خدای من این اسم یه اسم عربیه درسته .. یادم میاد توی کما که بودم خواب می دیدم که توی یه غار نشسته ام و دارم چیزی رو به عربی می خونم و همه عربی حرف می زدند . خدایا دارم به مقصدم نزدیک می شم می پرسم : "دکتر نوشته اهل کدوم کشور بوده ؟"

دکتر نگاهی به کامپیوتر می اندازه و میگه : "نه چیزی ننوشته"

میگم :"دکتر من باید اینو بدونم ، چون باید مادر شو پیدا کنم تا آرام بگیرم "

دکتر هنوز هم شک داره و با ناباوری نگاهم میکنه:"واقعاً تو اونا رو توی خواب می بینی؟"

مجبورم بیشتر براش توضیح بدم تا باورم کنه .میگم: "دکتر فقط دیدن نیست من صداهاشون رو هم می شنوم ،دکتر اگه کمکم نکنید شاید دیوونه بشم"

دکتر بازم نگاهم میکنه بعد نگاهی به کامپیوتر میکنه و میگه:" خوب باورش سخته اما اگه واقعاً این باشه که تو میگی کشف بزرگی در پزشکیه . باید اینو من ثابت کنم که چشم فقط عکسها رو به مغز نمی فرسته بلکه در خودش هم ضبط میکنه "

خدایا من توی چه عالمی هستم و او به چی فکر میکند . با خودم میگم شاید بخاطر کشف بزرگش هم شده به من کمک کنه .

میگم :"دکتر می شه آدرس اون خانواده ای که جونیر میخواست به پسرشون جگرش رو اهدا کنه بمن بدین ؟"

نگاهی به پرونده می کنه و جواب میده:" نه نمی تونم چو اطلاعات خصوصی یه مریضه دیگه است و ما نمی تو نیم به کسی بدیم "

التماس میکنم که به من کمک کنه . یادم می یاد که توی همین بیمارستان کنار نسیم آرا نشسته بودم و او گریه میکرد و یکی رو عمل می کردند . من باید سر نخ همه چیز رو اینجا پیدا کنم . باید دکتر و راضی کنم . دکتر میگه :

"آها یه فکری! میتونم از سرد خانه اسم و آدرس کسی که جنازه شو تحویل گرفته رو پیدا کنم ."

و براه می افته خدایا اگه جنازشو تروریست ها گرفته باشند چی ؟ من نمیخوام با اونا درگیر بشم ! میخوام هر طور شده اونو بشناسم اما نه از طریق کسانی که باعث مرگ او شدند . توی این فکر ها هستم که به سرد خانه می رسیم و دکتر پس از چند دقیقه حرف زدن با مامور اونجا یه کپی از آدرس و اسم کسی که جنازه رو گرفته برام میاره روی کاغذ رو میخوانم (محمد میرزا اکرم خان) خدایا یعنی این اسم پدر نسیم آراست ؟ به دکتر میگم:

"حالا که شما اینقدر لطف کردین می تونم یه چیز دیگه هم ازتون بخوام میشه ببینین این اسم توی پرونده اون پسر هست یانه! یعنی این مرد پدر اون پسره که اینجا عملش کردن ؟"

توی دلم می ترسم که این یکی از تررویست ها باشه . دکتر نگاهم میکنه و میگه:

" بخاطر یک کشف پزشکی چه کار ها که باید بکنم باشه نگاه میکنم اما به این شرط که برگردی و همه چیز رو برام بگی این برای من خیلی مهمه !!"

به او قول می دم که همه چیز رو براش بگم و اون میگه باشه برگردیم اتاق من، وقتی به آنجا میرسیم نگاهی به پرونده می کنه و میگه :

"بله حدست درسته مردی که جنازه رو گرفته پدر اون پسره است "

بعد ناگهان نگاهم میکنه: "تو از کجا میدونستی؟"

میگم :"همین جوری حدس زدم" بعد از دکتر تشکر میکنم و با عجله میام بیرون.مامان هر چی اصرار میکنه چیزی بهش نمی گم . میریم خونه توی اتاق کسرا روی تختش دراز میکشم چشمامو می بندم و فکر میکنم حالا چکار کنم ؟ مگه میشه ناگهان جلوی نسیم آرا سبز بشم و بگم که من کی ام. واقعاً من کیم؟ بهشاد یا جونیر؟ مگه میشه در خونه شو بزنم و بگم من جونیر هستم نه من صاحب چشمهای جونیر هستم !! بگم که من توی خوابم دختر شمارو میبینم؟یا من همه شما هارو می شناسم؟ اصلا همچین چیزی میشه ؟اون که اصلا منو نمی شنا سه ؟ نه.. میشناسه مگه نه که میامد بیمارستانی که بستری بودم ؟راستی چرا می آمد ؟و چرا بعداً دیگه نیامد؟ خدایا چکار کنم ؟ کاش می شد با یکی حرف بزنم ؟ ناگهان یاد خانم دکتر بهاری افتادم . فقط اون میتونه به من کمک کنه . کارتشو بر میدارم و بهش زنگ می زنم .خودش گوشی رو بر میداره همه چیز رو واسش تعریف میکنم. حتی اینکه توی همین بیمارستان نسیم آرا کنار من نشسته بود و گریه میکرد. وقتی که برادرش رو عمل میکردن ،میگه خیلی خوشحاله که ادرس رو پیدا کردم واضافه میکنه که :

"فراموش نکن که این چیزا رو تو با چشم جونیر دیدی نه با چشم خودت ، یعنی کسی که اون دختر دوست داشته جونیر بوده ! تو نمیتونی ناگهان بری در خونه اون و از خاطراتی که هیچ کس خبر نداره با او حرف بزنی .. باید بدانی که این خاطرات برای اون مقدسه اون نمیخواد کسی اسرار عشق از دست رفته اش رو بدونه ، شاید حتی پدرو مادرش هم خبر نداشته باشند!!باید خیلی با احتیاط رفتار کنی تا اعتماد اونو بدست بیاری بعد بگی که چه اتفاقی افتاده و بنظر من واسه امروز هم دیگه بسه استراحت کن و فردا برو در خونه شون ولی منو بی خبر نذار!"

خدا حافظی میکنم و با خودم میگم واقعأ به او چی بگم ؟ نه اول باید مطمئن بشم که دختری که دم در اتاق من می ایستاده نسیم آرا بوده ؟ اگه نبوده پس کی بوده؟ دلم میخواد همین الان برم دم خونه شون اما چی بگم؟من راه دور و درازی در پیش دارم نه تنها باید نسیم آرا را پیدا کنم بلکه باید تاسوریه ، عرستان ؛ عراق یا هر کجا که مادرش آنجاست هم بروم و مادر جونیر رو هم پیدا کنم !! چه کسی باور خواهد کرد که من در واقعیت بدنبال رویا میکردم؟ چه کسی باور میکنه ؟ اصلا بقیه اعضاء بدنش رو به کی دادن؟ شاید الان قلبش توی سینه یه

نفر دیگه داره می تپه! یعنی اونم عاشق نسیم آرا شده؟ یعنی اونم داره دنبال نسیم آرا میگرده؟ ناگهان بلند می شم میرم پای کامپیوتر حالا همه مردم توی فیس بوکس هستند حتما نسیم آرا هم هست خیلی میگردم بالاخره یه صفحه بسته شده پیدا میکنم چرا صفحه شو بسته ؟ چه اتفاقی افتاده ؟ حتی یک عکس هم پیدا نمی کنم . به ساعت نگاه میکنم هشت شبه دیگه خیلی دیره که به خونه شوون برم باید تا صبح صبر کنم راستی وقتی او را ببینم بهش چی بگم؟ اصلا او میخواد منو ببینه؟ آره حتما و گرنه پشت در اتاق من توی بیمارستان چکار داشت؟

***

صبح قبل از همه بیدار میشم یه چایی می خورم و با عجله از خونه بیرون میرم یه تاکسی میگیرم و میرم بطرف خونه نسیم آرا . باورم نمیشه که دارم پایم را از دورن یک رویا به وادی حقیقت میگذارم . خدایا کمکم کن که این رویای شیرین به حقیقتی تلخ تبدیل نگردد. از روی جی پی اس تاکسی می فهمم که داریم به خونه اونا نزدیک می شیم قلبم داره تند تر میزنه ! به راننده میگم همین جا نگه دار بقیه شو پیاده میرم. تپش قلبم بیشتر شده ، شاید چون خیلی هیجان دارم ،میخوام کمی آرام بگیرم .پیاده به راه می افتم حالا چکار کنم ؟ در خونشون رو بزنم ؟ خوب چی بگم ؟ چطور با او روبرو بشم ؟ اصلا اگه پدرش در رو باز کنه چی بگم ؟ توی این فکر ها هستم که وارد کوچه شان میشم . کوچه باریکیه خونه ها رو یکی یکی نگاه میکنم .بیشتر خونه ها عوض دیوار نرده دارند . خدای من ناگهان خونه شوون رو می بینم همون در میله ای سفید رنگ که می شه توی حیاط رو دید. خودشه !جلوی همین خونه توی بارون اون منتظر من بود و من بهش گفتم بمن دل مبند من رفتنی هستم درسته !! درخت وسط حیاط همون درختی که کنارش می نشستیم ..خدایا همه چیز داره یادم میاد میرسم جلوی در ناگهان چشمم به نظر قربونی بزرگی می افته که به کنار در ورودی خونه آویخته شده . این نظر قربونی رو من واسش دو سه روز قبل از انفجار از بازار ترکها خریدم اونم دم در خونه زد تا کسی عشق مون رو چشم نکنه .ناگهان به خودم می یام خدایا دیگه دارم بیشتر و بیشتر بهشاد رو فراموش میکنم و جونیر می شم. چه خوب شد که اسمش رو یاد گرفتم . حالا لااقل میدونم که دنبال چی هستم .دنبال آرزوهای برباد رفته ی کسی که چشمانش را برای من جای گذاشت ، تا من ببینم

آنچه را که ندیده ام!! او از من چه می خواهد ؟من الان چرا دم در خونه نسیم آرا هستم .؟باید پیام عشق جونیر را باو بدهم؟آیا این عشقی که من احساس میکنم عشق جونیر است؟ آیا دلش میخواسته به نسیم آرا بگوید که دوستش داشته ؟ خدایا بین آنها چه گذشته ؟روبروی در ایستاده ام یه زن هندی از خونه بغلی میاد بیرون نگاهی به من میکنه و میگه:

"با اینها کار داری ؟نیستن همه شون رفتن لندن چون پلیس پدرشون رو گرفته بجرم همکاری با خرابکارها!"

ای داد و بیداد پس چیزی که ازش می ترسیدم اتفاق افتاده و پلیس رد جونیر رو گرفته و به اینا رسیده .. حالا چکار کنم ؟ چطور پیداشون کنم؟ این زن هندی هر چند کار خاله زنک بازی کرد و نباید راز اونا رو بمن میگفت اما کمک بزرگی کرد حالا میدونم چه اتفاقی افتاده ! دو تا پسر بچه دارن با یه توپ فوتبال بازی می کنند ،روبروی در خونه شون به دیوار تکیه میزنم نه قدرت رفتن دارم نه نای ماندن پشت این در چه خبره ؟ قراره چه اتفاقی بیفته ؟ یه پام رو به دیوار چسباندم و چشم به در خونه دوختم . حالا چکار کنم اینم خونه نسیم آرا! همون خونه ای که دنبالش توی خیال می گشتم . کنار همین در نسیم آرا زیر بارون انتظار منو می کشید و من بهش گفتم به من دل مبند من رفتنیم من مسافر خدا هستم . خدایا دارم دیوونه میشم اینا رو که من نگفتم جونیر گفته . اصلا من این حق رو دارم که بهش بگم که این خاطر اتو بیاد می آورم. میخوام برگردم ناگهان چشمم دو باره به نظر قربونی می افته که دم در آویخته شده انگار به من میگه هدفت یادت نره. خدایا جونیر از من چه میخواد . ؟من الان چرا دم در خونه نسیم آرا ایستاده ام ؟ چی رو باید به نسیم آرا بگم؟؟باید پیام عشق جونیر رو به او بدهم !!؟ آیا این عشقی که من احساس میکنم عشق جونیر است؟ آیا دلش میخواسته به نسیم آرا بگوید که دوستش داشته ؟ خدایا بین آنها چه گذشته ؟ راستی چه شد که من اینجا هستم آیا چشمان جونیر ماموریتش را انجام داد و مرا رساند جایی که میخواست باشد ؟ یک آن بفکر کسی می افتم که قلب اورا گرفته آیا او هم چنین حسی داره؟ ولی قلب که نمی بینه ؟ آیا جونیر با او هم در تماس است؟ . ناگهان صدای شکستن شیشه ای افکارم را پاره میکنه ،توپ اون بچه ها به شیشه پنجره خونه نسیم آرا خورد و شیشه رو شکست و در یک لحظه در میان قاب شیشه

شکسته چهره دختری نمایان میشود ..دختر زیبائی با چشمان درشت سیاه و صورتی مهتابی رنگ ،مو های خیس انگار از لابلای قصه ها به بیرون سرک میکشید !!این خود نسیم آراست که همیشه در رویا دیده بودم ،حالا جلوی منه! صدای قلبم رو می شنوم ، نگاهی به بیرون میکنه و بعد ناپدید میشه، شاید اصلا منو ندید. من مثل یک سنگ به دیوار چسبیده و میخکوب شدم، این هم نسیم آرا که روزها در تلاش یافتنش بودم ! حالا چی باو بگم؟پس اونا خونه بودن شاید از دست خبرنگارها و مردم فضول خودشون رو نشون نمیدن ! با خودم میگم حالا چی میخوای بهش بگی ؟میتونی بری جلو و بگی نسیم آرا من جونیر هستم ؟نه من جونیر نیستم من بهشادم و درچشمانم خاطرات جونیر را برایت به ارمغان اورده ام.. نه خدایا نکنه این هم یک رویا باشه ؟ توی رویاهایم دست و پا میزنم که در خونه باز میشه و نسیم آرا در حالی که توپ اون بچه ها رو بغل گرفته بیرون میاد . همون لباس هندی سبز کم رنگ و با حاشیه طلایی تنشه ..موهای مجعّد خیسش دورش ریخته خدایا چکارکنم ؟ چطوری فرارکنم ؟مقابل در خونه شون به دیوار چسبیده ام، نای حرکت ندارم او می آید و از جلوی من رد میشه ولی ناگهان می ایسته و نگاهی به من میکنه ..انگار چیزی آشنا دیده ولی در نگاهش فقط تعجب رو می بینم .چند لحظه نگاهم میکنه وای که این نگاه چقدر برایم آشناست .. بعد براهش ادامه می دهد . پسر بچه ها دیگه بازی نمی کنند منتظر هستند تا او دعواشون کنه یکی از پسر بچه ها پیش دستی میکنه و می گه :" ببخشید دیگه تکرار نمی شه از پدرم میخوام تا شیشه رو عوض کنه "

نسیم آرا به آرامی میگه : "اینجا بازی نکنید کوچه باریکه ته این خیابون یه محوطه بزرگه ،چرا آن جا بازی نمیکنین؟ اینجا ممکنه شیشه بقیه خونه ها رو هم بشکنین."

پسرک توپش را می گیرد و به سرعت بسوی ته خیابان می دود. انگار از یک جنگ بزرگ فرارکرده. نسیم آرا هم بر میگرده بره توی خونه دوباره وقتی جلوی من میرسه نگاهم میکنه . هزار پرسش توی چشاشه؟ بعد میره توی حیاط خونه . نمیدونم چکارکنم ؟ برم جلو وباهاش حرف بزنم ؟ نه نمیتونم اصلا نمیدونم چی بگم؟بهتره برم و فکرهامو بکنم و یه روز دیگه برگردم ،راه می افتم به طرف خیابان اصلی ..اونجا منتظر تاکسی می شم که ناگهان صدایی از پشت سرم می شنوم!!

" ببخشید شما دنبال کسی می گشتید؟" بر میگردم نسیم آرا روبروم می بینم ..زبانم بند اومده حالا چکار کنم !!چی بگم؟ ولی اون منتظر جوابه .. نمیدونم چی بگم ناگهان می پرسه : "شما پلیس هستین ؟ دیگه چی از جون ما می خواین؟ حالا دیگه دم خونمون هم کشیک می دین ؟"

خیلی دلم واسش سوخت بیچاره این خانواده بخاطر جونیر در گیر چه مسائلی شدند . خوب شد زن همسایه بمن گفت وگرنه خیلی شوک می شدم نگاهش میکنم چشماش پر اشکه ،خوب معلومه باید هم این قدر ناراحت باشه .. حالا بهش چی بگم ؟ اصلا جاش هست که من از چیزای که میدونم حرف بزنم . نه امکان نداره او در چنین موقعیتی نیست . نگاهش میکنم چشمانش با چشمانم گره میخوره! انگار چیزی را در آن می بیند .

دوباره می پرسه:" چرا دم خونه ما واستاده بودین؟ چکار داشتین ؟ پلیس هستین؟" پدرم رو که بردین دیگه از جون ما چی میخواین ؟"

در یک لحظه به خودم میام این دختر نباید بفهمه که من چه ها می دونم مخصوصا در چنین حالی .

آهسته میگم : " نه من پلیس نیستم !!من اینجام تا در مورد جونیر با شما حرف بزنم!"

ناگهان با شنیدن اسم جونیر چشمانش حالتی دیگر بخود می گیرد همه عشق جونیر رو توی چشاش می بینم . اما دوباره حالتی خشک بخودش میگیره ومی پرسه:

"اگه پلیس نیستید پس جونیر رو از کجا می شناسید؟ اصلاً از کجا می دونین که ما با جونیر ارتباط داشتیم ؟"

بایدخیلی با احتیاط با او حرف بزنم و چیزی که شک او را بر انگیزد بر زبان نیاورم و از خاطرات هم ابدا نباید چیزی بگویم که احساسات او را جریحه دار کنه ! به آرامی جواب می دم :

" شما منو نمی شناسید منم شما رو نمی شناسم !فقط از بیمارستان آدرس خونه شما رو گرفتم چون آدرس شما تنها آدرسی بود که در

بیمارستان وجود داشت .من میخواستم از شما نشانی اقوام جونیر را بگیرم؟"

دوباره به چشمانم نگاه میکنه وای که این نگاه چه آتشی بر دل من میزند اما آیا می تونم حرفی در این باره بزنم فقط نگاهش میکنم و ادامه می دم :"بخاطر لطفی که در حق من کردند میخواستم از آنها تشکر کنم.!"

چند لحظه در سکوت به من نگاه میکنه به چشمانم خیره میشه و ناگهان میگه : "شما چرا میخواین ازشون تشکر کنین؟ چه لطفی در حق شما کردن؟"

بی ارداه میگم : "بخاطر چشمام بخاطر اینکه چشمان جونیر رو بمن دادن؟"

انگار صدای قلبش رو می شنوم به چشمانم خیره میشه انتظار داره چی ببینه ؟ عشق جونیر رو؟ هاله ای از اشک دور چشاش رو میگیره اما زود به خودش مسلط میشه و میگه: "پس شما اونی هستید که چشمان جونیر رو گرفته ؟"

و بعد آه بلندی می کشه و با محبت نگاهم میکنه . انگار دنبال نشانه ای از عشق گم شده اش در چشمان من میگرده.

میگه:"حتماً توی بیمارستان به شما گفتن اون خرابکاره اما اون.. نمیذارم حرفشو تموم کنه او تحمل اینکه در مورد عشقش بد بگن نداره میگم:

"اگه فکر میکردم او آدم بدی بوده اینجا نبودم !! اون به هفت نفر زندگی داده آیا این آدم می توونسته بد باشه ! اون یه فرشته بوده !"

نگاهم میکنه توی چشاش پر از قدر شناسیه ..انگار انتظار شنیدن این حرفها رو از من نداشت .شایدم چون پلیس ها به شخصیت جونیرتوهین کردن فکر میکنه همه باید به جونیر بد بگویند.

میپرسم : "پلیس ها چرا پدرتون رو بردن بخاطر اینکه شما جنازه اونو تحویل گرفتین؟"

میگه: "بفرمائین توی خونه ،خوب نیست بیرون حرف بزنیم همسایه

های ما خیلی فضولن حرف در میارن!"

میخوام بگم که زن همسایه چی گفت اما فکر میکنم بیشتر ازین اعصابشو خرد نکنم دنبالش به درون خونه می رم چشمم به نظر قربونی می افته ! نمیدونم چیه؟ یه چیزی توی این نظرقربونی وجود داره که منو به طرف خودش میکشه! اما نمیدونم چیه؟ وارد خونه میشم همه چیز واسم آشناست پسر هشت یا نه ساله ای نشسته و داره گیم بازی میکنه به من سلام میکنه . حتماً برادرشه که عملش میکردن ..وای خودشه ناگهان یادم میاد که چقدر باهم ویدوئو گیم بازی میکردیم بی اختیار می پرسم : "گیم مرد عنکبوتی رو تموم کردی؟ "

به چشمام با تعجب نگاه می کنه ای داد و بیداد چه دسته گلی به آب دادم . ناگهان با تعجب می پرسه : "شما چطور می دونین من این گیم رو بازی میکنم ؟"

فوراً خودمو جمع جور میکنم : "همین جوری پرسیدم آخه جلد ش روی میزه خواستم بدونم تمومش کردی یانه چون من هنوز تمومش نکردم !"

با خوشحالی نگام میکنه : " شما هم دوست دارین بازی کنین ؟ اما من از وقتی عمو جونیر مرده دیگه این گیم رو بازی نکردم "

چقدر همه این خانواده درگیر های عاطفی در خاطراتشون با جونیر دارند نسیم آرا روبرویم می نشینه و می پرسه : "خوب حالا بگید شما چرا این جائید ؟"

من ..من کنان میگم :"من که گفتم میخواستم از خانواده جونیر خبری بگیرم توی بیمارستان فهمیدم که جسدشو پدر شما تحویل گرفته واسه همین اومدم اینجا . آیا پلیس هم بهمین خاطر دنبال شما آمده؟"

نسیم آرا نگاهی به من میکنه و میگه: "البته شاید این هم یکی از دلایلشون باشه ..اما دلیل های دیگه ای هم داشتن ..شاید نباید اینا رو بشما بگم اما خوب شما هم داستان را شنیده اید که اون بجرم خرابکاری محکومه اما ما ازین جریان چیزی نمی دونستیم . بگذارین از اولش بگم که چگونه جونیر به زندگی ما امد "

در چشمانش همون عشقی رو میبینم که در رویا می دیدم آیا دارم از

حقیقت وارد رویا میشم و یا از رویا به دنیای واقعی میرسم . چشم به دهان او دوخته ام. نسیم آرا آهی میکشد، انگار گفتن و حرف زدن در مورد جونیر براش بسیار سخته اما بالاخره شروع میکنه:

"من و خانواده ام در دوبی زندگی میکردیم ..زندگی آرامی داشتیم . پدرم تابعیت انگلیس را داشت ولی برای زندگی دوبی را ترجیح میداد . او تجارت اتوموبیل میکرد و زندگی خوبی هم برای ما تدارک دیده بود. پدر و مادرم در دوبی با هم ازدواج کرده بودند ولی هر دو از مسلمانان هند هستند . ما خودمون را بیشتر مسلمان هندی میدونستم تا تبعه انگلیس، در دوبی به مدرسه انگلیسی زبان می رفتم و در خونه اردو حرف میزدم و بیرون از خانه عربی . چه زمان خوبی بود . اما شادی ما خیلی هم دوام نداشت . مراد برادرم مریض شد و در اثر خوردن یک انتی بیوتیک عوضی که به آن حساسیت داشت و ما خبر نداشتیم مراد دچار کم کاری کبد شد و بیماری او با سرعت بسیار پیشرفت کرد پدرم هم تصمیم گرفت بخاطرمعالجه مراد به انگلیس بیاییم و دفتر دوبی رو بست و به اینجا منتقل کرد به این امید که مراد اینجا مداوا میشود . اما متاسفانه معالجات فایده ای نکرد و دکترا گفتن فقط پیوند جگر میتواند او رو نجات بده ! اما متاسفانه پس از همه ازمایشات هیچکدام از ما نتوانستیم به او از جگر مان بدهیم . او را در لیست انتظار گذاشتند اما هیچ کس که آزمایش هایش با او مطابقت داشته باشه پیدا نشد. خانواده ما روزهای سختی رو می گذروندند، وقت داشت بسرعت می گذشت و شانس ما کمتر می شد . تصمیم گرفتیم وب سایتی به اسم مراد درست کنیم و از همه دنیا کمک بخواهیم ، و در آن نوشتیم هر کس که مشخصات او با مراد مطابقت داشته باشه پدرم ضمانت ویزا و تمام مخارج رفت و برگشت او را به عهده میگیرد، و کلیه مراحل ویزا رو هم پدرم انجام میدهد . هر روز به امید اینکه یکی جواب دهد با بی تابی به روی سایت می رفتیم ولی خبری نبود .، تا اینکه یک روز از عربستان ایمیلی برایمان آمد ،یک نفر که تمام مشخصات او با مراد مطابقت داشت ،داوطلب شده بود که این پیوند را انجام دهد وای که چه روز خوبی بود مادرم بدور اتاق می دوید و گریه میکرد یک فرشته پیدا شده بود و میخواست جان مراد را نجات دهد! دو روز بعد او تمام نتایج آزمایش هایش را برای ما فرستاد وما با شادی به بیمارستان رفتیم ، آن زمان مراد در بیمارستان بستری شده بود . دکتر او پس از دیدن نامه های آزمایشگاه با هیجان گفت که خوشحال

باشید که این همان کسی است که بدنبالش بودیم ولی باید هر چه زودتر بیاید تا دیر نشده ،آن روز ها شادی خانواده کوچک ما گفتنی نبود همه از شادی در آسمانها پرواز میکردیم وای که چقدر خوشحال بودیم ..، پدرم با در دست داشتن نامه بیمارستان و آزمایشات جونیر برای ویزایش اقدام کرد . با چه بی تابی در انتظار جواب بودیم بالاخره پس از یک ماه که برای ما قرنی بود از اداره مهاجرت جواب مثبت آمد و به جونیر ویزای سه ماهه داده شد . پدرم همه ضمانت های مالی او را کرد و حتی برایش بلیط هم فرستاد . دو ماه قبل از حادثه انفجار جونیر به اینجا رسید. من و پدرم به فرودگاه رفتیم . از همون لحظه اول می شد فهمید که او چقدر جوان پاک و معصومی است او انگار از دنیای دیگری آمده بود که با ما شاید یک قرن فاصله داشت . وقتی با زن ها حرف میزد نگاهش را می دزدید .. با هیچ زنی دست نمیداد ..نگاهش پاک و بی گناه بود رفتارش با ما بسیار فرق داشت ..، اما اینها برای ما مهم نبود مهم این بود که او ناجی مراد بود ..فردا صبح با دنیائی از شادی به بیمارستان رفتیم ..او جواب همه آزمایش هایش رو آورده بود . اما دکتر گفت باید اینجا دوباره همه آزمایشات رو تکرار کنه و روز بعد او تمام آزمایش ها رو انجام داد و سه روز بعد مارو به بیمارستان خواستند و معلوم شد که دو تا آزمایش جوابش غلط بوده و با همه این مشکلاتی که گذرانده بودیم او نمیتواند از کبدش به مراد پیوند بدهد . انگار دنیارو بر سرما کوبیدند ..در یک لحظه همه امید های ما بر باد رفت انگار سیلی آمد و آرزوهای ما را شست و برد. جونیر خیلی غمگین شده بود میگفت به او گفته اند که همه آزمایش هایش با مراد یکی است . بعد از جریان انفجار و آمدن پلیس ها فهمیدیم که آنهائی که او برایشان کار میکرده ما را طعمه کرده بودند تا بتوانند او را به راحتی به اینجا بفرستند. بهر جهت آن روز ما گوشه بیمارستان نشسته بودیم و اشک می ریختیم دیگه وقت زیادی نداشتیم دکتر می گفت باید در عرض یک ماه مراد عمل شود و گرنه خدای نکرده اون رو از دست میدیم .. ناگهان یک مرد انگلیسی که پسرش در همون اتاق مراد بستری بود به سوی ما آمد و گفت که تمام آزمایشات او به مراد میخوره ولی چون پسر او به مغز استخوان نیاز داره و حالش هم بسیار بده، او چیزی نمی گفته !چون اگر عمل می شد و بلائی سرش می آمد پسر بیمارش که غیر ازو کسی رو نداشت چه باید میکرد ..، اما حالا دکتر به او خبر داده که تمام آزمایش های جونیر با پسر بیمار اومطابقت

داره !! واگه جونیر به پسر او از مغز استخوانش بدهد حتماً نجات پیدا میکنه و او هم به مراد از کبدش خواهد داد. باور نمیکردیم که چنین معجزه ای اتفاق افتاده باشه ، جونیر بدون لحظه ای تردید برای این عمل حاضر شد او یک فرشته بود شاید خداوند برای نجات جان اون جوان او را به اینجا فرستاده بود .مرد هزار بار جونیر رو بغل کرد و بوسید ما هم از خوشحالی سر از پا نمی شناختیم مادرم همه اش میگفت این فقط معجزه خدا بوده که این دو بچه شفا پیدا کنند و دو روز بعد در آن بیمارستان دو عمل انجام شد هم آن پسر به زندگی برگشت و هم خداوند مراد را دوباره به ما داد . آن روز تولد دوباره مراد بود . فکر میکنم در همان جا جونیر وصیّت نامه رو امضاء کرده بود که اعضایش را به آنهائی لازم دارن بدهند ولی به ما چیزی نگفت ..یک هفته بعد مراد سلامت به خانه برگشت و جونیر هم حالش خوب بود.. ما خودمون رو مدیون او میدونستیم چون هر چند که او به مراد از جگرش نداد ولی باعث شد که آن مرد به مراد پیوند بده ..شاید باید پدرم به او شک میکرد که چرا آزمایشاتش غلط بود و ممکن بوده ساختگی باشه ،اما چون مراد خوب شده بود برای ما فرقی نمیکرد."

ناگهان حرفش رو قطع می کنم و میگم :" شما هم نفهمیدین که او برای چی آمده بود!!؟

نسیم آرا نگاهی عمیق به من میکنه انگار شک کرده که من در موردشون چیزی میدونم یا نه با تعجب می پرسه:"چرا این سئوال رو میکنی؟"

ای داد و بیداد بازم گاف دادم ؟ حالا چی بگم؟ میگم:" آخه .. خوب همین جوری .. آخه چون شما هم جوون هستین ..فکر کردم شایدچیزی به شما گفته باشه و از جریان با خبر بودین."

نگاه مشکوکی به من میکنه .. انگار مچشو گرفتم . احساس میکنم دوباره همون غم توی چشاش برگشته ..، آهی میکشه و میگه :

"مگه شما پلیس هستین که منو سئوال پیچ میکنین میخواین پلیس من رو هم بگیره ؟"

خیلی خجالت کشیدم آخه چرا ازش سئوال خصوصی پرسیدم .. چقدر به خودم گفتم که از خاطرات حرفی نزنم .بازم چیزی گفتم که نباید می

گفتم . دوباره میگم: "معذرت میخوام قصدم آزار نبود .. حالا بقیه اش رو بگین"

سرشو تکون داد وگفت "دیگه چی بگم .. جونیر پسر خیلی خوبی بود ..انسان خوبی بود .. دو تا دوست داشت که شاید اونا توی این خط بودن .. شایدم اونا او را از راه بدر کردن ؟ اما جونیر با اونا خیلی فرق داشت .. گاهی میرفت پیش دوستاش ..گاهی هم این جا بود ..تا شب انفجار ..

بی اختیار می پرسم:" شما هم همراهش بودین؟ "

نگاهم میکنه .. خدایا چرا اینقدر حرف زیادی میزنم آه بلندی میکشه میگه : "بله ..منم همراهش بودم .. ولی او بمبی نداشت که منفجر کنه شاید رفته بود تا جلوی انفجار رو بگیره ولی نتوانست و خودش هم مُرد .."

ناگهان چند قطره اشک به روی گونه هایش غلتید .. خدایا چرا اونو اینقدر آزار میدم .. دوباره میگه :"اون خیلی خوب بود ..خیلی ..."اما بازم ساکت شد . نمی خواد من زیاد بدونم !! خدایا چطور بهش بگم که من از همه چیز خبر دارم . از همه ی لحظه های دلداد گی اش، کاش می تونستم اشکها شو پاک کنم ! کاش میتونستم بهش بگم که من میدونم توی دلش چه غوغائیه .. اما افسوس که نمیتونم ، لبام بسته ست برای اینکه حالشو عوض کنم پرسیدم : "پس چی شد ؟ چرا پلیس به سراغ شما اومد اگه اون بمبی نداشت ؟"

کمی آرومتر شد و ادامه میده : "آنشب من هم با او به کنسرت رفتم فکر میکنم او میخواست نذاره دوستش خودش رو منفجر کنه .. منو جا گذاشت و بدرون سالن رفت.. وگرنه من هم مرده بودم . . اما دیر شد و دوستانش خودشون را منفجر کردند.. پلیسها آمدند و زخمی ها رو به بیمارستان بردن ..جونیر هم خون ریزی زیادی داشت .. اما هنوز هوشیار بود .. و به دکتر گفته بود که من در همین بیمارستان وصیّت کردم که اعضاء بدنم رو به هر کس که احتیاج داره بدن .. ،"

دوباره حالش دگرگون شد ..اشکهاش میریخت بخاطر آوردن اون صحنه ها براش خیلی سخت بود ، خدایا کاش نیامده بودم و اینقدر او را اذیت

نمیکردم! ادامه داد :"جونیر مرد ..چشمش رو به شما دادن .. قلبش رو به یکی دیگه جگر شو به چند نفر و بقیه چیزها ... ناگهان بغضش ترکید وگریست و نتونست جمله اش رو تموم کنه ...وپس از چند لحظه دوباره به حرف آمد:" خلاصه اونو تیکه تیکه کردن .. "

احساس میکنم چقدر گفتن این حرفها براش سخته ..انگار داشت از اعضاء بدن خودش میگفت .. که به دیگران دادن و تیکه تیکه اش کردن.. خواستم حال و هواشو عوض کنم .. پرسیدم : "خوب ازین بگذریم .. چطور پلیس ها به سراغ شما آمدند.؟"

لیوان آب را برداشت و یه قلپ خورد .. اشکهایش را پاک کرد کمی آرام گرفت بعد گفت : "پلیس ها خیلی زود دوستانش رو شناسائی کردن و سر نخشون به جونیر هم رسید .. چون به خونه آنها رفت و آمد داشت وبا اونا دیده شده بود ..و بزودی پای پلیس به خانه ما هم بازشد ،اول می پرسیدند که چرا جنازه او را پدرم تحویل گرفته است .. پدرم هم میگفت بخاطر خدا چون اون کسی رو اینجا نداشت .. پلیس ها رفتند اما بعد فهمیدند که ضمانت ویزای اورو پدرم کرده ..ما هم مسلمون بودیم .. هم از دوبی آمده بودیم .. خلاصه همه چیز مثل حلقه های زنجیر بهم وصل شد و آنها مطمئن بودند که پدرم با تروریست ها همدست است و او را بردند .. حدود دو هفته است که او را برده اند ..(با خودم میگم از همون وقت دیگه نسیم آرا به بیمارستان نیامد)..بله پدر مو بردن مادرم هم رفته لندن تا براش وکیل بگیره اما هیچ وکیلی حاضر نیست که وکالتش رو به عهده بگیره چون جریان سیاسی ست ."

ساکت نگاهش میکنم هر چند که همه ی حقیقت رو به من نمیگه اما میدونم توی دلش چی میگذره .. یک عشق کوتاه و پر دردسر.. که زندگی همه آنها را بهم ریخته است . اما او میگوید : "همه این مشکلات ارزش خوب شدن مراد رو داشت ."

ناگهان می پرسم : "او با شما هیچوقت در مورد مأموریتش حرفی نزد؟"

در سکوت نگاهم میکنه میدونم بازم زیادی حرف زدم .. میگم : "آخه بالاخره او برای این ماموریت آمده بود یانه؟ یعنی..."

به چشمانم خیره میشه .. خدایا من آن عشقی که در رویاهایم دیده بودمدوباره برقش رو توی چشاش میبینم .. من چقدر بدم ..دارم به دختری که چنین عاشقانه کسی رو دوست داشته میگم که برای من بگه که معشوق اش خرابکار بوده یانه .. اما در درون افکار من یه صدائی می شنوم که شاید جونیر است که میخواهد حقیقتی را بگوید و یا بشنود..، خدایا چه کنم ؟ چه بگویم ؟ به او بگویم که خیلی چیزها رو میدانم ؟ نه امکان ندارد او بین خودش ومن یه دیواری از حرمت کشیده ..او چگونه به مردی که فقط دو ساعته می شناسه اعتماد کنه و حرف دلش رو بزنه ،اما من ، با این منی که در درونم فریاد میزنه چه کنم ؟ که هزاران تقاضا از من داره ..میخواد به نسیم آرا بگم دوستش داشته ..میخواد برم و مادرشو پیدا کنم .. آخه خدایا من چه کنم؟

بی اختیار می پرسم: "هیچوقت از خانواده اش ..از مادرش ..پدرش .. چیزی به شما نگفت؟ "

سرشو تکون میده و میگه: "جونیر زیاد اهل حرف زدن نبود ، پسر عجیبی بود ، بیشتر ساکت بود ، حتی شاید اصلا خنده بلد نبود،همیشه توی خودش بود ، دوست نداشت در مورد چیزی حرف بزنه!حالا شما با خانواده ش چکار دارین؟"

نمیدونم چی بگم ؟ نمیخوام بدونه که من روحاً با جونیر در تماس هستم! آخه چطوری بهش بگم ؟ وقتی خودمم توی این همه راز و رمز گم شدم ! میگم: "خوب بالاخره من یه دینی به آنها دارم ، که باید پیداشون کنم . باید ازشون حلال خواهی کنم .."

دوباره نگاهش به دلم آتیش میزنه میگه: "شاید اونا اصلاً ندونن که جونیر مرده ،او اصلا با کسی تماس نداشت.. "

میخوام بگم وقتی که توی کما بودم مادرش رو بالای سرم میدیدم ، اما سکوت میکنم و او ادامه میده: "می دونم مادر داشت ، چون گاهی وقتها وقتی مادرم با محبت باهاش حرف میزد چشاش پر اشک می شد.. حتما یاد مادرش می افتاده . اما میدونم که سالها از او دور بوده ویا شایدم با او یک جا زندگی نکرده بود!! ..یه روز خودش گفت ، که اصلا نمیدونه که خانواده

چیه ، هیچ وقت توی چنین محیطی نبوده ... شاید اون فقط دو چیز رو می شناخت مرگ و زندگی .."

توی دلم میگم عشق رو هم خوب می شناخت وگرنه این طور منو به سراغ تو نمی فرستاد .نگاهی به ساعتم میکنم ، وای خدایا خیلی وقته که اونجا نشستم .. باید دیگه برم ، اما آخه هنوز که چیزی دستگیرم نشده ؟ اگه برم چطور به چه بهانه ای دوباره برگردم؟ کلید همه معماها توی این خونه س ، جونیر منو بیخودی به اینجا نفرستاده! اما احساس میکنم که نسیم آرا خسته شده.

میگم: "من خیلی وقت شما رو گرفتم ، بعد نمیدونم چطوری یه دفعه این سئوال رو پرسیدم :" ببینم او دفتر خاطرات و یا چیز دیگه ای نداشت؟ که مارو به جائی برسونه و بی گناهی پدرتون هم ثابت بشه ؟" خدایا این چطور به ذهن من امد؟

نسیم آرا آهی میکشه و میگه :"نمی دونم ..شایدم داشت ..اما من خبر ندارم "

انگار اون من درون منه که ناگهان این سئوال ها رو می پرسه :

"مدارکش کجاست ؟ مثل پاسپورت ؟ اونا رو پلیس پیدا کرد ؟" نسیم آرا کم کم داره شک میکنه که نکنه منم پلیسم. نگاهم میکنه و میگه : "اگرهم پیدا کردن چیزی به ما نگفتن .. منم نمیدونم ..خودشم هیچوقت چیزی به من نگفت"

ناگهان مثل اینکه توی رویا حرف میزنه ادامه میده ."اما یه کلید داشت که با یه زنجیر همیشه به گردنش آویخته بود آره یادمه ..، اما اون کلید کجا بود؟ وقتی جنازه شو تحویل گرفتیم اونو بما ندادن .. شایدم توی هیاهیوی انفجار گم شده. شاید اگه اون کلید رو داشتیم ..به یه حقایقی دست می یافتیم که به پدرم کمک کنه !"

با خودم میگم خدایا چطور اون کلید رو پیدا کنم ؟ حتماً یه جائی صندوقی داشته ؟ چکار کنم ؟ اگه برم چه جوری دوباره برگردم ؟ اگر نروم تا کی اینجا بمونم و نسیم آرا رو سئوال پیچ کنم ؟

دوباره میپرسم:" هیچ وقت به شما نگفت که اون کلید مال

کجاست؟"

نسیم آرا با خستگی جواب میده:"نه ..گفتم که جونیر خیلی کم حرف بود،یه قیافه ثابتی داشت ..، انگار نه خندیدن بلد بود و نه لبخند زدن و نه گریه کردن صورتش مثل یه عکس بود صامت."

او داره بیشتر حرف میزنه اما به معمای من کمکی نمیکنه ! خودش غرق در سئوالهای خودشه و داره عشقشو از من پنهان میکنه .. خدایا چکار کنم .. جونیر خودت به من کمک کن اگه منو تا اینجا آوردی خودت یه کاری کن تا معمای کلید رو حل کنم و راهش رو جلوی پام بذار.. مراد از اتاقش بیرون میاد و به خواهرش میگه که گشنه شه به ساعتم نگاه میکنم از یک بعد از ظهر هم گذشته ..چند ساعته که من نشستم و دارم حرف میزنم . بلند میشم و میگم :" اجازه میدین بازم به دیدنتون بیام ؟ شاید کسی بسراغتون آمد که خانواده اونوبشناسه!؟ "

نسیم آرا بلند میشه شاید از رفتن من خوشحاله ولی نگاهش پرازغمه چشماشو به چشمام میدوزه :" باشه بیاین ، اما فکر نکنم بیشتر ازین چیزی پیدا کنین !! چون ما که کسان اونو نمیشناسیم کسی غیر از اون دوتا دوست هم نداشت که هر دو کشته شدن "

توی چشاش یه چیزی می بینم ..انگار از نگاه کردن توی چشمای من هم غمگین میشه هم خوشحال ! مثل اینکه تیکه ای از جونیر رو می بینه همین هم هست جونیر بین هفت نفر زنده اس . ناگهان می پرسم :

" از کسان دیگه ای که از اعضای بدن جونیر رو گرفتن کس دیگه ای هم به سراغ شما امده ؟"

سرشو تکون میده :" نه ..شما تنها کسی هستین که آمدین ! شایدم چون شما شرقی هستین ! خواستین ازش یادی بکنین!"

با خودم میگم میخواستم بدونم اون با کس دیگری هم ارتباط بر قرار کرده ؟دنبال من به بیرون میاد ، چشمم دوباره به نظر قربونی می افته ..انگار دوباره میرم توی یه تونل ..دارم یه چیزی رو پشت نظر قربونی پنهان میکنم . این چیه؟ ناگهان نفس عمیقی میکشم و بر میگردم . نسیم آرا متوجه دگرگونی حالم شده با صدایش بر میگردم "شما خوبید؟ انگار یه دفعه تعادلتون رو از دست دادین ؟ میخواین چند

دقیقه بشنید؟! "

بی اراده می پرسم :"این چیه؟"

میگه:" نظر قربونی تا حالا ندیده بودین ؟"

میگم :"می شه از نزدیک ببینم ؟" و بدون اینکه منتظر جوابش بشم بطرف نظر قربونی میرم به اندازه یه بشقاب میوه خو ریه سورمه ای رنگه که رویش نقش و نگار داره ، برش میگردونم مثل اینکه جیب داشته باشه توش خالیه ..بی اراده دستم رو می کنم توش و ناگهان یه کاغذ به دستم میخوره ..درش میارم و ته ش دستم به یه زنجیر میخوره خدای من این چیه ؟ کاغذ رو بر میدارم و زنجیر رو بیرون میکشم .. زنجیر به یک کلید ختم میشه !! وای خدایا این همون کلیدیه که نسیم آرا می گفت!! یعنی من پیداش کردم ؟ نامه رو باز میکنم فکر میکنم فارسیه سعی میکنم بخونم اما چیزی نمی فهمم !! نسیم آرا بسویم میاد نامه رو از دستم قاپ میزنه و شروع میکنه به خوندن ..احساس میکنم خبر خوبیه اشک مثل بارون داره از چشای قشنگش می باره ، زنجیر و کلید دست منه و اون داره نامه رو میخونه ..، انگار از خوشحالی داره پر میزنه ..اشک هاش با خنده قاطی شده ..ناگهان بی اختیاردستاشو بدور گردنم می اندازه و منو بغل میکنه ..

فریاد میزنه : "خدای من شما یه فرشته بودین که امروز بخونه ما آمدین این سند آزادیه بابامه .."

اشکهاش صورتم رو خیس می کنه ..میگم : "آروم باشین ..این چیه ؟ چی نوشته ؟"

دوباره بغلم میکنه : "خدا تورو فرستاده .. روح جونیر تورو فرستاده این نامه جونیر قبل از مرگشه .. "

نسیم آرا از شوق سر از پا نمی شناخت به زبونی با خودش بلند بلند حرف میزد مطمئنم که جونیر در آن نامه خیلی چیز ها را نوشته آهسته بازویش رو میگیرم و سعی میکنم که با او حرف بزنم

میگم : "خیلی خوشحالی؟؟ آخه توی نامه چی نوشته ؟ "

دوباره دستشو دور گردنم حلقه میکنه و میگه: "تو فرشته ای .. تو خوشی رو به خونه ما برگردوندی "

میگم "میشه بریم توی خونه و بشنیم و تو نامه رو واسه من ترجمه کنی منم دلم میخواد بدونم اون چی نوشته که تو اینقدر خوشحالی؟"

با ذوق در خونه رو باز میکنه و بر میگردیم توی خونه روی مبل می نشینه و اینطور شروع به خوندن نامه میکنه:

***

بسم الله رحمان رحیم

اگر اکنون شما دارید این نامه را میخوانید پس من نتوانستم جلوی انفجار را بگیرم و یک فاجعه بزرگ اتفاق افتاده و من هم کشته شده ام من از مرگ خودم افسوسی ندارم چون من برای مُردن آمده بودم و میدانستم که آخرش مرگ است . اما اگر این نامه را مینویسم و بر جای میگذارم بخاطر خانواده آقای اکرم است که نمی خواهم بعد از مرگ من دچار دردسر شوند . من از افغانستان به پاکستان و سپس به عراق وبعد به سوریه و از آنجا به عربستان منتقل شدم تا در این مأموریت شرکت کنم . من قسم خورده بودم که خودم را فدای اسلام کنم . و دنیا را از وجود کافران پاک سازم . من چنین قسم خوردم " من جونیر راشد قسم میخورم که در روز بیست و دوم می در انگلستان خودم را فدای خداوندم کنم و خاک زمین را از کافران گنه کار پاکسازی کنم و خودم را به حضور خداوندی که مرا برای این مأموریت انتخاب فرموده و به این دنیا فرستاده برسانم ". کسانیکه مرا برای این مأموریت انتخاب کرده بودند از روی اینترنت خانواده آقای اکرم را یافتند که برای پسرشان کمک خواسته بودند که احتیاج به پیوند کبد داشت . آنها به من گفتند که آزمایشات من با مراد پسر آقای اکرم که پیوند کبدلازم داشت مطابقت دارد و بدین وسیله راهی قانونی یافتند تا مرا راهی اینجا کنند . من که برای مُردن آماده بودم برایم فرقی نمیکرد که به کسی هم پیوند کبد بدهم ، و به این صورت من وارد انگلستان شدم و به خانه آقای اکرم رفتم . دو روز بعد پس از انجام آزمایشات جدید من فهمیدم که آزمایشات من با مراد نمی خواند و این برای من آغازی بود برای شک کردن ، که بهر چیز شک کنم . من به خودم و به کسانیکه مرا پرورش داده بودند شک

کردم ! مگر در اسلام دروغ گفتن حرام نیست و گناه کبیره نمی باشد ؟ پس چرا به من دروغ گفتند؟ . چرا معلمانی که مرا پرورش داده بودند دروغ گفتند؟ کسی که دروغ میگوید دشمن خداوند است. چرا با توسل به دروغ مرا به این ماموریت فرستادند! این اولین شک من به این ماموریت بود. آنها میتوانستند همان جا در مورد این دروغ به من بگویند که من در مقابل خانواده آقای اکرم این قدر شرمنده نشوم. ولی از من هم پنهان کردند. اگر مسلمانی باعث شرمندگی مسلمان دیگر شود این یک گناه کبیره نیست؟ آیا میشود به آنها اعتماد کنم ؟ اما خدا را شکر که در همان بیمارستان کسی که بتواند به مراد از کبدش پیوند بدهد پیدا شد و منم با دادن پیوند مغز استخوان به پسر او دینم را به این خانواده ادا کردم .اما دومین شک من از همانجا شروع شد . از همان بیمارستان و مردی که به مراد پیوند داد . او میتوانست چیزی نگوید و داوطلب نشود که به مراد پیوند بدهد فقط از من بخواهد که به پسرش کمک کنم !اما او با صداقت پیش آمد و اعتراف کرد که بخاطر پسرش تا بحال ساکت بوده . آن روز فهمیدم که برای انسان بودن نباید مسلمان بود. اما برای مسلمان بودن باید انسان بود . فهمیدم که انسانها کافر نیستند! کسی که انسانیت را شناخته باشد خدا را هم میشناسد و آنهائی که در کوه و کمر و غار های تنگ و تاریک به ما درس میدادند شاید مسلمان واقعی نبودند . انسانیت را از آن مرد انگلیسی آموختم او میتوانست فقط از من بخواهد که به پسرش مغز استخوان بدهم و من حاضر بودم بدون هیچ درخواستی این کار را انجام دهم ،چون من قرار بود دو ماه دیگر بمیرم، من که برای زنده ماندن نیامده بودم.اما او با صداقت حرف زد و همه چیز را گفت و من صداقت را از او آموختم برایم مهم نبود که او مسلمان نیست ، او اسلام را بدرستی شناخته بود. او انسان صادقی بود . پس او یک مسلمان واقعی بود. نه آنها ئیکه مرا برای این ماموریت فرستاده بودند!! نه چیزهایی که بما آموخته بودند که زندگی دو راه بیشتر ندارد یا بکش یا بمیر !!به ما زندگی کردن را نیاموخته بودند. من خیلی چیزها را در اینجا آموختم . من در اینجا در خانواده آقای اکرم فهمیدم که زندگی کردن یعنی چه؟ خانواده چه معنی دارد. هر چه بیشتر با این خانواده زندگی میکردم بیشتر معنی زندگی معنی انسان بودن را می فهمیدم خانم همسایه ی انگلیسی آنها که بدون در نظر گرفتن دین مرا پسرم خطاب میکرد به من آموخت که انسان بودن یعنی چه و این سومین درس من بود. آیا این پیرزن مهربان

کافر بود و باید کشته می شد؟ من باخودم با ضمیر خودم درجنگ و جدال بودم از یک طرف عشق به انسانها و از طرف دیگر ماموریت . نمیدانستم چه کنم ؟ آیا راه ما درست است؟ آیا باید ماموریت خودم را انجام دهم ؟ تصمیم گرفتم در این مورد با ناظم که او هم به طریقی وارد انگلیس شده و قرار بود با هم این ماموریت را انجام بدهیم حرف بزنم ، به او گفتم که آیا ما کار درستی انجام میدهیم؟ ولی او جواب داد که ما برای این ماموریت از طرف خداوند انتخاب شده ایم و رسالت ما این است و ما به ملاقات خداوند می رویم . آنروز فهمیدم که نمیتوانم او را عوض کنم ، اما خودم را میتوانستم . چند بار تصمیم گرفتم به اداره پلیس بروم و همه چیز را بگویم . اما از این می ترسیدم که آنهایی که مرا به این ماموریت فرستاده اند وقتی از من نا امید شوند کسی دیگری را بفرستند، تا ماموریت انجام شود. شبها از خدا میخواستم تا راهی پیش پای من بگذارد تا این انفجار رخ ندهد . دلم نمی آمد که ناظم و فاضل را لو دهم . آنها در یقینی دیگر بودند که به ملاقات خداوند میروند و من نمی توانستم در ایمان آنها رخنه کنم . من در خانواده آقای اکرم درسهای بزرگی آموختم فهمیدم دنیا فقط دو رنگ سیاه و سفید نیست . به ما آموخته بودند که دنیا فقط دو رنگ دارد سیاه و سفید . ما مسلمانان سفید بودیم و بقیه سیاه . اما زندگی کردن در این خانواده بمن نشان داد که رنگهای دیگری هم وجود دارد که من از آنها بی خبر بودم ،مثل مهر مادری ، عشق به خانواده که همه را در دل ما کشته بودند . من عشق را در این خانواده آموختم و انسانیت را از آن مردی که حاضر شد از جگرش به مراد پیوند دهد . امشب شب آخر است و من دیگر نمی توانم با ناظم و فاضل تماس بگیرم چون ارتباط ما با هم قطع میباشد . تمام شب را با خودم می جنگم . من در خانواده آقای اکرم عشق را آموختم ، محبت را آموختم ، لبخند زدن را آموختم معنی خانواده را آموختم. آنها کوچکترین اطلاعی در مورد ماموریت من نداشتند ، حتی بعد از اینکه آزمایشات من غلط از آب در آمد، از من نپرسیدند که چرا دروغ گفتی ؟ و باز هم با مهربانی از من پذیرایی کردند . این خود جهاد است! نه آنکه بما آموخته اند . من تصمیم گرفتم که چند دقیقه قبل از عملیات بمب خودم را خنثی کنم چون اگر زودتر بمب را از کار بیندازم آنها که ما را فرستاده اند خواهند فهمید. به کنسرت خواهم رفت تا شاید ناظم و فاضل را هم منصرف کنم اما اگر قبول نکردند من هم کشته خواهم شد. من این نامه را جای میگذارم تا اگر خدای ناخواسته پلیس به آقای

اکرم شک کرد که با داعش هم دست بوده او را از این تهمت مبرا کنم . اگر اکنون این نامه را میخوانید بدانید که او بی گناه است و در این جریانات دستی نداشت و فقط طعمه آنهائی که مرا فرستادند شد. خواهش میکنم این نامه را آنقدر تکثیر کنید تا بدست آن جوانانی که در غار ها تعلیم می بینند برسد تا خودشان را فدا نکنند ،تا انها مثل من شکار خود خواهی عده ای نا مسلمان که ادای مسلمانان را در می آورند نشوند . به همه بگوئید هر کجا گفتند دین و اسلام هست ولی عدالتی نبود شک نکنند و بدانند که دین و اسلام شان دروغی است و اگر مثل ما باعث مرگ مردم بیگناه گردند خداوند آنها را نخواهد بخشید . خداوند عشق به انسانها را می بیند و می پسندد و کشتن انسانهای بی گناه که هیچ تقصیری در بدبختی ما ندارند گناهی عظیم و نا بخشیدنی ست . اگر بعد از کشته شدن من به خانواده آقای اکرم صدمه ای بخاطر من برسد من خودم را نخواهم بخشید . چون آنها کاملاً بی گناه هستند و فقط بخاطر انسان دوستی مرا به خانه شان راه دادند امیدوارم بخاطر من آنها گرفتار پلیس نشده باشند که حتی روحشان از این جریان خبر نداشت .

دیدار به قیامت جونیر راشد."

***

این بار چشمان نسیم آرا از خوشحالی اشک می ریخت . چقدر خوشحالم که باعث خوشحالی او شدم . روی مبل کنارش نشسته ام خودم هم باور نمیگنم که نامه را یافته ام. می پرسم: "حالا میخوای چکار کنی ؟ "

هنوز هم توی شوکه انگار باورش نمیشه این نامه توی دستاشه ! میگه :

" نمیدونم ..ولی باید این نامه رو به پلیس نشون بدم اما چطور؟" آنقدر هیجان زده س که نمیدونه چکار کنه گاهی میگه نامه رو به پلیس بدم گاهی میگه به وکیل بدم . میگم :"میخوای با مادرت مشورت کنی ؟"

انگار تازه یاد مادرش افتاد از جاش پرید و گفت : "آه!! بکلی یادم رفت راست میگی باید اول به مام زنگ بزنم !"

وقتی زنگ زد مادرش توی دفتر یک وکیل بود . مادرش هم باورش نمی شد، یعنی ممکنه این نامه راست باشه ؟ تلفن رو روی بلند گو

گذاشته بود و ما می تونستیم صدای خودش و وکیل رو بشنویم وکیل می پرسه : "شما چطوری نامه را پیدا کردین ؟چطور تا بحال اونه ندیده بودین "

به نسیم آرا اشاره میکنم که اسم منو نیاره اونم میگه :"داشتم گردگیری میکردم پشت نظر قربونی پیداش کردم "

وکیل میگه : "البته ثابت کردن این خیلی سخته ! مطمئن هستین که این خط و امضاء جونیره ؟"

نسیم آرا با اطمینان میگه: "آره ! مطمئنم "

وکیل دوباره می پرسه :"شما خط و امضاء دیگری از او دارین که مطابقت کنه ؟"نسیم آرا ساکت شده شایدم نامه ای ازو داره اما نمیخواد بگه و به ارتباطشون اشاره کنه روی یه کاغذ براش مینویسم بگو وصیت نامه اش توی بیمارستانه، امضاء کرده که اعضاء بدنشو به دیگران بدن میتونن با اون مطابقت کنن.

نسیم آرا با خوشحالی نگاهم میکنه و میگه : "من ندارم اما توی بیمارستان وصیت نامه اش هست ، میتونین مطابقت کنین "

وکیل میگه :"من بخانه شما میام نامه رو نگه دارین و به کسی چیزی نگین! تا من نامه رو ببینم"

نسیم آرا خیلی خوشحاله از چشماش می شه فهمید ، نگاهش برق میزنه ، سایه غمی که توی چشاش بود دیگه نیست و جایش رو با برق شادی عوض کرده .هنوز هم داره گریه میکنه!

به من میگه : "آمدن شما باعث آزادی پدرم شد !! چطور از شما تشکر کنم ؟ "

با مهربانی بروی شانه اش میزنم .:"گریه نکن خدارا شکر کن و از جونیر تشکر کن و ناگهان بی اراده میگم : آنقدر دوستت داشت که پس از مرگش هم دل نگران توست !"ناگهان بر میگرده و به من نگاه میکنه خدایا باز چی گفتم بی اراده از عشق جونیر گفتم !!

میگه:" شما!!؟ شما!!؟ چی گفتن؟ یعنی شما میدونین که جونیر منو

دوست داشته ؟ شما اینو چطور فهمیدین؟ من که چیزی بشما نگفتم؟"

دستپاچه می شم باید یه جوری درستش کنم . میگم: "از نامه اش ..از عشقی که بخانواده شما داشته.. از اینکه این نامه رو نوشته ..از اینکه حتی یک بار هم اسم تو رو نبرده .. از اینکه تا آخرین لحظه ی عمرش کنارت بوده ، از اینکه در همون لحظه از تو جدا شده تا تو زنده بمونی، همه اینها نشون میده که تورو خیلی دوست داشته ، دیگه چه دلیلی میخوای ؟"

نگاهم میکنه احساس میکنم داره به چشمهای جونیر نگاه میکنه،یک دنیا عشق توی نگاهشه ،عشق رو در چشمانش می بینم ! یعنی اونم توی چشمهای من عشق رو می بینه؟خدایاجونیر عاشق اونه یامن ؟دلم میخواد بهش بگم با جونیر در ارتباطم اما میترسم !چرا ؟ نمیدونم شاید باور نکنه ! نگاهش میکنم دنیایی از اعتماد توی چشاش می بینم این اعتماد به منه ؟ یا به جونیر؟ آهی میکشه و میگه :

"آره حدس شما درسته جونیر چیزی نمی گفت اما توی چشاش، توی حرکاتش، اینو نشون میداد که منو دوست داره "

باخودم میگم بیچاره جونیر توی چه کشمکشی بوده از یک طرف ایمانش وماموریتش و از طرف دیگر عشق زندگیش شاید این اولین باری بوده که عاشق شده ! ناگهان میپرسم :" هیچوقت از ماموریتش با شما حرف نزد؟ "

دوباره با شک نگاهم میکنه ،شاید هنوز هم به من اعتماد نداره ! خوب نباید هم داشته باشه اما احساس میکنم نگاهش به من عوض شده آمدن من و یافتن نامه اونو خیلی خوشحال کرده .

میگه :" فرصت زیاده با هم حرف میزنیم ." دیگه چیزی نمیگم ولی دلم میخواد بیشتر بدونم ناگهان یاد آن کلید می افتم،شاید توی یه صندوقی جایی چیز هایی باشه که در موردش بیشتر بدونم و به بی گناهی پدر نسیم آرا هم کمک کنه .

میگم :"تو میدونی این کلید چیه ؟ حتماً یه جایی یه صندوق داره ! باید پیداش کنیم ، مثلا پست خونه ، بانک و یا فرودگاه ! چیزی یادت نمی یاد ؟"

به فکر فرو میره .. بعد میگه:"یه بار با هم رفتیم پست خونه ولی من بیرون موندم ! یه بار هم رفتیم فرودگاه !اما هیچوقت بانک نرفتیم یعنی با من نرفت ! شاید خودش تنهایی رفته باشه !!"

با خوشحالی میپرسم :"یادته کدوم پست خونه یا فرودگاه رفتین ؟ من مطمئنم که جونیر اگه کلید داشته یه چیزهایی رو آنجا گذاشته که ممکنه به پدرتون کمک کنه !"نسیم آرا خیلی هیجان زده ست میخواد اول وکیل بیاد و نامه رو ببینه بعد در مورد کلید فکر کنه.

میگه: "صبر کن تا وکیل بیاد .. بعداً میریم و صندق رو هم پیدا میکنیم" ناگهان میگم: "می شه کلید پیش من باشه !"

نمیدونم چرا این حرف رو زدم؟ شاید بازم جونیر میخواد منو جایی بفرسته،یعنی اونه که کلید رو میخواد ،ادامه میدم :"یعنی شاید از شماره اش بفهمم که مال کجاست و آدرس رو پیدا کنم .."

اما اون میگه : "اگه فرودگاه و یا پست خونه باشه که من بلدم با هم میریم .. صبر کنید اول بابا آزاد شه بعد به این فکر میکنیم."

انگار جونیر میخواد که من کلید رو بگیرم .. اما چطور ؟ نسیم آرا به من نگاه میکنه نمیدونم شاید هنوز شک داره حق هم با اوست چطور کلید جونیر رو به من بده؟ او که از ارتباط من و جونیر خبر نداره ؟ خدایا به او بگم ؟ بگم که چه ها در رویا هایم می بینم و می شنوم ؟ یعنی باور میکنه ؟ نکنه از من بترسه و دیگه حتی با من حرف هم نزنه ؟ تلفنش زنگ میزنه و من دوباره به دنیای واقعی باز میگردم.

***

یک هفته از پیدا شدن نامه جونیر می گذرد . پدر نسیم آرا با تلاش وکیل آزاد شد. این بار خانواده اکرم خودشون رو مدیون من میدونن شاید هرگز به فکرشون هم نرسه که جونیر منو فرستاد تا نامه رو پیدا کنم اما جونیر ..جونیر هنوز هم آرام نیست .. هنوز هم منو تنها نگذاشته . تموم فکرم رو اون کلید به خودش مشغول کرده . مطمئنم که در پشت دری که با اون کلید باز میشه رازی بزرگ نهفته که حتماً جونیر میخواد آن

رو به کسی بگوید . نسیم آرا خیلی به من نزدیک شده و خودم رو غرق در عشق او می بینم . اما نمیدونم که این عشق جونیر است یا من ؟ آیا او در من به دنبال جونیر میگرده ! بدنبال عشق نافرجامش ! پدر و مادرش فهمیدن که من چشمان جونیر رو دارم . در حرفاشون هیچ گله ای نسبت به او ندارن، مخصوصاً بعد از پیدا شدن نامه و اعتراف به اینکه واقعاً قبل از آمدن به لندن از قلابی بودن آزمایشات خبر نداشته ودانستن این حقیقت که جونیر در لحظه های آخر نسیم آرا رو از خودش دور کرده وگرنه خدای ناکرده آنها نسیم آرا رو از دست داده بودند.اما این تجربه تلخ باعث شده که از من هم فاصله بگیرند.. حق هم دارن چشمشون ترسیده اما خودشون رو مدیون من میدونن.. که نامه رو پیدا کردم ..ای کاش می شد بهشون بگم که جونیر با روح بزرگی که داشته منو بسراغشون فرستاده اما آیا حرفمو باور میکنن؟ وقتی که با نسیم آرا هستم انگار روی ابرها پرواز میکنم ، اما می ترسم ..می ترسم به او چیزی بگویم .. احساس میکنم هنوز هم به عزاداری عشق از دست رفته اش نشسته . مامان و بابا از اینکه من آروم گرفتم خیلی خوشحالند اما از نزدیکی من به نسیم آرا هیچ چیز نمیدونن.. نمیخوام آنها رو مضطرب کنم ، اما تا نفهمم که جونیر از من چی میخواد آروم ندارم.. ناگهان خودمو دم یه صندق میبینم که دارم با کلید بازش میکنم انگار چیزی که توشه خیلی مهمه باید برش دارم اما دستم توی هوا می مونه و اون زن عرب رومی بینم که دستهاشو توی هوا بلند کرده و منو صدا میزنه انگار چیزی رو که توی صندوقه از من میخواد بسویش میدوم اما ناگهان یه دره بین ما بوجود میاد و هر چه میدوم اون دره عمیق تر میشه و اون زن مثل یه سایه دور می شه و همون طور که دستش بسوی من درازه رفته رفته محو می شه و ناگهان از خواب می پرم . تنم خیس عرق شده بسختی نفس میکشم انگار هنوز چشمهای اون زن رو میبینم خدایا جونیر از من چه میخواد؟ دیگه تا صبح خواب به چشام نمیاد. فردا صبح ناگهان خودم رو دم در خونه اونا میبینم .. باید معمای اون کلید رو حل کنم .. جونیر آروم نداره .. مادرنسیم آرا در رو بروم باز میکنه زن بسیار مهربونیه منو به داخل خونه دعوت میکنه .. نسیم آرا رو نمی بینم شاید هنوز خواب باشه !

ناگهان بی اراده می پرسم :"خانم اکرم شما جونیر رو بخشیدین؟ "

بطرفم بر میگرده در نگاهش تعجب موج میزنه :"بخشیدم! چرا این

سئوال رو پرسیدی؟ "

خودمم نمیدونم شایدم جونیر داره می پرسه ! این روح اونه که میخواد آرامش پیدا کنه خانم اکرم دوباره می پرسه: "چرا این رو پرسیدی؟"

بی اراده میگم :"برای اینکه فکر میکنم روح جونیر در عذابه .. اون میخواد بدونه که شما بخشیدینش یا نه!"

ناگهان توی چشمام نگاه میکنه : "راستشو بگو بهشاد روح جونیر با تو در تماسه ؟"

نگاهش میکنم ..خدایا این دیگه چه سئوالیه یعنی بازم گاف دادم؟! می پرسم :"منظورتون چیه ؟ شما اینطوری فکر میکنین ؟"

میاد جلو دستم رو میگیره و روی مبل کنارم می شینه .. توی چشام نگاه میکنه و با لحن محکمی میگه: "بهشاد .. من یه مسلمونم اما یک مسلمون هندی .. و به بعضی از اعتقادات هندو ها باور دارم ..یعنی باورم میشه که روح ها با ما در تماس باشن ..مخصوصاً اینکه یه تیکه از او در بدن توست .. راستشو بگو تو از کجا میدونستی که نامه پشت نظر قربونیه؟ تو از کجا میدونستی که آنشب نسیم ارا همراه جونیر بوده؟ تو از کجا میدونستی مراد با جونیر ویدوگیم بازی میکرده؟"

انگار مچ منو گرفته .. شایدم این دل خودمه که میخواد حرف بزنه ! شایدم جونیره که منو وادار به حرف زدن میکنه ! بی اراده می پرسم

"خانم اکرم میتونم بشما اعتماد کنم؟ می تونم؟" دستی به موهام میکشه و میگه : "البته پسرم می تونی بمن راستشو بگی من باور میکنم!"

و من بی ارداه همه چیز رو تعریف میکنم از زمانیکه توی کُما بودم .. خواب هائیکه میدیدم .حتی وجود نسیم آرا رو توی رویاهام و پشت در اتاقم..همه و همه رو براش میگم .. اشکهایش روی صورتش می غلطه میگه: "می دونستم ..می دونستم ..که جونیر با تو در تماسه .. توی خواب به من گفت ..گفت با تو حرف بزنم ..گفت که اونو ببخشم ..و امروز تو هم همین رو گفتی ..من به ارتباط ارواح اعتقاد دارم ..حالا بگو جونیر چی میخواد ؟ اون چیه که روح اونو عذاب میده ؟"

باور نمی کنم که خانم اکرم به این راحتی منو باور کرده باشه ،چقدر خوشحالم که میتونم باهاش حرف بزنم ..و ازین عذاب نجات پیدا کنم میگم:"خانم اکرم جونیر یه صندوق یه جایی داره که کلیدش رو من پیدا کردم اما دست نسیم اراست .. باید اون صندوق رو پیدا کنیم ..هر چی هست توی اونه .. جونیر میخواد من اونو پیدا کنم !"

اشکهاشو پاک میکنه و میگه: "چرا تا امروز به من نگفتی ؟ چرا کلید رو از من پنهان کردین ؟ "

میگم :" کلید پیش نسیم آراست ! اما می شه خواهش کنم که این حرفا بین خودمون بمونه و به اون چیزی نگین ؟ منظورم ارتباط روحی من و جونیر"

لبخندی میزنه و می پرسه:" ببینم تو هم از نسیم آرا خوشت اومده؟ سرمو پائین می اندازم وبا شرمندگی من من کنان میگم :

"نمیدونم .. من اونو دوست دارم یا جونیر .. هر چی هست همینه که شما میگین !"

لبخندی میزنه و میگه : "وقتی اومدی اینجا و باعث آزادی اکرم شدی حس کردم که چیز دیگری ترو به اینجا کشونده .. ولی باور نمیکردم که تو روحاً با جونیر تماس داشته باشی .. باورم نمی شه که چنین اتفاقاتی هنوز هم می افته !"

میگم : "علم پزشکی هم چنین ارتباطی رو قبول داره .."

با لبخندی میگه:" علم پزشکی قبول کنه یا نکنه برای من مهم نیست! من باورم میشه ..وقتی تو هستی وجود جونیر رواحساس میکنم .. "

میگم :"می شه این راز بین خودمون بمونه ..چون خیلی ها نمیتونن باور کنن و منو دیونه میدونن .."

لبخندی میزنه و اشکهاشو پاک میکنه و میگه : "هر کس هر چی میخواد فکر کنه ..من اینو قبول دارم .. "

ناگهان نسیم آرا از اتاقش بیرون میاد ، لباس خواب تنشه!با تعجب به من نگاه میکنه ! "تو اینجا ؟ این وقت صبح ؟"

مادرش به کمکم میاد : "من ازش خواستم بیاد .. فهمیدم که یه کلید دست توست چرا تا به حال به من نگفتی ؟برو لباستو عوض کن باید بریم و امانت جونیر رو پیدا کنیم ."

نسیم آرا نگاهی به من میکنه انگار از اینکه راز کلید رو به مادرش گفتم زیاد خوشش نیامده با تعجب میپرسه : "کلید؟"

نمیدونم چی بگم مادرش میگه :" آره کلید ..من دیشب خواب جونیر رو دیدم ..بمن گفت امانت منو بردارین واسه همین هم از بهشاد پرسیدم اونم جریان کلید رو به من گفت .. همین امروز میریم و صندوق رو پیدا میکنیم ..برو حاضر شو "

نسیم آرا دوباره نگاهی به من میکنه و مطمئنم از اینکه راز کلید رو به مادرش گفتم زیاد خوشحال بنظر نمیرسه . دو ساعت بعد در یک پستخونه کوچک صندوق جونیر رو پیدا کردیم . توی صندوق یه دفترچه خط خطی که به عربی نوشته شده بود! فقط همین!؟خدایا اون چی نوشته که من باید بدونم ؟ باورم نمیشه که به همین سادگی راز کلید رو حل کردم .. حالا باید بدونم که رازی که جونیر دنبالشه چیه؟ اما چطور من که عربی بلد نیستم ؟

مادر نسیم آرا میگه :"میریم خونه ما و همه دفترچه رو میخونیم و می فهمیم که اون دنبال چیه ؟

نسیم آرا به من نگاه میکنه احساس میکنه بین من و مادرش چیزی است که اون خبر نداره !

من از خانم اکرم می پرسم: " من چطور بفهمم که اون چی نوشته؟"

خانم اکرم میگه:" امشب من همه دفترچه رو میخونم و برای تو ترجمه میکنم تا خودت بخونی و بدونی که او از توچی میخواد؟"

اشکهای نسیم آرا می ریزه ..خودش همه چیز رو فهمیده ..فهمیده که من چرا اینجام فهمیده که من همه چیز رو میدونم ..فهمیده که جونیر عشق مظلومش .. عشق برباد رفته اش با من در ارتباطه.. به من نگاه میکه و فقط اشک میریزه..فردا صبح مادر نسیم آرا ترجمه خاطرات جونیر رو به من میده و چنین میخوانم.

***

بنام خداوند قهار و جبار

خداوندا به تو التماس میکنم که گناهی که امروز مرتکب شده ام را نا دیده بگیری و مرا ببخشی! خداوندا من امروز گناهی کبیره مرتکب شدم امروز به دختری به چشم خواستن نگاه کردم . از او خوشم آمد و این گناهی بسیار ناپسندیده است . امروز برای اولین بار در خودم چیزی را حس کردم که هرگز اجازه فکر کردن به آن را نداشتم !من حق داشتن چنین احساسی را ندارم ولی حس کردم ، من احساس خوش آمدن را تجربه کردم . امروز برای اولین بار به دختری نگاه کردم و از او خوشم آمد . خداوندا این گناه بزرگی است !! در باور من دوست داشتن و عاشق شدن گناه ممنونه می باشد و من برای این حرفها خلق نشده ام و وقتی هم ندارم من باید به ماموریتم فکر کنم . خداوندا امروز دل من از نگاهی لرزید و تا اعماق وجودم تیر کشید اتفاقی که هرگز به آن فکر نکرده بودم . یارب چطور توبه کنم من میدانم که حق عاشق شدن را ندارم این حس برای انسانها یی هست که خداوند را نمی شناسند نه برای من که منتخب خداوند برای رسالتی بزرگ هستم، آدم هایی مثل من باید در عشق خداوند آنقدر غرق شوند که محتاج عشق زمینی نباشند . دیشب تا صبح نماز خواندم، قران خواندم و استغفار کردم چرا؟ چون از نگاه یک دختر خوشم آمد . من نباید دیگر به او نگاه کنم و نباید بگذارم شیطان بر وجود من مسلط گردد و مرا از وظایفم دور گرداند . من برای رسیدن به خدای خودم به این ماموریت آمده ام . به زودی به حق ملحق میگردم. من نباید اجازه دهم که شیطان و عشق به جسمی دنیوی مرا از هدفم باز گرداند .. من منتخب خداوند هستم و باید رسالتم را انجام دهم .خداوند مرا کمک می کند تا از این عشق زمینی بر حذر شوم! آمین.

خداوندا امروز من برای اولین بار به وادی شک قدم گذاشتم . یا رب کمکم کن تا از این مرحله با سر بلندی بگذرم و دوباره به یقین خودم باز گردم. خداوندا به من این قدرت را عطا فرما تا بتوانم حقیقت را بفهمم. امروز در بیمارستان بمن گفتند که آزمایشات من با مراد پسری که قرار است ازکبدم به او اهدا کنم مغایرت دارد. آنقدر از شنیدن این

خبرشرمنده شدم که از خودم بدم آمد. به چشمهای آقای اکرم نگاه کردم و دخترش ، دخترش که حتی نمی خواهم اسمش را ببرم هم آنجا بود . من از نگاه کردن به او وحشت دارم . وقتی به چشمانش نگاه میکنم وارد دنیای دیگری میشوم که از آن بسیار دور هستم . در مقابل او هم شرمنده شدم . امشب نمیتوانم بخوابم . خدایا چرا العراقی بمن دروغ گفت ؟ یعنی نتیجه آزمایش های من در عربستان هم همین بود؟ و آنرا عوض کرده بودند تا مرا به این مأموریت بفرستند؟چقدر خجالت کشیدم وقتی این را بمن گفتند،انگار که من تقلب کرده باشم . خداوندا تو شاهدی که من در این ماجرا بی تقصیرم العراقی و عبدالله عمر مرا به بیمارستان بردند و ازمایش خون دادم . آیا بیمارستان اشتباه کرد و جواب غلط بمن داد و یا مخصوصاً جوابی مطابق با نتایج مراد را بمن دادند تا وسیله آمدن من به لندن را فراهم آوردند. من اگر به آنها شک کنم به خودم شک کرده ام و به ماموریتم هم شک میکنم. وادی شک بدترین موقعیت یک مأمور است چون به خودش .. به ایمانش و دانسته هایش شک میکند حتی به معلمش و مأموریتش . خداوندا دست مرا بگیر و از این وادی وحشت نجاتم بده . مگر نه اینکه دروغ از گناهان کبیره است ؟پس چرا به من دروغ گفتند ؟ چرا واقعیت را به من نگفتند ؟ چرا نگفتند که به خاطر مأموریت ما احتیاج به دعوت نامه برای ویزا داریم تا مرا به اینجا بفرستند؟ چرا یک مسلمان دیگر را که درمانده برای نجات جان فرزندش بود طعمه قرار دادند ؟ حالا من با این خجالت چکار کنم ؟امروز سعی کردم تا با العراقی و یا عمر صحبت کنم اما تلفنشان قطع بود و من نتوانستم حقیقت را پیدا کنم . خداوندا بمن کمک کن تا از این گرداب شک سر افراز بدر آیم و این مشکل را حل کنم . آیا برای رسیدن به مقصود باید به دروغ متوسل شد؟ آیا این راه و طریقت درست برای رسیدن به حق است ؟ حضرت پیغمبر هرگز دروغ نگفت حتی برای نجات دادن جان خودش، پس چرا ما باید برای رسیدن به خدا به دروغ متوسل شویم.؟

***

امروز خداوند جواب تمام التماسهای مرا داد و معجزه ای بفرمان او صورت گرفت و ایمان مرا دوباره به من باز گردانید. در بیمارستان اتفاق عجیبی رخ داد شاید خداوند مرا واقعاً برای کمک به این خانواده و جوان دیگری که با مرگ دست و پنجه نرم میکند به اینجا فرستاده

است . وقتی که همه ما از نجات مراد مأیوس شده بودیم ناگهان مردیکه پسر جوانش در همان اتاق مراد بستری بود بسراغ ما آمد و گفت که او میتواند از کبدش به مراد اهدا کند در صورتی که من هم به پسر او از مغز استخوانم بدهم او حتی صادقانه اعتراف کرد که از خیلی قبل میدانسته که میتواند به مراد کمک کند اما چون پسرش در وضعیت بدی هست می ترسیده .. وای که او چه مرد با شهامتی بود چقدر صادقانه اعتراف کرد و وجدانش را تمیز شست و رفت . این معجزه آبروی از دست رفته مرا به من باز گردانید اما حالا یک سئوال بزرگ و یک چرای دیگر در مقابل من قدم علم کرده است . جوانی که قرار است من از مغز استخوانم به او اهدا کنم یک پسر مسیحی است و من برای ماموریتی انتخاب شده ام که باید صد ها مسیحی را در یک شب بکشم ،اگر قرار است من این مأموریت را انجام دهم پس چرا خداوند مرا واسطه بازگشت یک جوان مسیحی به زندگی قرارداده است ؟اگر خداوند به مسحیان زندگی می بخشد پس کشتار آنها بوسیله من چه رازی است ؟و چه لزومی دارد!!؟ و چرا خداوند مرا برای این کار انتخاب نموده؟ خداوندا مرا چنین سخت امتحان مکن . اگر من برای کشتن اینها به اینجا فرستاده شده ام و تو مرا انتخاب کرده ای ،پس نجات دادن جان این پسر چه حکمتی می تواند داشته باشد؟ شاید خداوند برای اینکه آبروی از دست رفته مرا در مقابل خانواده اکرم به من باز گرداند چنین سرنوشتی برای من رقم زده است.

***

امروزبعد از چند روز به خانه بازگشتم .هر دو عمل با موفقیت انجام شد . خانواده آقای اکرم آنقدر از من پذیرایی می کنند و خوشحال هستند که فکر میکنم در مورد غلط بودن آزمایشات من بکلی فراموش کرده اند ولی این حقیقت هنوز هم مثل خوره وجود مرا میخورد و من هر روز بیشتر در وادی شک فرو میروم و بیشتر به خودم و مأموریتم شک میکنم . استیفن مردی که از کبدش به مراد داد آیا آدم بدی است و باید کشته شود؟ خداوندا هر حکمتی که در این ماموریت وجود دارد برای من شفافش بگردان . از نگاه کردن به چشمان استفن وحشت دارم چون دریایی از مهربانی و سپاسگزاری در آن می بینم و وقتی فکرمیکنم که اگر او بداند که مقصد من چیست ایا از من متنفر نخواهد شد؟ خدایا چه کنم ؟ کسی را ندارم تا با او حرف بزنم پس از تماس

های بی نتیجه من در جوابم فقط یک ایمیل آمد که تو به وظیفه ات عمل کن .. خدایا من احتیاج دارم که بدانم چرا برای این ماموریت انتخاب شده ام ؟ آیا واقعاً انتخاب شده ام؟ این خواست توست و یا دیگران چنین تصمیمی را گرفته اند و به حساب تو گذاشته اند؟ در گیری عاطفی دیگری که این روزها گریبان مرا گرفته رفتار خانم اکرم با من است ،او گاهی با محبت هایش مرا به گریه می اندازد کاش من هم چند روزی را چنین با آرامش در کنار مادرم گذرانده بودم ،ولی من با وجود اینکه مادر داشتم ، انگار بی مادر بزرگ شدم ! محبت های او به یادم می اندازد که من در کنار مادر بودم ولی با مادر نبودم !! هر چه بیاد می اورم فقط فقر و بدبختی و خشونت است ، مادرم وقتی برای محبت کردن نداشت او می بایست شکم مارا سیر میکرد ،ا گر شبی شکم سیر می خوابیدیم این برایش بالاترین شادی بود.. وقتی خانم اکرم بمن محبت میکند تازه میفهمم که محبت مادری چیست و مادرداشتن چقدر خوب است، اما افسوس که دیگر او را نخواهم دید ،میگویند دیدار ما به قیامت خواهد افتاد ، ای کاش میتوانستم برای آخرین بار او را ببینم و از او خداحافظی کنم به او بگویم که به خاطر او و خواهرم تن به این ماموریت داده ام ولی افسوس که حتی نمیتوانم صدایش را بشنوم ، ای کاش میتوانستم . چیز دیگری که مرا خیلی عذاب می دهد احساسی است که نسبت به دخترآقای اکرم پیدا کرده ام . خدایا مرا از این گناه بر حذر کن . آیا اسم این احساس عشق است ؟ من در تمام طول زندگیم بجزمادر و خواهرم با هیچ زنی هم خانه نبوده ام ، اما شیطان میخواهد مرا به این گناه الوده کند . حتی جرات نمیکنم اسمش را بنویسم چرا که بردن نامش هم برای من حرام است . هر وقت بی اختیار نگاهم به نگاهش می افتد احساس میکنم که نگاهش با من سخن میگوید . خداوندا آیا عشق گناه است؟ مگر نه اینکه خودت این احساس را آفریده ای !مگر نه اینکه حضرت آدم هم عاشق حوا بود؟ آیا حضرت آدم و حوا به خاطر این احساس از بهشت رانده شدند؟ آیا این همان گندم ممنوعه است ؟من کجای راه را اشتباه رفتم که در آخرین روزهای زندگیم باید دست در گریبان این همه امتحان شوم .؟ هنوز در وادی شک دست و پا میزنم که وارد مرحله دیگری از آزمون شده ام ،امتحان عشق ! عشق بد جوری مرا در خود فرو برده ، این فقط ترس از عاشق شدن نیست ترس از معشوق بودن است . نمیخواهم اورا به چیزی امیدوار کنم که برایش اینده ای ندارد، ، از نگاهش میگریزم

ولی احساس او را حس میکنم وقتی ناگهان نگاهش به نگاهم گره میخوردچیزی مثل برق تمام وجودم را می لرزاند و مرا به دنیای دیگری می برد .خدایا به من رحم کن. دیروز بدون کلمه آقا نام مرا صدا زد. از این نزدیکی وحشت دارم ،احساس میکنم دوست داشتن خیلی قشنگ است اما من برای این ماجرا پایم به اینجا باز نشده من مسافر خدا هستم و باید رسالتم را به انجام برسانم و کشته شوم. عشق و عاشقی مال بندگانیست که از شیطان درونشان اطاعت میکنند! آیا شیطان وجود من بر من غلبه کرده ؟ خدا کند که چنین نباشد.

***

امروز با او و مادرش برای خرید رفته بودم ، با اینکه سعی میکنم از او دوری کنم اما باز هم خودم را در کنار او میبینم. بی اراده به دنبالش میدوم. من چیزی نمیخواستم بخرم اما به اصرار او ومادرش همراهشان رفتم ، دلشان برای تنهایی من میسوزد و میخواهند همه جا را به من نشان بدهند .در کنار یک فروشگاه لباس زنانه ایستادیم او و مادرش چند دست لباس انتخاب کردند و به درون اتاقی رفتندو من هم روی یک صندلی نشستم ناگهان او بیرون آمد ، استغفروالله .. لعنت بر شیطان خدایا مرا ببخش او آنقدر زیبا شده بود که نمی توانستم نگاهم را بدزدم. لباس سفید رنگ بسیار زیبائی بود با یقه باز و بدون آستین شبیه فرشته ها شده بود. از من پرسید: این لباس قشنگ است ؟ چشمانم را بستم تابا هوس به او نگاه نکنم و زیر لب استغفار میکردم وقتی پول لباس ها را دادند فهمیدم که آن لباس را نخریده! انگار فهمیدکه من از آن لباس خوشم نیامده است ! اما به من چه مربوط بود؟وقتی به خانه رسیدیم از من پرسید : چرا از آن لباس خوشت نیامد؟بی اراده جواب دادم: یک دختر مسلمان آن لباس را نمی پوشد و خودش را از چشمان نامحرم دور نگاه میدارد. چرا این حرف را باو گفتم شاید میخواستم وظیفه دینی او را به او یاد آوری کنم ، شاید هم میخواستم به او بگویم که من دوست ندارم او چنین لباسی بپوشد. خدای من هنوز در دنیای شک و یقین هستم مرا بیشتر از این امتحان نکن! عصر که دوباره به خانه آنها رفتم لباس هندی قشنگی که آستین بلند داشت پوشیده بود ویک شال توری هم روی سرش انداخته بود . خداوندا او دارد طریقه لباس پوشیدنش را به دلخواه من عوض میکند اما آیا من این حق را دارم که او را عوض کنم ؟ من قبل از اینکه او

بیشتر به من دل ببندد باید از او دور شوم .خدایا به من کمک کن تا بدون اینکه دلش را بشکنم او را از خود برانم ناگهان باو گفتم بخاطر من خودت رو عوض نکن من ماندنی نیستم !! بی اختیار اشکهایش سرازیر شد . چشمهایم رابستم تا شکسته شدنش را نبینم ،من این حق را ندارم که دل او را بشکنم اما چه کنم ؟ خدایا این امتحان اخر از همه سخت تر است. از اتاق بیرون رفتم در حیاط خانه چند نفس عمیق کشیدم ناگهان او را کنارم دیدم چشمهایش خیس اشک بود پرسید: "چرا ماندنی نیستی ؟ کجا میروی؟ هر چه تو بخواهی من قبول میکنم فقط نگو که میروی !!"نگاهم را دزدیدم که نگاهش نکنم تحمل چشمان اشک آلودش را نداشتم و خانه را ترک کردم. الان که این خطوط را مینویسم نزدیک اذان صبح است وهنوز خواب به چشمانم نیامده است . خداوندا چکار کنم ؟ دلم میگوید که حقیقت را به او بگویم. ولی آیا این اجازه را دارم ؟ اگر باوحقیقت را بگویم ماموریتم به خطر نمی افتد؟ آیا من خودم به ماموریتم ایمان دارم؟ هر روز که میگذرد ایمان من به کارم سست تر میشود . چرا ؟ خدایا چرا؟ چرا باید من برای رسیدن به تو از این همه امتحانات سخت بگذرم؟ مگر من حضرت ابراهیم هستم که باید از آتش بگذرم ؟هر روز بین من و ایمانم فرسنگ ها فاصله می افتد . کاش من هم یک زندگی معمولی داشتم ! کاش من برای این مأموریت انتخاب نشده بودم . کاش من همان جونیری بودم که او در ذهنش از من ساخته است . واقعا من کی هستم ؟ آیا میتوانم حقیقت رابه او بگویم ؟ شاید این بهترین راه برای این که او از من دل بکند باشد ! اما من چی ؟ من میتوانم از او دل بکنم؟ مگر چاره دیگری هم دارم؟من در کمتر از یک ماه خواهم مرد چه بخواهم و چه نخواهم از او جدا خواهم شد .. فردا به دیدنش میروم و همه چیز را به او میگویم و برای همیشه ترکش میکنم. دیگر به دیدنش نخواهم رفت تا مرا فراموش کند.

***

در سکوت به حرفهای خودم فکر میکنم ، به بچگی ام به دربدری هایم ،به مادرم به پدرم ، به خواهرم ..الان که بخانه آمده ام احساس عجیبی دارم فکر میکنم که دلم میخواهد همه چیز را بنویسم شاید بتوانم مروری بر گذشته ام داشته باشم ، شاید بتوانم برای آینده ام تصمیمی بهتر بگیرم ولی مگر من آینده ای هم دارم؟ من چرا به این راه افتادم ؟ چگونه

شد که من مسافر خدا شدم ؟ من از کودکی ام بجز زجر و گرسنگی و لگد خوردن از شورته های عربستان چیزی بخاطر ندارم .آنطور که مادرم برایم گفته بود . من در سالی بدنیا امدم که صدام حسین بعد از تمام شدن جنگ ایران و عراق تصمیم گرفته بود به بهانه پول نفت که دولت کویت به او مقروض بود ناگهان به کویت حمله کند . مادر و پدرم عرب کویتی بودند و پدرم در شرکت یک تاجر هندی که در کویت به همراه خانواده اش زندگی میکرده مشغول بکار بوده ان اتفاقات را مادرم چنین برایم گفته بود.

"ما درکویت زندگی خوبی داشتیم ارباب پدرت مرد خوبی بود من هم گاهی برای کمک به خانم او به خانه شان میرفتم . تا روزی که صدام مثل بلا بر سر مردم کویت نازل شد . نیمه های شب بود که مردم وحشت زده از صدای تیر اندازی توپ های زرهی عراق از خواب پریدند . تانک های عراق شبانه از مرزها گذشته بودند و به هر چه سر راهشان میرسید توپ می انداختند و آنجا را نابود میکردند! به خانه های مردم هجوم می بردند و اموالشان را غارت میکردند . دختر ها را با گیس روی زمین میکشیدند به آنها تجاوز میکردند . من وحشت زده در خانه خودم را پنهان کرده بودم و پدرت برای کار رفته بود نمیدانستم چکار کنم ؟ من در خانه چیزی که به درد غارت بخورد نداشتم !! ولی از جوانیم میترسیدم ! از پنجره میدیدم که درکوچه ها چه قیامتی به راه افتاده است . ارباب پدرت وقتی که موقعیت را خیلی وخیم دیده بود او را بخانه فرستاد که مارا همراه خودش به خانه ارباب ببرد تا شاید درجای امن تری باشیم ،من ترا بغل کرده و بسوی خانه ارباب می دویدم پدرت هم وسایل کمی که من در کیفی گذاشته بودم را در دست داشت ، نرسیده به خانه ارباب تانک ها به ما رسیدند . پدرت به من گفت فرار کن من خودم را پشت درختی پنهان کردم، ولی او را دیده بودند . او را نگه داشتن فکر میکردند داخل کیف پول و جواهرات است من بسوی خانه ارباب دویدم . ارباب در را به روی من گشود ،خودم را به داخل خانه انداختم و گفتم که پدرت را گرفته اند . ارباب تفنگ داشت تفنگش را برداشت که بیرون برود ولی خانمش به او گفت اگر تفنگ ترا ببینند ترا خواهند کشت ، تفنگ را نبر که ناگهان در خانه باز شد و دو نفر جنازه پدرت را به داخل آوردند . انگار دنیا بر سرم کوبیده شد ، من که کسی را بجز پدرت نداشتم من از شیخ نشین دیگری همراه مادرم به اینجا امده بودم ، پدرم سالها پیش مرده بود و

بعد از ازدواج من ،مادرم هم مرد . من در این دنیا فقط ترا داشتم و شوهرم حالا چه باید میکردم . بدنم مسخ شده بود و به جنازه خیره مانده بودم خانم ارباب مرا به اتاقی برد و شوهرش دستور خاکسپاری شوهرم را به آن دو مرد داد . او را در حیاط خانه به خاک سپردند و من از پشت پنجره می دیدم وگریه میکردم .آنها میترسیدند که او را به قبرستان ببرند . ارباب به من و خانمش و زن دیگری که در خانه آنها کار میکرد گفت سوار ماشین شویم . او می ترسید که بخاطر مال و اموالی که در خانه داشت به آنجا حمله کنند و بلایی بر سر زنها بیاورند، من بی تاب از مردن شوهرم در حال فرار بودم . تا ماشین ما از سر کوچه گذشت در آیینه تانکها را دیدم که به خانه ارباب نزدیک میشوند . زن ارباب موهای مرا نوازش میکرد،ولی مگر غم من کم غمی بود! حتی نمیتوانستم برای شوهرم عزاداری کنم . به عادت عرب ها به صورتم میزدم ولی صدایم از گلویم در نمی آمد . من نمیدانستم که به کجا می رویم . پس از آن که از چند خیابان گذشتیم به یک ساختمان بزرگ رسیدیم که بعد ها فهمیدم آنجا سفارت هند در کویت است . بجز ما عده خیلی زیادی در آنجا بودند، فهمیدم که همه ی هندی ها به سفارت خانه پناه آورده اند، لااقل اینجا در امان بودیم .آنقدر اشک ریختم که برای چند ساعت بیهوش بودم . وقتی به هوش آمدم دیدم خانم ارباب ترابغل کرده و به تو غذا میدهد . زن مهربانی بود . ارباب بمن گفت اصلا عربی حرف نزنم من در خانه آنها کمی هندی یاد گرفته بودم چون اگر عراقی ها می فهمیدند که کویتی داخل سفارت است ممکن بود به آنجا حمله کنند . هر خانواده ای گوشه ای را انتخاب کرده و وسایل خودرا گذاشته بودند. هر کدام مقداری وسایل اولیه با خودشان آورده بودند . ارباب با یک نفر دیگر به تجارت خانه اش رفت و مقدار زیادی برنج و مواد غذایی آورد تا مردم از گرسنگی نمیرند . نمیدانم چه مدت آنجا بودیم . کسی جرات بیرون رفتن نداشت . آنقدر فهمیده بودم که ارباب و کارکنان سفارت دارند راهی پیدا میکنند تا همه را از کویت بیرون ببرند ، اما این راه برای هندی ها بود نه من که کویتی بودم . من در اتاقی ته راهرو تقریباً خودم را زندانی کرده بودم . نمیدانستم چه بر سر من خواهد آمد . اما خانم ارباب دلداریم میداد که هر کجا برود مرا هم با خودش می برد، من فقط شانزده سالم بود . سعی میکردم خودم را از نظر ها مخفی کنم . چون امکان داشت داخل جمعیت جاسوس عراقی باشد . عراقی ها گفته بودند که هیچ کویتی نباید داخل

سفارت خانه ها باشد ، یک شب ارباب و چند مرد دیگری که فقط آنها اجازه داشتند از سفارت خانه خارج شوند همه را صدا کردند و گفتند به زودی همه را به عمان خواهند برد . همه باید گذرنامه داشته باشند . البته خیلی ها وقت فرار گذرنامه همراه خود نیاورده بودند . ولی آنها هندی بودند و حتماً سفارت به آنها گذرنامه میداد ! اما من چه؟ زندگی در کویت روز به روز بد تر میشد ،عراق همه چیز را تحت کنترل گرفته بود . صدای توپ ها هر شب همه جا را میلرزاند . ارباب و خانمش برایم پدر ومادری میکردند . حتی به من لباس هندی دادند تا شکل بقیه باشم ولی چند نفری بودند که به من به چشم دشمن نگاه میکردند و من هر لحظه ترس انرا داشتم که مرا از آنجا بیرون کنند!! شب و روز به درگاه خدا التماس میکردم تا بتوانم ترا حفظ کنم . آنها هم حق داشتند اگر بخاطر من به اینجا حمله میکردند چه می شد ؟ در کنار ارباب مرد عربی بودکه هندی را هم خوب حرف میزد ولی من از لهجه عربی اش می فهمیدم که عرب است نه هندی . روزها به سختی میگذشت . تماس های تلفنی خیلی سخت بود اما از گفته های خانم و آقا می فهمیدم که دارند از هند کمک میگیرند . من نمی فهمیدم در بیرون چه خبر است اما آنچه که معلوم بود به زودی هندیها از کویت بیرون می رفتند آنوقت چه بلایی بر سر من خواهد امد .؟ من به کجا باید می رفتم ؟ خانم ارباب همیشه به من دلداری میداد که هر کجا برود مرا هم خواهد برد . اما زن کارگر آنها به من میگفت تو هندی نیستی نمیتوانند ترا با خودشان ببرند وته دل مرا خالی میکرد . از صحبت ها فهمیدم که قرار است همه از راه زمینی به عمان بروند و از آنجا به هند پرواز کنند به خودم میگفتم خدایا سرنوشت من چه خواهد شد ؟مرا اینجا جای میگذارند! با یک بچه چهار ماهه به کجا بروم ؟ مطمئن بودم اگر از آنجا خارج شوم عراقی ها بمن تجاوز کرده و بعد هم مرا میکشند . تا شبی که قرار شد فردا حرکت کنند . ارباب و مردی که شاید رئیس سفارت خانه بود همه را جمع کردند ، باید اتوبوس کرایه میکردند تا مردم را به عمان ببرد . سفارت هم نمیتوانست کمک مالی کند، چون بانکها هم تعطیل بودند، به کمک آنهایی که پول داشتند چند اتوبوس کرایه کردند و قرار شد که فردا شب به طرف عمان حرکت کنند!!من گریه کنان به خانم ارباب گفتم من چه کار کنم ؟ او گفت ترا هم میبریم . فردا شب من هم رفتم تا سوار اتوبوس شوم ولی ارباب گفت تو سوار ماشین ما شو ،ترا با خودمان می بریم ،شاید می ترسید

مردم مرا به دشمنان تحویل بدهند . اتوبوس ها براه افتادند و ما هم در پشت آنها حرکت میکردیم جاده خلوت بود ! مردم از ترس عراقی ها از خانه هایشان خارج نمی شدند ، ناگهان تانک ها از دور پیدایشان شد و اتوبوس ها از وسط راه باز گشتند و همه را پیاده کردند . شب سختی را به سحر رساندیم. قرار شد فردا شب برویم ، اما فردا شب اتوبوس ها نیامدند، ترسیده بودند که شبانه گیر عراقی ها بیافتند . نمیدانم چه شد ولی بالاخره بعد از چند روز یک شب راهی عمان شدیم من خیلی می ترسیدم . چند ساعت رفتیم تا به مرز رسیدیم آنجا از همه گذرنامه و یا شناسنامه میخواستند و من هیچ چیز نداشتم وقتی نوبت به من رسید آن مرد عرب که هندی هم بلد بود کنار من ایستاد و به هندی به مامورین گفت که این ها زن و بچه من هستند و گذرنامه خودش را نشان داد و ما را رد کرد . باورم نمی شد که از کویت خارج شدم . اما حالا چه باید میکردم؟کجا باید میرفتم؟ بعد از مدتی پیاده روی به یک باند فرودگاه رسیدیم که هواپیماهای هندی منتظر بودند اما در آنجا به ارباب گفتند که من بدون گذرنامه و یا عقد نامه نمیتوانم سوار شوم . در بیابان خدا سرگردان مانده بودم ترا محکم بغل کرده و فکر میکردم که حالا به کجا بروم . ارباب خیلی ناراحت بود اما دیگر کاری از دستش بر نمی آمد . آن زن خدمتکار به من میگفت خوب حالا دیگر در کویت نیستی اینجا میتوانی زندگی کنی عمان هم یک کشور عربی است چرا اینقدر ناراحتی ؟ او نمیتوانست بفهمد که من مثل کسی که از بالای یک پل معلق چوبی میگذرد وناگهان چوب ها شکسته میشوند و بین زمین و هوا آویزان می ماند هستم حالا به کجا بروم ؟ من درعمان کسی را نمی شناختم ،ناگهان آن مرد عرب به کنارم آمد ترا بغل زد و گفت نترس ترا رها نمیکنم او همان مردی بود که تو فکر میکردی پدرت میباشد. او در عمان با من ازدواج کرد و مرا همراهش به عربستان برد کابوس کویت تمام شد ولی در عربستان هم زندگی با من سازگار نبود، چند وقت بعد از ورود ما به عربستان شوهرم در یک درگیری خیابانی بوسیله شورته ها کشته شد و من ودو تا بچه را تنها گذاشت و رفت ، تو وخواهرت که بعد از آمدن ما به عربستان به دنیا آمد، او حتی به اسم خودش برای شما شناسنامه گرفته بود، وبا مردنش من دوباره بی کس و تنها شدم وحالا باید شکم سه نفر را سیر میکردم، بزودی هر چه داشتم فروختم ولی تمام شد و صاحب خانه هم مارا بیرون کرد، از زنهای دیگر یاد گرفتم که در سر راه حاجی ها دست فروشی کنم مقداری روسری و

جوراب از مغازه ها میگرفتم و نزدیک حرم در مکه می نشستم و آنها را میفروختم اما بشرطی که شورته ها نمی دیدند وگرنه ما را میزدند و وسایل مان را هم توی جوی آب می ریختند . کنار خیابان میخوابیدیم و جایی برای زندگی نداشتیم . اگر چیزی میفروختم مقدار غذایی از مغازه ها میخریدم و شکم شما ها را سیر میکردم "

این قصه ای بود که مادرم از بچگی هزاران بار برایم گفته بود و من هم خوب بیاد دارم که شورته ها چطور ما را میزدند و نه تنها ما بلکه بقیه دست فروش ها هم همین داستان را داشتند . گاهی وقتها به حرم نگاه میکردم و مردمی را می دیدم که لباسهای سفید بر تن دارند وفرسنگها راه آمده اند تا دور خانه خدا بگردند و طواف کنند با خودم میگفتم چرا این ها به ما کمک نمیکنند؟و چرا خداوند آنقدر به آنها داده تا این همه راه را برای زیارت خانه خدا بیایند، آنوقت به ما که در کنارش هستیم حتی لقمه نانی روا نداشته ؟ چرا کسی جلوی این شورته ها را نمیگیرد که چنین بی رحمانه مارا نزنند ، مگر ما چکار میکردیم ؟برای لقمه نان حلالی له له میزدیم .گاهی بعضی از این زوارها ته مانده ای از غذایشان را به ما میدادند و یا به عوض خریدن روسری یک اسکناس یک ریالی روی بساط ما پرت میکردند و میرفتند . از خدا میخواستم تا ما را از این زندگی نجات دهد . آنوقت ها من هشت یا نه ساله بودم هنوز هیچ چیز از زندگی نمیدانستم . فقط میدانستم که مادری دارم و خواهری و باید شکم ما سیر شود فقط همین . یک روز که شورته ها مارا زدند ، از دماغ من خون می آمد توی هوای داغ عربستان کنار خیابان ایستاده بودم و مادرم با عبایش خون دماغم را پاک میکرد ، که دیدیم دو مرد عرب به طرف ما می آیند وبه ما نزدیک شدند زیر بازوی مرا گرفتند و به کنار آب بردند و کمک کردند تا صورتم را بشویم بعد به سوی مادرم آمدند و از او پرسیدند که شوهرش کجاست و پس از شنیدن داستان مادرم به ما قول کمک دادند و از مادرم خواستند که همراه آنها برویم من می ترسیدم اما مادرم انگار مسخ شده بود . شاید فکر میکرد فرشته نجات به سویمان آمده است و قبول کرد . یکی از مردها دست مرا گرفت و دیگری خواهرم را بغل کرد و همراه خود به خانه ای بردند . یک خانه در منطقه ای دور از شهر مکه . البته ما خیلی می ترسیدیم ولی وقتی به آنجا رسیدیم دیدم چند زن وکودک عرب دیگرهم آنجاهستند . بعد از اینکه به ما غذا دادند به مادرم گفتند امشب استراحت کنید ما فردا با تو حرف میزنیم ،مادرم نمیدانست

آنها از ما چه میخواهند از زنان دیگر پرسید ولی جواب درستی نگرفت ما آنشب آنجا ماندیم و بعد از مدت ها شبی را زیر سقفی به صبح رساندیم . من و خواهرم بعد از خوردن غذا خوابیدیم ولی مادرم نخوابید او وحشت داشت ولی چیزی نمی گفت . آنقدر در دنیا نامردی دیده بود که باور نمیکرد ممکن است که در این دنیای کثیف انسانهایی هم وجود داشته باشند که بدیگران بدون هیچ چشم داشتی کمک کنند! فردا صبح آنها مادرم را به اتاقی بردند و ساعتی با او به گفتگو نشستند من و خواهرم پشت در به انتظار نشسته بودیم وقتی مادرم از اتاق بیرون آمد از چشمانش می شد فهمید که گریه کرده است . نمیدانم این اشک شادی بود یا اشک غم ! رو به من کرد و گفت : پسرم این برادر ها ترا میخواهند . من با تعجب نگاه کردم مرا برای چه میخواهند ؟من که کاری بلد نیستم ؟ یکی از مردها به سویم آمد و دست مهربانی بر سرم کشید و گفت : پسرم تو سرباز الله میشوی . دنیا در قهر خداوند است و او به سربازان پاکی مثل تو احتیاج دارد اگر تو سرباز الله شوی خواهر و مادرت هم به آرامی زندگی میکنند !و از آن روز زندگی من عوض شد و من به راهی افتادم که باز گشت نداشت ، و اینگونه من مسافر خدا شدم.

به مادرم نگاه میکردم ، اصلا منظور آن مرد را نفهمیدم « سرباز الله» یعنی چه؟ سرباز الله چه معنی دارد ؟ خداوند بالای آسمان ها است به سرباز در روی زمین چه نیازی دارد ؟ شاید مادرم هم درست قصد آنها را نفهمیده بود . من پرسیدم یا سیدی سرباز الله یعنی چه؟ من چه باید بکنم ؟ آن مرد که بعد ها فهمیدم اسمش احمد جبار است ، دستی به سرم کشید و جواب داد یعنی ترا خداوند انتخاب کرده تا یکی از بهترین بندگانش باشی ، و زندگی خودت را وقف راه خدا و رسیدن به خدا کنی ! من اصلا نمی فهمیدم که او چه میگوید ، مگر دیگران را خدا خلق نکرده؟ تازه مگر من چه بودم که خداوند مرا انتخاب کرده ؟ احمد جبار وقتی متوجه گیجی من شد دوباره توضیح داد ؛ ما ترا به مدرسه می فرستیم تا درس بخوانی تا بتوانی قران را بخوانی وبه آن عمل کنی ، تا بتوانی آنرا برای دیگران درست معنی کنی و وقتی بزرگ شدی ترا به شهرهای دیگر می فرستیم تا به دیگران احکام اسلامی را یاد بدهی . با تعجب به او نگاه میکردم بیشتر حرفهایش را نمی فهمیدم ، من اصلا خواندن بلد نبودم ! گفتم یا سیدی من اصلا بلد نیستم بخوانم ، جاهل هستم ! گفت میدانم ولی تو لیاقت آنرا داری که یاد بگیری ، خداوند

ترا برای این ماموریت انتخاب کرده ! با ترس و وحشت پرسیدم سیدی شما میگویید سرباز ! سرباز کسی است که می جنگد ! دستی به موهایم کشید و گفت درست است آن را هم یاد میگیری ، بتو مشق نظامی هم میدهیم و وقتی لازم باشد به جنگ هم میروی مثل سربازان زمان رسول الله . گفتم ولی حالا که دیگر کفاری نیست همه مسلمان هستند لبخندی زد و توضیح داد فرزندم دنیا را کفر گرفته است تو هنوز خیلی کوچک هستی که بفهمی . با تعجب به او نگاه کردم و گفتم ولی من هر روز مردم را دیده ام که بدور کعبه می چرخند، این همه مسلمان هست ! کفار کجا هستند؟ گفت خودت بزودی میفهمی ، وقتی تعلیم دیدی همه چیز را یاد میگیری ، حالا باید برویم من خودم را پشت عبای مادرم پنهان کردم و گفتم من اینجا درس میخوانم کنار مادرم . او جواب داد نه کسی اینجا نمی ماند این جا فقط یک اقامت گاه موقتی است تو باید به مدرسه پسرها بروی ؟! با گریه گفتم من بدون مادرم هیچ کجا نمی روم من حاضرم هر روز از شورته های دورحرم کتک بخورم اما کنار مادرم باشم ! مادرم مرا بغل کرد و گفت پسرم اینها مردمان خوبی هستند ، میخواهند به ما کمک کنند . اما من جرات نمیکردم به آنها نگاه کنم و همانطور پشت عبای مادرم پنهان شده بودم . من چطور با این غریبه ها می رفتم ؟ کجا دوباره مادرم را می یافتم ؟ آنها با روی خوش با ما حرف میزدند و به مادرم گفتند هنوز نمی فهمد بگذار پیش خودت باشد تا به ما عادت کند و ما را تنها گذاشتند . مادرم اشکهایم را پاک کرد و مرا در آغوش گرفت و به داخل اتاق رفتیم . وقت نماز بود همه نماز ظهر خواندیم و بعد از نماز به ما غذا دادند . غذای گرم ،نه ته مانده سرد دیگران ، آنقدر آن غذا به من مزه داد که فکر کردم شاید دیگر چنین غذایی در عمرم نخورم . مادرم سعی میکرد از چند زنی که در آنجا بودند در مورد این ماموریت ها بپرسد اما آنها هم مثل مادر من تازه وارد بودند و چیزی بیشتر از ما نمی دانستند .شب دوباره جبار مادرم را به اتاق برد و با او حرف زد ، اما من می ترسیدم ، می ترسیدم که از مادرم جدا شوم ، من فقط او را در این دنیای بزرگ داشتم ! اگر از او جدا می شدم خودم را هم گم میکردم . مادرم ساعت ها با آنها حرف زد . وقتی از اتاق بیرون آمد بر خلاف صبح حالش بهتر بود و به من گفت ما همه با هم میرویم . من خیلی خوشحال شدم دیگر از خدا چه میخواستم ، به مکتب میرفتم ، با سواد می شدم ، مادر و خواهرم هم درکنارم بودند، به ما جا و مکان میدادند ، غذا میدادند همه چیز

عوض می شد. آن شب تا صبح خواب بهشت را می دیدم فکر میکردم جایی که مارا می برند بهشت است . سه روز در ان خانه بودیم ، روز چهارم کامیون بزرگی دم درب خانه نگه داشت ، شبیه آن را تا بحال ندیده بودم ، چهار زن و دو دختر و سه پسر دیگر هم همراه ما از خانه بیرون آمدند . پشت کامیون یک اتاق خیلی بزرگی بود ، وقتی بالا رفتیم لاشه های گوشت گاو و گوسفند یخ زده را دیدیم که در ان اویزان بودند . آنقدر سرد بود که دندانهای ما از سرما بهم میخورد . در ته این یخچال بزرگ پشت لاشه ها یک در کوچک مخفی بود که آن را باز کردند و ما یکی یکی به داخل اتاقک کوچکی که بین یخچال و اتاق راننده قرار داشت رفتیم . آنجا گرم تر بود ، البته نه در داشت و نه پنجره . هر کس گوشه ای نشست . من و خواهرم زیر عبای مادرم رفتیم تا گرم شویم . کامیون براه افتاد از تکان هایش میفهمیدم . بالاخره خوابم برد . یک وقت بیدار شدم که کامیون ایستاده بود . احمد جبار به اتاق آمد و گفت اینجا بیابان است وکسی شما را نمی بیند میتوانید پیاده شوید اگر احتیاج به قضای حاجت دارید . یکی یکی پیاده شدیم و پس از اینکه احتیاج مان بر طرف شد دو باره سوار شدیم ، چند شیشه آب و مقداری لقمه هایی که در آن گوشت بود به ما دادند و دوباره به راه افتادیم . یادم نیست که چند روز در راه بودیم . فقط شب به شب ما را برای قضای حاجت پیاده میکردند . چند بار هم سروصدایی از داخل یخچال آمد ولی در اتاقک ما را باز نکردند . کامیون به راهش ادامه میداد و ما نه میدانستیم به کجا میرویم و نه میدانستیم چه در انتظار ماست؟ اما همین قدر میدانستیم که از آن در بدری نجات پیدا میکنیم بالاخره بعداز چند روز به جایی رسیدیم و در یخچال را باز کردند و ما پیاده شدیم . یک محوطه بزرگی بود و چند تا درخت هم داشت .من فکر میکردم آنجا جنگل است چون در عربستان درخت زیاد نبود . در همه جای محوطه مردهای تفنگ بدست دیده می شدند تفنگ هایشان برای من خیلی عجیب بود سر تفنگ چیزی شبیه نیزه بود . لباسهای گل پلنگی تنشان بود . روی لباس ها جلیقه به تن داشتند و به روی آن رده های فشنگ بسته بودند، ما را به طرفی میبردند در راه دیدم همه به جبار احترام میگذارند و به او سلام میدهند . از دور یک گروه پسر جوان را دیدم که تفنگ هایشان را بروی سر گرفته و با صدای بلند تکبیر میگویند و میدوند اول فکر کردم بسوی ما می آیند، خیلی ترسیدم ! اما بعد دیدم که دور میزدند انگار مشق میکردند محکم به

عبای مادرم چسبیده بودم . اینجا که کلاس درس نبود ! مکتب نبود شبیه قرارگاه عسکری بود . پس این ها هم سرباز های الله هستند و من هم قرار بود یکی از آنها بشوم ! مارا بسوی دخمه ای که شاید ساخته بودند و شاید هم غار بود بردند و وارد آنجا شدیم . توی غار شبیه دالانی بود با سوراخ های زیادی که شبیه اتاق بودند.وقتی به جلوی یکی از آن سوراخها رسیدیم جبار به مادرم گفت تو و دخترت در این غرفه زندگی میکنید ، مادرم دست خواهرم را گرفت پرده جلوی سوراخ را کنار زد و داخل شد ، من هم خواستم پشت سرش داخل شوم ولی جبار گفت اینجا غرفه زن هاست تو باید به غرفه مردها بروی ودست مرا گرفت و از آنجا خارج شدیم . به دهلیز جدیدی وارد شدیم که مثل اولی بود و مرا به یکی از اتاق ها برد آنجا تاریک بود و چراغ هایی مثل شمع بزرگ آنجا را روشن میکردند .به من یک دست لباس داد و گفت این ها را بپوش و بعد بیا توی محوطه من در دل یارب یارب میگفتم این لباس شورته ها بود یعنی من از این پس سرباز میشوم ؟لباس را پوشیدم کمی برایم بزرگ بود ، پسر دیگری وارد سوراخ شد و به من سلام کرد و پرسید تازه وارد هستی ؟ گفتم بله! جواب داد خوش آمدی برادر ، اینجا خیلی جای خوبی است ، خداوند ترا لایق دانسته که انتخاب شدی و به اینجا آمدی ، هر کسی لیاقت اینجا آمدن را ندارد به تو تبریک میگویم ، آماده شو تا تو را پیش بقیه ببرم . لباسم را پوشیدبودم، او به من کمک کرد تا کمر بندم را ببندم . بعد همراهش به محوطه بیرون رفتم . پسرهای نوجوان هنوز داشتند به دور محوطه میدویدند . به تفنگ هایشان نگاه کردم ، ترسیده بودم ، یعنی به من هم تفنگ خواهند داد پسری که همراهم بود خودش را ناظم معرفی کرد و به من گفت اول به تو چوب میدهند و بعد از مدتی که اولین ماموریت را انجام دهی ، آنوقت به تو هم تفنگ خواهند داد . من مثل بچه ای که اسباب بازی پیدا کرده باشد خیلی خوشحال شدم چوبی بدست گرفتم و بدنبال آنها چندین بار دور محوطه دویدم ، شاید این اولین باری بود که من بازی میکردم و از ته دل میخندیدم. بعد همه را به یکی از ان غرفه های بزرگ بردند و یک مفتی برایمان سخنرانی کرد و از اینکه چنین مورد لطف خداوند قرار گرفته ایم و براه راست هدایت گشته ایم بسیار گفت ، بعد به ما غذا دادند . از ناظم پرسیدم که به خواهر و مادرم هم غذا میدهند گفت نگران نباش به همه غذا میدهند . بعد از خوردن غذا به کلاس درس رفتیم . من اصلا سواد نداشتم ، حتی الفبا را هم بلد

نبودم . معلم ما که فرمانده ما هم بود به دو تا از پسر ها دستور داد که به من خواندن را بیاموزند . بعد از جلسه درس چند نفری که مثل من بی سواد بودند را دور هم جمع کردند . آن ها به زبان دیگری حرف میزدند که من نمی فهمیدم . بعد ها فهمیدم که آنها به زبان پشتو حرف میزنند و ما در افغانستان هستیم . دو سه ماهی گذشت ، من به کمپ پسران عادت کردم وقتی که دیگر کاری با ما نداشتن توی اتاق خودمان با چوب تفنگ بازی میکردیم و عوض کیسه های شنی ازبالش به عنوان سنگر استفاده میکردیم ، گاهی به دیدن مادر وخواهرم میرفتم . آنها هم تعلیم می دیدند . مادرم در کارهای آشپزی کمک میکرد اما خواهرم لباسی شبیه لباس من ولی دخترانه می پوشید و مثل پسر ها تعلیم می دید. کم کم خواندن قران را آموختم چون زبان من عربی بود برایم آسانتر بود ، اما آنها که پشتو حرف میزدند به سختی قران میخواندند . بعد از ظهر ها در غاری می نشستیم و همه با هم در حالی که خودمان را تکان میدادیم قران را به صدای بلند می خواندیم . یک روز گفتند که اسیر گرفته اند ، چند نفر که لباس های یک سره نارنجی برتن داشتند و رنگ شان با ما فرق میکرد و موهای سرشان طلایی بود را در حالی که چشمان شان را بسته بودند و به دستها و پاهای شان زنجیر بود آوردند . بما گفتند صف بکشید و تماشا کنید . بعد آنها را روی زمین نشاندند و پشت سر هر کدام یک نفر با تفنگ ایستاد ،دو تا مرد که دستگاهی در دست داشتند روبروی آنها ایستادند من از ناظم پرسیدم آن چیست ؟ گفت دوربین است فیلم میگیرند و برای همه دنیا می فرستند . انروز من نفهمیدم که فیلم چیست اما شب که فیلمش را به ما نشان دادند من فهمیدم که دوربین همه چیز را ضبط کرده و دوباره پخش میکند. همه با هم تکبیر گفتند و یکی از فرمانده ها به زبان دیگری که بعدها فهمیدم انگلیسی میباشد چند جمله ای گفت و با گفتن تکبیر ناگهان دستور آتش داد و در یک لحظه همه آن اسیر ها به روی زمین غلتیدندو زمین یک پارچه از خون آنها سرخ رنگ شد! . من از ترس چشمهایم را بستم باورم نمیشد که جلوی چشم من در یک لحظه چندین نفر مردند . اما مجبورم کردند که چشمهایم را باز کنم و رنگ خون را ببینم . ناظم گفت این اولین بارت بود بعد از این عادت میکنی و یک روز هم ما تفنگ به دست گرفته واسیران را خواهیم کشت . پیش مادرم رفتم حالم خیلی بد بود یعنی ما برای کشتن دیگران انتخاب شده ایم ؟ مادرم به من دلداری میداد که این ها دشمنان اسلام هستند و در خاک اسلام

دارند مسلمان ها را میکشند و این خواست خداوند است ،کم کم برایت عادی میشود، من کم کم بزرگ شدم و به این خلق و خوی عادت کردم چهارده سالم بود که فهمیدم ما جزء گروه القاعده هستیم و رهبر ما بن لادن است . به ما همان چیزی را می اموختند که میخواستند ما بدانیم ما در یک بعد از زمان زندانی بودیم ، چیز دیگری را نه می شنیدیم و نه می دیدیم . هر روز بر تعداد ما افزوده می شد از دورترین نقاط جهان مردم به اینجا می امدند . زن و مرد سرباز الله می شدند . هیچوقت اولین باری که من به یک اسیر شلیک کردم یادم نمیرود . آن شب تا صبح نخوابیدم . من نمیخواستم شلیک کنم اما ناظم به من گفت اگر از دستور سر باز زنی مادرت را خواهند کشت . من خیلی ترسیدم و چاره ای نداشتم . اما کم کم به این هم عادت کردم . آنهایی که از کشورهای غربی آمده بودند به ما زبان خارجی یاد میدادند . من نمیدانستم که چرا باید انگلیسی یاد بگیریم اما بعد ها فهمیدم باید برای ماموریت به خارج از افغانستان برویم و خودمان را فدای اسلام کنیم .

چندی بعد به من و ناظم گفتند که برای ماموریت انتخاب شده ایم . این اولین بار بود که قرار شد از افغانستان خارج شویم . از مادر و خواهرم خداحافظی کردم باید از آنها جدا می شدم و این خیلی برایم سخت بود اما چاره ای نداشتم . من و چهار نفر دیگر را برای ماموریت به عراق بردند .البته باز هم از راه های مخفی و ما نفهمیدیم که چگونه به عراق رسیدیم ، آنطور که به ما گفتند عراق بوسیله مسیحیان اشغال شده و قدرت دولت به دست عده ای کافر شیعه که طرف دار آیین زرتشت ایرانی ها بودند افتاده است و ما باید کاری میکردیم که قدرت به دست القا عده بیافتد و حکومت اسلامی در آنجا به اجرا در بیاید . در یک روز که مردم عراق خودشان را برای عیدفطر آماده میکردند ما کامیونی را در وسط بازار منفجر کردیم و عده زیادی از کافران را کشتیم . دو نفر از برادر های ما هم کشته شدند، اما ما هیچ غمگین نبودیم چون مطمئن بودیم که آنها سعادت داشته اند و اکنون در بهشت هستند و ما تاسف میخوردیم که چرا این سعادت نصیب ما نشد و امیدوار بودیم در ماموریت بعدی ما هم شهید شویم و آنها را در بهشت ملاقات کنیم .

یک روز امیر همه را جمع کرد و گفت که خبر خوبی دارد و بعد از گفتن نام خداوند مژده داد که همکاران عراقی ما یک بانکه یافته اند!من تا بحال بانکه ندیده بودم .در واقع ما عراق را آنچنان که باید نمی

شناختیم ، از روز اول که به عراق آمدیم در کمپ بودیم ، باید هر روزبه تمرینات چریکی خودمان ادامه میدادیم . بر روی طناب بسته شده بین دو ستون راه میرفتیم ، از چوب بست ها بالا میرفتیم، پایین میآمدیم ،از داخل بشکه هایی که مثل تونل باریکی کنار هم چیده شده بودند سینه خیز رد می شدیم .میگفتند ما باید همیشه تمرین کنیم تا بتوانیم هر آن برای عملیات آماده باشیم . حتی ما به تازه وارد ها تعلیم نظامی میدادیم تا اماده جهاد شوند. از وجود بانکه ها اصلا خبر نداشتیم ونمیدانستم که بانکه چیست؟مجاهدین عراقی این بانکه را یافته بودند که پر از طلا و جواهرات بود . بانکه در واقع یک شهر در زیر زمین بود ، در روی زمین فقط یک در داشت، درست مثل چاه بود، ولی وقتی که در را برداشتن چندین پله در زیر آن نمودار شد، و پس از پایین امدن از پله ها تازه به یک قرارگاه زیر زمینی میرسید، دقیقا نمیدانستیم که این بانکه ها را آمریکایی ها ساخته اند و یا سران دولت صدام حسین برای زمان فراری شدن خودشان ساخته بودند ! ولی هر کس ساخته بود خیلی وقت صرف کرده بود و شاید برای روز مبادا اینهمه طلا و جواهرات در اینجا گذاشته بودند که در هنگام فرار با خود ببرند ولی قسمت آنها نشده و بدست ما افتاده بود. به کمک همدیگر جعبه ها را به یک اتاق بزرگ که مفتی اعظم و امیر کل در آنجا بودند بردیم . من این مفتی را زیاد دوست نداشتم ، چون گاهی ناگهان فتوایی میداد که بنظر واقعی نمی آمد . من این احساس را داشتم که هر چه به نفع امیران باشد او بصورت قانون درمی آورد و فتوا میدهد . او قیافه ای سیاه چرده با موهای سفید داشت و همیشه عبای نازکی بر دوش و یک شال هم روی سرش می انداخت و عصایی هم در دست میگرفت ، او بود که فتوا داد دختران یزیدی برای امیر ها غنیمت جنگی هستند و میتوانند با آنها هم خوابگی داشته باشند .من هیچوقت نفهمیدم که این قبایل یزیدی هاکی هستندو به کدام آئین اعتقاد دارند! آیا به یزید و ابوسفیان وابسته می باشند و ازصدر اسلام بجای مانده اند ؟ و یا معنای دیگری داشت ولی هر چه بودند جدا از مردم معمولی عراق زندگی میکردند. مفتی اعظم خون مردهای یزدی را واجب و تصرف زنهای انها را حلال اعلام کرده بود. بهر جهت ما باید این بانکه را بدستور مفتی اعظم خوب میگشتیم و اشیاء قیمتی را به اتاق بزرگی می بردیم. بعد از اینکه جعبه ها را همه به اتاق بزرگ بردیم مفتی همراه امیر کل که میگفتند نماینده ابوبکر بغدادی است وارد شد . همه سکوت کردند ، او به طرف جعبه

ها رفت ودر یکی یکی را باز میکرد شمش های طلا را که چیزی شبیه خشت کوچک طلایی بود بلند میکرد و لبخندی میزد و بعد شروع به خواندن یک آیه از قران کرد و ادامه داد که :"

"خداوند چقدر رحیم و مهربان است که نظر لطفش را بر ما انداخته و این یک موهبت الهی است که چنین غنائمی را برای ما فرستاده تا بتوانیم خواسته او را که حکومت اسلامی در دنیاست بر پا کنیم و همه کافران را به جهنم بفرستیم ،از افغانستان عراق و سوریه شروع میکنیم، ببینید این خشت های طلا را ببینید، خداوند برای شما سربازان فدائیش در بهشت خانه هایی ساخته که دیوارش از خشت طلاست و زیباترین حوریان بهشتی را به عقد شما در می اورد تالذت هایی که در این دنیا از انها چشم می پوشید در آن دنیا بهترین هایش را بشما هدیه کند."

ما چشم داشتی به دختران یزیدی نداشتیم ، ما سربازان الله بودیم و لذت های دنیوی برایمان ارزشی نداشت . دخترانی را که به غنیمت میگرفتند در کمپ دیگری نگهداری میکردند وبین خودشان قسمت میکردند . خوب آنها امیر بودند و داشتن خانواده برایشان آزاد بود ولی ما که مسافر خدا بودیم نباید زن و بچه می داشتیم تا پایبند نشویم و بتوانیم از دنیا براحتی دل بکنیم . خداوند حوریان زیبا روی باکره را برای ما کنار گذارده بود. بهر جهت ما در بانکه ماندنی شدیم ، جای امنی بود . اتاقی که پر از کامپیوتر بود برای ما خیلی جالب بود ولی اجازه استفاده از آنها را نداشتیم ،ولی معلوم بود که مفتی و امیر از داشتن آنها بسیار خوشحال بودند . مدتی گذشت حالا شعبه عراقی ها خودشان را داعش نامیدند و کمتر از ما که از افغانستان آمده بودیم فرمان می بردند . یک شب ناگهان خبر بسیار بدی در همه جا پیچید ، ابتدا نجوا کنان در گوش هم میگفتند ولی ما مطمئن بودیم که اتفاق بدی افتاده است ! عده ای عقیده داشتند که دروغ است برای اینکه داعش قوی تر شود این شایعه را پراکنده اند. ما گروه کوچکی بودیم و کمتر در بین آنها جای داشتیم و برای خودمان یک اتاق را انتخاب کرده بودیم .از پچ پچ آنها خیلی دل نگران شدیم و میخواستیم بدانیم که این خبربد چیست که چنین مخفیانه بین خودشان نجوا میکنند . بالاخره مفتی اعظم همه را به اتاق بزرگ احضار کرد و بعد از گفتن نام خداوندو خواندن آیه ای از قران در مورد شهدای خاص این گونه ادامه داد

" با کمال تاسف خبر بسیار بدی درجهان شایعه یافته که میگویند قائداعظم بن لادن را آمریکایی ها در پاکستان به شهادت رسانده اند . اگر این خبر صحت داشته باشد او اکنون در رضوان و در خدمت حق تعالی است و با شهدای صدر اسلام محشور گردیده، او یک مجاهد بزرگ بود که غول های مسیحیت و یهودیان را در هم شکست .... بنا بر گفته خبرگزاری ها امریکایی ها حتی اجازه نداده اند که جنازه او را به خاک بسپارند و در آب دریا انداخته شده...

دنباله حرفهایش برای ما دیگر مهم نبود ، من و ناظم خودمان را از اتاق بیرون کشیدیم و به همدیگر نگاه میکردیم ،حالا تکلیف ما چه می شد اگر این خبر واقعیت داشته باشد چه خواهد شد؟ یعنی واقعا بن لادن را کشته اند ؟ اگر او را در خشکی کشته اند چرا جنازه او را به دریا انداخته اند ؟ عده ای عقیده داشتند که این یک ترفند سیاسی است که کسی دنبال جنازه او نگردد ، شاید اوزنده است واورا در جایی پنهان کرده اند که کسی دسترسی به او نداشته باشد ! شایعات زیادی در بین گروه هاپخش میشد ،یعنی واقعا او زنده است !آنطور که میگفتند بن لادن در یک مرکز نظامی پاکستان مستقر بوده و بالگرد های امریکایی بر بام آن خانه نشسته اند و کماندو ها از پله ها سرازیر شده و با ورود به خانه اش او را شهید کرده اند . یکی از امیرها که از افغانستان همراه ما آمده بود و از مریدان خاص بن لادن بود خیلی ناراحت و عصبی بنظر میرسید به امیر شعبه عراق گفت که پس ما به پاکستان باز میکردیم . اما او گفت که دیگر دیر است و اکنون شما با ما هستید و نمیتوانید جایی بروید ، ما به زودی سوریه را هم خواهیم گرفت و حکومت اسلامی را اعلام میکنیم و روزی بسیار نزدیک بر دنیا حکومت خواهیم کرد . ان شب تا صبح خواب به چشمهای ما نیامد، برسر مادرهای ما چه آمده؟ با هم حرف میزدیم چگونه خبری از پاکستان بگیریم ؟ وقتی بن لادن را کشته اند با بقیه چه کرده اند ؟ ولی راهی بجز اطاعت نداشتیم . صبح به پیش امیر خودمان رفتیم و پرسیدیم : "حالا چه بر سر خانواده های ما می آید اگر قرار شود افغانستان و پاکستان را ترک کنند به کجا خواهند رفت؟ اگر القاعده از آنجا برود ما آنها را کجا پیدا خواهیم کرد؟"

امیر ماجد گفت:" خانواده من هم در آنجاست ، بزودی خواهیم فهمید که چه خواهد شد ولی فعلا باید از اینها اطاعت کنیم ."

ما چاره ای بجز سکوت نداشتیم فرمانده میگفت وقتی ما خودمان را سرباز الله می نامیم دیگر نباید دل نگران کسی و یا چیزی باشیم ما هر لحظه باید به این فکر باشیم که لحظه بعد در جنت خواهیم بود . خوب یادم است وقتی که در افغانستان بودیم یکی از بچه های تازه وارد از مفتی پرسید ما با چه وسیله ای به بهشت پرواز خواهیم کرد؟ با هواپیما ؟ سفینه ؟ و یا فرشتگان مارا خواهند برد؟ و او جواب داد :

" فرزندم فاصله تو با بهشت فقط یک دکمه است باید چشمت را ببندی و دکمه را فشار دهی وقتی چشمت را باز میکنی در کنار نبی الله در بهشت هستی "

ما آن زمان معنی دکمه را فشار دهی را درک نمیکردیم اما بعدا فهمیدیم که وقتی بخودمان بمب می بندیم و در لحظه انفجار چشمانمان را می بندیم و دکمه را فشار میدهیم و بلافاصله در بهشت چشم خواهیم گشود و در کنار نبی خواهیم بود بهمین راحتی ! و حالا می فهمیدیم که واقعا چنین است و ما نباید دل نگران کسی یا چیزی باشیم وقتی که مسافر خدا هستیم ، خداوند هم خانواده مارا زیر سایه خودش خواهد گرفت. چندی نگذشت که جنگ در داخل عراق شدت گرفت و داعش چند شهر را بتصرف خود در آورد و ابوبکر بغدادی رئیس داعش خودش را خلیفه دنیای مسلمانان اعلام کرد . بر روی دیوارها نوشته شده بود حکومت اسلامی و پرچم سیاه رنگی را هم انتخاب گرده بودند که رویش با رنگ سفید نوشته بود لا اله الا الله و محمد رسول الله . چندین بار به شهرها و دهاتی که مردمش بنام یزیدی معروف بودند حمله کردند مردها را می کشتند و دختر ها را به غنیمت میگرفتند ،از آنها برای تمیز کردن غرفه های امیران و مفتی ها استفاده میکردند ما حق حرف زد با آنها را نداشتیم . طلا و پول هایی که بدست می آوردند خرج خرید اسلحه میکردند و به زودی داعش به سوریه هم رسید . بصورت یک لشکر شبه نظامی در آمده و با ارتش سوریه می جنگیدند . ما هیچ وقت در بین مردم عادی زندگی نکردیم . امیر ماجد بالاخره توانست آنها را متقاعد کند که خودش برای سر زدن به خانواده ها به پاکستان برود . او به همراه هشت تن از داعش عراقی روانه پاکستان شد به ما اجازه رفتن همراه او را ندادند . هر روز در عراق چند تن از داعشی ها بمب به خود می بستند و در اجتماع های شلوغ خودشان را منفجر میکردند و عده زیادی عراقی و سربازان سازمان ملل را هم میکشتند. هر شهری

را که تصرف میکردند پرچم داعش را بر سر در خانه ها نصب میکردند تا مردم عراق بدانند که از این به بعد احکام اسلامی درآنجا به اجرا در خواهد آمد . یک ماه بعد از طرف امیر ماجد برای ما پیغام آمد که همه خانواده ها به سوریه منتقل شده اند و ما نیز باید به آنجا برویم ، تا به داعش های سوریه بپیوندیم و به مردم آنجا کمک کنیم که از زیر سلطه نظام دولت سوریه بیرون بیایند و تحت رهبری ابوبکر بغدادی در یک کشور اسلامی زندگی کنند ، ما که از بودن در عراق راضی نبودیم از خدا میخواستیم تا به گروه اصلی خودمان بپیوندیم و هم چنین از سرنوشت خانواده های مان با خبر شویم . منتظر دستور حرکت بودیم . یک روز مفتی اعظم ما را دوباره احضار کرد و پس از بردن نام خداوند و خواندن آیه ای از قران گفت که بزودی عراق و سوریه یکی خواهد شد و لبنان را هم از شر شیعه ها که طرفدار زرتشتی های ایرانی هستند و به نام دین اسلام احکام زرتشتی را رواج میدهند رها خواهیم کرد و آنجا را هم به کشور اسلامی تبدیل خواهیم نمود . قرار شد دو روز بعد ما بسوی سوریه حرکت کنیم ، بسیار خوشحال بودیم که به هم گروه های خودمان خواهیم پیوست ، مخصوصا به خانواده هایمان ، با اینکه سعی میکردم به خودم بقبولانم که من مسافر خدا هستم و جانم را باید در این راه بدهم و به کسی دل بستگی نباید داشته باشم اما باز هم دل نگران مادر و خواهرم بودم. چه کنم من آنقدر که میبایست قوی نبودم و نمی توانستم دلم را از عشق آنها خالی کنم . بالاخره لحظه موعود فرا رسید و ما بعد از چند ماه که مثل خفاش ها در زیر زمین زندگی میکردیم از پله های بانکه بالا آمده و دوباره خورشید را دیدیم. البته بانکه در وسط بیابان بود و هر چه ما میدیدیم صحرا بود صحرا . چندین وانت بار که در جلوی آنها پرچم سیاه داعش را به اهتزاردر آورده بودند در انتظار ما بود . همه ماسک های سیاهی زده بودیم که فقط چشمها و دهان ما دیده می شد و لباس نظامی هم بر تن داشتیم .در صندلی جلویی هر وانت بار امیری نشسته و ما سربازان در عقب وانت سوار شده و ایستاده بودیم . همه ما مسلح بودیم و تفنگ های مان را در بغل گرفته و آماده دفاع از خود در مقابل دشمن بودیم ،شش وانت براه افتاد ، ما وانت پنجم بودیم ، بقیه درعراق ماندند . در جاده های خاکی بعد از گفتن تکبیر براه افتادیم عجیب بود که از هر شهری که رد میشدیم یا کسی آنجا زندگی نمیکرد و یا از ما پنهان شده بودند . خیلی کم در خیابان ها مردم را میدیدیم ... گاهی با مردم برخورد میکردیم اما آنها از سر راه ما کنار

میرفتند و کاری به ما نداشتند . زنها هم عبا پوشیده بودند و هم بورغه داشتند ولی خیلی کم دیده می شدند . سربازان خارجی را نمیدیدیم یا از راهی میرفتیم که با آنها برخوردی نداشته باشیم ویا که این قسمت از عراق در اختیار داعش بود . به هر جا که میرسیدیم با شلیک چند گلوله و گفتن تکبیر ورود مان را اعلام میکردیم .سه شبانه روز بود که میرفتیم ولی با هیچگونه مقاومتی روبرو نشده بودیم ،مطمئنا مردم عراق ما را دوست داشتند که هیچ برخوردی با ما نمیکردند . شب چهارم ناگهان هواپیمایی در آسمان پیدا شد با اینکه با چراغ خاموش میرفتیم ولی ما را دیدند چهار بمب انداختند سه تا از آنها به زمین خورد ولی یک بمب به وانت بار آخر خورد و آنرا منفجر کرد.ما در کنار کوهی پناه گرفته بودیم ، خدا را شکر نتوانستند به ما آسیبی برسانند. ولی وانت باری که مورد حمله قرار گرفته بود میسوخت ، مثل کوهی از اتش همه جا را روشن کرده بود سه نفر از سربازان به بیرون پریده بودند و هنوز جان داشتند ولی بقیه سوختند . خیلی دلم میخواست که به آنها کمک کنم اما چه کاری از دست من بر می آمد فرمانده کنارشان نشست و گفت فرزندانم خداوند شما را طلبیده و به بهشت میروید سلام ما را هم به بقیه شهدا برسانید بعد با تفنگ دستی خودش بسر آنها شلیک کرد . من رویم را برگرداندم تا جان دادن آنها را نبینم ، خود من چندین بار به اسیر ها شلیک کرده بودم ولی نه به دوستانمان . فرمانده در حالی که اشک هایش را پاک میکرد با لحن بغض آلودی گفت برای اینکه راحت بمیرند و درد نکشند به آنها شلیک کرده و آرزو میکند که کاش خودش جزء آنها بود و همین لحظه وارد بهشت می شد. ولی من بدون اینکه کسی مرا ببیند به پشت وانت رفتم و برایشان اشک ریختم ،خیلی دلم سوخت شاید آنها هم به دیدار خانواده های شان میرفتند . دوباره به راه افتادیم دو روز بعد وارد سوریه شدیم . به اولین شهری که رسیدیم آنچه که میدیدیم باور کردنی نبود! حکومت اسلامی در انجا برقرار بود . بر سر در خانه ها پرچم داعش بچشم میخورد و زنها همه با بورغه راه میرفتند البته بیشتر ساختمان های بلند خراب و یا نیمه خراب بود مردم با زدن پرده و ملافه و قالی به در و دیوار های خراب برای خودشان سر پناهی درست کرده بودند . میگفتند که دولت سوریه این شهر ها را بمباران کرده و مردم از زندگی در کنار داعش راضی هستند . ما به راهمان ادامه میدادیم مقصد ما تدمر پایتخت حکومت اسلامی داعش بود. بالاخره به شهر تدمر رسیدیم شهری که پایتخت

داعش بود . بر سر در خانه ها و مغازه ها پرچم داعش همه جا به چشم میخورد . سربازان الله در حالی که قطاری از فشنگ به دور کمرشان بسته بودند و صورت هایشان را با کلاه سیاه رنگی پوشانده و لباسهایی شبیه پشتوی های افغان بتن داشتند، پیراهنی تا سر زانو و شلواری هم رنگ آن و جلیقه ای قهوه ای که چندین جیب داشت و داخل جیب ها پر از فشنگ بود و روی پیشانی پارچه ای سیاه بسته بودند که نوشته بود لا الله الا لله و محمد رسول الله، در دسته های چهار و پنج نفری در حال گشت در شهر بودند . کمی که جلوتر رفتیم زنان مجاهد را دیدیم که لباس های شان مانند لباس مردان بود فقط مقنعه ای سیاه و بلند داشتند و روی آن بُرغه بسته بودند و روی پیشانی شان همان نوشته ها بود ، شهر را کنترل میکردند . بعضی جاها کیسه های شنی چیده بودند و دو تا سرباز در پشت آنها کمین کرده و نگهبانی میدادند .جعبه بزرگی را دیدم که با پارچه ای سیاه پوشانده بودند و رویش هم علامت داعش بود که با یک وانت بار حمل میشد ،نفهمیدم که توی آن چیست ! مردم عادی که عرب های سوری بودند در حال خرید و فروش بودند . در یکی از خیابانها یک مفتی داشت وعظ میکرد و عده ای جمع شده و تماشا میکردند شاید قرار بود کسی را اعدام کنند ولی ما رد شدیم و نفهمیدیم آنجا چه خبر بود . تا به قرارگاه اصلی داعش رسیدیم دور تا دور قرارگاه را سیم خار دار کشیده بودند و دو ستون کوچک سیمانی در دو طرف جاده بود و کنار هرکدام چند تا سرباز ایستاده و رفت و آمد ها را کنترل میکردند . بین دو ستون میله یی آهنی بطور افقی قرار داشت که پس از بازرسی هر ماشینی بلند میشد و اجازه ورود به قرارگاه را میداد . وقتی به آنجا رسیدیم امیری که در اولین وانت نشسته بود با آنها حرف زد ، سپس میله برداشته شد و ما تکبیر گویان وارد قرارگاه شدیم .اینجا محوطه بسیار وسیعی بود و ساختمان بلند و بزرگی در میان آن قرار داشت ، وقتی پیاده شدیم امیری که رنگ لباسش با بقیه فرق داشت خوش قیافه و نسبتا جوان بود و به زانویش هم یک قنداق تفنگ دستی بسته بود جلو آمد و با امیر ما رو بوسی کرد و بعد به صدای بلند به ما خوش آمد گفت :

"ای برادران مجاهد و سربازان الله به پایتخت دولت اسلامی عراق و شام خوش آمدید و شکر خدا که همه شما به راه درست قدم گذاشته اید ، خداوند را اطاعت و از کافران فاصله گرفته اید . اکنون وارد مقر دولت اسلامی میشوید اگر کسی تلفن همراه دارد باید آنرا در این جعبه

بیاندازد زیرا این تلفن ها فقط به دنیای شیاطین ارتباط دارند و شما احتیاجی به آن ندارید "

ما یکی یکی پیاده شده و وارد قرارگاه شدیم اینجا علاوه بر وانت های بیشمار تانک زره پوش هم داشتند که از ارتش سوریه به غنیمت گرفته بودند . من و ناظم برای دیدار با خانواده خود بی تاب بودیم ولی چگونه در این دریای بزرگ آنها را می یافتیم ؟ زنانی را میدیدیم که عبا بلندی بر تن داشته و صورتشان با بُرغه پوشانده بودند و زنانی که جزء مجاهدین بودند و لباس هایی شبیه مردان به تن داشتند پیراهنی بلند تا روی زانو و شلواری هم رنگ آن و جلیقه قهوه ای رنگی روی پیراهن به تن داشتند و همه مسلح بودند و بُرغه ای که بصورت انداخته بودند حتی بین دو چشم روی خط بینی آنها را هم پوشانده بود و فقط چشمانشان از زیر آن دیده میشد و به دست های همه زنان دستکش های سیاهی بود در رفت و آمد بودند. بعد بچه ها را دیدیم درست مثل زمانی که ما به افغانستان رفتیم آنها هم مشق نظامی میدیدند ولی همه تفنگ داشتند وقتی وارد ساختمان شدیم پرده سیاهی را دیدم که در وسط کشیده شده بود و از اینجا زنان و مردان از هم جدا می شدند در انجا سربازی پشت میزی نشسته بود و از هر کس اسمش را می پرسید وکارتی که شماره یی روی آن نوشته بود را همراه یک دست لباس به او میداد و بعد بطرف راهرو مردانه رفتیم . اینجا اتاق ها خیلی بزرگ بودند ، اتاقی که بما دادند شش تا تخت دو طبقه داشت ، هر کدام یک تخت را انتخاب کردیم و بعد از حمام لباس های جدید را پوشیدیم .
حالا باید به دیدار خانوادهای مان میرفتیم اما چگونه آنها را بیابیم؟
وقتی از ساختمان بیرون رفتم دیدم که غیر از ما عده ای هم با اتوبوس امده اند و لباس های معمولی بر تن داشتند به آنها هم شماره و لباس دادند و تلفن هایشان را در سبدی انداختند اینها از سراسر کشورهای عربی برای پیوستن به داعش آمده بودند . با خودم گفتم داعش چه محبوبیتی در بین مردم دارد که این جوانان داوطلبانه آمده اند وامیدوار شدم که روزی پرچم اسلام را در همه جا به اهتزاز در خواهیم آورد .
پس از مدتی امیر ماجد را یافتم از دیدنش خیلی خوشحال شدم واز او درمورد مادر و خواهرم پرسیدم گفت که همین جا هستند اما تو نمیتوانی به آن طرف پرده بروی ، من بوسیله همسر خودم برای مادرت پیغام میفرستم تا در محوطه به دیدنت بیاید . فردا توی محوطه نشسته بودم که دیدم زنی عبا پوش به سمت من می آید . قلبم تند تر میزد او

را از دور شناختم مادرم بود خدایا او همه چیز من بود بسویش دویدم فریاد زدم یوما و در آغوشش گرفتم . بعد از چند سال مادرم را در آغوش گرفته بودم، شاید نباید اینکار را میکردم اما دست خودم نبود . سرش را بوسیدم ، دستش را بوسیدم ، پایش را پوسیدم بعد کنار هم نشستیم و از جدایی ها گفتیم اما او بنظر راضی بود و گفت جنان هم جزء فرمانده های زنان و هم ردیف امیران است روزها از قرارگاه بیرون میرود برای هدایت زنان و امر به معروف و شبها باز میگردد پرسیدم ازدواج نکرده جواب داد نه زنانی که امیر میشوند دیگر کسی به چشم خریدار به آنها نگاه نمیکند و نظری به انها ندارد، امیر ها و مفتی ها فقط با زنان اسیر ازدواج میکنند و آنها هم حق خروج از حرم را ندارند او یک مجاهد است . فهمیدم که خواهرم هم مثل من سرباز الله شده است ، و او هم در انتظار شهادت و پیوستن به حق است. فردا صبح یکی از امیران به من گفت یک خواهر مجاهد در محوطه منتظر توست ! وقتی بیرون آمدم دیدم زنی غرق در اسلحه در کنار درختی ایستاده است تا مرا دید برغه اش را بالا زد و او را شناختم جنان بود ، چقدر بزرگ شده بود وقتی من رفتم او هنوز شاید یک دختر بچه بود اما حالا یک شیر زن را در مقابل خودم میدیدم پیشانی اش را بوسیدم و کنارش نشستم ، از وضعش خیلی راضی بود ازقدیم ها گفت و از افغانستان و پاکستان و شهادت بن لادن ولی خیلی خوشحال بود . میگفت در پاکستان و افغانستان باید در مخفی گاه ها زندگی میکردیم ولی اینجا مقر حکومت اسلامی است و امیدوار بود که بزودی ابوبکر بغدادی هم به اینجا منتقل شود و از من پرسید که در عراق او را دیده ام یانه ؟ گفتم نه ولی در موردش خیلی شنیده ام ، و از فتوحات شان برایم میگفت و با اشاره به انباری که به شکل نیمه استوا نه ای بود ، گفت ما حتی هواپیما هم داریم ولی هنوز خلبان نداریم و هر روز امیدوارم با یکی از این اتوبوس ها که مردم را می آورد یک خلبان هم بیاید و ما بتوانیم جواب بمباران های دولت سوریه را بدهیم . باور نمیکردم که جنان چنین قوی شده باشد که در مقابل او خودم را حقیر بدانم . فردا جنان مرا هم به گشت های شهری فرستاد . جنگ در شهر ها ادامه داشت و دولت سوریه بزودی سقوط میکرد و دولت اسلامی در همه جا فرمان روا می شد . ماندن در قرارگاه برایم عادی شد هر از گاهی به دیدن مادر و خواهرم میرفتم . اینجا هم یک مفتی اعظم داشت که دستور ها و فتوا های بزرگی میداد و او را مفتی خلیفه می نامیدند حتی امیر اعظم که

نماینده خلیفه ابوبکر بغدادی بود هم از او حرف شنوی داشت . یک روز امیر خلیفه من و ناظم و چند نفر دیگر را به اتاقش خواند و پس از خواندن خطبه ای به ما گفت که باید برای رفتن به ماموریت بزرگی آماده شویم . سپس ما را به قسمت دیگری از عمارت بردند که اتاقی بود که چند تا کامپیوتر و دو مرد انگلیسی در آنجا بودند . ما در آن کلاس درس انگلیسی میخواندیم نه فقط خواندن و نوشتن بلکه مکالمه هم یاد میگرفتیم و هم چنین کار جدیدی را با کامپیوتر به ما آموختند که ما بتوانیم وارد سایت های مخفی دولت ها شده و اطلاعات محرمانه را بدست آوریم و به این کار هک کردن میگفتند و بزودی هر کدام از ما یک هکر ماهر شدیم. مارا کمتر به جنگ های خیابانی می بردند و یک وقت بخودم آمدم که انگلیسی را بخوبی حرف میزدم و یک هکر درجه یک هم شده بودم . ما دیگر حق خروج از قرارگاه را نداشتیم ، از ما دوازده نفر مثل اشخاص مهم پذیرایی میکردند و در جایی جدا از بقیه زندگی میکردیم یک روز تصادفا در محوطه احمد جبارمردی که من رابه دنیای مجاهدین و بالاخره داعش کشاند را دیدیم خیلی پیر شده بود بسویش رفتم ، سلام کردم ، اول مرا نشناخت وقتی گفتم جونیر هستم مرا بغل کرد و رویم را بوسید مرتب ماشالله برایم میگفت بعد کنار هم نشستیم و از قدیم ها گفتیم . چند نفر رد شدند و به او احترام زیادی گذاشتند معلوم بود هنوز هم صاحب قدرت است . او هنوز خودش را القاعده میدانست نه داعشی ، معلوم بود که از داعشی های عراقی زیاد خوشش نمی آید اما مجبور بود که قبول کند . وقتی فهمید مرا برای ماموریت آماده میکنند نفهمیدم چرا که چهره اش برای چند لحظه در هم رفت ولی بعد گفت امیدوارم موفق شوی نگران خواهر و مادرت نباش تا من زنده هستم هوای آنها را دارم . خیلی از دیدنش خوشحال شده بودم او از کسانی بود که تلفن داشت شماره اش را به من داد گفتم به چه درد من میخورد من که تلفن ندارم! گفت پسرم شماره را حفظ کن شاید روزی به دردت خورد ، شاید وقتی رفتی ماموریت بخواهی از حال مادرت و خواهرت با خبر شوی ، آن روز نفهمیدم که او چه میگوید اما حالا که اینجا هستم میفهمم که او به من لطف بزرگی کرد و شاید بتوانم برای آخرین بار صدای مادرم را بشنوم ! شش ماه بعد مفتی خلیفه به دیدار ما آمد و بعد از گفتن نام خداوند آیه ای از قران را برایمان خواندکه در مورد شهادت و رفتن به بهشت بود و در آخر گفت سه روز دیگر به عربستان خواهید رفت تا از آنجا راهی ماموریت

ها بشوید در عربستان ماموریت تان را به شما خواهند گفت و خداوند از شما راضی خواهد شد که به وعده تان با او پایدار بودید . فردا برای آخرین بار بدیدن مادر و خواهرم رفتم . مادرم کمی نگران بنظر میرسید سایه غم را در چشمش دیدم و نم اشکی چشمانش را خیس کرد ولی خواهرم خوشحال بود و میگفت خوشا به حالت ،کاش جای تو بودم و به چنین ماموریت مهمی می رفتم .

دو روز بعد ما راهی عربستان شدیم ،وقتی از شهر ها میگذشتیم می دیدم که با اینکه چند سال است داعش با دولت سوریه می جنگید ولی هنوز دولت سوریه مقاومت میکند و همه شهر ها در کنترل داعش نیستند، به آسانی به عربستان وارد شدیم ، اصلا نفهمیدیم که کی از مرز رد شدیم حتی مرزبانان را هم ندیدیم ، یاد روزی افتادم که ته یک کامیون همینطور مخفیانه از مرز گذشتیم و تا افغانستان رفتیم . در ریاض ما رابه خانه ای بسیار اشرافی بردند که من به عمرم چنین خانه با عظمت و زیبای را ندیده بودم !! ناظم هم با من بود ، خالد میگفت شاید خانه یکی از شاهزادگان دولت سعودی است،یک بارهم دیده که نماینده عربستان پول برای امیر خلیفه اورده است ومیگفت بیشتر اسلحه ها را عربستان برایمان تهیه میکند . خیلی عجیب بود در عربستان آرامش بر قرار بود و مردم زندگی عادی داشتند خوب معلوم است چون حکومت اسلامی در اینجا بر قرار بود و دلیلی نداشت که مثل عراق و سوریه دولت جدیدی تشکیل شود . برای من عجیب بود که چرا ابوبکر بغدادی ادعای خلیفه مسلمین را دارد چرا سلطان عربستان خودش خلیفه دنیا نمیشود ؟ خانه ای که در ان مستقر شده بودیم بسیار زیبا و بزرگ بود . کامپیوتر داشتیم اما فیلتر داشت و ما فقط بر روی سایت هایی که باید استفاده میکردیم میرفتیم . یک روز امیر حسام به همراه مردی که او را سلمانی معرفی کرد به خانه آمد و با کمال تعجب از ما خواست تا یکی یکی بنشینیم تا او موها و ریش های ما را کوتاه کند وقتی نوبت من شد و زیر دست او نشستم توی آینه نگاه میکردم باورم نمی شد که چقدر قیافه ام دارد عوض میشود و وقتی کارم تمام شد قیافه جدیدم را خودم هم نمی شناختم. کلا یک آدم دیگری شده بودم ، مرد دیگری هم که دوربین داشت با امیر دیگری وارد خانه شد و امیر حسام به همه لباس داد . این لباس ها پیراهن مردانه و کراوات بود ، که ما هیچ وقت ندیده بودیم !و او امر کرد لباس های جدید را بپوشید و یکی یکی روی صندلی بنشینید و او از شما عکس

بگیرد. ما نمیدانستیم که چرا برای عکس گرفتن باید ریش و موی خود را کوتاه میکردیم؟چند روز بعد امیر حسام با گذرنامه همه ما به خانه امد و گفت به زودی به ماموریت خواهید رفت ، ما حتی نمی دانستیم که دارند برایمان گذرنامه میگیرند و بدرستی نمی فهمیدیم که گذرنامه چیست و به چه در میخورد؟وقتی گذرنامه خودم را دیدم فهمیدم که چرا از ما عکس گرفتند ،برای گذرنامه عکس لازم داشتند!!. بعد اضافه کرد حالا فقط مانده ویزا که انرا هم بزودی میگیریم . ما از بس از مرزها ی بدون مرزبان رد شده بودیم نمیدانستیم ویزا چیست ! او برایمان توضیح داد که برای ورود به هر کشوری باید از سفارت خانه آن کشور اجازه ورود بگیریم و پس از آن به امید خداوند به ماموریت خواهید رفت . ناظم پرسید : ماموریت ما چیست و به امید خدا به کجا میرویم ؟ العراقی گفت :به بهشت به فردوس یادتان رفته که شما سربازان الله هستید و از روز اولی که قدم به این راه گذاشتید می دانستید که روزی با فشار دادن یک دکمه وارد جنت میشوید . برای یک لحظهغمگین برایم سخت بود یعنی بالاخره عمر ما هم به پایان رسید و به زودی خواهیم مرد! ولی بعد خوشحال شدم مگر نه که من از روز اول مسافر خدا بودم و ارزوی روزی را داشتم که وارد بهشت شوم و به دیدار حق نایل شوم وحالا ان روز رسیده است . العراقی گفت باید برای دادن خون به بیمارستان برویم یک آزمایش خون است که همه باید انجام بدهید، اگر خداوند بخواهد قبل از ورود به جنت یک کار خیر دیگری هم انجام میدهید نجات یک بچه مسلمان از مرگ و به او زندگی خواهی بخشید ، خوشحال باشید که خداوند تا لحظه آخر به شما عنایت دارد و یک کار ثواب دیگری هم خواهید کرد . فردا صبح به همراه العراقی و عبدالله عمر به بیمارستان رفتیم تا خون ما را آزمایش کنند . در انجا فهمیدم که خانواده مسلمانی در انگلستان پسر مریضی دارند که کبدش از کار افتاده و احتیاج به یک تیکه جگر سالم دارد و گرنه خواهد مرد ، من اصلا نمیفهمیدم که چگونه از جگر یک نفر میشود به دیگری داد!!. او گفت خون یکی از شما ها به او خواهد خورد و هرکس آن خوشبخت بود به انگلیس خواهد رفت من فهمیدم که ماموریت ما در انگلستان است و بزودی خواهیم مرد. دو روزبعد امیر حسام به من گفت که خون تو با ان بچه بیمار مطابقت دارد و برای آن خانواده ایمیلی فرستاد تا ترتیب ویزای مرا بدهند، و درست یک ماه بعد امیر حسام مرا به سلمانی بیرد و دوباره ریش و موی مرا کوتاه کرد بعد یک دست کت

و شلوار به من داد و گفت این را بپوش برای گرفتن ویزا به سفارت انگلیس میرویم !برای اولین بارکت و شلوار پوشیدم با ریش تراشیده و مویی کوتاه اصلا این من نبودم با خودم گفتم کاش عکاس امروز اینجا بود و از من یک عکس میگرفت و برای مادرم میفرستادم!تا روزهای آخر عمر مرا ببیند و شاید هم با خودش میگفت پسر خوش قیافه ای داشتم! اما افسوس که نمیتوانستم ! اما نمیدانستم که سرنوشت هنوز خیلی چیزهای دیگری را در زندگی من نوشته که از آن بیخبر بودم مثل عشق ، مثل عاشق شدن ، مثل معشوق بودن ، مثل وابستگی و قرار بود که همه اینها را در این مدت کوتاه باقی مانده از عمرم در انگلیس تجربه کنم ، و بعد بمیرم بالاخره من مسافر خدا بودم و باید با شهادتم به خدای خودم می رسیدم

***

زمان زیادی در سفارت انگلیس نبودیم آقای اکرم پدر مراد همه فرمهای تقبل هزینه های مالی را امضاء کرده و فرستاده بود حتی بلیط هواپیما هم حاضر بود فقط باید تاریخ پرواز را تعیین میکردیم کنسولی که با من مصاحبه کرد چیز زیادی نپرسید فقط گفت مطمئن هستی که میخواهی از کبد خودت به این کودک بدهی ؟ گفتم بله ، پرسید چرا اینکار را میکنی ممکن است برای خودت ضرر داشته باشد ؟ گفتم عمر و زندگی همه ما دست خداوند است هیچکس از طول عمر خود خبر ندارد شاید این در تقدیر من بوده که به این بچه کمک کنم پرسید انگلیسی را خوب حرف میزنی کجا یاد گرفتی؟ نمیدانستم چه جواب بدهم عبداله فورا به کمکم آمد و گفت :

"پدرش در دوبی تجارت میکند او به مدرسه انگلیسی رفته است " چقدر خوب دروغ گفت نگاهی به او کردم ولی چیزی نگفتم. وقتی از سفارت بیرون آمدیم از او پرسیدم :

"چرا دروغ گفتی من هرگز دوبی را ندیده ام اگر چیزی در این باره از من میپرسید چه جواب میدادم ؟"

گفت برای دین بعضی وقتها باید دروغ گفت اشکالی ندارد. من حرفش را قبول نداشتم اما با او نمیتوانستم بحث کنم . پرسیدم خوب اگر به من ویزا بدهند من تنها به این ماموریت خواهم رفت ؟ جواب داد نه !

ناظم هم خواهد آمد. پرسیدم او هم برای کمک به همین پسر خواهد آمد گفت نه او به استخدام یک شرکت عربی برای کار با کامپیوتردر خواهد آمد پرسیدم خوب ماموریت ما کی شروع میشود گفت :

"در روز آخر به شما خواهیم گفت."

فردا صبح ناظم به سفارت رفت تا برای ویزا اقدام کند . شب کنار هم نشسته بودیم و حرف میزدیم خیلی خوشحال بودیم که قرار بود به ماموریت بزرگی برویم ولی هنوز از جزئیات آن خبر نداشتیم . یک هفته بعد ویزای هر دو ما درست شد و برای سه روز بعد تاریخ پرواز را تعیین کردند . من از عبدالله خواستم تا اجازه دهند ما برای آخرین بار به زیارت مرقد پیغمبر و خانه خدا برویم اما او گفت :

" شما دارید به ملاقات خداوند و نبی او میروید چرا به زیارت سنگ خانه خدا بروید!"

دلم چرکین شد اما چاره ای نداشتم . شب پرواز چند نفردیگر به خانه ما آمدند دوربین داشتند عبدالله از ما خواست تا لباس داعشی خود را بپوشیم و کلاه های سیاه را بر سر گذاشته و صورت خود را بپوشانیم بعد یک تیکه کاغذ به من داد و گفت این را بخوان و چند مرتبه تمرین کن تا حفظ شوی و بتوانی در مقابل دوربین بگویی ، اولین بار بود که من باید جلوی دوربین حرف میزدم . نوشته را گرفتم وخواندم ولی نمیدانم چرا با تمام شوقی که به ماموریت داشتم دلم گرفت ! شاید به نظرم کار درستی نبود که عده ای را بیگناه بکشم ؛ گفتم پس ماموریت من این است درسته ؟ گفت: آری حالا چند بار تمرین کن تا آماده شوی . چند بار نوشته را خواندم تا از حفظ شدم عین همین را به ناظم هم دادند بعد از اینکه لباسم را عوض کردم ما را به اتاقی بردند که یکی از دیوار ها را با پارچه سیاهی که آرم داعش بر رویش بود پوشانده بودند کنار دیوار ایستادم و در مقابل من دوربین را روی سه پایه ای قرار دادند و چند چراغ پرنور در گوشه اتاق روشن بود که دوربین چی نور را تنظیم میکرد .سپس به من دستور داد که شروع کن و من چنین گفتم:

" من جونیر راشد سرباز فدایی اسلام قسم میخورم که در روز بیست و دوم ماه می در منچستر در سالنی که بساط عیش و نوش و خلاف اخلاق اسلامی بر قرار میشود خودم را منفجر کنم و به کافران نشان

دهم که این نتیجه اعمال غیر قابل بخشش آنها در کشورهای اسلامی میباشد و خودم را فدای اسلام کرده و به ملاقات حق نایل گردیم . "

دو بار حرف زدم و آنها فیلم گرفتند! تا یکی را انتخاب کنند، بعد از من هم ناظم همین حرفها را تکرار کرد و آنها فیلم گرفتند، مطمئن بودم که بعد از مرگ ما این فیلم ها را در دنیا پخش خواهند کرد . من فکر میکردم که با ناظم با یک هواپیما خواهیم رفت ولی اینطور نبود و هر کدام با یک پرواز جداگانه به لندن پرواز میکردیم . عمر گفت ماموریت شما در لندن به شما گفته خواهد شد شما هر چه کمتر بدانید بهتر است پرسیدم آقای اکرم به من خواهد گفت ؟ ناگهان عمر بر آشفت و گفت نه ..نه مواظب باش که آنها از این ماموریت با خبر نشوند، یعنی هیچکس غیر از خود شما و یک نفر دیگر که در لندن با شما تماس میگیرد از این ماموریت خبر ندارد، وقتی به لندن رفتید با تلفن به شما خواهند گفت که چکار باید بکنید! بعد به هر کدام ازما یک تلفن و یک تابلت داد و گفت این ها در لندن بکار خواهند افتاد واگر مشکلی برایتان پیش آمد شما میتوانید با ما تماس بگیرید ،ولی تا آنجا که میتوانید سعی کنید که تماسی گرفته نشود که ممکن است ردیابی شویم . پرسیدم در لندن من کجا باید بروم ؟گفت در فرودگاه آقای اکرم پدر آن پسر بیمار به استقبال تو خواهد آمد و ترا به خانه خود خواهد برد بعداً با تلفن به تو خواهند گفت که کجا بروی و با کی باید تماس بگیری ، پرسیدم ناظم را هم خواهم دید؟ گفت عجله نکن همه چیز را در لندن خواهی فهمید . شاید نمیخواستند ما زیادتر بدانیم که اگربا پلیس در گیر شدیم ،اطلاعات زیادی نداشته باشیم . شب آخر بود، معلوم نبود ده نفر دیگر به کجای دنیا فرستاده خواهند شد ؟ ما شاید یکسال با هم زندگی کرده بودیم شب روز با هم بودیم و حالا باید از هم خداحافظی میکردیم وقتی همدیگر را بغل زدیم عمر گفت :

"کاش من جای شما بودم شما دوازده نفر بزودی در جنت با هم ملاقات خواهید کرد و در کنار نبی اکرم جاودان خواهید شد "

راست میگفت مگر نه هر وقت کسی شهید می شد میگفتیم که او را در جنت ملاقات خواهیم کرد . فردا صبح عبدالله مرا به فرودگاه برد من تا به حال نه تنها سوار هواپیما نشده بودم بلکه اصلا هواپیمایی را از نزدیک ندیده بودم . با او خدا حافظی کردم و سوار هواپیما شدم چقدر

بزرگ بود !!یک مهماندار زن مرا تا صندلیم همراهی کرد . من برای اولین بار در عمرم موی زن ها را می دیدم تا بحال من زن بی حجاب ندیده بودم . خیلی برایم عجیب بود چقدر راحت راه میرفتند و کسی به آنها نگاه نمیکرد . بعضی از زنها تنها بودند و بعضی ها همراه کسی، روی صندلی نشستم و مهماندار ازمن خواست تا کمر بند خود را ببندم من نمیفهمیدم که چه میگوید گفتم من کمربندم را در خانه بسته ام! لبخندی زد و دولا شد نمیدانستم چه میخواهد بکند با دست یک کمربند را از آن طرف صندلی کشید به این طرف وبست تازه فهمیدم که او چه میگوید وبا دست علامتی را به من نشان داد و گفت :"تا وقتی این چراغ روشن است کمربند ت باید بسته باشد اما وقتی خاموش شد میتوانی از جایت بلند شوی با تعجب پرسیدم بلند شوم کجا بروم ؟ با لبخندی گفت شاید بخواهی به دست شویی بروی . خجالت کشیدم من حتی نمیدانستم که مردم در هواپیما میتوانند به دست شویی بروند . بالاخره پرواز کردیم از پنجره به بیرون نگاه میکردم چقدر قشنگ بود تا بحال از دیدن زمین اینقدر لذت نبرده بودم . با خودم گفتم غیر از تفنگ و جنگ و خون چه دیده ام که لذت ببرم؟ همانطور که نگاه میکردم یواش یواش خوابم برد وقتی بیدار شدم که مهماندار برایم غذا آورده بود .با اشتها غذا را خوردم و دوباره خوابیدم تا به لندن رسیدیم . پیاده شدم یک چمدان کوچک که چند دست لباس در آن بود همراه خودم به داخل هواپیما برده بودم آنرا برداشتم و بطرف سالن خروجی براه افتادم . صف بلندی بود برای ورود که پاسپورت ها را نگاه میکردند برای من خیلی عجیب بود چون من هرگز از مرزی که مرزبان داشته باشد وارد کشوری نشده بودم ،وقتی نوبت من شد .کسی که پشت دکه ای نشسته بود نگاهی به من کرد و نگاهی به گذرنامه ام بعد پرسید چقدر این جا خواهی ماند ؟ گفتم دو ماه مهری بر گذرنامه ام زد و گفت : خوش آمدی و گذرنامه ام را به دست من داد ،در دلم میگفتم من دیگر اینجا ماندنی هستم تا بمیرم . از سالن بیرون آمدم من حتی عکس آقای اکرم را هم ندیده بودم او را چگونه می شناختم! ناگهان در پشت شیشه تابلویی را دیدم که اسم من رویش نوشته شده بود . بسویش رفتم و آقای اکرم را دیدم و در کنار او دختری بسیار زیبا مثل فرشته ها با موهای سیاه و صورتی رنگ پریده ایستاده بود و با لبخندی برایم دست تکان میداد . خدایا این چه حسی بود که در من به وجود امد بی اختیارنگاهش میکردم انگار فرشته ای از جنت بر روی زمین امده بود

با چشمهای سیاه و براق و لبخندی زیبا و موهای بلند که دورش ریخته بود و از همان لحظه اول در دل من حسی بیدار شد که تا بحال تجربه نکرده بودم . خدایا آیا این همان عشق است که میگویند؟ اصلا صدای های دیگر را نمی شنیدم انگار در این فرودگاه بزرگ فقط من بودم و او و چشمهایش ...وقتی از فرودگاه بیرون آمدیم من اصلا به شهر توجه ای نداشتم من که فقط غار ها را دیده بودم و شهر های جنگ زده و خراب شده ، باید لندن برایم خیلی جذاب می بود ولی آنقدر محو تماشای او بودم که انگار هیچ چیز دیگری را نمیدیدم تا به منچستر و به خانه ی آنها رسیدیم . آن شب تا صبح بیدار بودم و با خودم می جنگیدم .. و از خدا طلب عفو میکردم . تصمیم گرفتم دیگر به او فکر نکنم و نگاهش نکنم ولی مگر می شد ؟ من میهمان خانه آنها بودم ، چطور میتوانستم از او فرار کنم . دعا میکردم که زودتر تیم من با من تماس بگیرد و من از این خانه بروم . اما من برای نجات مراد به اینجا آمده بودم و تا کارمن در بیمارستان تمام نمی شد باید اینجا می ماندم فردا صبح به بیمارستان رفتیم و ازمن دوباره خون برای آزمایش گرفتند، و دو روز بعد معلوم شد که در عربستان به من دروغ گفته اند و آزمایشات من کاملا با مراد مطابقت ندارد! من از شرم در چشمهای آقای اکرم نگاه نمیکردم مخصوصا به چشمان دخترش خدایا چرا آنها با حیثیت من بازی کردند ! اما خداوند به یاری من آمد و توانستم با اهداء مغز استخوانم به بیمار دیگری موجب شفای مراد شوم. دو روز بعد از عمل جراحی آن جوان مرا از بیمارستان مرخص کردند و بخانه آنها رفتم .خانم اکرم مثل یک مادر از من پذیرائی میکرد و به من می رسید . یک هفته پس از عمل جراحی ناگهان تلفن من زنگ زد تا بحال کسی با من تماس نگرفته بود گوشی را برداشتم یک پیغام ضبط شده بود که از من خواسته بودند فردا ساعت چهار بعد از ظهر در روی پل مرکز تجارتی آب های آبی در لندن منتظر یک نفر باشم .من اصلا نمیدانستم کجا را میگویند! هنوز خانم اکرم از من مثل یک مریض پذیرایی میکرد چقدر تشنه این محبت بودم ، سالهایی را که باید در آغوش مادر میگذراندم تفنگ بدست یادر حال کشتن اسیرها بودم و یا از این غار به غار دیگری فرار میکردم کجا مهر مادر دیده بودم؟ کجا مادرانه کسی سوپ داغ برایم پخته بود ؟. من در دنیای سنگ دل ها پرورش یافته بودم من و این همه محبت ؟تازه معنای عشق را می فهمیدم ، معنای محبت مادری را ، معنای خانواده را ، معنای سر یک

میز نشستن و غذا خوردن را ، انگار این دنیای بی وفا میخواست در آخرین روزهای زندگیم همه ی حسرت ها را به من بچشاند ، به این من بخت برگشته ی فنا شده که این روزها در عشق دختر آقای اکرم هم فنا می شدم ! در عشقی فنا میشدم که هیچ آینده ای نداشت وقتی به او نگاه میکردم دلم فریاد میزد نفسم میگرفت ، تب میکردم ، نمیدانم اینها نشانه عشق بود یا نه ولی من داشتم در این آتش میسوختم . وقتی برایم پیام آمد خوشحال شدم لااقل از این خانه میرفتم ، و مجبور نبودم صبح و شام در آن چشمان جادویی نگاه کنم و هر لحظه چشمم را بدزدم تا مرتکب گناه نشوم! از هم کلام شدن با او می ترسیدم و اصلا بلد نبودم که با یک دختر چگونه باید حرف بزنم! هر لحظه از زندگیم شده بود گناه و بعد توبه ، دائما زیر لب استغفار میکردم . خدایا این آخرین امتحان داشت مرا میکشت برای فرار از این عشق لحظه شماری میکردم . بعد از تمام شدن تلفن خانم اکرم با تعجب پرسید کی بود؟ تو که اینجا کسی را نداری ؟ ای وای دلم از این همه مهربانی آتش میگرفت اگر او میدانست من کی هستم و قرار است چه کار کنم باز هم مرا چنین دوست میداشت ؟ گفتم یکی از دوستانم از عربستان آمده قرار است فردا در لندن او را ببینم . با نگرانی گفت تو هنوز خوب نشدی درست نیست مسافرت بری ! حالا چه عجله ای دارد باشد تا تو حالت خوب شود. خدایا مادر خودم هرگز از بس بدبختی داشت حتی یک بار هم به من چنین حرف های دل سوزانه ای نزده بود . دلم میخواست گریه کنم و بگویم که من راهی مرگ هستم و شما دل بر مریضی من نگران میکنید ؟ گفتم : خوب هستم باید به دیدار دوستم بروم . انگار میخواستم از این خانه، از این عشق ، از این وابستگی که داشت گلویم را می فشرد بگریزم. بالاخره خانم اکرم به این شرط اجازه داد که دخترش همراه من با قطار به لندن بیاید و با هم برگردیم . خدایا من حتی نمیدانستم به دیدن کی میروم ؟ چه چیز در انتظار من است او را به کجا ببرم. هر چه از او فرار میکردم انگار دنیا مرا مجازات میکرد و به او نزدیک تر میشدم . حتی از هم صحبت شدن با او ، نگاه کردن در چشمان او میگریختم، این شدنی نبود . شب دوباره تلفنم زنگ زد این بار یکی حرف زد و به من گفت ساعت چهار و نیم روی پل مرکز تجاری آبهای آبی می ایستی یکی بسویت می آید از تو میپرسد بستنی با چه طعمی دوست داری و تو میگویی با طعم توت فرنگی می پرسد پولش را الان میدهی ؟ بگو با پدرم حساب کنیدبعد دنبالش برو، تلفن قطع

شد .خدایا این دیگر چگونه ارتباطی است؟ حتما این رمزی بین گروه است با اینکه دلم فریاد میزد که همراه او بروم ولی بالاخره خودم تنها عازم لندن شدم به خانم اکرم گفتم شاید چند روزی پیش دوستم بمانم و واقعاً هم باید چنین میکردم توی خانه آنها انگار هوا برای تنفس نداشتم و آنچه بود عطر عشق بود که داشت مرا میکشت. به لندن رفتم و ساعت چهار و نیم خودم را به مرکز تجاری آبهای آبی رساندم آنقدر زیبا بود که نمیتوانستم برای خودم توجیه کنم چقدر قشنگ است ! این همه زیبائی را هرگز یکجا ندیده بودم و مردم چه راحت دست در دست هم بدون ترسیدن ازسربازان داعش راه میرفتند!انگار اینجا خود بهشت بود .ناگهان ترسی مرا گرفت نکند لو رفته باشیم ولی درست سر ساعت مرد جوانی که بنظر شرقی می آمد به من نزدیک شد و گفت بستنی با چه طعمی دوست داری ؟ گفتم با طعم توت فرنگی گفت پولش را الان میدهی ؟ گفتم با پدرم حساب کن براه افتاد و من هم بدنبالش روان شدم، سوار مترو شد، من در عمرم قطار ندیده بودم ! صبر نکرد تا برای من بلیط بگیرد ،نمی دانستم چکار کنم !! یک نفر به من کمک کرد و بلیط مرا حساب کرد و من توانستم سوار مترو شوم! انگار به چند قرن بعد از زمان خودم وارد شده بودم ، همه چیز برای من مثل افسانه ها بود! این اولین بار بود که سوار مترو می شدم و شهر لندن را میدیدم با خودم میگفتم خدایا اگر این شهر است پس آنجایی که من از آن آمده ام چیست ؟خرابه ای بیش نیست خدایا اگر این مردم گناه کار هستند و باید بدستور تو کشته شوند پس چرا این همه زیبایی و آرامش به آنها داده ای ؟ بعد بخودم میگفتم این ها در این مدت عمر کوتاه همه چیز دارند اما در قیامت به جهنم خواهند رفت و ما برای ابد در بهشت زندگی خواهیم کرد ! در این خیالها بودم که او پیاده شد ومن هم بدنبالش پیاده شدم از ایستگاه بیرون رفت و من هم دورا دور او را تعقیب کردم ، بعد از چند خیابان وارد کوچه ای شد زنگ دری را زد و بعد رفت نمیدانستم چکار کنم بی اراده من هم زنگ در همان خانه را زدم و داشتم دنبال او میرفتم که ناگهان صدای آشنایی شنیدم برگشتم و ناظم را دیدم بی اختیار بسویش دویدم انگاراو میتوانست همه نگرانی های مرا برطرف کند همدیگر را در آغوش گرفتیم مثل اینکه نیمه ی گم شده ام را یافته بودم همین طور هم بود من و ناظم از ابتدای ورود من به گروه القاعده تا امروز همیشه با هم بودیم بداخل خانه رفتیم یکی دیگر از هم گروه های ما فاضل که حدود یک سال پیش از ما

جدا شد هم داخل خانه بود از دیدن او خیلی خوشحال شدم روی مبلی نشستم . این جا زندگی با آنچه ما دیده بودیم خیلی فرق داشت زندگی خیلی راحت تر بود . بعد از مدتها ما سه تا با هم بودیم . هنوز هم از برنامه ماموریت خبری نداشتیم شب با ناظم در یک اتاق خوابیدیم و من جریان تقلبی بودن آزمایش خون را برایش گفتم و اضافه کردم که چقدر از این بابت شرمنده شدم وقتی که دکتر گفت که آزمایشات من با مراد تطابق ندارد دلم میخواست همان جا می مردم . ناظم گفت خوب برای آمدن به اینجا و انجام ماموریت باید راهی می یافتند من هم به عنوان یک مهندس کامپیوتر در اینجا کار میکنم ، البته به کارم وارد هستم اما واقعاً مهندس که نیستم فقط باید به اینجا می آمدم و به کامپیوتر های دولتی دست می یافتم . پرسیدم حالا ما باید چکار کنیم ؟ کی به ماموریت میرویم ؟ گفت باید منتظر دستور بمانیم . خیلی دلم میخواست از او برای ناظم بگویم از احساسم ، از عشقم اما خجالت میکشیدم ، ما برای عاشقی به اینجا نیامده بودیم برای مرگ آمده بودیم، من فرشته مرگ بودم که نه تنها خودم بلکه همراه خود عده ی زیادی را هم باید بکشم .

***

مثل اینکه ما نباید زیاد با کسی تماس می داشتیم . آن چه که معلوم بود داعش در این جا شبکه بزرگی داشت که ترتیب این ملاقات ها را میداد دو روز در آن خانه بودیم روز سوم تلفنی با من تماس گرفتند که باید به منچستر بازگردم ولی همراه ناظم . اما ناظم که نمی توانست همراه من به خانه آقای اکرم بیاید . فاضل گفت در منچستر هم برای ما خانه ای در نظر گرفته اند که تو هم میتوانی با ما باشی . من از این خبر هم خوشحال شدم که مجبور نبودم روز شب در کنار دختری باشم که داشتم بیشتر و بیشتر عاشقش می شدم وهم ته دل از اینکه او راکمتر ببینم غصه دار شدم ، من داشتم گناهی عظیم مرتکب می شدم و شیطان یک لحظه مرا به حال خودم وا نمی گذاشت . طبق دستور با قطار عازم منچستر شدیم البته در جاهای مختلف نشستیم که با هم نباشیم . وقتی از قطارپیاده شدم مردی بسویم آمد و گفت پدرت پول بستنی را نداد، و براه افتاد من هم به دنبالش رفتم توی پارکینگ سوار یک ماشین شد دیدم ناظم و فاضل هم توی همان ماشین نشسته اند و ما را به خانه

ای برد که به ظاهر مستقل بود وهمسایه ای نداشتیم و مثل یک خانه معمولی مبلمان شده بود ولی این خانه اتاقی زیر شیروانی داشت که بظاهر مثل انباری بود اما وقتی وارد آنجا شدم دیدم که سه تا کامپیوتر و چند وسیله چاپ دیگر هم آنجا هست و فهمیدم که آنجا اتاق کار ماست . آنشب در آن خانه ماندم ولی فردا صبح روی تلفن یک پیام آمد که من باید به خانه اکرم بروم تا کسی به من شک نکند و ناظم هم هفته ای چهار روز باید در لندن سر کارش باشد ولی فاضل میتوانست توی این خانه بماند . ما نمیدانستیم که کار او در این ماموریت چیست؟ تازه کار ما شروع می شد، ناظم از روی کامپیوتر محل کارش باید نقشه محلی را که قرار بود منفجر کنیم در یک فلاش ضبط کرده و برای ما بیاورد .از هفته بعد باید به جزئیات کار بپردازیم .تمام ورودی و خروجی های سالن نمایش، فاصله ی صندلی های فروخته شده تا صحنه نمایش و بقیه چیز ها را باید پیدا میکردیم، حالا میفهمیدم که چرا به ما هک کردن یاد داده بودند تا بتوانیم برنامه های این کنسرت را هک کرده و همه چیز را پیدا کنیم دو روز بعد به خانه آقای اکرم رفتم از اینکه خانه ای گرفته ام خیلی ناراحت شدند . آقای اکرم گفت ما تقبل همه چیز ترا کرده ایم چرا خانه گرفتی ؟ گفتم خونه دوستانم است من در مدتی که از ویزایم باقی است هم پیش شما خواهم بود و هم گاهی با دوستانم البته به من گفته بودند که باید بیشتر اوقات در خانه آقای اکرم باشم و فقط زمانی که کار میکنم در خانه تیمی بمانم . اما آنها از دل بیچاره من که خبر نداشتند و نمی دانستند در چه جهنمی زندگی میکنم وقتی به در خانه آقای اکرم نزدیک می شدم قلبم از توی سینه ام پرواز میکرد انگار خونم داغ میشد ،اضطراب میگرفتم . نه میتوانستم به آنجا نروم و نه قادر بودم که قلبم را کنترل کنم . از نگاهش میگریختم اما بهر کجا که نگاه میکردم او را میدیدم .حالا مراد هم به خانه برگشته بود ولی هنوز باید استراحت میکرد. من بازی با ویدئو گیم را در یک سال اخیر بخوبی یاد گرفته بودم ،چون تجربه داشتن در این بازی ها خیلی بدرد ما میخورد که چگونه بتوانیم فرار کنیم و یا با چه زاویه ای دشمن را نشان بگیریم که تیرمان به هدف بخورد بیشتر اوقات با مراد گیم بازی میکردم . اما او که هنوز هم می ترسم اسمش را به زبان بیاورم لحظه ای از من دور نمیشد . دیگر اسم مرا صدا میکرد و آقا به من نمیگفت . کم کم یقین کردم که او هم مرا دوست دارد ، از نگاهش ، از رنگ رخساره اش که وقتی مرا میدید خون توی صورتش میدوید می فهمیدم . وقتی

که با او به بازار رفتم و او پیراهن بی آستین را بخاطر من نخرید، دیگر مطمئن شدم که اوهم مرا دوست دارد . بارها سعی کردم تا او را از خود برانم و امروز به او گفتم که به من دل مبند من ماندنی نیستم و او اشک هایش سرازیر شد و من از خانه بیرون زدم . امشب باید تصمیم خودم را بگیرم یا باید معشوق او باشم و یا یک فدایی اسلام ! آنقدر به کارم شک کرده ام که خودم را نیز باور ندارم . روزی بود که من مطمئن بودم که به بهشت خواهم رفت اما اتفاقاتی که در این جا افتاد مرا به این شک انداخت که نکند که هر چه به ما یاد داده اند فقط برای بدست آوردن آرزوهای خودشان است وگرنه خدایی که این همه مخلوق را آفریده چرا باید مشتی از آنها را برای کشتن بقیه بسیج کند ؟ حالا اعتقادم داشت از خودم هم برمیگشت . چطور امیرها و مفتی ها میتوانستند ازدواج کنند ولی ما باید انتظار حوریان بهشتی را بکشیم؟ آنها هر کدام چند زن و بچه های متعددی داشتند ، ولی همه این چیزها برای ما حرام بود! تا صبح خواب به چشمانم نیامد خدایا چکار باید بکنم . با خودم گفتم که تا وقتی تصمیم نگرفته ام که چکار کنم به خانه آقای اکرم نخواهم رفت . اما صبح یک پیام برایم آمد که ماندن زیاد من در خانه تیمی درست نیست و باید بیشتر در خانه آقای اکرم باشم خدایا این ها که نمیدانند من چه روزها ی سختی را میگذرانم!! اما چاره ای نداشتم باید میرفتم . بالاخره هم نتوانستم تصمیمی بگیرم و حتی قادر نبودم که به ناظم بگویم در دلم چه آشوبی برپاست . حدود ظهر بود که به خانه ی آنها رسیدم میخواستم زنگ بزنم که در باز شد و آقای اکرم بیرون آمد پشت سرش خانمش و او بیرون آمدند هنوز هم نمیتوانستم اسم او را بر زبان بیاورم . سلام کردم آقای اکرم گفت :

" علیک سلام چه به موقع آمدی ما داریم میریم مسجد نماز جمعه دلت میخواد با ما بیایی؟ "

خیلی تعجب کردم مگر اینجا مسجد هم دارد مگر اینجا نماز هم میخوانند؟با لحن متعجبی پرسیدم:

" نماز جمعه؟ مگر اینجا کسی نماز جمعه میخواند ؟ "

آقای اکرم با خنده گفت: "تو فکر میکنی اینجا کسی نماز نمیخواند! پس باید با ما بیایی تا ببینی که چقدر مسلمان اینجا هست و چقدر مسجد شلوغ میشود، این مدت ما در گیر مریضی مراد بودیم وگرنه ما

اکثر جمعه ها برای نماز میرویم ، سوار شو برویم . سوار شدم من جلونشستم و خانم اکرم و او روی صندلی عقب . احساس میکردم به من نگاه میکند مثل اینکه با نگاهش از من می پرسید چرا رفتی ؟ولی من سعی میکردم به عقب نگاه نکنم . آقای اکرم پرسید چرا فکر میکردی که ما نماز نمیخوانیم ؟ سرم را پایین انداختم و با خجالت گفتم چون خانم شما حجاب ندارد ،خوب اگر به حجاب اعتقاد نداشته باشی چطور نماز میخوانی !بالبخندی به من نگاه کرد و گفت :

" پسرم هر کدام از فرائض دینی به جای خودش نیکو ست تو از عربستان آمدی جائیکه زن بی حجاب وجود ندارد ، اما ایمان چیز دیگری است ، ایمان در قلب رخنه میکند ، ایمان خوب بودن است ، مهربان بودن است خوبی کردن است ، مثل همین کاری که تو کردی و جان مراد را نجات دادی این عین مسلمانی است، نه فقط حجاب پوشیدن و نماز خواندن !"

با خودم میگفتم او فکر میکند من بخاطر انسانیت اینجا هستم و به آنها کمک کردم اگر بعد از شهادت من بفهمد که همه چیز نقشه بوده چقدر از من متنفر خواهد شد. سکوت کردم تا به مسجد رسیدیم ، وقتی ماشین را پارک میکرد دیدم حدود پنجاه ماشین پارک شده و مردم در لباس های محلی کشورهای خودشان دارند به مسجد میروند زنها هم یا شال و یا روسری داشتند . ناگهان دیدم که خانم اکرم و دخترش هم شال توری شان را بصورت مقنعه دور سرشان پیچیدند و حتی یک موی آنها دیده نمی شد وای که او با این مقنعه چقدر قشنگ شده بود مثل فرشته ها !خدای من این عشق را چگونه از دل خود بیرون کنم ؟ روز به روز او را بیشتر دوست داشتم . وارد مسجد شدیم عجیب بود که این مدت من هرگز فکر نکرده بودم که اینجا ممکن است مسجد داشته باشد و مسلمان های مسجد روهم باشند ؟ وقتی وارد مسجد شدم دیدم که صف ها همه پر هستند مردها در جلو و زنها در پشت سر مردها ،بدون اینکه پرده ای بین شان باشد و یا زنها بورغه و دستکش سیاه بدست داشته باشند توی صف ایستاده و آماده نماز می شدند . چیزی نگذشت که امام مسجد امد و در جلو ایستاد و بقیه بلند شده و نماز شروع شد . باورم نمی شد که در این ملک کفر که باید همه بمیرند چنین نماز جمعه باشکوهی برگزار میشود . امام جماعت بعد از نماز خطبه را آغاز کرد و بعد از خواندن آیه ای از قران خطبه را به انگلیسی

شروع کرد و ادامه داد:

"متاسفانه یک ساعت قبل در ترکیه داعش دست به یک کشتار دیگر زده و یکی از جوانان فریب خورده با بستن بمب بخودش و انفجار آن باعث مرگ سی نفر در ایستگاه قطار شده خداوند اسلام را از دست این شیاطین نجات دهد .. و بعد فریاد زد والله اینها مسلمان نیستند، والله اینها کافرند! کدام مسلمان میتواند مسلمان دیگر را بی دلیل بکشد؟ اینها میخواهند کاری کنند که مسلمانی در دنیا از بین برود حدیثی است که میگوید در آخر زمان مسلمانان واقعی باید سرشان را در داخل چاه کنند و اشهد خود را بگویند تا کسی نفهمد که آنها مسلمان هستند . اینها دشمنان اسلام هستند که برای پر کردن جیبشان و بقدرت رسیدن، تمام مسلمانان را به کشتن خواهند داد! بخدا که عرصه دنیا را بر ما تنگ خواهند کرد آخر چرا باید این همه مردم بی گناه را بکشند ؟ به این میگویند مسلمانی ؟ اینها از کفار صدر اسلام هزار بار بدترند . اینها از جان ما چه میخواهند ؟ میخواهند حکومت وهابی را در دنیا برقرار کنند و یا میخواهند کاری کنند که مردم دنیا از مسلما نان متنفّر شوند ! همین که خیلی از کشور ها به مسلمانان ویزا نمیدهند کافی نیست ؟ آنها میخواهند مسلمانان را از اروپا و امریکا و استرالیا بیرون کنند ، آخر اینها از جان ما چه میخواهند؟ این کافران مسلمان نما چرا میخواهند اسلام را به تباهی بکشند و نابود کنند. خداوند قربانی نمیخواهد، مگر خداوند برای اینکه اسماعیل قربانی نشود گوسفند نفرستاد ؟ او فقط میخواست ایمان ابراهیم را امتحان کند و گرنه خداوند به قربانی بنده گانی که خودش خلق کرده امر نمیدهد! والله دروغ است ، این ها دشمن اسلام هستند ... بقیه حرفهای او را نمی شنیدم . آیا او درست میگوید ؟ آیا داعش میخواهد آبروی اسلام را ببرد ؟ این همه مسلمان بدون اینکه مجبور باشند بدون اینکه شلاق بخورند دارند در یک کشور غیر مسلمان نماز میخوانند به دل خواه خودشان ! این ها مسلمان هستند یا ما؟ یک راست از مسجد بیرون آمدم ساعت ها در خیابان ها بدون هدف راه میرفتم فقط چند روز به انجام ماموریت ما باقی بود چکار باید میکردم . از جلوی یک رستوران رد شدم تلویزیون بزرگی داشت اخبار مربوط به انفجار ترکیه را نشان میداد ناگهان عکس کسی که به شهادت رسیده بود را نشان داد، ای وای احمد بود یکی از همان دوازده نفر که با هم تعلیم میدیدیم . تلویزیون داشت کشته شد گان را نشان میداد بچه های زخمی مادران

گریان ،بدن های دو نیمه شده ،اجساد کشته شدگان،وای که چه قیامتی بود ، ما هیچوقت از این زاویه به ماموریت ها نگاه نکرده بودیم . هر وقت ماموریتی انجام می شد با فرستادن تکبیر آن را جشن میگرفتیم ، هیچوقت به پشت سر نگاه نمیکردیم و قربانیان را نمیدیدم بقول آن امام جمعه این ها فدای کی میشوند ؟ آیا کار ما درست است !!؟ آیا خداوند از ما راضی میشود؟ آیا این خواسته خداوند است ؟ یا خواسته های شیطانی یک عده جاه طلب ؟ خدا به من رحم کند ؟ خدا قبل از ماموریت حقیقت را به من نشان دهد ؟ قبل از اینکه روانه جهنم شوم. نیمه های شب به خانه تیمی رسیدم روی همان مبل راحتی دراز کشیدم و آنقدر خسته بودم که خوابم برد. نزدیک اذان صبح، ناظم بیدار شده بود که نماز بخواند و مرا روی مبل دیده بیدارم کرد تا نماز بخوانم تازه خوابم برده بود . بلند شدم و وضو گرفتم و به نماز ایستادم و در سجده از خدا خواستم که کمکم کند و راه درست را به من نشان دهد، وقتی نمازم تمام شد ناظم کنارم نشست و پرسید :

" چی شده جونیر این روزها خیلی عوض شدی؟ ما با هم بزرگ شدیم من ترا خوب می شناسم ."

گفتم ناظم جریان دیشب را دیدی ؟ گفت کدام جریان ؟ گفتم انفجار راه آهن در ترکیه را؟ گفت آره شنیدم خدا را شکر که احمد موفق شده و ماموریتش را خوب انجام داده، انشاالله بزودی او را در بهشت خواهیم دید. گفتم تو تلویزیون ها را دیدی که چه قیامتی شده ؟ نعش ها رو دیدی؟ مادر ها رو دیدی؟ بچه های کشته شده رو دیدی ؟ این ها تقاص چی رو پس میدهند ها؟ ناظم با تعجب نگاهم کرد و گفت: خوب معلوم است در هر ماموریتی عده ای باید فدا شوندقرار نیست که بزغاله کشته شود !ولی هدف مهم است ، هدفی که ما داریم این است که به دنیا نشان دهیم که چقدر قدرت مند هستیم. فریاد زدم به چه قیمتی ؟ به قیمت کشتن این همه آدم بیگناه ؟ من آن بهشت ندیده را نمیخوام ؛ من نمیخواهم برم به بهشتی که به قیمت این همه خون ریزی بدست بیاورم . کنارم نشست و گفت . برادر من، اینها کفار هستند ، اینها دارند جهان را به طرف فساد و فحشا سوق میدهند ما نباید گول این تبلیغ ها را بخوریم . این حرفها را نزن اگر به گوش بالاتری ها برسد برایت گران تمام خواهد شد!گفتم بالاتر از مرگ هم مگر چیزی هست ؟ ما که قراراست بدست خودمان کشته شویم چکارمیتوانند با ما بکنند؟

گفت آهسته حرف بزن بجز فاضل یکی دیگر هم اینجاست ،عامر کسی که مامور ماست و مواظب است که ما اشتباهی نکنیم . تو باید امشب خانه اکرم می ماندی حالا تا او بیدار نشده برو . گفتم چرا او نباید مرا ببیند؟ گفت: این دستور است ، تو نباید حتی اسم او را هم بدانی ! او امشب از اینجا میرود فردا بیا با هم حرف بزنیم . بعد از خواندن نماز آنجا را ترک کردم اما صبح به این زودی که نمیتوانستم به خانه آقای اکرم بروم ، توی خیابانها قدم میزدم و فکر میکردم یک وقت خودم را دم در مسجد دیدم اما قفل بود ، کنار در نشستم و به خودم گفتم مگر خدا توی مسجد است همین جا هم به من جواب میدهد . سرم را به در مسجد تکیه داده بودم فکر میکردم که همه عمرم من خودم را سرباز خدا میدانستم ، همه عمر به ما یاد دادند که باید بخاطر خدا خون بریزیم، باید بخاطر خدا توی غارها زندگی کنیم، باید شب از ترس دشمن خدا با تفنگ بخوابیم، باید زنهایی که دستهای خود را در دستکش های سیاه نکرده اند بکشیم ، ولی هیچ وقت ، هیچوقت نگفتند که خدا کجاست؟ چرا نگفتند خدا توی دل ماست! چرا باید ما برای رسیدن به خدا خودمان و عده ای را بکشیم ؟ مگر همین خداوند بخاطر زنده ماندن حضرت اسماعیل گوسفند نفرستاد؟ پس چطور ما باید بخاطر رسیدن به او خودمان و عده ای بی گناه را بکشتن بدهیم؟ خداوند چه احتیاجی به قربانی دارد؟ هیچوقت به ما یاد ندادند که با خدا حرف بزنیم ، هیچوقت این حرفهایی که دیروز امام این مسجد گفت به ما نگفتند ؟ این اسلامی که در اینجا می بینم با اسلامی که این مدت به ما شناساندند خیلی فرق دارد. دستی به شانه ام خورد ترسیدم چشمانم را باز کردم مردی را در کنارم دیدم داشت در مسجد را باز میکرد. سلام کرد و پرسید : برای کلاس آمدی هنوز خیلی زود است! با تعجب پرسیدم : کلاس چی؟ گفت کلاس قران پسرم تو نمیدانی! شنبه ها ساعت ده کلاس تعلیم و تفسیر قران برای بزرگسالان است و یک شنبه ها برای بچه ها، در را باز کرد و رفت توی مسجد، بی اراده دنبالش رفتم نمیدانم چه مدت در گوشه ای نشستم تا یکی یکی شاگردان آمدند زن و مرد کنار هم نشستند و یکی که معلوم بود معلم انهاست هم آمد. چند آیه از سوریه یوسف خواند ، بعد هر کدام از شاگردها یک آیه خواندند و در اخر او به تفسیر آیه ها پرداخت بقدری قشنگ از بخشش برادرها بوسیله یوسف حرف زد که چگونه به عوض گرفتن انتقام در حق آنها مهربانی کرد به آنها گندم داد و آنها را بخشید و از احساس خوبی

که پس از بخشیدن آنها به یوسف دست داد گفت . من بارها این سوره را خوانده بودم ولی هیچوقت اینقدر قشنگ به معنای آن فکر نکرده بودم، او پیغمبر خدا بود و چنین بخشید ما که هستیم که مردم را قصاص کنیم؟ از مسجد بیرون آمدم در مردابی دست و پا میزدم و هر لحظه بیشتر فرو میرفتم.ساعت ها در خیابان ها قدم زدم هیچ کس را نداشتم تا با او حرف بزنم، فکر کردم شاید بهتر باشد به اداره پلیس بروم و همه چیز را اعتراف کنم ، اما چه فایده مرا میگرفتند ولی بقیه چی ؟ آنها کارشان را انجام میدادند . تازه اگر فاضل و ناظم را هم بگیرند بازهم داعش عده ای دیگر را برای ماموریت دیگری میفرستد! تا شب توی خیابان ها راه رفتم . بالاخره به خانه تیمی بازگشتم ناظم برایم چای آورد و کنارم نشست و دستی به شانه ام زد و پرسید :

"چی شده جونیراز مرگ می ترسی؟" اشک هایم روان شد جواب دادم "نه من از مرگ خودم نمی ترسم جلوی چشمان من خیلی ها مردند من به خودم شک کرده ام به ماموریتم شک کرده ام ، دیروز وقتی توی تلویزیون مردم دردمندی که یا کشته شده بودند و یا عزیزی را از دست داده بودند دیدم حالم بد شد ، آیا ما کار درستی میکنیم ؟ آیا کشتن این بیگناهان ما را به جنت خواهد برد؟ حالم خیلی بد است ناظم دارم خفه میشوم."

ناظم دستی به سرش کشید و گفت:" ما باید این کار را انجام دهیم اینها کسانی هستند که به اسلام توهین میکنند مسلمانان را زجر میدهند در کشورهای مسلمان جوی خون راه می اندازند سربازانشان درعراق و افغانستان و سوریه جنایت میکنند این وظیفه شرعی ماست باید این کار را انجام دهیم ! تو چرا عوض شدی ؟"

خیلی دلم میخواست به او بگویم که عاشق شدم، که عشق را شناخته ام ، که دلم میخواهد کنار او زندگی کنم نمیخواهم که بمیرم ؛! اما چگونه این حرفها را به او بگویم برایش گفتم من دیروز برای نماز جمعه به مسجد رفتم مسلمانان زیادی در این کشور وجود دارند که بدون ترس ، بدون اینکه مجبور باشند برای نماز می آیند ، قرار است فقط ما با کشتن مردم به جنت برویم ؟ اینها به بهشت نخواهند رفت؟ از صدای ما فاضل هم بیدار شد و پیش ما آمد حرف های مرا شنیده بود . گفت تو چون تا بحال به کشور غیر مسلمان نیامده بودی این چیز ها

برایت جالب است ! اینها مسلمانان را گول میزنند و میخواهند به آنها بقبولانند که اسلام این است و آنها مرتکب هر گناهی بشوند و بعد به مسجد بروند و نماز بخوانند بخشوده خواهند شد! این اسلام دروغین است تو نباید به خودت و به ما شک کنی ، ما عین اسلام را در سوریه و عراق پیاده میکنیم . ساعتها با من حرف زدند تا مرا قانع کنند که اشتباه میکنم و نباید گول این ریا کاری ها را بخورم و خودم را از بهشت برانم و بسوی جهنم سوق دهم . آنشب فهمیدم که من نمیتوانم حرف خودم را به آنها تفهیم کنم . اگر کاری قرار است بکنم خودم به تنهایی باید انجام دهم . فردا باز در خیابانها پرسه زدم . نمیدانستم چکار کنم . باران شدیدی گرفت من نزدیک خانه آقای اکرم بودم و بی اراده به آنجا رفتم . وقتی وارد کوچه شدم او را دیدم که دم در خانه زیر باران ایستاده است خدایا هر چه میخواهم از او فرار کنم باز خودم را در کنار او می بینم . وقتی نزدیک شدم دیدم اشکهایش با باران قاطی شده و صورتش را خیس کرده است ، با نگرانی گفت

"کجا بودی این چند روزه من از نگرانی مُردم ؟"

خدایا با او چه کنم . سرم را برگرداندم تا به چشمانش نگاه نکنم و گفتم

"به تو گفته بودم که به من دل مبند من ماندنی نیستم !!"

با لحن بغض آلودی پرسید: "چرا؟چرا منتظر تو نمانم تو کجا میخواهی بروی ؟ چرا از من فرار میکنی ؟" برای اینکه چیزی به او نگویم به داخل خانه رفتم ، پشت سرم بدرون امد و در را بست ، کنار در ایستاد و گفت کسی خونه نیست ! بیا کنار درخت زیر چتر بنشینیم و حرف بزنیم ! ایستادم نمیتوانستم با او در خانه تنها باشم به طرف در رفتم و گفتم من نمیتوانم با تو تنها باشم گناه دارد ،هر وقت همه خانه بودند من بر میگردم ، بسوی در دوید و گفت :

" تا جواب مرا ندهی نمیگذارم از این در بیرون بروی ! بگو.. بگو چرا؟ من چکار کردم که تو مرا دوست نداری ؟ باور نمیکنم ! باور نمیکنم که مرا دوست نداری .."

و هق هق گریه کرد نمیدانستم چه کار کنم؟ نه میتوانستم به او حقیقت را بگویم و نه میتوانستم این حالت او را ببینم ، گفتم :

"ترا بخدا بگذارمن بروم ، جلوی مرا نگیر ، چه ترا دوست داشته باشم چه نداشته باشم باید بروم ، اجازه من دست خودم نیست ! "با آن چشمان گریان نگاهی به من کرد و گفت :

" پس اجازه تو دست کیه؟ مادرت ؟ پدرت؟ خوب آنها را هم راضی کن، من بی عشق تو میمیرم تو چرا اینقدر بی احساس هستی؟ مثل مجسمه ؟ تو کی هستی؟ چرا اینقدر از خود راضی هستی ؟"

او را با دست کنار زدم و در را باز کردم بدون اینکه به او نگاه کنم گفتم :

" از من عشق نخواه ، وفا نخواه ، من نمیتوانم ترا دوست بدارم یعنی هیچ کس را نمیتوانم دوست بدارم من ماندنی نیستم ، یعنی نه از اینجا بلکه از این دنیا باید بروم "

و با سرعت دویدم تا دیگر به چشمانش نگاه نکنم زیر باران میدویدم و خدا را صدا میکردم از او کمک میخواستم تا شب زیر باران راه رفتم و با خودم حرف زدم ! من نمیتوانستم تا تصمیمی نگرفته ام به او چیزی بگویم ! من دیگر مطمئن بودم که ماموریت من کار درستی نیست و من این همه مردم بی گناه را نخواهم کشت، من تازه می فهمیدم که یک عمر باور دروغ داشته ام . من که چیزی غیر از آنهاییکه به ما یاد میدادند ندیده و نشنیده بودم ! اما حالا چشمان من حقیقی دیگر را میدیدند و عقلم باور میکرد . آنقدر با خودم حرف زدم که باورم شد کاری را که میخواهم انجام دهم درست است تصمیم گرفتم به خانه تیمی بروم و قاطعانه از ناظم و فاضل بخواهم که از انجام این کار صرف نظر کنند . آنوقت من آزاد می شدم و میتوانستم با او یک زندگی آرام را درست کنم و برای همیشه کنارش بمانم . با این تصمیم به خانه تیمی رسیدم باران بند آمده بود اما لباسهایم خیس بودند . ناظم یک دست لباس به من داد تا لباس های خیسم را عوض کنم . بعد از اینکه لباسم را عوض کردم و کنار آنها نشستم . ناظم پرسید که چرا توی باران راه رفتی ؟ با لحن تمسخر آمیزی گفتم :

" ترسیدی سرما بخورم من چند روز دیگه می میرم بگذار طعم زیر باران راه رفتن را هم بچشم ."

ناظم نگاهی به من کرد وبا خنده معنی داری گفت:

"مثل عاشق ها حرف میزنی ؟ اگر ترا نمی شناختم فکر میکردم که عاشق شدی!"

لبخندی زدم و گفتم :"مگر ما اجازه عاشق شدن هم داریم؟ ما عزرائیل هستیم فرشته مرگ ، فرشته عشق با ما چکار دارد؟ شایدم راست میگی! من عاشق شدم ! اما عاشق زندگی، عاشق مردم ، من تصمیم گرفته ام که از ماموریت صرف نظر کنم ، امشب با عبدالله حرف میزنم و به او میگویم که من این ماموریت را انجام نمیدهم !"

فاضل از داخل اتاق صدای مرا شنیده بود بیرون آمد و گفت:

" دیوانه شده ای جونیر ؟ این حرفها را جلوی عامر نگویی وگرنه او ترا خواهد کشت! "

گفتم بکشد برای من چه فرق میکند ! من بیشتر راضیم که من بمیرم تا چند صد نفر مردم بیگناه را بکشم. آنها تا نصف شب با من حرف زدند ولی من قانع نشدم و همان شب یک پیغام برای عبدالله با رمز فرستادم که من پشیمان شده ام و این ماموریت را انجام نخواهم داد . صبح که بیدار شدم فاضل و ناظم داشتند متراژ سالن کنسرت را از روی نقشه حساب میکردند و با یک معادله ریاضی میخواستند که فاصله زمانی انفجار ها را دقیقا تعیین کنند . یک چای برای خودم ریختم و به کنارشان رفتم ، ناظم پرسید خوب جونیر تو کجای سالن دوست داری بمب را منفجر کنی ؟ خنده ام گرفت انگار فرق میکرد گفتم :

" من دیشب برای عبدالله پیام داده ام که این کار را نخواهم کرد " هر دو ناگهان به طرفم برگشتند فاضل فریاد زد:

"تو چکار کردی؟ میدانی چه بلایی بر سرت خواهد آمد ؟"

با خونسردی گفتم : "خوب دستور میدهند یکی از شما دو نفر و یا عامر مرا بکشید، من به مرگ خودم راضی هستم اما چند صد نفر را نخواهم کشت !!"

ناظم گفت : "جونیر کار خوبی نکردی ما از ابتدا قبول کرده بودیم که

روزی به این ماموریت برویم ! تو قوی هستی نباید بگذاری احساسات بر تو غلبه کند ! چرا به آنها خبر دادی؟"

روی مبل نشستم و گفتم برایم مهم نیست بالاتر از سیاهی که رنگی نیست . فاضل که سرش روی کامپیوتر بود جواب داد :

"هست بالاتر از سیاهی هم رنگی هست ، ببین عامر نوشته به تو بگویم همین جا باش دارد می آید الان پیام داد."

گفتم :"من از عامر نمیترسم !:

که ناگهان عامر وارد اتاق شد همه به احترامش بلند شدند نگاهی به من کرد و گفت:

" این چه کاری بوده که کردی ؟ تو نمیتوانی وسط ماموریت شانه خالی کنی من دستور دارم بتو بگویم اگر به ماموریت نروی برایت خیلی گران تمام خواهد شد!"

با خون سردی گفتم : "مثلا چه میشود تو مرا میکشی؟ بکش !"

گفت :"فراموش کردی گروگان داری ؟ به من گفته اند که توباید ماموریت را انجام بدهی و گرنه خواهر و مادرت را به غنیمت خواهند برد!!"

انگار مرا به وسط کوهی از یخ انداختند چگونه تا بحال فکر آنها را نکرده بودم ؟ مادر و خواهرم غنیمت می شدند یعنی هر شب به اتاق یک امیر میرفتند ! دست و پایم شل شد روی مبل نشستم حالا چکار کنم ؟ نه راه پیش داشتم نه راه پس؟ ناظم کنارم نشست و گفت : "نگران نباش هنوز که کاری نکرده اند گفتند اگر ماموریت را انجام ندهی این کار را خواهند کرد. "عامر گفت :

"نخیر چنین نیست اکنون خواهر و مادرش در زندان هستند اگر او ماموریت را انجام داد آزاد میشوند و گرنه غنیمت خواهند شد . سرم را بین دو دست گرفتم خدایا این چه سرنوشتی است که برای من رقم زده ای ؟یا باید عزیزان دیگران را بکشم و یا عزیزان خودم به تاراج بروند!؟ سرم را بلند کردم و گفتم :

" عامر من باید با خانواده ام حرف بزنم بعد تصمیم میگیرم . "

عامر پوزخندی زد و گفت:" تو نمیتوانی شرط بگذاری ، تو کاره ای نیستی! تو به ماموریت برو آنها هم مادرو خواهرت را آزاد میکنند و الان باید تلفن و تابلت ترا هم بگیرم ."

غم همه دنیا بردلم نشست خدایا این چه راه شومی بود که تو مرا فرستادی ؟ حالا چکار باید میکردم ؟ گفتم :

" اگر اجازه بدهید با یکی از آنها یعنی خواهر و مادرم حرف بزنم بی هیچ حرفی ماموریت را انجام میدهم ، فقط یک بار دیگر صدای مادرم را بشنوم ! "عامر گفت :

"این امکان ندارد ولی عکس آنها را به تو نشان میدهم ." تلفنش را باز کرد دو تا زن گوشه تاریکی نشسته با دستهای بسته و کیسه ای ازگونی بر سر آنها کشیده شده بود ، درست عین وقتی که زنها را برای سنگسار می بردند قلبم گرفت ولی نخواستم ضعف نشان بدهم گفتم :

"اینها که صورتشان پوشیده است ازکجا بفهمم که مادر و خواهر من هستند ."

او پیامی فرستاد و بعد از چند لحظه تلفن طوری دیگری زنگ زد وعامر جواب داد، این تلفن تصویری بود ناگهان در مقابل من گرفت وای بر من کیسه ها را از سرشان برداشته بودند حتی دیگر حجاب هم نداشتند آنها خواهر و مادرم بودند فریاد زدم یوما ولی تلفن قطع شد . این چه کار احمقانه ای بود که من کردم ! حالا چکار کنم ؟ گفتم :

"عامر به آنها بگو مرا ببخشند شیطان مرا گول زد وگرنه هرگز چنین حرفهایی نمیزدم من برای شهادت حاضرم فقط آنها را آزاد کنند خواهش میکنم!!"

عامر گوشی را در جیبش گذاشت و گفت : "تا زمان ماموریت آنها در زندان خواهند ماند بعد آزاد میشوند ."

گفتم وقتی من مردم از کجا بدانم که آنها آزاد شده اند ؟عامر که قیافه عبوسی داشت، این بار لبخندی زد و گفت :

" فقط باید ایمان داشته باشی آنها دروغ نمیگویند و به حرفشان عمل

میکنند بهر جهت تو کشته میشوی یا اینجا من تورا می کشیم و به جهنم میروی و یا شب ماموریت شهید شده و به بهشت میروی ."

چاره ای نداشتم گفتم به آنها بگو من معذرت میخواهم و توبه میکنم و ماموریت را به نحو احسن انجام میدهم . عامر گفت رحمت خدا برتو که گول فریب های شیطان را نخوردی و توبه کردی من برایشان خواهم نوشت که تو پشیمان شدی و به راه حق باز گشتی . اما دیگر تلفن و تابلت نخواهی داشت یعنی از امروز تلفن و تابلت هر سه شما قطع میشود و تو هم باید به خانه اکرم بروی و دیگر به اینجا نیایی. گفتم پس بمب را چگونه به من تحویل میدهید ؟ گفت الان !! و در کمال تعجب ما از جیبش سه تا خود نویس بیرون آورد و به ما نشان داد بعد همه بدور کامپیوتر نشستیم روی صفحه کامپیوتر نقشه داخل خود نویس را نشان میداد که چگونه عمل خواهد کرد گفت: به هر کدام از شما ها یک خود نویس داده میشود این خود نویس ها از یک طرف خود نویس واقعی هستند و از طرف دیگر یک بمب هیدروژنی، وقتی از آن سر بازش کنید یک زبانه کشیده میشود وبا فشار انگشت به آن زبانه بمب منفجر خواهد شد . شما هر سه با یکی از این خود نویس ها شب برنامه وارد سالن میشوید و در محل هاییکه قرار است می ایستید و بعد از جیبش سه تا ساعت بیرون آورد و ادامه داداین ساعتها هوشمند هستند مثل یک کامپیوتر کار میکنند و لحظه ای که هر کدام باید خود نویس خود را از جیب بیرون بیاورید را با یک زنگ مخصوص به شما خبر میدهند، شما فقط خود نویس را در شرایط انفجار قرار میدهید و کار شما تمام میشود و انشاالله چند لحظه بعد در جنت به همدیگر ملحق خواهید شد، به همین راحتی، بعد رویش را به من کرد و گفت :

" تو هم مطمئن باش خداوند از اینکه چند روزی شک به ماموریت خودت کرده بودی ترا میبخشد و خانواده ات هم به زمان قبلی خود باز میگردند ،چون پس ازاتمام ماموریت آنها خانواده شهید خواهند بود ."

چاره ای جز اطاعت نداشتم تلفن و تابلت مرا گرفت و به ناظم و فاضل هم گفت که فقط یک دست لباس بردارند تا آنها را هم به مکان های دیگری در این سه روز آخر منتقل کند و گفت نمیتوانید با هم هیچ تماسی داشته باشید . پرسیدم من میتوانم بدانم آنها به کجا میروند ؟ گفت : نه هر کدام به یک جا میروند و در روز ماموریت همدیگر را

خواهید دید . از آنجا بیرون آمدم میخواستم با فاضل و ناظم خداحافظی کنم اما عامر گفت نیازی نیست بزودی یکدیگر را در جای بهتری خواهید دید. دوباره سرگردان در خیابانها پرسه زدم، با اینکه یک موی از بدنم راضی به اجرای ماموریت نبود ولی چاره ای نداشتم ! من از روز اول بخاطر نجات مادر و خواهرم پا به این راه گذاشتم و باید ادامه میدادم! باید به خانه آقای اکرم باز میکشتم و دو شب دیگر در آنجا می ماندم، نزدیک غروب به آنجا رسیدم همه خانه بودند من سلامی کردم و گوشه ای نشستم . مراد گفت با من بازی میکنی چه کار دیگری میتوانستم بکنم؟ گفتم باشه و مدتی با او بازی کردم . حالم خراب بود اصلا دلم به این کار رضا نمیداد ولی با خانواده ام چکار میکردم . بلند شدم رفتم توی حیاط و روی یک صندلی نشستم . چند دقیقه بعد او آمد و کنارم نشست .با لحن گله آمیزی گفت :

" کجا بودی؟ چرا با من بازی میکنی ؟" سرم را پایین انداختم و گفتم :

" بازی نیست من ماندنی نیستم . نمیتوانم بمانم! "نگاهی پر از اشک به من کرد و گفت :

"بخاطر ویزا میگویی خوب اگر بامن ازدواج کنی ویزایت درست میشود پدرم هم توی کمپانی خودش به تو کار میدهد ."

اشکهایم سرازیر شد برای اولین بار اسمش را بر زبان آوردم و گفتم :" نسیم آرا فکر میکنی من بخاطر ویزا نمی خواهم اینجا بمانم ؟ نه مشکل من چیز دیگری است "

ناگهان بلند شد و به درون خانه رفت بعد با چیزی بیرون آمد دیدم قران کوچکی در دست دارد جلوی من گرفت و گفت :

"میدانم انسان مذهبی هستی و قسم دروغ نمیخوری به این قران قسم ات میدهم که حقیقت را به من بگو و به این قران قسم میخورم که به هیچکس نگویم فقط بگذار این دل من باور کند که تو هم مرا دوست داری ،"

دستم را گرفت و روی قران گذاشت گفتم : "نسیم آریا حقیقت آنقدر وحشتناک است که توان شنیدنش را نداری !"

با گریه گفت :" دوباره تو را به این قران قسم میدهم به من حقیقت را بگو، دستم را روی قران گذاشتم و گفتم :

"تو هم به این قران قسم بخورکه هیچ وقت به هیچکس نمیگویی حتی پس از مرگ من ! "ناگهان با دست جلوی دهنم را بست و با گریه گفت: "خدا آن روز را نیاورد ، الهی من بی تو نمانم ."

خودم را عقب کشیدم که دستش را لمس نکنم بعد چشمانم را به گوشه حیاط دوختم تا نگاهم با نگاهش تلاقی نکند وگفتم من سه روز دیگر میمیرم .. ناگهان جیغ کوتاهی کشیدتعادلش را از دست داد و به زمین افتاد ، با اینکه نامحرم من بود و نمیتوانستم باو دست بزنم اما چاره ای نداشتم کمکش کردم تا روی صندلی بنشیندو برایش آب اوردم . کمی که حالش بهتر شدگفت :

"دیوانه شدی این حرفها چیه ؟ غیر از خدا کسی از روز مرگ خودش خبر ندارد! ؟؟

سرم را پایین انداختم و گفتم : "ولی من از روز و ساعت و لحظه مرگم خبر دارم ، من میدانم ..من برای همین به اینجا امده ام و بعد همه چیز را برایش تعریف کردم ،با دهانی باز به من نگاه میکرد حتی دیگر اشک هم نمی ریخت ، نمیدانم چند ساعت شد تا همه چیز را گفتم و بعد آهی کشیدم و ادامه دادم :

"حالا میبینی که چرا من به عشق تو پشت کرده ام من نمیخواهم ترا امیدوار کنم وقتی خودم به زندگی دیگر امیدی ندارم .."

همین طور نگاهم میکرد حالا فهمیده بود که عمق جریان تا به کجاست ناگهان اشک هایش سرازیر شد . گفت :

"چرا ؟ چرا به خانه ما آمدی؟ چرا بعد از عمل مراد خودت را گم و گور نکردی که من پیدایت نکنم ؟ کاش رفته بودی؟ کاش من هرگز نمیدانستم ! حالا چکار کنم؟ یعنی چکار کنیم؟ میخوای حقیقت را به پلیس بگی ؟شاید به تو کمک کنند! "

گفتم:" اگر به پلیس بگم شاید جلوی این ماموریت گرفته بشه یعنی من به سالن نروم ولی من دیگر نمیدانم فاضل و ناظم کجا هستند و انها

کار خودشان را انجام خواهند داد و من هم گیر پلیس می افتم و مادر و خواهرم هم به غنیمت خواهند رفت .. من راهی بجز این کار ندارم اما پس از مرگم هرگز نگو که تو از چیزی خبر داشتی حتی به پدر و مادرت" او گریه میکرد دنبال راهی میگشت که من زنده بمانم میگفت خوب با من از اینجا برویم اما من چگونه میتوانستم خواهر و مادرم را در زندان داعش رها کنم . تا صبح حرف زدیم . ولی به هیچ نتیجه ای نرسیدیم دیگر هوا داشت روشن می شد ناگهان نسیم آرا با خوشحالی از جایش پرید گفت:

"او کی بود که گفتی تلفن داشت و شماره اش را بتو داد ؟"

از این حرفش خیلی تعجب کردم وگفتم جبار ! گفت خوب به او زنگ بزن شاید این ها دروغ بگویند مادر و خواهرت زندانی نباشند .چه فکر خوبی اما من دیگر تلفن نداشتم گفت صبر کن تلفن خانه را می آورم و تلفن کن . سعی کردم تلفن جبار را بیاد بیاورم چند بار روی یک کاغذ نوشتم وقتی تلفن را آورد با خودم فکر کردم که آیاکار درستی است یانه؟ گفتم برای شما دردسر نشود؟ گفت نه چرا دردسر شود گفتم اگر اتفاقی افتاد و پلیس به شما هم شک کرد چی؟ نگاهم کرد در چشمانش یک دنیا سوال بود، یک خروار سرزنش بود، انگار میگفت ای بی وجدان نه تنها با دل من بازی کردی با زندگی همه ما چه کردی؟ و ادامه داد:

"تو این فکر را باید روزی که وارد خانه ما شدی میکردی نه حالا؟ اگر تو کشته شوی و بمب داشته باشی پای ما هم گیر می افتد "

با شرمندگی گفتم:" مرا ببخش .. بخدا دست خودم نبود ! از خدا میخواستم از خانه شما بروم ولی آنها مرا مجبور به ماندن در اینجا کردند !!ولی نه، از اینجا تلفن نکنیم شاید از تلفن عمومی بهتر باشد !" نگاهی پر از ملامت به من کرد وگفت :

"حالا بفکر ما افتادی ! وقتی که خانه مان را خراب کردی !! میدانی با ما چه کردی ؟؟

بالاخره قبول کرد و با هم به بیرون از خانه رفتیم یک تلفن عمومی پیدا کردیم اول سخت بود ولی بالاخره توانستم کد تلفن جبار را پیدا کنیم و به او زنگ بزنم وقتی فهمید من هستم خیلی تعجب کرد و بطور خلاصه

جریان را برایش گفتم .با تعجب گفت از زندانی شدن مادر و خواهرم خبر ندارد اما پیگیری میکند ببیند که این واقعیت دارد یانه و قرار شد عصر به او زنگ بزنم تا ببینم که چکار باید بکنم . وقتی برگشتیم خانه پدر و مادر اوتازه بیدارشده بودند، ولی اصلا متوجه نبودن ما نشدند . نسیم آرا همه اش امیدوار بود که آنها دروغ گفته اند و عصر خبر سلامتی خانواده ام را خواهم گرفت . روز سختی بود تا بالاخره عصر شد و دوباره به جبار زنگ زدم متاسفانه نتوانستم با او حرف بزنم شاید او را هم دستگیر کرده بودند . آن شب هم صبح شد و امروز روز ماموریت است ! روز قیامت است! سخت ترین روز زندگی من ! کاش یک عمر از شورته های دور حرم در مکه کتک میخوردم و به چنین راهی نمی افتادم !امروز همان روزی است که من یک عمر در انتظارش بودم روز شهادت ، روز موعود، روزی که باید به بهشت میرفتم ، ولی هرگز فکر نمیکردم که در این روز در چنین حالتی باشم !نمیدانم چه کنم چند ساعت بیشتر به پایان عمر من باقی نمانده است ، من باید میمردم اما از مردنم ناراحت نیستم نگران مادرم هستم ، دل واپس خواهرم هستم و تحمل اشک نسیم آرا را هم اصلا ندارم، بالاخره توانستم با جبار حرف بزنم حقیقت داشت او میگفت پسرم ترا که زنده نخواهند گذاشت ، تو از روز اول که پا به این راه گذاشتی بخاطر خواهر و مادرت بود در این صورت برو و ماموریت را انجام بده من هم اینجا هستم بعد از اینکه خبر شهادت تو رسید آزادی خواهر و مادرت را خواهم گرفت تو دیگر برای فکر کردن وقت نداری و باید به راهت ادامه دهی . چاره ای ندارم . نشستم و آخرین خط های این دفتر را نوشتم من این دفتر را در صندوق پست خانه خواهم گذاشت و یک نامه هم خواهم نوشت که آقای اکرم بی گناه است و در زیر نظر قربانی که یک روز برای نسیم آرا خریده بودم میگذارم اما در مورد این دفتر چیزی نخواهم نوشت کلید صندوق را هم همان جای خواهم گذاشت و امیدوارم که کلید صندوق مرا پیدا کنید و به کمک نسیم آرا صندوق مرا بیابیدو به این دفترچه برسید، دیگر مطمئن هستم که خواهم مرد ولی اگر کسی روزی این دفتر را یافت خواهش میکنم که با جبار تماس بگیرد و از حال مادر و خواهرم با خبر شود .دیگر اینکه من وصیّت کرده ام که اعضای بدنم را به کسانیکه احتیاج دارند اهداء کنند امیدوارم بتوانم به چند نفری زندگی ببخشم حتی از آنها هم میخواهم که اگر توانستند با جبار تماس بگیرند و بدیدار مادرم بروند و از او بخواهند که مرا ببخشد

و به او بگویند که من به خاطر آنها اینکار را انجام دادم

به امید دیدار در قیامت. جونیر

***

باورم نمیشه که تونستم راز چشمهایم رو بفهمم وای بیچاره جونیر چه زندگی بدی را گذرانده و آخرش هم که در اوج جوانی کشته شده دلم خیلی برایش سوخت و اشکهایم جاری شد شاید جونیر تنها مرده ای بود که با چشمهای خودش برای خودش اشک میریخت .پس جونیر این را از من میخواد ، میخواد که من برم و مادر و خواهرش رو پیدا کنم اما چگونه؟ دفتر رو می بندم و فکر میکنم یعنی اگه من مادرش رو ببینم می شناسم؟ یعنی اون زن عرب که درعالم بی هوشی میدیدم مادر او بود ؟ حالا من چکار کنم ؟ چگونه بداخل داعش بروم ؟ اما هنوزهم خیلی چیزها هست که من نمیدونم ! آنشب چه اتفاقی افتاد ؟ مطمئن هستم که جونیر پشیمان شده بوده و قصد داشته تا ناظم رو هم از این کار بازدار ه ! اما چطور اینها رو بفهمم؟ چه کسی بهتر از نسیم آرا ! او از همه چیز خبر دارد باید بدیدنش برم و ازش کمک بخوابم . بی اراده برطرف خونه اونا میرم . مراد در را باز میکنه . نسیم آرا و مادرش توی حیاط نشسته اند از قیافه نسیم آرا پیداست که گریه کرده سلامی میکنم مادرش اشاره به یک صندلی میکنه و میگه بشین ، بعد می پرسه همه شو خواندی ؟ سرمو بعلامت آره تکون میدم . میگه خوب حالا میخوای چکار کنی ؟ میگم میتونم از نسیم ارا بپرسم که آن شب چه اتفاقی افتاد! نسیم ارا میزنه زیر گریه میگه من قسم خوردم که نگم ! مادرش میگه از دیشب تا حالا فقط همین رو میگه ! به چشماش نگاه میکنم ، شاید این جونیر است که ازو کمک میخواد نگاهش رو از من میدزده وآهسته میگه: "خوب چه فایده داره که بگم آنشب چی شد؟ جونیر مرد همین ! "

ناگهان میگم :"ولی او میخواست جلوی ناظم رو بگیره مگه نه؟"

با تعجب نگاهم میکنه یعنی من از کجا این راز رو میدونم ؟میگم:

" نسیم آرا دیگه هیچی رو ازت پنهان نمیکنم ، من چون چشم جونیر را گرفتم یه ارتباط روحی با او دارم بعضی از صحنه های گذشته او رو

می بینم واسه همین هم هست که اینجام جونیر بار بزرگی بر دوش من گذاشته نه تنها توی دفترش نوشته بلکه اینو احساس میکنم ، من باید بدونم مادر و خواهرش در چه حالی هستند و این کار به کمک تو ممکنه، آنشب چی شد ؟"

آهی میکشه و میگه :"خودش نوشته دیگه !؟ "

میگم:"نوشته ولی آخرش رو که ننوشته !؟چطور شد که پشیمان شد ؟" مادرش نگاهش میکنه مطمئن هستم که او رو زیر فشار گذاشته بالاخره نسیم آرا لب به سخن باز میکنه میگه :

"بعد از اینکه با جبار حرف زد من خیلی گریه کردم به او میگفتم که به جبار حقیقت رو بگو شاید کمک کنه ونذاره اونا بفهمن که تو ماموریت رو انجام ندادی آنقدر گریه کردم که حاضر شد دو باره به جبار تلفن کنیم، رفتیم تلفن عمومی و او زنگ زد . چند بار زنگ زد ولی جواب نمیداد توی گیشه تلفن ایستاده بودیم که ناگهان تلفن زنگ خورد جونیر بی اختیار گوشی را برداشت جبار بود پرسید چرا اینقدر تلفن میکنی اینها به من هم شک میکنند من التماس کردم که جونیر حقیقت را بگوید اما او خجالت میکشید من به عربی باو میگفتم که حقیقت را بگو بالاخره من گوشی را گرفتم و گریه کنان همه چیز را برای جبار گفتم ، گفتم که ما عاشق هم هستیم و میخواهیم ازدواج کنیم ولی او نگران مادر و خواهرش است . جونیر ساکت بود شاید هیچوقت این شهامت را در خود نمی دید که چنین گستاخانه حرف بزنه اما من گریه کنان همه چیز را گفتم . جبار سعی کرد منو آروم کنه و گفت گوشی رو به جونیر بده بعد به او گفته بود شاید این خواست خداوند است، تو ماموریت رو انجام نده ولی برو به سالن و خودت را نشان بده ممکن است خیلی خطرناک باشه ،حتی برای من هم، اما من عمر خودم رو کردم من ترو به این راه کشاندم، اما نمیدونستم که آخرش اینه ، من سعی میکنم مادر و خواهرت را فراری بدهم تو اگر زنده ماندی دوباره با من تماس بگیر و خدا حافظی کرد . جونیر نمیدونست چکار کنه زمانی که او باید بمب خودش رو منفجر کنه درست در آخرین لحظات کنسرت بود .میخواست تنها برود ولی من اصرارکردم که با هم برویم با هم به آنجا رفتیم او از قبل بلیط داشت وارد محوطه بیرونی شدیم او به من گفت که همان جا بمانم گفت میرود تا از ناظم هم بخواد تابمب

خودش رو منفجر نکنه قبل از اینکه وارد محوطه بشیم اون خود نویسی از جیبش در آورد و انداخت توی سطل اشغال ، جبار به او گفته بود که تا لحظه آخر این کار را نکنه چون ممکنه ردیابی بشه ، به من گفت تو که بلیط نداری اینجا بمون من اگه زنده ماندم بر میگردم و اگر بر نگشتم مرا ببخش!! با گریه ازو خدا حافظی کردم او رفت و من با چشم گریان و دل پریشان در انتظار بازگشت او بودم که ناگهان چند لحظه بعد از داخل صدای انفجاری بلند شد من از شدت انفجار به گوشه ای پرت شدم اما چیزی به من نشد .. ناگهان پلیس ها ریختند داخل محوطه که صدای انفجار دیگر برخاست و بعد انگار که قیامت شد، مردم به بیرون هجوم می آوردند اما آنطور که قرار بود نتوانستند کشتار زیادی کنند چون جونیر باید نزدیک در خروجی زمانی که مردم برای فرار هجوم می آورن خودش را منفجر کند که نکرد من داد میزدم میخواستم برم تو و ببینم چه بر سر جونیر آمده اما ماموران آتش نشانی و پلیس راه را بسته بودند فقط برای بیرون آوردن زخمی ها و اجساد کشته شدگان مامورین به داخل میرفتند من دم در محوطه ایستاده بودم و انتظار این معجزه را میکشیدم که جونیر سلامت بیرون بیاید ولی ناگهان دیدم که او را روی برانکار می آوردند بسویش دویدم ولی نگذاشتن به او نزدیک شوم پشت سر آمبولانس با یک تاکسی راه افتادم او را به بیمارستان رساندند چندین نفر دیگر را آوردند و بطرف اورژانس بردند من هم دنبالشان میدویدم تا دم در اورژانس ولی دیگر نگذاشتن که داخل شوم ساعتها آنجا نشستم . پرستارها در حال دویدن بودند مرتب خون به اتاق عمل میبردند با التماس از یکی از آنها خواستم که خبری از جونیر به من بدهد پس از اینکه مشخصاتش را پرسید به داخل رفت بعد از نیم ساعت بیرون آمد و گفت در اتاق عمل است اما زنده نمی ماند او وصیت کرده که اعضاء بدنش رو به کسانیکه احتیاج دارند بدهند ، الان دارند چشمهایش را به یکی دیگر از زخمی ها میدهند .اشکهایم سرازیر شد پس او میمرد همانجا انقدر نشستم تا جنازه اش را آوردند نگذاشتن من ببینم چون بدن تیکه تیکه ای بود ، پرستار وقتی ترا از اتاق بیرون آوردند به من گفت که چشمهایش را به این زخمی دادن ، نمیدونم چرا ولی من دنبال تو میدویدم انگار احساس میکردم جونیر هم با تو میرود ترا به اتاق مراقبت های بعد از عمل بردند و تحت کنترل بودی آنشب تا صبح بیمارستان بودم میدانستم که قلبش را هم به یکی دادند اما او را هرگز ندیدم نزدیک های صبح بود که بابا و مامان به بیمارستان

آمدند من حتی به آنها تلفن هم نکرده بودم . وقتی مرا سالم دیدند خیلی خوشحال شدند از شوق گریه میکردند و پرسیدند پس چرا اینجا ماندی گفتم جونیر مُرد و بشدت زدم زیر گریه مامان منو بغل کرد و بابا بدنبال جسد جونیر رفت مطمئن بودم که آنهایی که او را برای این ماموریت فرستاده اند هرگز بدنبال جسدش نخواهند آمد ، قرار شد بابا ترتیب خاک سپاری او را بدهد و ما به خانه آمدیم تا به امروزمن قسم خودم رو نشکستم و به هیچ کس چیزی نگفتم حتی وقتی بابا را گرفتند چون به جونیر قول داده بودم ، تازه چی میگفتم حرفهای من که دلیل بیگناهی پدرم نمیشد ، تا زمانی که پدرم در گیر نشده بود به بیمارستانی که تو آنجا بودی می آمدم میدونستم که توی کما هستی دلم میخواست یک بار به چشمهای جونیر نگاه کنم .."

گریه امانش نداد و اشک هایش سرازیر شد مادرش او را بغل کرده و نوازش میکرد ، و من فکر میکردم که حالا باید چکار کنم ؟ چگونه از مادر و خواهر او خبر بگیریم یعنی باید به داخل داعش در سوریه بروم و مادرو خواهر جونیر را پیدا کنم؟ اصلا میتوانم چنین کاری بکنم ؟آیا رفتن بداخل شبکه آنها کار آسانی ست ؟ ناگهان بیاد جبار افتادم اگر به او تلفن کنیم خوب همه چیز معلوم میشود و دیگر من نباید به میان داعش بروم نسیم آرا به داخل خانه رفت و من بسوی مادرش نگاه کردم و گفتم :

"خانم اکرم نسیم آرا شماره جبار رو هنوز یادشه؟ چون جونیر شماره ای رو توی دفترش ننوشته ! اگر بتونیم با جبار حرف بزنیم شاید بشه از حال آنها با خبر بشیم ! "

خانم اکرم با تعجب نگاهم میکنه و ناگهان میگه : "چطور این بفکر خودم نرسید ! درسته اگر جبار بگه که اونا به قولشون عمل کردن و خانواده او را رها کردن که دیگه مشکل حله ، شاید اصلا بتونیم با خودشون هم حرف بزنیم "

و بعد به صدای بلند نسیم آرا رو صدا میزنه ، پس از چند لحظه نسیم آرا بیرون میاد خیلی ناراحت و عصبانیه مادرش جریان رو به او میگه شادی کودکانه ای صورتش رو می پوشونه و با فریادی کوتاه میگه:

"آره ! چرا که نه ..شماره اش خوب یادمه بریم تلفن کنیم !"

سه تایی با عجله از خونه میایم بیرون یه تلفن عمومی نزدیک خونه اوناهست اما خانم اکرم میگه بهتره سوار ماشین بشیم و از یه تلفن دیگه استفاده کنیم که نزدیک خونه ما نباشه یه وقت رد یابی نکنند و دوباره به ما برسند ..بعد از طی چند خیابون به یه کوچه ای میرسیم که سرش یه باجه تلفن هست کنارش پارک میکنیم ، کوچه خیلی خلوته کسی آنجا نیست پیاده می شیم و داخل باجه تلفن میریم . خانم اکرم سکه ای میاندازه و از نسیم آرا میخواد که شماره رو بگیره ، نسیم آرا شماره رو میگیره تلفن زنگ میزنه و پس از سه تا زنگ یک پیام ضبط شده میگه که این تلفن در شبکه وجود ندارد ! خانم اکرم میگه نسیم آرا شاید اشتباه گرفته ای! نسیم آرا سه بار دیگه شماره رو میگیره اما همون پیام تکرار میشه . پس تلفن جبار از گردونه خارج شده حتماً فهمیده اند که او با جونیر تماس داشته و تلفنش را قطع کرده اند. نا امید بخانه باز میگردیم حالا باید چکارکنیم ؟ در سکوت به خونه می رسیم ، انگار هر کسی داره توی دنیای خودش به چیزی فکر میکنه ! من سکوت رو می شکنم و به خانم اکرم میگم:

"شما میگین حالا چکار کنم ؟ من چطور مادر اونو پیدا کنم؟ اون نگرانه ! اون حتی در دفترچه هم خواسته که آنها را پیدا کنیم ؟ چکار کنم ها"؟ خانم اکرم برایم یه چای میریزه و میگه :

"حالا صبر داشته باش خدایی که ما رو تا اینجا رسونده به آنجا هم خواهد رساند بگذار حال نسیم آرا بهتر بشه آن وقت یه تصمیمی میگیرم !"

ساعتی بعد از آنجا بیرون میرم دلیلی نداره خونه اونا بمونم هر چند که دلم را خیلی وقت پیش آنجا جا گذاشته بودم . وقتی به خونه میرسم مامان و بابا خونه هستن بابا میگه:

" بهشاد جان وسایل تو جمع کردی پس فردا پروازمونه باید برگردیم خدا روشکر که تو خوب شدی! مرخصی من هم خیلی وقته تموم شده خدا کنه کارمو از دست ندم "

یک دفعه بخودم میام اصلا بکلی یادم رفته بود که باید برگردم ؟چرا هیچوقت فکر نکرده بودم که باید به آمریکا برگردم ! انگار من دیگه بهشاد نبودم ! فقط جونیر بودم . بی اختیار میپرسم :

"کی بلیط ها رو اوکی کردین ؟ چرا به من نگفتین ؟"

"بابا میگه عزیزم چطور یادت نیست هفته پیش قرار شد چهار شنبه بریم ؟"انگار دیگه هیچ چیز در مورد بهشاد برام مهم نیست هر چی هست جونیر و نسیم آراست !خوب بابا راس میگه تازه منم باید به دانشگاه برگردم اما با این دل اسیر و این وجدان نگران چه کنم ؟ نه دل رفتن دارم ونه پایش را! و نه وجدانم میگذاره که همینطوری برگردم ! پس چکار کنم ؟ چطوری به اینا بگم که من بر نمیگردم :

میگم : "بابا به من نگفتین که بلیط ها رو اوکی کردین فقط گفتین باید برگردیم اما من آمادگی شو ندارم که الان برگردم امریکا هنوز اینجا کار دارم . "

رنگ از روی مامان می پره و میگه :" بهشاد جون بازم در مورد اون دختره و صاحب چشماست ؟ عزیزم حالا که فهمیدی چشم هات مال یکی دیگه است و اون دختره هم رو که پیدا نکردی پس چرا نمیخوای برگردی سر زندگیت ؟ عزیزم تو درس داری نمیتونی همه چیز رو ول کنی ؟ چرا میخوای بمونی ؟"

چه جوابی به اونا بدم ؟چون بعد از پیدا کردن نسیم آرا دیگه در مورد چشمهام هیچی نگفتم اونام فکر کردن که همه چیز واسه من عادی شده ! نمیتونم به اونا بگم که چه چیزها رو تازه یافته ام و تا همه چیز رو نفهمم ، تا مادر و خواهر جونیر رو پیدا نکنم امکان نداره برگردم ! تازه با عشق نسیم آرا چه کنم ؟ درسته که او هنوز هم از یاد وخاطرات عشق جونیر ازاد نشده اما این دلیل نمیشه که او یه عمر عزا دار جونیر بمونه تازه اگر قرار بشه با کسی ازدواج کنه من که چشم های جونیر رو دارم برایش بهترین گزینه هستم، فقط باید بهش وقت بدم . مامان با دست تکانم میده : "هی..دارم با تو حرف میزنیم ها ؟!! "

انگار از خواب می پرم حالا جواب اینا رو چی بدم من که رفتنی نیستم تا خاطر جونیر رو اسوده نکنم امکان نداره بتونم به زندگی خودم باز گردم ،مامان خبر نداره که تازه خیال رفتن به سوریه وداخل داعشی هارو هم دارم ،میگم :

"مامان من که این سمیستر رو از دست دادم چه عجله ای داری ؟ من

میخوام بقیه سیمستر رو برم اروپا رو بگردم تو و بابا برگردین آمریکا ولی من میرم تور اروپا بعد خودم میام ."

مامان با شک نگاهم میکنه :" این تور اروپا دیگه از کجا در آمد ؟ تو که همچین خیالی نداشتی ؟ نکنه باز داری میری دنبال اون دختره ها ؟ ترو خدا دست از این کار بردار! بابا تو که فهمیدی جریان چیه هزاران نفر پیوند چشم و کلیه و قلب میگیرن شانس من بدبخت فقط تو باید خاطرات اونو بیاد بیاری !عزیزم فکرشو نکن بیا بریم سر خونه زندگیت نه عمر خودت رو حروم کن نه دل منو خون !!"

دلم واسه مامان میسوزه اما چکار کنم من سر در گریبان صد تا مسئله هستم کدوم یکی شو به مامان بگم ؟ پا می شم میرم توی حیاط، گندم تازگی گچ پاشو باز کردن و با عصا راه میره ،داره توی حیاط قدم میزنه وقتی منو میبینه میگه :

" باز چه خبر شده با زن دایی دعوا میگردی ؟"

میگم :"دعوا نمیکردم! فقط دلم نمیخواد الان برگردم امریکا میخوام برم تور اروپا !"

یک دفعه با خوشحالی میگه : "جدی؟ منم باهات میام !"

اینو دیگه کجای دلم بگذارم ؟ فقط همین یکی رو کم داشت میگم :

" گندم جان همون یه شب کنسرت که تو با من آمدی واسه هفت پشتم بسه دیگه نمیخوام تورو تو یه دردسر دیگه بندازم خودم تنها میرم !"

قیافه گندم تو هم میره شاید از حرف من ناراحت شده ؟ خوب واقعاً هم نمیخوام دیگه مسئولیت اونو قبول کنم تازه کجا ببرمش توی داعشی ها که به غنیمت بگیرندش . از خونه میرم بیرون اصلا حوصله سرو کله زدن با اینها رو ندارم . یه وقت خودمو دم خونه اکرم میبینم . منم شدم جونیرتا ولم کنن سر از خونه اینها در می آرم، اما خوب میدونم که کلید همه معما ها توی این خونه است اگه کسی بتونه منو به داخل داعش بفرسته فقط به وسیله این خانواده صورت میگیره میخوام در بزنم که در باز میشه و خانم اکرم بیرون میاد . سلام میکنم با تعجب نگاهم میکنه آخه من همین امروز بعد از ظهر از اینجا رفتم .خجالت میکشم ولی

میگم پدر و مادرم میخوان من برگردم امریکا اما من میخوام برم سوریه و خانواده جونیر رو پیدا کنم و فقط شما میتونین به من کمک کنین چون درسته که اون شما رو هم توی درد سر انداخت اما شما هم مثل من یه جوری به او مدیون هستین ! "

سرشو تکون میده و میگه : "دقیقا همینه که تو میگی !؟ جونیر مراد روبه ما برگردوند حتی نسیم آرا روهم، اگر با او وارد سالن کنسرت شده بود الان زبونم لال اونم رفته بود .. بیا بریم با هم قدم بزنیم چون آقای اکرم خونه است و نمیخوام در این مورد به او چیزی بگم ."

دوش بدوش هم راه میریم میگه :"اگه آقای اکرم بفهمه نمی گذاره من هیچ کاری بکنم، توی زندون خیلی بهش سخت گذشته حق هم داره اما من مادرم ..من میدونم تو دل مادر جونیر چی میگذره منم باید ازش حلالی بطلبم .."

با هم خیلی راه رفتیم خیلی حرف زدیم ، به من پیشنهاد کرد که بریم سر مزار جونیر ! چرا خودم هیچوقت به این فکر نگرده بود م؟که بدیدار او بروم شاید بارم کمی سبک شود! رفتیم به یک قبرستان روز وسط هفته بود کسی آنجا نبود ، یه قبر کوچک داشت که فقط اسمش و تاریخ وفاتش رو رویش نوشته بودند ، کاش روی قبرش می نوشتند مسافر خدا، کنار مزارش زانو زدم در دلم خیلی حرفها داشتم که باو بگویم !ولی فقط با چشمهای خودش برای مظلومیش اشک ریختم .

بخانه بازگشتیم ، بین من و خانم اکرم خیلی صحبت ها گذشت او هم می ترسید و هم وجدانش اجازه نمیداد که به سادگی از کنار این مساله بگذرد ، بالاخره قرار بر این شد که من و او به دوبی برویم برادر او در دوبی ممکن است بتوانه راهی به داخل داعش پیدا کنه، از قرار معلوم با گروه های مذهبی تماس داره و شاید بتوانه رابطی پیدا کنه! من چاره ای بجز قبول کردن نداشتم من که کسی رو نمیشناختم ولی شاید این یه راهی باشه که من هم آرامش خودمو دوباره بدست بیارم. قرار شد بعد از رفتن مامان و بابا به امریکا ما هم روانه دوبی بشویم . با خیال راحت به خونه برگشتم توی راه فکر میکردم که اگه مادر جونیر رو پیدا کنم چی بهش بگم؟ بگم که چشمهای من مال جونیره ؟ بگم که وقتی توی کما بودم بالای سرم بودی؟ یعنی واقعا میتوانم این ها رو بهش بگم؟ یعنی چنین قدرتی خواهم داشت !!؟

***

توی هواپیما کنار خانم اکرم نشستم داریم به دوبی میریم ، از همین الان دلم واسه نسیم آرا تنگ شده از وقتیکه پیداش کردم تقریبا هر روز دیده بودمش ، گرچه هنوز جرات این که باو بگم دوستش دارم رو نکردم ولی انگار اونو مال خودم میدونم ، با زحمت زیاد مامان و بابا رو روانه آمریکا کردم . آنها نمیخواستن بذارن من تنها بمونم اما نتونستن منو به رفتن راضی کنن و حالا دارم میرم دنبال داعش ! دنبال سرنوشتم ! دنبال چیزی که این چند ماهه مثل خوره منو میخوره ، دنبال شناخت دنیایی که توی خواب میبینم، دنیای یک مسافر خدا! چقدر بعد از خوندن خاطرات جونیر ناراحت شدم ، چرا باید از بچه هایی که اینقدر معصوم هستند عده ای سود جو برای خواسته های خودشان چنین سوء استفاده کنند؟ چرا باید برای یه لقمه نون و یه جای خواب به مردم چنین وعده های دروغی بدهند ؟ مگر خدا قربانی میخواهد ؟ فدایی یعنی چی؟ با فشاردادن یه دکمه میری به بهشت ؟ خدایا چطور به اسم تو مردم را گول میزنند ؟ آیا من میتوانم کاری کنم ؟ نه فقط خود خدا باید کاری بکنه که نگذاره به اسم اون چنین خونهایی ریخته بشه! خانم اکرم خوابه اما من نمیتونم چشمامو هم بذارم فکر و خیال نمیگذاره بخوابم ،حالا من کجا دارم میرم ؟ یعنی واقعا دارم میرم توی شکم داعش ؟!اصلا میتونم راهی به آنجا باز کنم؟ مهماندار غذا میاره خانم اکرم رو بیدار میکنم بعد از غذا خوردن دیگه نمیخوابه دستی به شونه من میزنه و میگه :

"خیلی نگران نباش پسرم خدا کمک میکنه مادرشو پیدا میکنیم حتما بعداز کشته شدن جونیر اونا رو آزاد کردن، اینقدرفکر نکن با فکر کردن که کاری درست نمیشه . "

بعد از نیم ساعت به دوبی رسیدیم توی فرودگاه خلیل برادر خانم اکرم با پسرش رامی منتظر ما بودن خیلی زود از گمرک رد شدیم و یه ساعت بعد توی خونه اونا نشسته بودیم خونه قشنگی داشتند وسایل بسیار گران بها ،حتما خیلی ثروت مند هستند یه زن عرب برامون چایی و

شیرینی میاره فکر نمیکنم این همسر برادر خانم اکرم باشه ، حدسم درسته این خدمتکار آنهاست ولی سرو و وضعش خوبه، مثل خانم خونه رفتار میکنه . اونا با هم حرف میزدند البته به زبان اردو و گاهی هم عربی اما فارسی هم کمی بلد بودند و با من فارسی صحبت میکردن . خانم اکرم همه چیز رو براشون گفت و دفترچه خاطرات جونیر رو هم به اونا داد تا بخونن من خیلی خسته بودم اتاقی به من دادند تا بخوابم ولی مگه خوابم میبره !! من دارم چکار میکنم ؟ کجا دارم میرم ؟ آنها آنقدر از ظلم و بی عدالتی داعش گفتند که مو بر تنم راست شد ، اگرگیر بیفتم چی ؟ آنوقت یک لباس نارنجی هم تن من میکنند و بجرم جاسوس سرم را از تنم جدا میکنند؟ راستی چرا داعش لباس نارنجی که رنگ لباس زندانی های آمریکا یست به تن زندانی ها میکند؟ اینها ارتباطی به هم دارند؟ نمیدونم کی خوابم برد. توی خواب دوباره آن زن عرب رو می بینم توی افق ایستاده و منو صدا میکنه به دست هایش زنجیر بسته اند صدای خش خش زنجیر ها رو میشنوم واز خواب بیدارمیشوم، رفتم توی حیاط همه دورمیزی نشسته و داشتند صبحانه میخوردند من هم سلامی کردم و کنار آنها نشستم . برادر خانم اکرم ، خلیل داشت حرف میزد البته انگلیسی هم بلد بودند برام خیلی جالب بود که آنها سه زبان را به خوبی حرف میزدند ، اردو انگلیسی و عربی ، وقتی من نشستم او به فارسی لهجه داری به من گفت :

" پسر جان،میدانی به چه خطری میخواهی نزدیک شوی؟ سوریه الان قتلگاه است مخصوصا که تو فارس هستی! رفتن به آنجا ممکن است بازگشت نداشته باشد!"

گفتم: "آقا خلیل میدانم ولی شب تا صبح خواب ندارم من مدیون جونیر هستم اگر او نبود من الان کور بودم"

با لحن سرزنش واری گفت:" شاید اگر او نبود این انفجار صورت نمیگرفت !؟"

گفتم: "شاید، نمیدونم !!اما او که خودش را منفجر نکرد و جان خیلی ها رو هم را نجات داد!"

خندید و گفت : "بهرجهت او الان توی بهشت است و خودش خواهر و مادرش را می بیند نمیخواد تو براش پیغام ببری!"

از حرف او بقیه هم خندیدند اما من گفتم : "ممکنه که او الان توی بهشت باشه اما اگر مادر و خواهرش در بند باشند او که کاری نمیتواند بکنه ! اگر او از من خواسته تا به کمک آنها بروم حتما جان آنها در خطر ه !"

مرد جالبی بود خوب حرف میزد، قاطعانه گفت:" میدانی به چه جهنمی میخواهی بروی ؟ تازه تو که عربی بلد نیستی ! داعشی ها از ایرانی ها هم خوششان نمی آید چون آنها را هم دست ارتش سوریه میدانند! مخصوصا که آنها شیعه ها را مرتد میدانند و دشمن خودشون"

گفتم :"خوب شنیده ام که خیلی ها از انگلیس و امریکا و بقیه کشورها به گروه آنها می پیوندند اگر انگلیسی حرف بزنم چی ؟ فکر میکنند از دولت خودم فراری هستم و میخواهم به آنها کمک کنم!"

ته ریشی داشت دستی به ریشش کشید و گفت : "گیرم که رفتی مگر میتونی به داخل حرم آنها بروی و خواهر و مادر جونیر را پیدا کنی ؟ هیچ مردی حق ورود به حرم رو نداره حتی خود جونیرهم این رو نوشته"

ناگهان خانم اکرم که من تازه فهمیدم اسمش دلنواز است گفت: "داداش جان من هم همراهش میروم !"

خلیل ناگهان بطرف او برگشت و با صدایی شبیه فریاد گفت:

" تو غلط میکنی که بروی مگر میگذارم تو پایت را داخل خاک سوریه بگذاری؟" دلنواز جواب داد :

"داداش من جان مراد را مدیون پسر این مادر در بند هستم اگر من نروم بهشاد آنها را چگونه بیابید ؟ یک زن باید باشه تا بداخل حرم بره و از جریان آنها سر در بیاره "

خلیل سرش را بین دو دست گرفت و بعادت عرب ها گفت: "و الله اگر بگذارم بروی ؟ میخواهی یا کشته شده و یا گرفتار داعش بشی من جواب اکرم را چه بدهم ؟ جواب بچه هایت را چه بدهم ؟ ها؟ زن بچه تو از پای مرگ برگشته ! میدونی چقدر به تو احتیاج داره ؟"

این بحث ها ادامه داشت تا بالاخره خلیل قانع شد ولی به این شرط که

خودش هم همراه ما بیاید . عصر بود که رامی به خانه برگشت او صبح برای دیدن یک طرفدار داعش بیرون رفته بود میگفت دوستی دارد که با داعشی ها در ارتباط است . وقتی آمد دلنواز از او پرسید که او چطور دوست داعشی دارد و او این گونه تعریف کرد :

"چند سال پیش وقتی برای تحصیل در رشته خلبانی به فرانسه رفته بودم شبی در یک بار درگیری بوجود آمد، من طبق خصلت خودمان خواستم که آنها را از هم جدا کنم که دستم خورد توی چشم یکی و وقتی پلیس هاآمدن همه را گرفته و به کلانتری بردند و مرا هم که عرب بودم دستگیر کرده و به زندان فرستادند . هر چه التماس کردم که من دخالتی نداشتم ولی آزادم نکردند و برایم زندانی بریدند . در بندی که من بودم یک عرب سوری هم بود . زندانیان از زمانیکه چند فقره هواپیما روبایی و گروگان گیری بوسیله فلسطینی ها و اعراب انجام شده بود به عرب ها خیلی بد بین بودند، من را با او در یک سلول انداختند . پسر خوبی بود مرتب قران میخواند نماز میخواند اسمش وهاب بود ، تازه من را هم مجبور به نماز خواندن کرد . من خیلی تعجب میکردم او اینجا چکار میکند . میگفت او سوار موتور بوده و وقتی از خیابانی رد می شده موتور سوار دیگری به او زده و او به یک عابر پیاده خورده وآن موتور سوار فرار کرده و عابر پیاده در کما میباشد و هرچه او میگوید که من به آن زن نزده ام باور نمیکنند و او را زندانی کرده اند . یک شب سر غذا با دو تا زندانی گردن کلفت در گیر شد و آنها با کارد به شکمش زدند من نمیدانم آن کارد را از کجا آورده بودند چون داشتن سلاح سرد ممنوع بود! شاید چون او نماز میخواند دوستش نداشتند وگرنه او کاری به کسی نداشت . من او را به درمانگاه زندان بردم خون زیادی از او رفته بود دکتر بدادش رسید و زخمش را بخیه زد ولی خون لازم داشت خون من و او هر دو ای مثبت بود بنابراین من باو خون دادم و کنارش توی اتاق درمانگاه خوابیدم در اثر داروی بیهوشی مثل مست ها شده بود و حرف های عجیب و غریب میزد میگفت ..من دو ماه پیش باید می مُردم ، نشد عزراییل اینجوری آمد سراغم ! من پرسیدم چرا باید می مردی ؟ گفت من داشتم میرفتم که برج ایفل را منفجر کنم اما تصادف کردم افتادم بیمارستان بعدش هم زندان ! من فکر میکردم داره هذیان میگه تا صبح از این حرفها زد تا بالاخره خوابش برد صبح که بیدار شد و مرا کنار خودش دید خیلی تعجب کرد و پرسید: تو چرا اینجایی؟ گفتم که از خون خودم به او داده ام نگاهی به من کرد و گفت کاش

نمیدادی و میگذاشتی من بمیرم .خیلی تعجب کردم ولی چیزی نپرسیدم تا وقتی خوب شد و به سلول خودمان باز گشت . یک شب به او گفتم که توی بی هوشی هذیان میگفتی ، حرفای خنده داری میزدی !پرسید چه گفتم ؟ گفتم چیز های مسخره ! میگفتی میخواستی برج ایفل را منفجر کنی ! ناگهان با دست دهانم را بست و گفت دیگه هیچی نگو .. بعد مرا قسم داد که این حرفها را به کسی نگویم آنوقت برایم گفت که او از افراد داعش است ودر شبی که تصادف کرده میرفته تا کامیون پراز مواد منفجره را تحویل بگیرد و به برج ایفل بکوبد که در راه تصادف کرده وبه زندان افتاده است و ماموریتش انجام نشده . باورم نمی شد که من به چنین آدمی خون داده باشم . خودش میگفت حتما کار من اشتباه بوده و خداوند با آن تصادف جلوی این کشتار را گرفته . او پشیمان شده بود اما میگفت نمیتواند از داعش جدا شود چون آنها او را زنده نخواهند گذاشت ازش پرسیدم تو که اینقدر آدم خوبی هستی پس چرا به داعش پیوستی؟ اهی کشید و گفت قصه من سر دراز دارد اما چون خون تو توی رگ های من جاریست با هم برادر هستیم و هم خون، قسم ات میدهم که برای کسی نگویی که من داعشی هستم تا برایت بگویم که چگونه به این راه افتادم ،من قسم خوردم و گفتم اگر میخواستم به کسی بگویم که این مدت گفته بودم حتی اگر هم خون هم نبودیم چون من هم مسلمان هستم و اینها زیاد از ما خوششان نمی آید راز ترا نگه میداشتم و او چنین گفت من عراقی هستم پدرم در زمان صدام حسین در حزب بعث کار میکرد و بقول خودش بعثی بود ، من یک برادر کوچکتر هم داشتم که مرض قلبی داشت میگفتند که توی قلبش یه سوراخ است و مرتب دکتر و دوا میکردیم ، تا زمانی که آمریکا به عراق حمله کرد و صدام هم فراری شد و همه اعضاء دولتش را سرگردان گذاشت و رفت، مردم آنزمان فکر میکردند آمریکا آمده که آنها را از دست صدام نجات دهد ولی نمیدانستند در چاه عمیق تری می افتند ، پدرم چند روزی بخانه نیامد یک شب ساعت دوازده یکی به مادرم زنگ زد و گفت که شوهرت را مردم کشتند فرار کن وگرنه تو و بچه هایت را هم خواهند کشت. ما جایی نداشتیم مادرم دواهای برادرم و کمی لباس را در یک کیف دستی گذاشت و همان وقت به بصره که دایی من آنجا زندگی میکرد فرار کردیم ، اما وقتی به انجا رسیدیم فهمیدیم که دایی مرا هم کشته اند، ما دیگر جایی نداشتیم که برویم ، زن و بچه دائیم هم فرار کرده بودند ! مردی به مادرم گفت گروه مخالفان دولت آمریکا در نزدیکی

شهر هستند و دارند سرباز میگیرند بیا تا ترا به آنجا ببرم ، مادرم راهی جز تسلیم شدن نداشت وما به همراه او رفتیم ، ما به داعشی ها که آنوقت تازه جان گرفته بودند پناهنده شدیم و من که نوجوان بودم شدم سرباز داعش، در کوه و کمر زندگی میکردیم به ما مشق نظامی میدادند و هر از گاهی یکی بمب به خودش می بست و بداخل سربازها و مردم عادی میرفت و خودش را منفجر میکرد. برادرم زیاد دوام نیاورد چون مریض بود و احتیاج به دکتر و دوا داشت یک شب تب کرد و دیگه خوب نشد و چند روز بعد مرد . مادرم خیلی غصه میخورد همه اش به صدام نفرین میکرد که این بلاها را او بر سر مردم عراق آورده تا بالاخره او هم چندی بعد ازفوت برادرم یک شب خوابید و صبح بیدار نشد و من توی این دنیا تک وتنها و بی کس ماندم و شدم جوش(سرباز) داعش یک سال پیش مرا به فرانسه فرستادند در کلاسی زبان فرانسه میخواندم اما در واقع طرح بمب گذاری در زیر برج ایفل را میکشیدیم و قرار بود در سالگرد روزی که سربازان فرانسوی به پشتیبانی آمریکا وارد خاک عراق شدند این طرح را اجرا کنیم .من قرار بود که در شب حادثه با یک موتور به جایی که کامیون مهمات را پنهان کرده بودیم بروم موتور را در آنجا رها کرده و کامیون را برانم و نقشه را عملی کنم ، اما در بین راه موتور سوار دیگری با سرعت زیادی، ناگهان از یک خیابان فرعی بیرون آمد و چنان به من زد که خودم به یک طرف افتادم و موتورم به هوا برخاست و ناگهان به روی پیر زن عابری افتاد من هم بی هوش شدم وقتی توی بیمارستان به هوش آمدم دیدم که به دستم دست بند زده اند که فرار نکنم، پیرزن بی هوش بود هر چه میگفتم که موتور سوار دیگری به من زد کسی حرف مرا باور نمی کرد چون آن موتوری فرار کرده بود و پیر زن هم در کما بود برای همین مرا زندانی کردند ، از آن شب همه اش بدرگاه خدا استغفار میکنم که قصد کشتن عده ای بیگناه را داشته ام ..مطمئن هستم خداوند نمیخواست که آنها کشته شوند ، پرسیدم خوب چرا داعش به کمک تو نیامد تا از اینجا رهایت کند؟ گفت چون ماموریت انجام نشد و من به زندان افتادم فقط به من یک پیام دادند که ساکت باشم و تسلیم سرنوشت، شایدهم آن دو نفری که قصد کشتن من را داشتند از طرف آنها مامور بودند، و خداوند یک بار دیگر جان مرا نجات داد و اکنون من هم دارم تاوان جرمی را که مرتکب نشده ام می پردازم از زندگی هم دل خوشی ندارم ،حالا اگر بیرون بودم چکار میکردم در حال طرح یک کشتار دیگر ،لااقل اینجا

دارم به گذشته ام می اندیشم و از خداوند طلب استغفار میکنم شاید خداوند مرا بخشیده که چنین زندگی آرامی به من داده . چند روز بعد پیر زنی که با او تصادف کرده بود به هوش آمد و حقیقت را گفت و او را رها کردند و او هم رفت و من از او بی خبر بودم .. من هم به وسیله وکیل آزاد شدم اما بخاطر سوء پیشینه دیگر نتوانستم به دانشگاه باز گردم و روانه دوبی شدم . چند وقت پیش او را اینجا دیدم یک تجارت خانه دارد و ظاهرا زندگی آرامی را میگذراند . امروز رفتم پیش او و گفتم باهش کار دارم ولی چیزی از ماجرا به او نگفتم قرار شد امشب به من زنگ بزند . اگر کسی بتواند کمک کند فقط اوست وگرنه دیگه کسی رو نمی شناسم .

شب دوستش زنگ زد و در یک هتل که حمام سونا داشت قرار گذاشتند من دلم میخواست که همراه او بروم ولی رامی اجازه نداد و گفت خودش هم می ترسد که دارد به این ملاقات میرود . رامی رفت و من به این جریان فکر میکنم که چگونه داعش میتونه اینقدر قشنگ جوان ها رو گول بزنه و ازشون چنین کارهای خطرناکی بخواهد ولی خلیل میگفت اگه دولت های بزرگ دست از ضعیف ازاری بردارن و مردم رو بحال خودشون رها کنن و بخاطر فروش اسلحه اینطور جنگ در خاور میانه براه نیاندازن آنوقت دیگه داعش و امثال اون نمیتونن از ساده لوحی و بدبختی جوانان سوءاستفاده کنند باخودم میگم راست میگه، اما کو گوش شنوا؟ هرکس توی دنیا به فکر پر کردن جیب خودشه و هیچکس دلش واسه مردم فقیر و بیچاره کشورهای اسیر در دست داعش نمیسوزه من سکوت کردم شاید او راست میگوید و همه این بدبختی ها زیر سر دولت های بزرگ میباشد. آخر های شب بود که رامی از ملاقات با وهاب بازگشت گفت که وهاب گفته ترتیب این کار را خواهد داد . از او پرسیدم اگر او داعشی است پس چطور این جا کار میکند و به ماموریت نمیرود رامی جواب داد خود من هم همین را پرسیدم و وهاب گفت چون در فرانسه بخاطر تصادف به زندان افتاده و پلیس بین المللی همه اطلاعات و حتی اثر انگشت او را دارد بنا براین دیگر باید ظاهرا به یک زندگی معمولی ادامه دهد ولی در حقیقت خیلی ازکارهای داعش را مثل خرید اسلحه، گرفتن ویزا برای فدایی ها و غیره انجام میده در زیر سر پوش تجارت خانه اش ، میگفت امکان اینکه بکلی از داعش ببرد وجود ندارد اما لااقل دیگر در ماموریت ها اثر مستقیم ندارد . دلنواز گفت چه فرق میکند او باعث گرفتن ویزا برای

امثال جونیر و ناظم میشود و خونهایی که ریخته میشود بر گردن اوست رامی سری تکان داد و گفت :

" گاهی وقتها از راه رفته نمیشود باز گشت خدا آدم را به راه اشتباه نیندازه ، خدا لعنت کند کسانیکه باعث گمراهی جوانان میشوند ."
پدرش که مرد دنیا دیده ای بود جواب داد :

"پسرم اگر حکومت ها در دنیا اینقدر تبعیض قایل نشوند و به ظالم کمک نکنند چنین چیزهایی بوجود نمی آید ،وقتی دولت های قوی اسراییل را به رسمیت می شناسند ولی بعد از این همه سال هنوز هیچ حقی برای فلسطینی ها قایل نیستند و هیچ کمکی به آنها نمیکنند آنوقت کسانی مثل بن لادن و ابوبکر بغدادی میتوانند اینگونه مغز جوانان را بشویند و از آنها عروسک خیمه شب بازی بسازند که دست به چنین کارهای وحشتناکی بزنند. خود دولت های قوی هم به این ها کمک میکنند وگرنه این همه اسلحه پیش رفته از کجا بدست اینها میرسد! مطمئنا رابطه ها این خرید ها را انجام میدهند و دولت های بزرگ هم سود سرشاری از این معامله های پشت پرده میبرند ، الان چند سال است که سربازان دولت های بزرگ در افغانستان و عراق و سوریه میجنگنند که بتوانند سالیانه از سازمان ملل برای این کار بودجه بگیرند و هر وقت که کسر بودجه می آوردند اعلام میکنند که بزودی از کشوری خارج میشوند بلافاصله ترتیب یک حمله شیمیایی ویا یک حرکت انتحاری را میدهند تا دنیا را متقاعد کنند که بودن آنها در کشورهای خاور میانه ضروریست، مثل همین حمله شیمیایی که بهار ۲۰۱۸ در سوریه صورت گرفت ، امریکا اعلام کرده بود که بزودی از سوریه خارج خواهد شد و بلافاصله یک حمله شیمیایی صورت گرفت و سپس دولت سوریه از آمریکا خواست تا در منطقه بماند و آن وقت امریکا مخارج سربازانش راهم از دولت سوریه طلب کرد که نه تنها از سازمان ملل کمک میگیرد بلکه سوریه هم با این همه جنگ و خونریزی و قحطی و گرسنگی باید خرج سربازان آمریکایی را هم بدهد."

من همین طور به دهان او نگاه میکنم ..واقعا چه حقایقی را میگوید که ما کلا از آن بیخبر هستیم !! چگونه مردم این طرف دنیا این همه در مورد سیاست میدانند و ما نمیدانیم .. چرا؟ چگونه مارا در بی خبری نگاه میدارند و سر ما را به اخبار روزانه و گرانی بنزین و قسط های

کارت های اعتباری گرم میکنند تا نفهمیم در دنیا چه میگذرد.او نگاهم میکند و ادامه میدهد: "پسرم فکر میکنی القاعده و داعش چگونه به وجود آمدند !! زمانیکه روسیه افغانستان را اشغال کرده بود ، آمریکا به کمک پاکستان و عده ای از وهابیون عربستان که بن لادن هم یکی از آنها بود گروه های مذهبی در پاکستان تربیت کرده و به افغانستان فرستادند تا با دولت روس بجنگند و پس از فروپاشی شوروی این گروه ها ادعای حاکمیت افغانستان را کردند و افغانستان به دست عده ای مرتج افتاد که خود را طالبان و القاعده نامیدند و هنوز هم وجود دارند ، و سالهاست که جان مردم افغانستان را به لب رسانده اند و تازه دولت امریکا پس از نوزده سال جنگ دارد با طالبان پای میز مذاکره می نشیند تا در باره اینده افغانستان تصمیم بگیرند ! داعش هم شاخه ای از همین ها هستند ابوبکر بغدادی سالها در زندان کوات مالای آمریکا بعنوان یکی از اعضای القاعده زندانی بود و بعد از حمله امریکا به عراق آزاد شد حتی من در یکی از تلویوزین ها دیدار او را با یکی از سناتورهای آمریکائی دیدم و بعد او به عراق رفت و داعش را به وجود آورد ،و حالا بظاهر دشمن غرب شده ، فکر میکنی اینها واقعا گروه های خود جوش هستند اگر از جائی پشتیبانی نشوند یک روز هم دوام نخواهند آورد .این همه اسلحه را از کجا می آوردند ؟ اما کسی صدایش را در نمی آورد. "

آنشب تا صبح خواب به چشمم نیامد به حرفهای خلیل فکر میکردم آیا او راست میگوید؟ آیا آمریکا اینها را بوجود آورده است ؟ دارم دیوانه میشوم ! منتظرم که رامی برگرده و بگه که چطوری باید به سوریه بریم. فردا صبح رامی رو پای میز صبحانه می بینم داره با عمه اش حرف میزنه ازحرفهاش می فهمم که میخواد اونو منصرف کنه میگه:

"عمه جون این کار خیلی خطرناکی ست شما نمیتونین بفهمین که چقدر رفتن بین اونا دشواره!!درست مثل خودکشی میمونه !شما بچه دارین زندگی دارین ، چرا میخواین ریسک کنین ؟ خدای ناکرده اگه لو بروید میدونید چی میشه؟"

من عوض دلنواز خانم جواب میدم :"شما تا بحال زیر دین کسی بودین؟ ما به جونیر مدیون هستیم ! یعنی من خودمو میگم تا مادرشو نبینم خواب راحت ندارم خانم اکرم خودشون میدونن من مجبورشون

نمیکنم ،من مطمئن هستم همون طور که جونیر منو تا اینجا آورده بقیه راه رو هم نشونم میده !! من برگشتنی نیستم !"

رامی نگاهم میکنه و میگه : "برای خاطر خودت میگم رفتن به آنجا آسونه ولی برگشتن ! ..."

من میرم تو حرفشو میگم :" برگشتن دست خداست مگه نه ؟

میگه :"باشه حالا که میخوای بری برو...ولی تنها! من نمیذارم عمه توی یه همچنین جهنمی بره! "

خانم اکرم با لبخندی میگه: "عزیزم پسرم میدونم که نگران من هستی اما من اگر نرم بهشاد چطور به آنها دسترسی پیدا میکنه ؟ حالا دیگه از این حرفها بگذریم بگو دیشب دوستت چی گفت ؟ چکار کردی؟" رامی سرش رو تکون میده و میگه :

"اونم همین حرفها رو زد ولی میگه مستقیما دخالت نمیکنه چون شما که قصد موندن توی سوریه رو ندارین و میخواین برگردین تازه اگه بتونین فرار کنین و برگردین !!!؟ اونوقت پای اونم گیر میافته ! تازه اگر فرار کنین !بعدا ممکنه بعنوان جاسوس دنبالتون بگردن و هزار بلا سرتون بیارن !؟"

من میگم : "ببین آقا رامی من همین الان توی یه جهنم زندگی میکنم تاجونیر با چشمهای خودش مادر و خواهرشو نبینه من زندگی ندارم !" با تعجب نگاهم میکنه میگه :

"یعنی تو به این چیز ها اعتقاد داری؟" میگم :"فقط اعتقاد ندارم ایمان دارم باور دارم جونیر شب و روز داره با من زندگی میکنه اگه شما کمکم نکنید میرم سفارت سوریه و ویزا میگیرم و خودم تنها میرم "

ناگهان همه میزنن زیر خنده من تعجب میکنم! مگه حرف خنده داری زدم؟ واو میگه :

"بچه جون مگه رفتن به سوریه ویزا میخواد ؟ پاسپورت میخواد؟ نکنه بلیط هواپیما هم رزرو کردی ها؟"

با تعجب نگاهش میکنم یعنی چی ؟ مگه قراره پای پیاده بریم؟

میگه :"سوریه یه میدون جنگه! تمام خرابکارهای دنیا اونجا جمع شدن افغان هایی که بر علیه دولت آمریکا می جنگن ، پاکستانی هایی که بنام لشکر های آزادی کشمیر برعلیه هندوستان عمل میکنند، عراقی ها ، سوری ها، یمنی ها ، مصری ها ، سعودی ها خلاصه آن جا الان مرکز تروریست دنیا شده پاسپورت و ویزا نمیخواد از هرکدوم از کشورهای همسایه میشه وارد آنجا شد مخصوصا از لبنان ."

با تعجب به او نگاه میکنم یعنی ممکنه که یک کشور چنین سقوط کنه و مرکز خرابکاران دنیا بشه بیچاره به مردمش! یادمه وقتی کوچک بودم یه سفر با مامان و مادر بزرگ رفتیم سوریه زیارت چه جای قشنگی بود ! چطور ممکنه یه کشور اینطوری بشه و بیفته بدست یک عده خودخواه و آدم کش که بتونن مثل آب خوردن مردم دنیا رو بکشن و مثل دزد های دریایی زمان قدیم خودشون رو توی غارها پنهان کنن ،

میگم : "واقعا اگه اینطوریه خوب ما چرا منتظر واسطه بشیم خودمون بریم دیگه!؟ "

رامی نگاهم میکنه و میگه :" وقتی میگم خیلی بچه ای ناراحت میشی!اگیرم رفتی سوریه چطور میخوای وارد داعش بشی دم مرز که اتوبوس های داعش صف نکشیدن که داد بزنن کمپ داعش چهار دلار ! باید به وسیله یه آشنا بداخل آنها رفت "

از این همه بچگی و نادانی خودم خجالت میکشم، در این موقع خلیل برادر خانم اکرم از بیرون میاد من فکر میکردم که اون هنوز خوابه سلام علیکی با ما میکنه و بعد به عربی با پسرش حرف میزنه من که چیزی نمیفهمم اما خانم اکرم خوب میفهمه و گاهگاهی در حرفها دخالت میکنه بعداز اینکه با هم حرف میزنند خلیل به فارسی میگه:

"بگذاریم امشب رامی تماس بگیره بعد فردا میبینم که چکار باید بکنیم" می پرسم : "مگه دیشب آقا رامی تماس نگرفت؟"

رامی میگه :"وهاب نمیخواد دخالت کنه ولی راهشو به من یاد داد امشب باید از یک تلفن عمومی به یک نفر زنگ بزنم تا راه بلدی به کمک ما بیاید ."

من چاره ای ندارم باید سکوت کنم و گوش به فرمان آنها باشم چون

اگر کمکم نکنند من راه به جایی ندارم . بعد از صبحانه میریم توی شهر را بگردیم دوبی جای بسیار قشنگی است ، برجهای بلند و ساختمان های زیبا و مراکز خرید فراوان دارد ولی با اینکه تقربیا زمستانه ولی هوایش گرم و مرطوبه از چند جای دیدنی بازدید میکنیم نهار را در یک رستوران ایرونی چلو کباب میخوریم وای که چقدر خوشمزه بود . دوبی مرکز خرید و فروش خاور میانه شده از همه ملیت ها اینجا کار میکنند مخصوصا هندی و پاکستانی و ایرانی ! برام خیلی جالبه که میتونم با خیلی ها فارسي حرف بزنم بعد از نهار برمیگردیم خونه و استراحت میکنیم . رامی قرار است امشب با یکی حرف یزنه با اصرار با او میرم . میریم توی یک باجه تلفن عمومی اون یه شماره ای رو میگیره و قطع میکنه، سه بار این کار رو تکرار میکنه من چیزی نمی پرسم ممکنه فقط اون رو عصبانی کنم خودش حتما به وقتش به من میگه . بعد از تلفن سوم ناگهان تلفن عمومی زنگ میزنه رامی گوشی رو بر میداره و یه چیزی میگه آن طرف هم جواب میده و بعد تلفن رو قطع میکنه و به خونه برمیگردیم . برای پدرش میگه که این رمزی بوده که وهاب به او داده سه بار تلفن کنه و قطع کنه و منتظر بمونه بعد طرف باو زنگ میزنه رامی میگه چهار تا گوسفند برای فروش داره و اون میگه اگه مشتری داشت فردا شب به تو خبر میدیم . با خودم میگم این حرفها یعنی چی؟ اما نمیپرسم احساس میکنم که منو زیاد از خود نمیدونن اما خودش برای دلنواز میگه که منظور این بوده که چهار نفر میخوان که به داعش بپیوندند و او هم قراره فردا جواب بده ! خانم اکرم می پرسه چهار نفر؟ رامی میگه :

"عمه جان اگر قرار باشه تو و بابا بروید منم میام دلم آرام نمیگیره که شما ها را بفرستم و خودم اینجا بمونم ! "

خانم اکرم با مهربانی میگه : "عزیز عمه، من و بهشاد میریم شما هیچکدوم نیاین خطرناکه :

رامی با خنده میگه :"اگه خطرناکه خوب برای همه هست اما خودم که باشم شاید راه وچاه را بهتر بتوونم پیدا کنم اینجوری خیالم هم راحت تره ."

خانم اکرم می پرسه : "چرا دوستت خودش ترتیب این کار ها رو نداد؟" رامی جواب میده : "عمه جان گفتم ما که آنجا ماندی نیستیم میخوایم

اونا رو پیدا کنیم و برگردیم در واقع فرار کنیم برای وهاب بد میشه اون راهی رو که همه مردم برای پیوستن به داعش میدونن به من گفت که بعدا پاش گیر نیفته حالا باید تا فردا صبر کنیم حتی وهاب به من گفته که به او تلفن هم نکنم ، بعد مثل اینکه چیزی یادش بیاد گفت راستی یادم رفت اگه تونستیم و رفتیم آنجا ما باید تلفن هامون رو قایم کنیم چون تلفن همه رو میگیرن ، ولی آنجا لازم داریم که با هم تماس بگیریم مخصوصا شما عمه جان که از ما جدا میشین باید بتونین با ما تماس بگیرین."

باورم نمیشه مثل توی فیلم ها داریم نقشه ورود به جایی رو میکشیم که اصلا نمیدونیم کجاست اما باید برویم . رامی به من میگه:" از امروز به بعد ریش خودت را نتراش و موهایت هم کوتاه نکن "

با تعجب می پرسم : "چرا ؟ به ریش چه مربوطه؟"

میخنده و جواب میده:"ای دلاور خان شجاع !!که میخوای بری توی شکم داعش نمیدونی که از نظر این افراطی ها تراشیدن ریش حرام است هر سه ما باید ریش بلند داشته باشیم تازه یک مزیت دیگه هم داره و این که اگر خدا خواست و فرار کردیم آنوقت بدون ریش و موی بلند شناسایی ما سخت تر میشه ما باید هر نوع خطری را در نظر بگیریم ."

چند روزی ریشم رو نتراشیدم و خیلی زود رشد کرد و بلند شد بطوریکه قیافه ام برای خودم هم بیگانه شده بود . یک روز رامی گفت بریم با این قیافه های جدیدمون عکس بگیریم برای پاسپورت ! با تعجب گفتم مگه نگفتی که پاسپورت لازم نداریم ؟ گفت

"درسته برای ورود به سوریه لازم نداریم ولی وقتی که میخواهیم وارد مقر داعش بشیم از ما کارت شناسایی و یا گذرنامه میخواهند "

سه روز بعد گذرنامه های تقلبی ما با اسم های جدیدمان آماده شد.

***

یک هفته بعد وارد بیروت میشویم ، شهری که زمانی در آن جنگ بوده ولی الان خیلی زیبا و تمیزه ، شهری ساحلی با منظره های بسیار

قشنگ اگر برای تفریح آمده بودم شاید واقعاً جای قشنگی بود مخصوصا هوای خوبی داشت و مثل دوبی داغ و مرطوب نبود من نمیدونم که چکار باید بکنیم ، رامی خودش همه تصمیم ها رو میگیره و ما فقط از او پیروی میکنیم . وقتی دوبی بودیم رامی اسم همه رو عوض کرده وپاسپورت ها را هم به اسم جدید گرفته بود . به ترتیب خودش و پدرش را ابو حمزه و ابو مسعود نامید و خانم اکرم هم ام قادر شد فقط من بودم که باید اسمی برایم انتخاب میکردند من هم خالد شدم . یک داستان هم برای هرکدام درست کرد و داستان من هم این بود که یک خانواده عرب امریکایی دارم و برادرم در جنگ افغانستان معلول شده و دولت امریکا هیچ کمکی به خانواده ما نمیکند من هم عاصی شدم و خواستم به داعش بپیوندم .

از گمرک رد شدیم ! حالا به کجا باید می رفتیم ؟ هر کدام یک کیف کوچک که دو سه دست لباس در آن بود همراه داشتیم . از فرودگاه بیرون آمدیم یک نفر بیرون منتظر ما بود وقتی مارو دید بسوی رامی آمد و او را بغل کرد فهمیدم که او دوست رامی است و آنشب به خانه او رفتیم .فردا صبح بعداز خوردن صبحانه رامی به من گفت :" بهشاد گذرنامه آمریکایی ات رو بده دست ابو حسن ! "

من با تعجب به او نگاه کردم فهمید که می پرسم چرا؟

جواب داد : "نمیخوای که داعشی ها گذرنامه ات رو بگیرن؟ از اینجا به بعد با گذرنامه های جعلی میریم وانشالله وقتی برگشتیم دوباره با گذرنامه های اصلی به دوبی برمیگردیم"

تازه فهمیدم که چرا باید این کار رو بکنم ، بعد همراه ابو حسن به جای عجیبی رفتیم ، من نمیدانستم کجاست . مثل یک گاراژ بود ولی بیشتر کامیون و وانت بار آنجا بودند ابو حسن خداحافظی کرد و رفت . رامی که ریاست گروه ما را داشت پیشنهاد کرد در قهوه خانه ای که همانجا بود بنشینیم و حرف بزنیم . بعد از خوردن چای و نان شیرینی رامی گفت:

"ما الان با یکی از این وانت ها به کمپ پناهندگان سوری میرویم آنجا کسانی زندگی میکنند که از جنگ داعش و دولت سوریه خسته شده و توانسته اند خودشون را نجات داده و به کمپ برسانند . ما با ماشین

هایی که برای کمک به آنها میرود وارد کمپ میشویم . از آنجا به بعد داعشی ها خودشان هستند و ما را به قرارگاه دولت اسلامی داعش میبرند ، از جایی به بعد عمه از ما جدا میشود و باید بتوانیم ارتباط خودمون را حفظ کنیم . نباید بگذاریم که تلفن های ما را پیدا کنند عمه جان شما به قسمت زنانه میروید کار شما این است که اعتماد آنهارا جلب کنید تا به ماموریت بروید و بتوانید از مادر و خواهر جونیر خبری بگیرید ما هم در طرف مردانه باید نقشه فرار را بکشیم که تا آنها را یافتیم فرار کنیم . حالا چه طوری باید ببینیم که چه راه هایی داریم از قرار نوشته های جونیر بنا به شغل هر کس به او اعتبار میدهند . من خودم را خلبان معرفی میکنم مگر جونیر نگفته بود که هواپیما دارند شاید اینطوری بتوانم آزادتر برنامه ریزی کنم ،میماند بهشاد و بابا ، بابا شما که سابقه کار در بیمارستان را داشتید بعنوان کمک پرستار و بهشاد هم که خوب کامپیوتر بلد است سایبر میشود و عمه جان شما هم باید کاری داشته باشید که آزادانه به طرف مردها بیایید! خانم اکرم گفت :

"من مدتها مراقب مراد بودم بخوبی آمپول زدن، سرم زدن ، و خیلی از احتیاجات پزشکی را میدانم من هم میگم پرستار هستم این طوری میتونم داداش رو هم ببینم"

ما مردها لباس عربی پوشیده و چپیه دور سرمان پیچیده بودیم و خانم اکرم هم عبا پوشیده و روی آنهم بورغه بسته بود ولی اکنون بورغایش را بالا زده و با ما حرف میزد . تقریبا همه قرار ها را گذاشتیم نیم ساعت بعد مرد عربی بسوی ما آمد و گفت که سه تا وانت بار دارن غذا برای پناهندگان میبرند و ماهم میتوانیم با آنها برویم . رامی قبل از اینکه به اینجا بیاییم از توی شهر مقدارزیادی غذا های خشک و کنسروی خرید من فکر میکردم که برای خودمون است اما وقتی آن مرد ما را صدا کرد دیدم که دارد پاکت ها را بر میدارد و توی وانت میگذارد فهمیدم که برای پناهندگان خریده است حتما به این منظور که ما قصد داریم به پناهندگان آواره کمک کنیم داریم به کمپ پناه جویان میرویم . وقتی به وانت ها رسیدیم دیدم که جوان هایی که شبیه سرباز ها لباس پوشیده اند و دور گردنشان هم چپیه های رنگ وا رنگ بسته اند دارند وانت بارها را بار میزدند و ماهم در یکی از ماشینها نشستیم . به ماشین ها

مثل فیلم های زمان جنگ گل زده بودند من خیلی تعجب کردم اما رامی گفت چون به مناطق جنگی نزدیک میرویم باید ماشین ها مسطور باشند که هدف قرار نگیرند من خیلی تعجب کردم پرسیدم مگه داعش هواپیمای جنگنده هم دارد که ما را از روی هوا بزند؟ رامی گفت نمیدانم شاید داشته باشد ، شاید هم از زمین بزنند بهرحال اینها اینطور صلاح میدانند . بعد از مدتی وارد جاده ای خاکی شدیم که در اثر بارندگی چاله هایی پر از آب داشت که گل شده بود و وقتی ماشین ها از ان میگذشتند گل بیشتری به ماشین ها می پاشید، حدود دوساعتی رفتیم تا بالاخره از دور محوطه ای که با سیم های خاردار دورش را بسته بودند پیدا شد ، ناگهان هزاران دست را دیدم که بسوی ما دراز شده ، آنقدر دست دیده میشد که صورت ها در پشت آن پنهان گردیده بود ولی از دستها می شد فهمید که دست زن است ، یا مرد ، پیرزن است یا پیر مرد ، آنچه که دیده میشد فقط دستهای مستمند بود که به تقاضای خوراکی به هوا برخاسته بود ، از دور زن و مرد بچه بسوی ما میدوند تا زودتر غذا بگیرند انگار میدان مسابقه بود!وقتی انسانها گرسنه باشند دیگر هیچ اثری از انسانیت برایشان نمی ماند. وقتی ماشین ها وارد محوطه شدند آنها دور وانت ها را گرفته بودند سربازان بدستشان نان میدادند دبه های آب میدادند ، غذاهای خشک میدادند، وای خدایا اینجا دیگر کدام جهنمی بود ؟ این همه انسان گرسنه با لباس های پاره پوره بدون کفش بطرف وانت ها میدویدند در بالای برج کوچکی یک پرچم آویخته بودند که فکر میکنم پرچم سوریه بود و سربازی هم ان بالا تفنگی در دست داشت و نگهبانی میداد . ماشین ها بزودی خالی شدند .مردم قحطی زده هنوز ایستاده و غذا میخواستند اما دیگر چیزی نبود. چقدر دلم برای اینها سوخت این مملکت همه در آمدش را برای خرید اسلحه به کشورهای مترقی میدهد آنوقت آنها هم صدقه سری یک مقدار نان و آب جلوی مردم این کشور می اندازند . راستی این همه جنگ برای چیست؟ زمانی اسلحه می ساختند تا اگر جنگی پیش آید از آن استفاده کنند ،اما حالا ملل مترقی جنگ درست میکنند تا اسلحه های ساخته شده خود را بفروشند . از وانت پیاده شده بودم و به این بدبخت ها نگاه میکردم . چادر های کهنه و سوراخ سوراخ زده بودند معلوم نبود که تا کی باید در اینجا زندگی کنند ؟ مردمی که زمانی همه چیز داشتند حالا از دست یورش داعش به شهرهای شان ، بدون اینکه پول ، سرمایه ، غذا حتی لباس بردارند به اینجا پناه آورده بودند که جانشان را نجات دهند

حالا تا کی میتوانند به این زندگی ادامه دهند خدا میداند !؟ بچه هایی رو میدیدم ، کثیف با پای برهنه دنبال وانت ها میدوند و گریه کنان غذا میخواستند ، با خودم میگم خداوندا چه میشد اگر جنگی نبود اگر وقتی آدم را آفریدی فقط از وجود خودت در آن می دمیدی و نمیگذاشتی شیطان روح او را تسخیر کند ، این شیطان وجود و حس خود خواهی وجاه طلبی است که بعضی از انسان ها را هار میکند و بجان هم می اندازد . همین طور کنار وانت ایستاده ام و به این پایگاه بدبخت ها که فلاکت از سرو رویشان می بارید نگاه میکنم دختر بچه ای پنج شش ساله را دیدم که میخواد غذاهایی رو که گرفته و از دستش افتاده بلند کند ولی نمیتوانست بی اراده به کمکش رفتم نان را توی یک پلاستیک کهنه گذاشته بود که اگر زمین خورد گلی نشود کمکش کردم چند تا نان داشت و دوسه تا کنسرو همه رو از دستش گرفتم و دنبالش به راه افتادم وارد یک چادر کهنه شد نمیدانستم چکار کنم می ترسیدم داخل چادر بشم اینجا مردم عرب بودند شاید یک مرد غریبه نباید بدون اجازه داخل چادر ها بشود .دخترک برگشت و گوشه دامن پیراهن عربی مرا گرفت و بداخل کشید . روی زمین یک پتوی کهنه بود و روی آن زنی افتاده و ناله میکرد نمیدونم مریض بود یا گرسنه یک سلام علیکم گفتم و غذا ها را کنارش گذاشتم و بیرون آمدم .من که عربی بلد نبودم می ترسیدم بیشتر آنجا بمانم یک دفعه دیدم خانم اکرم پشت سرمه گفت :

"اینجا چکار میکنی ؟"گفتم :" این بچه منو آورد اینجا، توی چادر یه زن مریضه ! "

خانم اکرم رفت توی چادر من کنار چادر منتظر او ایستادم بعد از مدتی بیرون آمد، گریه کرده بود از چشماش می شد فهمید. گفت:

"بیچاره مادره فکر کنم امروز فردا بمیره این دختر کوچک و یه بچه شیرخواره داره خدا به این بچه ها رحم کنه "

براه افتاد .منم دنبالش میرفتم ، توی چادر ها رو نگاه میکنم وضع هر کدوم بدتر از دیگری بود خدایا این مردم به چه جرمی چنین بی گناه محکوم شده اند .. این بچه ها با بچه هایی که اکنون در ناز نعمت دارن خوش میگذرانند چه فرقی دارن ؟ خدایا میگن هر آن کس دندان دهد نان دهد . پس چرا به اینها دندان دادی ولی نان ندادی ؟خدایا خودت به داد اینها برس ! این بچه های معصوم چه گناهی کرده اند که باید در

چنین شرایط سختی زندگی کنند؟ از خانم اکرم پرسیدم :"خانم اکرم مگه مادره چشه؟ :

نگاهی به من کرد و گفت : "یادت رفته اسم من ام قادره دیگه این اسم رو صدا نکن خالد!" تازه یادم افتاد که باید اسم های رمزی را از این به بعد صدا کنیم . چقدر برام اسم های جدید سخت بود تازه انها عربی رو خیلی خوب حرف میزنند ولی من مشکل زبان هم دارم چون فقط فارسی و انگلیسی بلدم . خدا به من رحم کند ! خانم اکرم گفت :

"خالد کار تو خیلی سخته باید خیلی مواظب باشی اینجایی که داریم میریم یادت باشه که خیلی کم حرف بزنی ، شاید ایرانی هم باشه ، شاید اسیر! شاید هم فراری! تازه بیشتر عراقی ها هم فارسی بلدن .. مواظب باش به کسی نزدیک نشی ! اگه لو بری دیگه فرار از انجا امکان نداره ! این دفعه خدا بخیر کرد این زن عرب انقدر مریض بود که نفهمید تو کی بودی ! اما دیگه ریسک نکن از کنار ابو حمزه و ابو مسعود دور نشو ."

چقدر زود خانم اکرم توانسته بود اسم های جدید رو یاد بگیره من باید تمرین میکردم حتی اسم خودم رو هم یادم میرفت خالد! چقدر برای خودم هم غریبه بود . دنبالش رفتم تا رسیدم به رامی و خلیل کنار چند عرب نشسته بودن و حرف میزدند . ام قادر دور تر روی زمین نشست منم کنار ابو مسعود و ابو حمزه نشستم از حالا به بعد دیگه باید از کنار اونا تکون نخورم .. دلم خیلی میخواست که تلفنم رو در بیارم و از این کمپ عکس بگیرم اما ترسیدم که بفهمند که من تلفن دارم قرار بر این بود که تلفن ها رو پنهان کنیم .نزدیک غروب بود و ما هنوز توی کمپ بودیم .. ماشین هایی که با انها امده بودیم برگشتند، دو تا دختر بچه رو دیدم که دارن دعوا میکنن یه عروسکی که یه دست و تنه و سر داشت دست یکی شون بود و سر ان دعوا میکردند بعد یه مردی از توی چادری امد بیرون و دست یکی شون رو گرفت و با دعوا برد توی چادر !! ای خدا این ها برای یه عروسک شکسته می جنگیدن! چشام پر اشک شد اما چه کار میتونستم بکنم این سرنوشت اینها بود. ما منتظر رابط بودیم تا بداخل داعش برویم یه کنسرو ماهی و یه نون به من دادن که بخورم واقعا گشنه بودم وگرنه میدادم به اون بچه ها ،حالا میفهمیدم که نیاز ادم هاست که انسانیت سرش نمیشه ،ادم وقتی گرسنه باشه حق باباش رو هم میخوره به این میگن فقر که دور همه انسانیت رو خط

میکشه با اشتهای زیاد آن نان و ماهی رو خوردم! نمیدونستم ساعت چنده داشت خوابم میگرفت که یه ماشینی شبیه چیپ آمد توی محوطه خیلی خاکی و درب و داغون بود ابو حمزه بلند شد و گفت پاشین یا لله وقت رفتنه این ماشین امده دنبال ما .. بلند شدم و دنبال اونا راه افتادم داشتم از این کمپ بدبخت ها میرفتم اما آیا آنچه که امروز دیدم تا آخر عمرم یادم میره؟ دیدن این انسانهایی که فقط برای زنده ماندن می جنگن وانگار دیگه هیچ آرزویی جز این ندارن که یه لقمه نون پیدا کنن که بخورن ، و یه سر پناهی که شب بخوابن ، بدون اینکه از حمله داعش بترسن ! این شده بود زندگی آنها!! از کنار چادر ها رد میشیم بعضی ها چراغ کوچکی دارن که توی چادر رو روشن کرده ،نیم نگاهی می اندازم خدایا این همه بچه گشنه و آواره رو چطور نمیبینی؟ و آنهایی که به اسم تو دارن ظلم میکنند رو چرا بحال خودشون رها کردی ؟ می شه این بچه ها یه روز صبح بیدار شن و ببینن که همه اینها یه خواب وحشتناک بوده ! ببینند که مثل میلیون ها بچه دیگه سر میزصبحونه نشستن و دارن غذای مورد علاقه شون رو میخورن ! ببینن که توی اتاق خودشون پر از اسباب بازی ست !! یعنی امکان داره یه روزی این طور بشه ؟ سوار جیب میشیم یه نفر دیگه هم همراه ما سوار شد . اون غریبه با ابو مسعود جلو نشستن و منو خانم اکرم و ابوحمزه عقب می نشینیم . ماشین توی یه جاده پر از چاله چوله جلو میره ،داریم به ناکجا آباد میریم ! راستی آیا میتونیم آنها رو پیدا کنیم ؟اگر نکنیم چی؟جای حرف زدن نیست باید سکوت کنم .!یواش یواش خوابم میگیره یه وقت بیدار میشم که هوا روشن شده وای برمن که چه می بینم ، ساختمان های چند طبقه که در اثر انفجار خراب شده ،ولی معلوم است که مردم هنوز در آن زندگی میکنند از پنجره های شکسته پرده های نیمه پاره آویزان است و نشانه اینکه اینجا هنوز زندگی جاری ست . خیابانها یی که در گوشه و کنارش جنازه افتاده اما انگار نه انگار که چنین است مردم دارن روی گاری ها دست فروشی میکنن ، خرید و فروش میکنن، مردها لباس عربی تنشونه بقول خودشون دیشتاشه و یه چپیه هم دور سرشون بستن و زنها همه عبای سیاه و بورغه دارن .. و دستکش سیاه هم دستشون بود درست مثل همان که جونیر در خاطراتش نوشته بود انگار دارم وارد خاطرات او میشوم . جیپ کنار خیابان ایستاد و ما پیاده شدیم از اینجا به بعد را باید با یک وسیله دیگه میرفتیم .. کنار خیابون ایستادیم ، من به این مردم نگاه میکردم که زیر پرچم داعش که بر در

و دیوار آویزون بود داشتند زندگی میکردند . آنطرف تر چند تا سرباز داعشی ایستاده بودن از لباسشون میفهمیدم چون همون کلاه سیاه رو برسر داشتند که جونیر توی خاطراتش نوشته بود! و پشت کیسه های شنی به نگهبانی ایستاده بودند . کنار خیابان خاکی و پر از سنگ و آجر و جنازه ایستاده بودیم . به جنازه ها نگاه میکردم خدایا یعنی اینها دیروز زنده بودن و به همین سادگی مردن ؟ یعنی اینجا مردن اینقدر آسونه ؟ یعنی ممکنه فردا جنازه منم همین جوری یه گوشه ای بیفته ؟ حالم داره بد میشه سرم گیج میره داشتم میخوردم زمین که رامی بغلم کرد، ناگهان آن زن عرب رو دیدم که داره بسوی من میدوه و فریاد میزنی ابنی.. ابنی چشمها مو باز میکنم رامی منو روی یه صندلی شکسته نشوند و با لبخندی گفت:

" قهرمان اینجوری میخواستی تنها بری و اونا رو نجات بدی؟ یه نوشابه از یه دست فروش خرید و به من داد گفت بیا اینو بخور تا جون بگیری !" بعد کنارم نشست و گفت:

" پسر جان هنوز دیر نشده میتونیم با همین ماشینی که آمدیم بر گردیم و کلا این موضوع رو فراموش کنی"

میگم :"چی رو فراموش کنم چشمهای نگران مادر جونیر رو فراموش کنم؟ نه امکان نداره باید بریم !اما اینا رو کی کشته بود ؟"

میگه :" اینجا همینه یه روز زنده ای و روز دیگه مرده ، باید به این چیزها عادت کنی!" با خودم میگم چاره ای ندارم !باید بدنبال آنهابرم همین الان جونیر مادرشو دید ، حتما توی عذابه که بعد از مدتها دوباره رفتم توی این حالت رویا . از رامی می پرسم ابنی یعنی چی؟ میگه یعنی پسرم کجا شنیدی؟ میگم : انگار خواب مادرشو تو بی هوشی دیدم که به من میگفت ابنی ! رامی با تعجب به من نگاه میکنه شاید فکر میکنه که من دیونه شدم من کجا و مادر جونیر کجا؟ نه باید برم تا اون مادر توی چشمای من نگاه نکنه من آرامشم را بدست نخواهم آورد ! من باید برم ، باید برم توی دل داعش تا اونا رو نجات بدم ! اما ازکجا نجات بدم ؟ خودم کجا دارم میرم ؟ یعنی من دارم وارد یک کشتارگاه می شم ؟ خدایا یعنی میتونم از اینجا جان سالم بدر ببرم و دوباره به خونه خودمون بازگردم ؟ توی این فکر ها بودم که یه اتوبوس قراضه از راه رسید رامی گفت این اتوبوس مردهاست ما باید بریم اما

عمه رو تنها نمی شه گذاشت ! رفت و با راننده حرف زد راننده گفته بود باید منتظر مینی بوسی که زنها رو میبره بشیم . چیزی نگذشت که یک مینی بوس کوچک درب داغون هم از راه رسید دوتا زن که لباس های داعشی بر تن داشتند، پیراهن و شلوار سیاه و روی آن جلیقه قهوه ای پوشیده بودند روی سر بندشون نوشته بود لا الله الا اله و محمد رسول الله و بورغه ای(نقابی که حالا فهمیدم جونیر در خاطراتش به نام بورغه که یک اسم پاکستانی و افغانی هست بکار برده) بر روی صورت انداخته بودند فقط چشمهاشون دیده میشد از آن پیاده شدند و با گفتن السلام علیکم خانم اکرم را سوار کردند ، بند دلم برید خدایا نکنه بلایی سرش بیاد ؟ ما هم سوار اتوبوس شدیم و راه افتادیم کنار رامی نشسته بودم و به بیرون نگاه میکردم پس از چند لحظه سرم رو به دور ور چرخوندم که ببینم که کی ها توی این اتوبوس هستند چهار نفر سرباز داعشی بودند و بقیه مسافر های عادی اینها که به کنار دریا نمیرفتند حتما مثل ما داشتند میرفتند تا به داعش بپیوندند . واقعا از صمیم قلب میرفتند تا داعشی بشوند یا مثل ما دنبال کم شده ای آمداند. و قصد ماندن ندارند .

فصل دوم

خوانندگان عزیز از این جای داستان به بعد بخاطر اینکه داستان کاملا باز شده وحقایق واقعی بازگو گردد داستان را از زبان نویسنده می خوانید چون داستان دارد وارد مراحلی میشود که باید توضیح کامل داده شود و قهرمانان داستان ما به دو دسته تقسیم شده اند . داستان به صورت دیگری تعریف خواهد شد تا سرنوشت هر دو دسته که به میان زنان داعش و مردان داعش رفته اند کاملا برای خوانندگان روشن شود.

در این اتوبوسی که بسوی ناکجا آباد میرفت علاوه بر مسافران ما شش مرد دیگر هم بودند . پیر و جوان ، دو تا پسر جوان در صندلی پشت سربهشاد نشسته بودند و مرتب از بازی های پلی استیشن میگفتند و در دست یکی از آنها یک پلی استیشن کوچک بود که داشتند بازی میکردند و با سرو صدای بلند پیروزی خودشان را ابراز میکردند انگار به یک سفر تفریحی میرفتند وقتی برنده می شدند به صدای بلند تکبیر میفرستادند ، هر دو خیلی جوان بودند شاید زیر بیست سال یا کمی بیشتر داشتند، حتما یک بازی در خاور میانه بود که اینقدر برایشان خوش آیندبود ، و مرتب به یکدیگر میگفتند که تا چند ساعت دیگر ما هم تفنگ راستی بدست میگیریم و دشمنان را اینگونه می کشیم . رامی که در کنار بهشاد نشسته بود از دیدن آنها تعجب کرد و به انگلیسی برای بهشاد گفت که جریان چیست یعنی اینها میخواهند وارد دنیای بازی بشوند و بدنبال هیجان به این سفر میروند! رامی به این دلیل کنار بهشاد نشسته بود چون میترسید که مبادا او با کسی حرف بزند و از لهجه او بفهمند که ایرانی است . چون میدانست که داعشی ها چقدر از ایرانی ها متنفر هستند . ابو مسعود در کنار پیرمرد جا افتاده ای نشسته بود و بخوبی معلوم بود که انسان بسیار فهمیده و تحصیل کرده ای است ، ته ریشی داشت و صورتی دوست داشتنی و چپیه اش را مثل روسری روی سرش انداخته بود. ابو مسعود با خود میگفت او چرا دارد بسوی داعش میرود؟ چندی بعد پیرمرد از توی کیف دستی اش یک بسته بیسکویت بیرون آورد و به ابو مسعود هم تعارف کرد . ابو مسعود یکی برداشت و پرسید:

" شما با خودتان غذا آورده اید مگر آنجا به ما غذا نمیدند؟ "مرد خندید و سرش را کنار گوش ابو مسعود گذاشت و بطوریکه کسی نشنود گفت: "مگر شما نمیدانید که به کجا میرویم؟ به میان داعش ! و بدانید که آنجا بجز مرگ چیزی به کسی نمیدهند!!"

کاملا معلوم بود که از داعش دلش پر است و اعتقادی به آنها ندارد، اما ابو مسعود با خود گفت شاید جاسوس باشد و بخواهد زیر پای مرا بکشد و جوابی نداد. صندلی جلویی آنها هم مردی حدود چهل و پنج ساله نشسته بود و داشت با تلفن دستی اش حرف میزد ،موهای جو

و صورت سبزه ای با چشمان سیاه و درخشان که پر از غم بودند معلوم بود انطرف تلفن مادرش میباشد .او آهسته میگفت : مادر من دیگه بازنمیگردم آنها جلوی چشم من فاتح را کشتند ! دوست خوبم رو به جرم اینکه به یک داعشی کمک کرده و جان او را نجات داده بود! من دیگه بر نمیگردم مطمئن باش ، حتی اگر تو حلالم نکنی باز هم به کمک داعش میروم . داستان این اتوبوس و سرنشین هایش ، داستان عجیبی بود ، هرکدام از این مسافران با داستانی آمده بودند و شاید بجز آن دو پسر جوانی که دلشان برای تفنگ بازی لک زده بود هر کدام افسانه ای دردناک را تجربه کرده بودند .این اتوبوس قدیمی در یک جاده خاکی به سمت مقر حکومت اسلامی شام و عراق پیش میرفت . بالاخره پس از طی مسافتی این مسافران که هر کدام از شهر و کشوری آمده بودند و در دل داستانی نهان داشتند به پایتخت دولت اسلامی شام و عراق رسیدند . اتوبوس در مقابل یک نرده چوبی که بین دو تا بشکه پر از سیمان خشک شده بسته شده بود ایستاد و مسافران از پنجره اتوبوس به بیرون نگاه میکردند انگار میخواستند بدانند که وارد بهشت شده اند و یا جهنم !!؟ دو نفر سرباز داعشی از پله های اتوبوس بالا آمدند یکی از آنها تفنگش را بالا گرفته بود و نگاهی به مسافران کرد و گفت :

" سلام علیکم برادران مسلمان و دینی ومجاهد بارک الله که راه صحیح را برای رسیدن به الله و رفتن به جنت یافته اید ، اینجا سرزمین الهی است و از این به بعد هر کدام از شما به راهی قدم خواهید گذاشت که به جنت منتهی میشود ، به مقر حکومت اسلامی شام و عراق خوش آمدید و از الان شما در حمایت خلیفه مسلمین دنیا ابوبکر بغدادی هستید و دیگر به چیزی که شما را به گذشته وصل کند احتیاج ندارید در این صورت اگر کسی نماینده شیطان که برای تسخیر روح شما درست شده است و فقط پیغام شیطان را به گوش شما میرساند همراه دارد در این سطل بیاندازد "

خلیل(ابومسعود) دید که مرد کناریش که خودش را ابو حیدر معرفی کرده بود دارد تلفنش را توی جورابش جا سازی میکند ، پس او هم در طرفی است که آنها هستند و شاید بشود باو اعتماد کنند و در صندلی کناری مرد جوانی نشسته بود تلفنش را در توی رویه صندلی جاسازی

کرد ، حتما برای پردنش باز خواهد گشت ، سرباز دوم که سطلی در دست داشت جلو آمد و یکی یکی تلفن ها را در داخل سطل انداختند بجز خلیل ، رامی ، بهشاد ، ابو حیدر و آن مرد جوان که کنارپنجره نشسته بود ، سپس نرده چوبی بلند شد و اتوبوس بداخل محوطه رفت . خلیل با خود می اندیشید که آن مرد جوان و این پیرمردی که در کنارش نشسته اند هم شاید بتوانند به آنها کمک کنند! اتوبوس به راه خودش ادامه داد در دو طرف جاده سربازهای تفنگ بدست با بلند کردن تفنگ ها و تکبیر گویان به آنها خوش آمد میگفتند . پس از چند دقیقه اتوبوس در مقابل عمارتی بزرگ و چند طبقه ایستاد ، این عمارت بیشتر شبیه هتل بود تا مقر نظامی، مطمئنا آنرا داعش نساخته بود ، حتما تصرفش کرده بودند ، از بیرون بصورت قصری که بمباران شده باشد دیده می شد! گوشه و کنار آن ریخته بود، بر سر در آن آرم داعش روی پارچه سیاهی با رنگ سفید نقش گرفته بود و در زیر آن نوشته بود مقر دولت اسلامی شام و عراق ،مسافران یکی یکی بلند شدند و از اتوبوس پایین آمدند ، با نگاهی کنجکاو به دور بر نگاه میکردند شاید میخواستند بدانند که به کجا پای گذاشته اند! خلیل نگاهی به دور بر کرد که ببیند مینی بوسی که زنان با آن آمدند هم رسیده یانه ولی خبری نبود . یکی یکی وارد عمارت شدند مثل هتل و یا اداره ای دولتی ، یک گیشه بود و جلویش شیشه و سوراخی در درون شیشه باز بود و هر کدام باید کارت شناسایی خودرا تحویل میدادند . پرده سیاهی این عمارت را به دو قسمت تقسیم میکرد طرف زنانه و مردانه مسافران یکی بعد از دیگری به دم گیشه آمده و گذرنامه و یا کارت شناسایی خود را تحویل میدادند. درست مثل اینکه وارد گمرک یک کشور میشوند . یک نفر پشت گیشه نشسته بود و بعد از دیدن گذرنامه می پرسید که چه کاری بلد هستی و یا سابقاً چه کاره بوده ای ؟و بعد یک دست لباس و یک کارت به آنها میداد تا وارد قسمت مردانه شوند مردی که جلوی خلیل نشسته بود و با مادرش تلفنی حرف میزد جلوی گیشه رفت و سلام کرد و گذرنامه اش را داد مردی که پشت گیشه بود پرسید :"از کجا آمده ای و چکاره هستی؟" و او در جواب گفت:" مصری هستم! طبیب .. جراح! "

مرد ناگهان بصدای بلند گفت :"اهلاًو سهلاً، الحمدالله ،سبحان الله ،سلام خداوند بر تو باد ما به کسی مثل تو احتیاج داریم خوش آمدی "

و بعد شماره و لباسش را به او داد . سپس نوبت خلیل رسید او هم سلام کرد و خودش را معرفی نمود مرد از او پرسید چه کاره است و اوجواب داد پرستار و مرد دوباره با خوشحالی فریاد زد :

" الحمدالله درود خداوند بر شما ما امروز چه خوش اقبال هستیم که چنین یارانی به ما پیوستند "

رامی (ابوحمزه)صبرکرد تا آن دو جوانی که شیفته تفنگ وجنگ بودند به جلو بروند .وقتی که مرد از آنها پرسید چه کاری بلد هستند و آنها با شوق جواب دادند سابقه جنگیدن دارند مرد داعشی با خوشحالی سئوال کرد که کجا جنگیده اید؟ در عراق؟و جواب شنید در پلی استیشن سه ! مرد سرش را بلند کرد و گفت :آنجا کجاست ؟ باکی میجنگیدید؟ و یکی از آنها گفت توی بازی هزاران نفر را کشتیم و به مرحله آخر رسیدیم ،مرد داعشی دیگر چیزی نپرسید و شماره ولباس آنها را داد . نوبت به بهشاد رسید ، رامی کنارش ایستاد و به مرد پشت گیشه گفت این عربی بلد نیست . مرد پرسید از کجا آمده گفت از آمریکا و سایبر است ! مرد پرسید تو از کجا میدانی ؟ رامی جواب داد خاله ام با آنها قرابت دارد چون در آمریکا برادرش را به جنگ افغانستان فرستاده اند و او علیل بازگشته و درگوشه خانه افتاده اوهم برای انتقام آمده تا به داعش بپیوندد.. مرد خیلی خوشحال شد و با گفتن الله اکبر و ماشاالله و مرحبا به او خوش آمد گفت تا نوبت به رامی رسید و رامی گفت که خلبان است . پیچاره مرد پشت گیشه داشت دیوانه می شدبلند شد و فریاد زد:

" طیار.. طیار.. .. کسی که مدتها منتظرش بودیم .. امروز چه روز خوبی است ! چه روز سعد و با برکتی که همه کسانیکه ما لازم داشتیم با یک اتوبوس آمده اند " مرتب میگفت مرحبا مرحبا تفضل.. از قرار معلوم همانطور که جونیر در خاطراتش نوشته بود که در یک آشیانه هواپیمایی داشتند آنها هنوز خلبانی برای به پرواز در آوردن آن هواپیما نیافته بودند در همین موقع از در ورودی امیر حارث که جانشین ابوبکر بغدادی در اینجا بود همراه با مفتی اعظم وارد شدند و بطرف رامی رفتند ، امیر قدی بلند وخوش قامت و صورتی پر از جاذبه داشت اگر کسی نمیدانست که او امیر داعشی است بیشتر شبیه هنرپیشگان بود ، لباسی مثل همه بر تن داشت که پیراهنی تا زیر زانو و شلوار گشادی به

رنگ آن به پا داشت و روی زانویش زانو بندی داشت که تفنگ کوچکی در آن گذاشته بود و دور گردنش هم شالی انداخته بود با ریشی کوتاه با و صورت خوش روی ، به طرف رامی رفت وبه او خوش آمد گفت و دستهای او را در دست گرفته و مرتب میگفت؛ بارک الله رحمت خداوند بر تو که حجت را بر دینت تمام کردی و آمدی به یاری سربازان الله ، و خداوند را شکر که ما هم حالا خلبان داریم و میتوانیم جواب دشمنان را از هوا هم بدهیم . سپس او را بغل کرد و شانه اش را بوسید. رامی انتظار چنین استقبالی را نداشت ، اما از طرف دیگر خوشحال شد شاید اینطوری زودتر به هدف خود برسند . خلیل و بهشاد منتظر او کنار دیوار ایستاده بودند . امیر حارث با خوشحالی رو به بقیه کرد و گفت :

"الحمدالله که امروز خداوندبا این اتوبوس برای ما برکت و پیروزی فرستاده است ، کسانیکه ما به وجودشان احتیاج زیادی داشتیم ، یک طبیب جراح ، یک پرستار ، یک سایبر از آمریکا و یک خلبان ، خداوند را شکر گزار هستم و این را بفال نیک میگیرم که انشالله بزودی بر تمام ممالک کافر پرچم الله را به اهتزاز درخواهیم آورد "

بقیه هم با فرستادن تکبیر از آنها استقبال گرمی کردند . اما قیافه مفتی که خیلی هم نا خوش آیند بود و بیشتر شبیه زندان بان بود تا یک مرد خدا، بسیار در هم رفت، او صورتی سیاه چرده و پر از چروک داشت با موهای فرفری سفید و چشم هایی از حدقه بیرون زده ،قدی بلند و باریک ، بچیزی که شبیه نبود مرد خدا بود! شاید دوست داشت این خوش آمد گویی را خود او بگوید و همه تازه وارد ها او را بشناسند .

یکی از سربازان آنها را به طرف اتاقشان راهنمایی کرد . وارد اتاقی شدند که چند تخت یک نفره در درونش بود و کنار هر تختی قفسه کوچکی قرار داشت و تخت ها بوسیله پرده از هم جدا میشدند که حریم خصوصی هر کس حفظ شود . رامی و بهشاد دو تخت کنار هم را انتخاب کردند پیرمرد ی که در راه در کنار خلیل نشسته بود و خودش را ابو حیدر معرفی کرد هم تخت کنار ی خلیل را انتخاب نمود . دکتر و جوانی که تلفنش را در اتوبوس جای گذاشت هم کنار هم جای گرفتند و دوتا جوانی که بدنبال تفنگ بازی آمده بودند هم یک تخت دو طبقه را انتخاب کردند . بزودی همه با هم آشنا شدند دکتر اسمش طلحه و

آن دیگری هم اسد و دوتا جوان هم طاهر و سعید بودند . دیگر کسی به اتاق آنها نیامد ، پردها را کشیدند و لباسهای خود را عوض کردند. به دکتر و خلیل لباس نداده بودند ،گفتند لازم نیست لباس رزم بپوشند چون قرار نبود که به بیرون از قرارگاه بروند کار آنها در درمانگاه کوچک عمارت بود .ابو حیدر از توی ساک دستی اش چند جلد کتاب بیرون آورد و روی میز کنار تختش گذاشت ، معلوم بود که اهل مطالعه است اسد هم برای برداشتن تلفنش به محوطه رفت و وقتی مطمئن شد کسی او را نمی بیند داخل اتوبوس شد و تلفنش را برداشت و پیامی برای فرمانده اش نوشت که بسلامت وارد کمپ داعشی ها شده است اسد که از افراد سازمان امنیت و اطلاعات سوریه بود بوسیله یکی از فرمانده ها برای رخنه در داعش برگزیده شده و شش ماه را در مبارزه با دولت گذرانده بود تا بتواند به داعش ثابت کند که برای خدمت به آنها از کارش فرار کرده است و ظاهرا به اسم مامور اطلاعاتی که پشیمان شده وارد اینجا شد ولی قرار بود که از حملات و برنامه های داعش برای فرمانده هایش پیام بفرستد و وقتی که از او پرسیدند چکاره هستی جواب داده بود که افسر فراری و سایبر ،اسد در اتاقی که بهشاد و بقیه بودند سکنا گزید . طاهر و سعید بی صبرانه منتظر بودند تا به آنها تفنگ داده شود و به جنگ بروند دل شان برای هیجان بازی های پلی استیشن تنگ شده بود .

***

مینی بوس کهنه ای که زنها را بسوی مرکز داعش می برد چون خیلی قدیمی بود با سرعت خیلی کمتر از اتوبوس مردها میرفت و برای همین بیشتر در راه بودند . خانم اکرم و یا همان ام قادر بورغه اش را کنار زده بود و به بقیه مسافر ها نگاه میکرد . دختر جوانی که شاید بیست و دو سه سالش بود و زن جوانی که نوزادی در آغوش داشت کنار او بودند و در صندلی های دیگر چند زن دیگر هم بودند و فقط یک نفر لباس داعش بر تن داشت که حتما نگهبان گروه بود . زنی که بچه نوزاد در بغل داشت مرتب بچه اش را تکان میداد ولی بچه گریه میکرد . ام قادر به او گفت : شاید گرسنه است باو شیربده ! زن گفت شیر ندارم زنی که آنطرف تر نشسته و دوتا بچه داشت از توی کیفش یک قوطی شیر خشک در آورد و گفت شیشه شیر داری بیا از این شیر خشک برایش شیر درست کن وبه او بده . ام قادر بچه را از مادرش گرفت تا او بتواند

برای بچه شیر درست کند .ام قادر با خودش میگفت اینها کجا دارند میروند ؟ خیال میکنند داخل داعش برایشان فرش قرمز انداخته اند که با بچه های کوچک راهی این راه خطرناک شده اند ! از کدام جهنم دره به این جهنم پناه میبرند ؟ زن شیر را درست کرد و بدهان بچه گذاشت بچه بعد از خوردن شیر بخواب رفت .ام قادر آهسته از زن پرسید :

"تو کجا میروی با این بچه شیر خوره ؟"

زن آهسته بطوری که کسی نشنود گفت: "چاره ای ندارم دارم فرار میکنم که زنده بمانم!من عروس یک ارتشی بودم ، شوهرم درس میخواند که جنگ بپا شد و درسش نیمه کاره ماند ، یک شب پدر شوهرم یک زخمی را سوار ماشینش کرد و به مقصدش رسانید اما او نمیدانست که این زخمی یکی از امیران داعش بوده ! سه روز بعد سربازان سوری به خانه ما حمله کردند پدر شوهرم را کشتند و شوهرم را بردند و خانه را آتش زدند منم که کس و کاری نداشتم و بدر خانه هر آشنایی که رفتم مرا راه ندادند گفتند که تو داعشی هستی !منم پرسان پرسان خودم را به اینجا رساندم و راهی اینجا شدم که شاید در یک گوشه بتوانم بچه ام را بزرگ کنم ! لااقل اینجا بچه ام را نخواهند کشت!"

ام قادر باو نگاه میکرد یکی از داعش فرار میکند و دیگری به داعش پناه می آورد !!؟این دنیا هم روی عجب چرخی میچرخد! بالاخره این مینی بوس قراضه هم بداخل مقر داعش رسید . دوتا زن که بورغا بسته بودند و تفنگ دستشان بود از مینی بوس بالا آمدند و بعد از گفتن سلام علیکم و خوش آمد گویی گفتند که بورغا هایتان را روی صورتتان بیاندازید و پیاده شوید . خانم اکرم به زنی که دو تا بچه داشت کمک کرد و یکی از بچه های او را بغل کرد و تلفنش را توی پتوی آن بچه گذاشت که اگر جستجوی بدنی کردند تلفن او را نیابند . آنها بطرف دیگر پرده سیاه رنگ هدایت شدند خانم اکرم چشمش را بدور چرخاند شاید برادرش را ببیند اما آنها زودتر وارد شده بودند؛ چون اتوبوسی که آنها با آن آمدند هنوز در محوطه بود . پشت میزی زن نقاب پوشی نشسته بود و از هر کدام که میخواستند وارد قسمت زنان بشوند می پرسید که تلفن دارند یا نه واکثرا تلفن داشتند و آنرا بداخل جعبه ای می انداختند . وقتی از این قسمت رد شدند خانم اکرم دید عده ای زن بی حجاب هم در قسمت دیگر راهرو هستند خیلی تعجب کرد و پرسید

اینها چرا حجاب ندارند و یکی از آن زنهای داعشی جواب داد اینها اسیر هستند خانم اکرم پرسید:

" اسیر هم باشند نباید حجاب را رعایت کنند ؟"

آن زن جواب داد اینها یهود و نصارا و یا یزیدی هستند که برای کار از آنها استفاده میشود و بعنوان غنیمت وبه امیران هدیه میشوند. رنگ از روی خانم اکرم پرید خدایا پا به کدام جهنمی گذاشته که با زنان چنین رفتار میکنند حتی در ابتدای اسلام در عربستان هم چنین رفتاری با اسرا نمیکردند. بطرف اتاق ها رفتند . این جا هم مثل قسمت مردان هر اتاقی چندین تخت داشت ،خانم اکرم تخت کنار پنجره را انتخاب کرد و زنی که بچه شیرخوره داشت هم تخت بغلی را گرفت . زنی که دوتا بچه داشت آنطرف دو تا تخت را برگزید دو تا از زنهای اسیر چمدان زنی که دو تا بچه داشت را برداشتند تا کمکش کنند خانم اکرم خواست کمک کند ولی زن فرمانده گفت :

"نه اینها وظیفه دارند که کارهای بقیه را انجام دهند لازم نیست شما کمک کنید ، وظیفه آنها نظافت کردن و همین کارهاست باید خدا را شکر کنند که زنده هستند و سنگ سارشان نکردیم. "

وسایل کمی که داشتند در قفسه کنار تخت گذاشتند و پس از چند لحظه یکی از زنان که فرمانده بود و به او ام حسام می گفتند وارد شد و بعد از سلام گفت که وضو بگیرید و برای نماز عصر آماده شوید . هر اتاقی یک دستشویی ، حمام و شیر های ابی که به دیوار وصل بود و جلوی آن سکویی برای نشستن و شستن پا بود قرار داشت . بعد از گرفتن وضو سجاده انداختند و به همه دامن و مقنعه سفید دادند تا بپوشند و روی سجاده ها برای نماز بایستند . اینجا فقط زنها نماز میخواندند و مردها به مسجد میرفتند .خانم اکرم امیدوار بود که اگر برای نماز به مسجد بروند شاید او بتواند برادرش و بقیه را ببیند اما اینطور نشد .بعد از نماز ام حسام و ام داوود پشت میزی نشستند و با یکی یکی در مورد زندگی ، کار و چرا به اینجا آمده اند صحبت کردند . یک دختر جوان سایبر کار میکرد و ام قادر هم خودش را پرستار معرفی نمود . چند لحظه بعد مفتی اعظم به اتاق زنان تازه وارد امد و پس از خواندن آیه ای از قران و شکر خداوند را برای اینکه این زنان به راه راست و صحیح قدم گذاشته اند ادامه داد که خواهرانی که برای کار در نظر گرفته

میشوند میتوانند آزادانه رفت و آمد کنند و بقیه هم در جهاد ازدواج که به عقد مجاهدین در خواهند آمد شرکت میکنند که خودش دارای ثواب بسیار در نزد خداوند است . ام قادر هر لحظه بیشتر از آمدنش پشیمان می شد خدایا آنها چگونه خواهند توانست مادر و خواهر جونیر را پیداکرده و از اینجا فرار کنند . یک ساعت بعد همه را به بیرون از محوطه فرا خواندند که شاهد یکی از اوامر خداوند باشند . زن و مرد بدور خندقی بزرگ جمع شدند و دو تا زن بی حجاب چهار تا مرد و چند تا بچه هم در صف جلو ایستاده بودند . مفتی اعظم شروع به سخن رانی کرد و بعد از گفتن نام خداوند و شکر که این همه سرباز از جان گذشته به آنها پیوسته اند گفت این کفار در شهر مسلمانان به فسق و فجور مشغول بودندو در خانه هایشان بساط موسیقی داشته اند و به دیگران هم یاد میدادند و ما امروز آنها را به جزایی که حقشان است میرسانیم و با گفتن الله اکبر ناگهان یکی از مردها را بداخل خندق هول داد وبلافاصله بقیه هم با فرستادن تکبیر آنهارا بداخل خندق هول می دادند ، وای که چه صحنه وحشتناکی بود زن و مرد و بچه روی هم می غلتیدند و از درد فریاد میکشیدند و بعد بلدوزری روی آنها خاک و سنگ ریخت ، فریاد درد آلود آنها از زیر خروارها خاک هنوز شنیده میشد دل هر شنوده ای را می سوزاند ، خدایا اینها به چه جرمی باید چنین کشته شوند؟ ابو حیدر که کنار خندق ایستاده بود ناگهان فریاد زد:

"یا مفتی چرا این زنان و کودکان بی دفاع را میکشی؟"

و مفتی جواب داد :" لا حول والا قوت الله لا بالله!! این دیگر چه سئوالی است که میپرسی یا شیخ ؟ اینها کافر هستند و اگر کشته نشوند نسل کفار زیاد خواهد شد و بهترین راه برای از بین بردن آنها این است که زنان را بکشیم تا دیگر فرزند کافر بدنیا نیاورند."

لحظه ای بعد خاک ها و سنگ ها روی آنها را پوشاندند و آنها همه زنده به گور شدند و چند دقیقه بعد اصلا نمیشد گفت که در زیر این خاکها همین الان عده ای دارند جان میدهند ،ابو حیدر به زمین نشست و توی سر خودش میزد ، بهشاد از ترس غش کرد وروی زمین افتاد . دکتری که با آنها آمده بود به زمین نشست . او آمده بود که جان انسانها را نجات دهد و حالا میدید که اینها چگونه کوچک و بزرگ را با هم کشتند .رامی

و ابو حیدر زیر بغل دکتر را گرفتند و ابو مسعود و طاهر هم بهشاد را از روی زمین بلند کردند و بداخل اتاق بردند. حالا بخوبی معلوم بود که هیچ کدام از آنها واقعا برای پیوستن به داعش اینجا نیستند .

***

فردا صبح دکتر و ابو مسعود را به درمانگاه کثیفی که در آن قصر بود بردند وسایل بسیار ابتدایی و کمی داشتند و چند زخمی هم روی تخت خوابیده بودند آنها شروع به پانسمان زخمهای آنها کردند در پشت پرده ای زنی از درد گریه میکرد ، ابو مسعود برای اینکه خواهرش را ببیند پرسید :

"در اینجا پرستار زن نیست ما باید او را هم درمان کنیم ؟"

یکی از فرمانده ها گفت یک پرستار دیروز آمده الان او را صدا میزنم و به این ترتیب پای ام قادر هم به درمانگاه بازشد . اما هنوز از اسیرها هیچ خبری بدست نیاورده بودند .

***

شب بعد از شام مرد ها در محوطه بیرون دور هم جمع شدند ،جاییکه کسی صدای آنها را نشنود .ابو حیدر از زنده به گور کردن آن جمع هنوز هم روحیه اش را بدست نیاورده بود و بسیار غمگین بود ، ابو مسعود از او پرسید :

"یا شیخ تو که اینقدر از روش اینها بدت می آید چرا به اینجا امدی ؟؟"

و ابو حیدر برای ابو مسعود چنین تعریف کرد:"من دختر بسیار خوب و زیبایی به اسم صالحه داشتم مدرسه طب میرفت درس میخواند میخواست طبیب شود سال های آخرش بود، نمیدانم چطور شد که از او غافل شدم و او از طریق انتیرنت با یک جوان آشنا شد و پس از چندین ماه چنان عاشق او شد که هیچ چیز را بر علیه او قبول نمیکرد .من هم که یک پدر عرب بودم نمیتوانستم ببینم دخترم عاشق شده گفتم

باید با خانواده اش به خواستگاری بیاید اما آن جوان کسی را نداشت وفقط در دنیای مجازی با دخترم حرف میزد . من هم مخالفت کردم کامپیوتر او را ازش گرفتم فکر میکردم اگر با او تماس نداشته باشد او را فراموش خواهد کرد اما یک روز صبح دیدیم که او خانه نیست هر جا را به دنبالش گشتم نبود بعد مادرش نامه ای از او در اتاقش یافت که او عاشق عبدالله است و بدون او نمیتواند زندگی کند بنابراین همراه او فرار میکند تا با هم ازدواج کنند . دنیا را بر سر من کوفتند هر چه گشتم او را نیافتم، مادرش شب و روز گریه میکرد ولی متاسفانه با این که تلاش فراوان کردم ولی از یافتنش مایوس شدیم، تا دو هفته پیش یک شب یک زن عرب به خانه ما آمد او نامه ای از صالحه برایم آورده بود که از خواندنش دیوانه شدم ، کاغذی مچاله شده از جیبش بیرون آورد، روی پاکت نوشته بودهر کس که این نامه را می یابد خواهش میکنم بخاطر خدا آنرا به آدرسی که پشت پاکت نامه نوشته ام برساند وسپس چنین خواند:

"بابا جانم مرا ببخش من به حرف توگوش نکردم و سزاوار این مجازات هستم ، من سزای خود را دیده ام ، اما بابا جان تو پدر هستی و می بخشی مرا عفو کن و به کمکم بیا، داستان بدبختی من اینطور شروع شد، بعد از اینکه از خانه با عبدالله فرار کردم در محلی که او پنهان بود و من فکر میکردم که خانه اوست بوسیله یک مفتی به عقد او در آمدم ولی پس از چند شب فهمیدم که آنجا مخفی گاه داعش است و مرتب مردهای گوناگون به آنجا رفت و آمد میکردند، از عبدالله پرسیدم که اینجا چه خبر است و او گفت اینجا خانه تیمی است و همه ی اسلحه ها برای مبارزه با دولت سوریه وارد این خانه میشود و تصمیمات بزرگ هم اینجا گرفته میشود . تازه فهمیدم که شوهرم داعشی است!! گریه کردم ، التماس کردم که اجازه دهد من برگردم ، قسم خوردم که به کسی چیزی نخواهم گفت ؛ اما مفتی به او دستور داد که فورا مرا به مقر حکومت داعش ببرد که نتوانم با کسی تماس بگیرم . پدر جان مرا ببخش و اگر هنوز دوستم داری به کمکم بیا و مرا نجات بده ، ما اینجا مثل اسیر ها زندگی میکنیم با نگهبانان برای اجرای امر به معروف و نهی از منکر به شهر میرویم و بر میگردیم یکی از زنهایی که در این جاست به من گفت به عوض لجبازی با شوهرم با اینها بیشترهمکاری کنم تا اجازه دهند به شهر رفت و آمد کنم و بتوانم به وسیله ای برای شما پیغام بفرستم، سعی میکنم در روی بساط دست فروش هایی که نشان میدهند از داعش

زیاد خوششان نمی آید این نامه را بگذارم امیدوارم هر کس که نامه را یافت به شما برساند و به من رحم کند تا از این زندان نجات پیدا کنم .امیدوارم مرا ببخشید و برای نجات من بیایید،بابای من ،چشم من در انتظار توست به کمکم بیا "

و زن دست فروش با وجدان که نامه را یافته بود بالاخره توانسته ابو حیدر را پیدا کند و خواسته دخترش را باو بگوید و حالا ابو حیدر برای یافتن دخترش این راه را آمده است ابو مسعود هنوز می ترسید که راز خودشان را بگوید ، دکتر طلحه هم دل خونی داشت و میگفت که دوست او را جلوی چشمش کشته اند که چرا به یک داعشی کمک کرده ! او هم عاصی شده و به اینجا روی آورده است میگفت اگر او میدانست که اینجا چه خبر است امکان نداشت بیاید و تقریبا داشت دنبال راه فراری میگشت .

فردا صبح یکی از فرمانده ها به دنبال رامی آمد و از او خواست تا با هم به آشیانه هواپیما بروند و هواپیما را از نزدیک ببینند . رامی که میترسید بهشاد را تنها بگذارد گفت خالد را هم ببریم چون او به کامپیوتر هواپیما وارد است و میتواند در تعمیر آن به من کمک کند و به این صورت آنها راهی آشیانه شدند . در محوطه یک آشیانه هواپیما ساخته بودند، وقتی در را باز کردند یک انبار بزرگ و تاریک بود پس از چند دقیقه چشم آنها به تاریکی عادت کرد هواپیمایی را در داخل اشیانه دیدند با باز گذاشتن در آشیانه توی آن روشن شد و آنها توانستند که هواپیما را دقیقا ببینند . هواپیما خیلی قدیمی بود و آنطور که امیر گفت دو سالی است که آنرا به غنیمت گرفته اند ولی چون تا بحال خلبان نداشته اند نتوانستند آنرا روشن کنند ، رامی قصدش از دیدن هواپیما این بود که بفهمد آیا این هواپیما قدرت پرواز دارد و آنها میتوانند با این هواپیما فرار کنند که این بستگی به موتور و وسایل برقی آن داشت، رامی باید هواپیما را کاملا بررسی کند. هواپیمایی کوچکی بود که شاید بیست نفر را در خود جای میداد . از پله ها بالا رفتند داخل هواپیما خاک نشسته بود باید اول انرا تمیز میکردند و این خودش راهی بود که بتوانند از گروه جدا شوند و به تنهایی برای خودشان نقشه بکشند . امیر آن دو را تنها گذاشت و رفت .رامی اول سعی کرد که هواپیما را روشن کند و ببیند که اصلا کار میکند یانه .ولی ترجیح داد که فعلا وقت بگذرانند تا که راه فرار دیگری هم بیابند . تا عصر آنجا کار کردند عصر دوش

بدوش هم قدم زنان بسوی عمارت براه افتادند در جاده باریکی که از طرف دیگر به این آشیانه وصل میشد ناگهان چشمشان به چند زن افتاد که دستهایشان را با زنجیر بسته بودند و دو تا از زنان داعشی آنها را اسکورت میکردند . هر دو بی اراده ایستادند و به آنها نگاه کردند ناگهان بهشاد از پشت بورغا دو تا چشم آشنا دید بی اختیار فریاد زد "یوما...یوما "و به زمین افتاد ..زنها بسوی آنها نگاهی کردند وبعد به راهشان ادامه دادند ، بهشاد برای چند لحظه بی هوش بود بعد چشمهایش را گشود رامی کنارش نشسته بود و اورا صدا میزد بهشاد خودش را روی زمین دید بلند شد و نشست و از رامی پرسید چی شده؟رامی لبخندی زد و گفت :

" تو بگو چی شده ؟ چرا داد زدی یوما؟ و بی هوش شدی"

بهشاد پرسید: "یوما یعنی چی ؟ "رامی جواب داد یعنی مادر!! بهشاد انگار چیزی محکم خورد توی سرش و فریاد زد:

"ای وای ..ای وای مطمئنم که اون چشمها ی مادر جونیر بود .. یعنی من داد زدم یوما ؟ خدایا چکار کنم ؟ اون رو دوباره چطوری پیدا کنم؟" رامی با تعجب گفت :

"آرام باش !! یعنی چی که مادر جونیر را دیدی؟ یعنی چی که اون چشمان مادر جونیر بود ؟؟ کی رو میگی ؟"

بهشاد روی زمین نشسته بود و به راهی که زنهای اسیر رفتند نگاه میکرد گفت : "من که قبلا هم گفته بودم من بخاطر اینکه چشمهای جونیر را دارم گاهی وقتها با او ارتباط برقرار میکنم میدونم که این خیلی عجیبه ولی دکتر ها هم قبول دارند اگر من فریاد زدم یوما پس مادر جونیر جزء ان زنها بوده !"

رامی خیلی تعجب کرد ، اگر حرفهای بهشاد درست باشد پس هنوز آنها را نکشته اند و زندانی هستند وقتی به قرارگاه رسیدند رامی خیلی آهسته اتفاقی که افتاده بود را برای پدرش تعریف کرد ، اسد روی تختش که نزدیک آنها بود درازکشیده و چشمهایش را بسته بود و حرف های رامی شنید ، با خود گفت شاید اینها قصد فرار دادن چند زندانی را دارند باید به آنها کمک کنم اما باید اول اعتماد آنها را جلب نمایم.

پس از چند دقیقه وانمود کرد که بیدار شده بلند شد سلامی کرد ودر کناررامی نشست ! رامی از حرف زدن با اسد خوشش می آمد و اطلاعات زیادی هم میگرفت ولی باز هم محتاط بود شاید که او هم میخواهد زیر زبان آنها را بکشد .

***

روزیکشنبه صبح گفتند که همه لباس رزم بپوشند چون برای یک عملیات مهم میروند ! رامی و ابومسعود و بهشاد هم لباس نظامی پوشیدند و به هر کدام یک تفنگ و مقداری فشنگ دادند و سوار وانت ها شده و به طرف شهر دیگری روان گشتند . اسد خیلی ناراحت بود او باید قبلا از این ماموریت خبر دار می شد و به این جریان پی میبرد و گزارش میداد ،اما نه میدانست که به کجا میروند ونه میدانست که قرار است چه کنند ؟ به فرمانده اش یک پیام کوتاه فرستاد که برای ماموریت به جائی میرویم ، گوش بزنگ باشید تا دوباره پیام بدهم ، کنارش یکی از پسرهای جوانی که در اتاق سایبر کار میکرد نشسته بود ،اسد از او پرسید به کجا میرویم تو میدانی ؟ پسر که اسمش قریب بود جواب داد به یک کلیسای نصاری ها که مخزن اسلحه است میرویم تا اسلحه ها را بیاریم . رنگ از روی اسد پرید ای داد بیداد چرا او زودتر متوجه این حمله نشده تا به فرمانده اش خبر دهد اسد دوباره از پسر جوان پرسید که این کلیسا کجا هست تو میدانی ؟و او جواب داد

"تل ناصری"

اسد دنبال موقعیت می گشت تا برای فرمانده اش اسم کلیسا را پیامک کند ولی قریب کنارش بود و نمیتوانست تلفنش را از توی جورابش بیرون اورد، رامی که قریب و اسد را زیر چشمی می پایید متوجه شد که اسد در کش و قوس کاری است و میخواهد که قریب کنارش نباشد قریب را صدا زد و گفت :

"قریب میشه جایت رو با من عوض کنی میخواهم کنار اسد بنشینم با او کار دارم !"

قریب که همیشه دوست داشت به بهشاد نزدیک شود و با اوزبان انگلیسی خودش را تمرین کند بلند شد و جایش را به رامی داد . اسد

نگاهی تشکر آمیز به رامی کرد . رامی طوری نشست که جلوی اسد را بپوشاند و کسی نبیند که او چکار میکند . اسد هم از این موقعیت استفاده کرد و فورا اسم کلیسا را برای فرمانده اش پیامک کرد و بعد بطوری که دیده نشود تلفنش را پنهان نمود . اما فهمید که رامی متوجه شد. ولی با خودش فکر کرد اگر جاسوس بود که مرا مسطور نمیکرد!! حالا میفهمید که چرا روز یکشنبه را انتخاب کرده اند برای اینکه نه تنها انبار اسلحه را خالی کنند ، بلکه لااقل صد ها نفر مسیحی را نیز بکشند. خدا خدا میکرد که ارتش توانسته باشد لااقل مردم را قبل از رسیدن آنها از کلیسا خارج کند ! حدود یک ساعت دیگر رفتند تا از دور کلیسا دیده شد ، قلب اسد بصدای بلندمی تپید خدا کند که اولین ماموریتش را خوب انجام داده باشد و به موقع مردم کلیسا را ترک کرده باشند .؟ تکبیر گویان به کلیسا رسیدند، ابو فیصل که فرمانده نظامی و یا بقولی امیر جنگ امیر حارث ، امیر اعظم خلیفه بود قدی کوتاه داشت با صورتی پر از ریش و سبیل زرد رنگ و سری کم مو ولی در جنگ بسیار ورزیده و هوشمند بود ، از وانت پایین پرید و هر شش نفر را از طرفی به سوی کلیسا فرستاد . چون قهرمانان ما در یک وانت بودند در این صورت به اسد مدیریت سرپرستی گروه را داد و آنها را به داخل کلیسا فرستاد. فقط یک نفر داعشی همراه انها بود . وقتی وارد کلیسا شدند چند زن و بچه را دیدند که در مقابل مجسمه مریم مقدس زانو زده اند و دارند دعا میکنند. ناگهان مرد داعشی تفنگش را بسوی انها نشانه گرفت و در یک لحظه سه نفر را کشت یک زن و دوتا بچه را، آنها با فریادی در خون خود غلطیدند و بقیه به گوشه ای از کلیسا فرار کردند اسد در مقابل چشمان بهت زده دیگران ناگهان تفنگش را بسوی آن مرد داعشی نشانه گرفت و به او شلیک نمود و او را نقش بر زمین کرد ، بقیه مات او را نگاه میکردند که او با چه جراتی مرد داعشی را کشت . قبل از اینکه کسی وارد کلیسا شود در قفسه زیر مجسمه مریم را گشود و بقیه زن و بچه هارا بداخل آن فرستاد و در را بست انگار که دیگر کسی در آن جا نیست ، در این موقع ابو فیصل وارد شد و نگاهی به مرد داعشی کرد و پرسید: کی این را زد ؟ اسد جواب داد وقتی ما وارد شدیم فقط این زن و با بچه هایش اینجا بودند من آنها را زدم که از پشت قفسه نزدیک به در عقب یکی بطرف ما تیر اندازی کرد و از در بیرون رفت و در را بست و ما بعداً فهمیدیم که این را زده . ابو فیصل با عصبانیت گفت :

"این ها هم بی دین شده اند مثلا امروز یکشنبه است و باید این کلیسا پر از زن و مرد باشد فقط همین سه تا بودند!!؟بیایید بیرون دیگر اینجا کاری نداریم "

پشت سر امیرفیصل آنها هم خارج شدند در زیر کلیسا انبار مهمات بود که افراد داعش داشتند آنرا خالی میکردند و توی وانت ها میگذاشتند اسد با خود میگفت این همه مهمات و اسلحه بدست اینها افتاد با این میتوانند چندین شهر را ویران کنند! . امیر فیصل نهیبی به آنها زد که :

"چرا بیکار ایستادین یاالله برید کمک و اسلحه ها را جابجا کنید"

رامی و ابو مسعود هنوز در شوک کار اسد بودند! اگر اسد برای پیوستن به داعش آمده پس چرا این داعشی را کشت و زن وبچه ها را نجات داد؟ رامی دیگر مطمئن شده بود که اسد برای پیوستن به داعش اینجا نیست و ماموریت دیگری دارد و مسلماً به آنها میتواند کمک کند . همگی کمک کردند واسلحه ها را بار زدند و خودشان هم سوار شدند ولی چون اسلحه ها را در دو وانت بار چیده بودند هنگام بازگشت مجبور بودن عده بیشتری در یک وانت بنشینند بنا براین نمیتوانستند با هم حرف بزنند هنوز مسافتی را طی نکرده بودند که کلیسا با صدای وحشتناکی منفجر شد . ابو فیصل دستور داده بود که بمب هایی که از قبل با خود آورده بودند در کلیسا بگذارند، آه از نهاد اسد بر آمد خدایا اگر آنهایی که او در زیر مجسمه حضرت مریم پنهان کرده بود هنوز از کلیسا خارج نشده باشند چه بروز آنها آمده است؟کاش میتوانست باز گردد و ببیند که در داخل کلیسا چه خبر است! اما افسوس که نمیتوانست و این امکان نداشت،رویش را بطرف جاده کرد تا کسی اشکهایش را نبیند. وقتی به قرارگاه بازگشتند سربازانی که آنجا بودند برای خالی کردن اسلحه ها به کمک آمدند و با تکبیر این پیروزی را جشن گرفتند ولی اسد و رامی که خیلی از دیدن این حادثه حالشان گرفته شده بود با بی حوصلگی به اتاقشان رفتند رامی که میدید او چقدر ناراحت است دستی به پشتش زد و گفت :

" تو سعی خودت را کردی انشالله آنها قبل از انفجار خارج شده اند!" اسد نگاهی به دور ور کرد و وقتی کسی را ندید گفت:

"من مقصرم ابوحمزه!! من مقصرم! باید از این حمله زودتر با خبر

میشدم !! چطور نفهمیدم؟"

رامی دستش را گرفت و روی تخت نشستند و گفت:

" اسد تو کار خودت را کردی!! کاش من هم میتوانستم مثل تو شجاع باشم !! تو آن داعشی را زدی، وگرنه شاید همه را میکشت!! "

اسد با حالتی عصبی گفت :" ابو حمزه اگر بقیه هم کشته شده باشند چی ؟ خودم رو نمی بخشم!!"

رامی سعی میکرد او را آرام کندو گفت:" تو که تقصیری نداری و از این حمله هم که خبر نداشتی ! شاید باز هم با وقت کم بهترین کار را کردی !!"

اسد سرش را تکان داد و گفت:" باید بیشتر از این کار میکردم ، من باید لااقل دیروز از این حمله با خبر میشدم ."

اسد بدون ترس از رامی حرف میزد چون مطمئن بود که رامی ، ابو مسعود ،ابو حیدر و خالد برای کمک به داعش اینجا نیامده اند و قصد دیگری دارند . رامی هم فکر میکرد اگر بتواند به اسد اعتماد کامل کند مطمئناً او برای فرار کمک بزرگی خواهد بود. رامی بی اراده پرسید: "اسد تو اینجا چه میکنی؟ برای کمک داعش که نیامدی؟ آمدی؟!!" اسد نگاهی به بیرون کرد و گفت:

"همانطور که شما هم برای پیوستن به داعش نیامدید!! درسته؟"

رامی سرش را تکان داد و گفت :" گیرم این طور باشه که تو میگی ! اما تو برای چه آمده ای ؟" اسد راز خودش را گفت که او یک نفوذی میباشد و برای اینکه از عملیات های داعش با خبر شود خودش را به اینجا رسانده است!! رامی با ناباوری نگاهش کرد و گفت:

"چطور اینقدر راحت هدفت را به من گفتی ؟ نمیترسی که ترا لو بدم ؟"

اسد لبخند تلخی زد و گفت :"حرفهای دیروز ترا در باره خالد و زنی را که دیده بود شنیدم مطمئن هستم که شما برای نجات کسانی اینجا هستین ؟و من میتونم به شما کمک کنم! اگه به من اعتماد کنین"

رامی که میدید رازشان بر ملا شده و راهی بجز گفتن حقیقت ندارد سرش را تکان داد و گفت :" درست فهمیدی اما نه میدانیم کجا هستن و نه حتی قیافه آنها را می شناسیم فقط می دانیم که اینجا زندانی بودند و شاید هنوز هم باشن همین و بس!!!"

و بعد بطور خلاصه داستان را برایش گفت، اسد باور نمیکرد که اینها فقط بخاطر انسان دوستی و دینی که به جونیر دارند با اینکه جونیر مرده ولی باز هم برای نجات خانواده او جانشان را بخطر انداخته و به اینجا آمده اند و قول داد که با تمام وجودش به آنها کمک خواهد کرد تا آن دوزن را پیدا کرده و نجات دهند. حالا باید راهی بیابند تا به زندان زنان راه یابند اما چطور؟ کلید این معما در دست ام قادر بود .

***

فردا صبح ام قادر که خودش را در دل زنان داعشی جا کرده بود بنا به درخواست آنها برای امر به معروف به شهری نزدیک قرارگاه رفت . ام حسام که فرمانده زنان بود وقتی که مینی بوس آنها وسط شهر ایستاد گفت :"الحمدالله که به یاری خداوند ما این توفیق را یافته ایم که به این مردم یاد بدهیم که چگونه از فساد و گناه دوری کنند تا به بهشت بروند ، امروز ما اینجا می ایستیم تا اتوبوس مدرسه دختر ها برسد و با آنها حرف میزنیم . چون شیطان رجیم از کودکی ذهن آنها را پر میکند و جایی برای اسلام راستین نمیگذارد"

از مینی بوس پیاده شدند، ام قادر نگاهی به شهر کرد ، شهر جنگ زده بود اما مردم هم به روال عادی زندگی میکردند روی گاری دستی ها دست فروشان اجناس خود را برای فروش چیده بودند و خریدارها هم با زنبیلی در دست و نگاهی هراسناک از داعشی ها مشغول خرید و فروش بودند . ام قادر کنار یک زن دست فروش ایستاد و به وسایل پلاستیکی که روی گاری داشت چشم دوخت ناگهان دید مردی به زن نزدیک شد و سبدی را به زن داد ،زن کیسه پلاستیکی از زیر چرخش برداشت و بعد چیز دیگری که شاید اسلحه کوچک و یا سیگار و چیزی شبیه آن بود در کیسه گذاشت و به دست مرد داد . ام قادر رویش را چرخاند و وانمود کرد که چیزی ندیده است ، اما مطمئن بود که مردم در زیر پوشش خرید و فروش کارهای دیگری هم انجام میدهند . دونفراز زنان داعشی برای بازدید از زنهای دست فروش رفتند که مطمئن باشند

آنها حجاب خودشان را در موقع معامله با مردها رعایت میکنند و سه نفر همراه ام قادر بسوی محلی که اتوبوس های مدارس میرسیدند رفتند اتوبوسی ایستاد و دختران خیلی نوجوان ده ،داوزده ساله یکی یکی پیاده شدند وقتی زنان داعشی را دیدند در یک صف بی صدا ایستادند حتما میدانستند که باید منتظر سوال و جواب آنها باشند ! ام حسام به آنها نزدیک شدو از اولی پرسید:

" مرحبا دخترم اسمت چیست ؟"

دختربا ترس جواب داد "فهیمه "

ام حسام نگاهی به عکس روی کوله او کرد و گفت "ماشالله، فهیمه این که پشتت انداخته ای چیست ؟" فهیمه با ترس جواب داد" کیف مدرسه ام !"

ام حسام نگاهی به کیف مدرسه کرد و آنرا از پشت دختر برداشت و پرسید "خوب بگو ببینم این عکس کیست که روی کیف است ؟ "دختر با ترس گفت : "سیندرلا !! "

ام حسام در چشمهای وحشت زده دختر نگاه کرد و گفت : " خوب دخترم این چرا موهایش دیده میشود ؟ چرا صورتش دیده میشود؟:

فهیمه خیلی ترسیده بود و با لکنت زبان جواب داد : "آخه ..اون یک دختر توی قصه است اینجا که نیست که حجاب داشته باشد !"

ولی ام حسام سرش را تکان داد وگفت : "هر چه هست جادوگر و نماینده شیطان است و میخواهد ترا به جهنم بفرستد قلم سیاه داری؟" فهمیه سرش را بعلامت تائید تکان داد! ام حسام گفت:

" خوب با قلمت یک نقاب ، مقنعه و عبا سیاه برای او بکش تا دیگر کسی هیکل بی حجاب او را نبیند "

دختر با چشمانی اشکبار کنار جوی خیابان نشست و با ماژیک سیاه اول دور تا دور چشمهای سیندرلا را سیاه کرد و نقابی بر صورتش کشید و سپس به روی لباس طلائی او هم عبای سیاهی پوشانید . ام حسام بسراغ دختر دومی رفت او هم روی کیفش عکس سفید برفی را داشت

و به همین ترتیب سفید برفی هم با حجاب شد نفر سوم عکس یک ماهی را بر روی کیفش داشت، وقتی ام حسام به او گفت که باید برای ماهی هم حجاب درست کند دختر با شجاعت گفت :

"ولی خداوند ماهی ها را در دریاها بدون حجاب آفریده او چگونه میتواند با حجاب شنا کند ؟"

ام حسام که همیشه برای هر سوالی جوابی در آستین داشت گفت :

" خداوند انسان را هم بدون لباس آفریده اما در اجتماع باید پوشیده باشد !و اما ماهی تو الان توی دریا نیست و بصورت دختر قشنگی دیده میشود باید سر او هم حجاب بگذاری "

دخترک با بغض کنار خیابان نشست و جعبه مداد رنگی را از کیفش در آورد و بر سر ماهی حجاب سیاه کشید . بعد بلند شد و با غیض همه مداد رنگی هایش را توی جوی خیابان ریخت و گفت :

"وقتی که ما فقط باید از رنگ سیاه استفاده کنیم و تمام شهر مارا سیاه پوش کرده اند !پس چرا برایمان جعبه مداد رنگی میخرند؟؟"

چشمان ام قادر پر از اشک شد ، خدایا به نام تو چه ظلمی دارند به این زنان و دختران میکنند!!؟ این اسلام دروغین باعث میشود که مردم از مسلمانان واقعی هم روی برگردانند ! کجای اسلام گفته سر عکس عروسک روی کیف باید حجاب کرد ؟این ها با اسلام دارند چه کار میکنند ؟ اینها دشمن اسلام هستند و میخواهند اسلام را در دنیا از بین ببرند . بعد از بچه های مدرسه ام حسام بسوی زنان خریدار و فروشنده رفت . پیرزنی داشت میوه میخرید و دستکش به دست نداشت . ام حسام به کنار پیر زن رفت و به او سلام کردو پرسید :

" خاله جان نمیدانی که باید بدنت را از نامحرم بپوشانی ؟" پیر زن نگاهی به سرتاپای خودش کرد و جواب داد:" دخترم مگر من حجابم بد است حتی نقاب هم دارم؟

ام حسام نگاهی به دستهای او کرد و جواب داد:" ای مادر دینی من یا امی چرا دستکش سیاه بدست نداری ؟"

پیر زن دستپاچه شد و با عجله جواب داد:" والهی یادم رفته پیرم فراموش میکنم!!

و ام حسام با لبخندی مرموز گفت:" فردا که مُردی ترا به جهنم خواهند برد آنوقت چه جوابی میدهی که چرا اجازه دادی نامحرم دستهای ترا ببیند؟!

پیر زن که خیلی ترسیده بود که مبادا او را بکشند به گریه افتاد و با ناراحتی جواب داد:" ای دختر دینی من ،من نسیان دارم گاهی وقتها فراموش میکنم که خانه ام کجاست خداوند خودش میداند که مریض هستم و بعضی وقتها خیلی چیزها یادم میرود اینهم یکی از آن وقت هاست !"

ام قادر گریه اش گرفته بود آهسته به ام حسام گفت که:" پیرزن را ول کن بیچاره خیلی پیره بگذار بره کی باو نگاه میکنه؟! ام حسام که هم میخواست قدرت خودش را نشان دهد هم جلوی زنان تازه وارد نمیخواست که به بدجنسی شناخته شود به پیرزن گفت: " مادر این دفعه معافت میکنم اما اگر بار دیگر دستهایت را بدون دستکش ببینم هر دودستت را قطع میکنم !"

پشت ام قادر از این همه بیرحمی لرزید خداوندا در سینه این زن به جای قلب چه کارگذاشته ای که چنین بیرحم است! وقتی به قرارگاه بر میگشتند ام قادر کنار یکی از زنها که به ام ناصر معروف بود نشسته بود ، این زن عبای معمولی بر تن داشت و بورغا انداخته بود لباس نظامی تنش نبود ، به این معنی که او هم به دلیلی اینجا آمده و جزء زنان داعش نیست ، ام قادر با خودش فکر کرد ، بالاخره من باید از جایی شروع کنم تا بتوانم به زنان زندانی برسم و آنها را پیدا کنم .اما می ترسید حرفی بزند .قبل از ورود به قرارگاه او چند زن عبا پوش را دید که به دستهایشان زنجیر بود ، خیلی تعجب کرد و از ام ناصر پرسید:

" اینها کی هستن ؟ چرا دستاشون بسته است؟" ام ناصر آهسته گفت " اینها زندانی هستن ومنتظر حکم مفتی!"

ام قادر که منتظر بود تا در مورد زنان زندانی بیشتر بداند و امیدوار بود که به مادر و خواهر جونیر برسد ، پرسید: "زندانی برای چه؟ مگه

چه کار کردن؟"

ام ناصر آهسته گفت :"وقتی رسیدیم برات میگم،"شاید می ترسید که صدایش بگوش ام حسام برسد ! پس از مدتی پیاده شدند و به اتاق های خود رفتند. وقتی به آنجا رسیدند ام قادر دید که دو نفر از زنان داعشی پشت میزی نشسته اند و عده ای هم در صف های جداگانه ایستاده اند . ام قادر آهسته از طاهره زنی که دو تا بچه داشت پرسید چه خبر است و او جواب داد برای ازدواج با مجاهدین زن انتخاب میکنند. یکی از زنهای داعشی شروع به صحبت کرد:

" بسم الله رحمان رحیم، خواهران دینی من ، امروز میخواهیم در مورد جهاد ازدواج برای شما سخن بگوییم که چگونه درهای جنت بروی شما گشوده میشود ! کسانیکه قصد رفتن به جنت دارند و میخواهند ثواب بزرگی کنند در این جهاد شرکت کنند و به عقد مردان مجاهد در بیایند"

هنوز حرفهای او تمام نشده بود که یک زن داعشی وارد اتاق شد و به ام قادر گفت که زن یکی از امیر ها در حال زایمان است و به کمک او احتیاج دارند و از او خواست تا همراه او برود، و او را به اتاق آن زن برد . این اتاق در طبقه دوم عمارت قرار داشت که زنهای معمولی اجازه ورود به آنجا را نداشتند و مخصوص امرا و خانواده های آنها بود. ام قادر وارد اتاقی شد که بسیار شیک و مرتب تزئین شده بود مبل و صندلی داشت ، پرده های قشنگی پنجره ها را پوشانده بود ، این فقط یک اتاق نبود یک آپارتمان کامل بود ،همه چیز داشت حمام خصوصی ،میز نهار خوری ، آشپزخانه مجهز، ام قادر با خودش گفت این امیرها واقعا مثل امیر ها و شاهزادگان زندگی میکنند! زن جوانی روی تخت دو نفره قشنگی دراز کشیده بود و از درد فریاد میزد ، سه تا زن هم دورش نشسته بودند دوتا بچه هم تو اتاق بازی میکردند و گاهی هم بطرف زن زائو نگاه میکردند ، ام قادر هر نوع کار پرستاری را کرده بود بجز زایمان او چگونه میتوانست کمک کند؟ ولی خودش را نباخت و کنار زن نشست و دستی به شکم او کشید و طوری وانمود کرد که دارد معاینه میکند بعد از زنها پرسید :

"از کی دردش شروع شده ؟" یکی از زنها گفت : "از دیشب "ام قادر پرسید بچه ی چندمش است؟ زن نگاهی باو کرد و گفت :

"بچه اولش " ام قادرنگاهی به بچه هایی که در اتاق بودند افکند و پرسید پس این بچه ها مال کی هستند ؟ یکی از زنها جواب داد:" بچه های من ! ما چهار تا زن های امیر فیصل هستیم! امیر فیصل را نمیشناسی ؟امیر جنگ خلیفه است !"

ام قادر در دل گفت خدایا به تو پناه میبرم اینجا دیگر کجاست ! زنی که درد زایمان داشت فریاد میکشید ، وقتی دردش کم می شد کمی ارام میگرفت ولی باز دوباره فریاد میزد . ام قادر بعد از معاینه او گفت :

"کیسه آبش ترکیده من نمیتونم کاری بکنم ! باید او را به درمانگاه ببریم از دست من کاری بر نمیاد!"

زنی که او را به این اتاق آورده بود گفت : " امیر فیصل دوست ندارد زنانش از اتاق بیرون بروند بیا ترا پیش طبیب به درمانگاه ببرم ، از او بپرس که چه باید بکنی! "

و با هم اتاق را ترک کردند، زن از درد بخود می پیچید ولی حق نداشت که به درمانگاه برود اینجا دیگر کدام جهنمی بود؟ در راهرو برای مدتی راه رفتند و از پله ها پایین آمدند و بطرف قسمت مردان رفتند تا به درمانگاه رسیدند دکتر طلحه و ابو مسعود آنجا بودند ، ام قادر سلام کرد و برادرش از صدایش او را شناخت و خیلی خوشحال شد ولی به روی خودش نیاورد و پرسید : "خواهر اسلامی چه میخواهی ؟ اتفاقی افتاده ؟"

ام قادر توضیح داد که یکی از خواهران در حال زایمان است ولی او نمیتواند کمکی بکند ! دکتر طلحه سعی میکرد که باو توضیح دهد ولی ام قادر می ترسید که زن زائو بمیرد و میگفت که بدون دکتر نمیتواند کاری کند ! چون وضعیت زن خیلی خطرناک است در این موقع یکی از زنان داعشی بنام ام طاها که یک زخمی را به درمانگاه اورده بود جلو آمد و گفت :

" یک زن زندانی داریم به اسم صالحه او دکتر است بروید آنرا بیاورید!"

ابو مسعود با شنیدن نام صالحه ناگهان جرقه ای در ذهنش زد و بیاد حرفهای ابو حیدر که در مورد دخترش گفته بود افتاد ! مگر چندتا صالحه که داشته دکتر می شده میتواند اسیر داعش باشد؟حتما دختر

ابوحیدر است ! پس او در زندان است ! و اگر با یک زن زندانی بتوانند ارتباط بر قرار کنند میتوانند مادر و خواهر جونیر را هم بیابند و هر چه زودتر ازین جهنم فرار کنند باید هر طور شده این دختر را به درمانگاه بیاوردند!

ناگهان گفت "من هم همراه خواهران میروم شاید بتوانم کمکی کنم "

ولی دکتر طلحه گفت :"من به تو نیاز دارم " قصد ابو مسعود این بود که شاید به جنان و مادرش برسد ، اما نشد که برود با خود گفت خوب خواهرم میرود ولی کاش می شد جریان صالحه را به او بگویم . زن داعشی ابتدا قبول نمیکرد که به دنبال زن زندانی برود و میگفت که باید اجازه بگیرد چون ممکن است برایش مسئولیت داشته باشد ، ولی به اصرار دکتر طلحه که شاید دیر شود و زن امیر فیصل بمیرد و امیر عصبانی گردد او قبول کرد و براه افتاد تا همراه ام قادر به زندان برود بعد از رفتن زن ها ابو مسعود به دکتر گفت که یک کار فوری دارد و الان باز میگردد، و با عجله به دنبال ابو حیدر رفت تا او را با خود به درمانگاه بیاورد و مطمئن شود که صالحه همان دختر ابوحیدر است .

ام قادر همراه زن داعشی از سالن اصلی قرارگاه خارج شدند و برای مدتی پیاده راه رفتند تا از طرف دیگر به یک پله های باریکی رسیدند و از آن بطرف زیر زمین سرازیر شدند آنجا خیلی تاریک بود ،به دیوار یک چراغ اویزان بود، ام طاها چراغ را برداشت وجلو افتاد آخر پله ها به یک دهلیز منتهی میشد و ام طاها دری که بسته بود و از بیرون رویش قفل زده و زنجیری هم توی قفل کشیده بودند باز کرد و داخل یک سرداب تاریک شدند .مثل اینکه اینجا را بمباران کرده بودند چون نصف دیوار ها و پله ها خراب بود، اول چشم ام قادر چیزی نمیدید ولی پس از چند دقیقه که چشمش به تاریکی عادت کرد چند زن سیاه پوش را دید که با زنجیر به دیوار بسته شده اند .درست مثل فیلم های قرون وسطی که دیده بود بوسیله قلاده به دیوار میخ شده بودند ! با خودش گفت بی انصاف ها حتی در این سیاهچال هم آنها را به زنجیر کشیده اند ! به کجا میتوانند فرار کنند؟ زندانیان با دیدن چند زن وحشت کردند حتما وقت مردن یکی از آنها فرا سیده و برای اعدام او آمده اند . صدای خش خش زنجیر ها بلند شد ، معلوم بود که بیچاره ها خیلی ترسیده اند وخودشان را جمع و جور میکنند تا از نظرها پنهان شوند .ام

طاها به صدای بلندگفت:

" السلام علیکم خواهران خداوند شما را به خاطر گناهانی که مرتکب شده اید انشالله ببخشد ، ما فقط برای بردن خواهر صالحه آمده ایم و با بقیه کاری نداریم "

ناگهان یکی از آنها فریاد زد : "آمدید مرا ببرید که سنگ سار کنید ؟ ترا بخدا به من رحم کنید"و ناگهان بسوی یکی از زنها به حرکت در آمد وبا التماس گفت :" ام جونیر التماست میکنم نگذار مرا ببرند "

خانم اکرم (ام قادر) ناگهان بطرفی که صالحه خودش را میکشید نگاه کرد باورش نمی شد که مادر جونیر را پیدا کرده است ؟ یعنی این مادر همان جونیر است ؟ خوب حتماً مادر جونیر خود آنهاست وگرنه در زندان چکار میکند؟ باخودش گفت مگر چند میلیون نفر زن که اسم پسرش جونیر باشد و خودش هم زندانی در این قرارگاه وجود دارد؟ حتما مادر جونیر است !!!از شوق میخواست فریاد بزند و به او بگوید که برای نجات آنها آمده اند وای خدایا یعنی ممکن است به همین سادگی آنها را یافته باشد؟ وقت را غنیمت شمرد وبسرعت بطرف صالحه رفت و گفت : "دخترم ما بخاطر یک زائو به تو احتیاج داریم برای کشتن تو نیامده ایم "

و قبل از اینکه ام طاها بتواند تصمیمی بگیرد خودش را به آنها رساند وبدون اینکه به ام جونیر نگاه کند چنین وانمود کرد که دارد با صالحه صحبت میکند آهسته به مادر جونیرگفت : "ام جونیر برای نجات تو و جنان هم آمده ایم "

و قبل از اینکه کسی صدایش را بشنود دست صالحه را گرفت و گفت: "نترس دخترم ترا بر میگردانیم "

ام طاها از اینکه ام قادر تقریبا دارد نقش رئیس را بازی میکند عصبانی شد و با لحن تحکم آمیزی گفت: "ام قادر شما فقط برای کمک آمده اید نه برای فرماندهی ؟"

و بطرف صالحه رفت و زنجیر او را از دیوار باز کرد و بدست گرفت وبطرف خروجی براه افتاد ، ام قادر نگاهی دیگر به ام جونیر کرد و گفت در امان خدا و براه افتاد . پس از رفتن آنها مادر جونیرکه باورش

نمی شد کسی در این سیاه چال او را بشناسد مات به رفتن آنها نگاه میکرد ، یعنی توی این دنیای به این بزرگی که او هیچکس را ندارد ممکن است کسی هم او را بشناسد و به کمک او ودخترش بیاید؟ با خودش میگفت: این زن مرا از کجا می شناسد؟ یعنی ممکن است جونیر من نه مرده باشد؟ یعنی ممکن است، اینها دروغ گفته باشند و جونیر هنوز زنده باشد؟خیلی دلش میخواست به دخترش بگوید اما می ترسید که کسی صدای او را بشنود ، یک روزنه مثل شمع کوچک امیدی در دلش زنده شده بود، یعنی کسی بیرون از این سیاه چال بفکر آنها ست ؟یعنی ممکن است او و جنان دو باره رنگ آزادی را ببینند؟ ام قادر خوب فهمیده بود که ام طاها از کار او خوشش نیامد ولی اصلا اهمیت نمیداد او فقط به این خوش بود که ام جونیر را که در آسمانها بدنبالش میگشت یافته است !!باورش نمی شد که چنین راحت ام جونیر را پیدا کرده باشد ! از خوشحالی میخواست پرواز کند نمیتوانست صبر کند تا به برادرش بگوید !! اما چطور به او بگوید ؟ با خودش گفت اگر توانستم با او حرف میزنم وگرنه برایش یک پیام تلفنی میفرستم دیگر در بین راه حرفی زده نشد تا به درمانگاه بازکشتند

ابو مسعود با عجله ابو حیدر را یافته و او را بعنوان اینکه کمرش شدید درد میکند به درمانگاه آورده و در انتظار ام قادر بودند تا صالحه را بیاورد. ابو حیدر از شدت اضطراب بخودش می پیچید، یعنی ممکن است که الان دخترش از در وارد شود ؟ وقتی زنها وارد درمانگاه شدند دکتر طلحه آماده رفتن به اتاق زن زائو بود چند وسیله هم برداشته و منتظر آنها بود ، ابو حیدر تاب نداشت که بفهمد این زنی که وارد شد صالحه اوست یانه ؟ دکتر از ام طاها پرسید:

" خواهری که دکتری میخواند آوردی؟ "

ام طاها جواب داد بله و با سر اشاره به صالحه کرد . صالحه که دستهایش بسته بود از پشت بورغا سلام کرد ، وای خدایا نزدیک بود قلب ابو حیدر از کار بایستد باورش نمیشد که صدای صالحه را شنیده باشد خودش را روی یک صندلی انداخت تا زمین نخورد و صالحه بطرف او چرخید که ببیند کی بود که افتاد ناگهان پدرش را دید، خدایا این چه دیدار زجر دهنده ای است پس از مدتها دوری پدری پیر و خسته که نای ایستادن نداشت دخترش را دست بسته در زنجیر داعش میدید

صالحه داشت به زمین می افتاد یعنی واقعا این بابای اوست؟ پس یعنی نامه اش به او رسیده!! و بابا او را بخشیده و برای نجاتش امده است ؟ دلش میخواست خودش را در آغوش او بیاندازد اما چگونه جان خودش و پدرش را به خطر بیاندازد می ترسید حرف بزند اما دلش میخواست که پدرش بفهمد که اوصالحه است . با صدای بلند پرسید :

"مرا برای چه کاری آورده اید ؟" وای که ابو حیدر داشت از هیجان غش میکرد، خداوند چگونه دست دخترش را گرفته و جلوی او گذاشته باورش نمی شد!! دکتر طلحه جواب داد :

" برای کمک به من .. بعد به ام قادر گفت ..ام قادر من هم همراه شما و خواهر صالحه می آیم و از پشت پرده راهنمایی میکنم که چکار کنید" و براه افتاد، ام طاها که احساس فرمانده ای میکرد و دوست نداشت که کسی دیگر اداره امور را در دست بگیرد جلو افتاد و گفت : "من همبا شما می ایم "و از در بیرون رفت ، پشت سرش دکتر طلحه و بعد ام قادر از در خارج شدند صالحه طوری رفت که از جلوی ابو حیدر رد شود و آهسته دستش را روی شانه او گذاشت وفشار مختصری داد و بعد با عجله دور شد . ابو حیدر از خود بیخود شد غیر از او و ابو مسعود کس دیگری در آنجا نبود ، خودش را در آغوش او انداخت و بصدای بلند گریه کرد و گفت :

"ابو مسعود تو پدری میدانی چه زجر آور است الهی من بمیرم و به دستهای دخترم زنجیر نبینم !! چه کنم ها چه کنم؟ او برای چی در زندان است ؟ پس شوهرش کجاست؟ بمیرم الهی برای دخترم !!"

ابو مسعود دستش را گرفت و از عمارت بیرون برد روی سکویی نشستند و ابوحیدر اشکهایش را ریخت و آرام شد . ابو مسعود گفت :

"ابو حیدر نباید کسی بفهمد که او دختر توست! وگرنه ممکن است سر هر دوی شما را بزنند، کارخداوندرا ببین او را درست جلوی تو گذاشت ! باید این اتفاق امروز بیفتد وگرنه تو هیچوقت نمی فهمیدی که او در زندان است ؟ کجا پیدایش میگردی ؟آرام بگیر تا من هم برایت بگم "و سپس برایش گفت که انها هم برای نجات دو نفر به اینجا آمده اند وبه امید خدا همراه دختر او همگی فرار خواهند کرد .

وقتی دکتر طلحه و همراهانش به اتاق امیر فیصل رسیدند زائو در حال بسیار بدی بود ، پرده ای بین اتاق کشیدند و دکتر در این طرف ایستاد و صالحه و ام قادر به طرف دیگر رفتند و کلمه به کلمه او میگفت و آنها انجام میدادند ، زن تقریبا بی هوش شده بود که توانستند بچه را به دنیا بیاوردند ، بیچاره مادر حتی بچه اش را هم ندیده داشت میمرد ، دکتر طلحه بدون توجه به هشدار زنها به ان طرف پرده رفت و به زن تنفس مصنوعی داد که قلب او را دوباره احیای کند اما دیگر خیلی دیر شده بود و زن جوان مرد. وای خدایا این دختر کدام بدبختی بود که گیر داعش افتاد ؟ آیا کسی در جایی چشم انتظار او بود ؟ یعنی مردن اینجا اینقدر آسان بود ؟ بهمین سادگی کودکی بدنیا آمد و مادری رفت!! یکی ازچند زنی که در اتاق بودند بچه را از ام قادر گرفت و گفت :

"خدا رحمتش کند عمرش همین قدر به دنیا بود شما هم زحمت کشیدید اما عمر دست خداست ."

دکتر طلحه رنگ بصورتش نبود ، شاید قبلا هم مریضی زیر دست او مرده بود اما این زن فدای جهل و خود خواهی یک مرد داعشی شد ،اگر از اول اجازه داده بودند که دکتر بالای سرش بیاید و یا او را به درمانگاه برده بودند اکنون فرزندش را در بغل میگرفت ولی حالا باید به سینه قبرستان برود و این بچه بی مادر چه خواهد شد؟ اشک هایش را پاک کرد و همراه ام قادر صالحه و ام طاها بسوی درمانگاه براه افتادند . صالحه آرزو میکرد که پدرش را دوباره ببیند دراین موقع یک زن داعشی به آنها نزدیک شد و به ام طاها گفت "حضرت مفتی با تو کار دارد !"

ام طاها گفت :"من باید این زن زندانی را به زندان باز گردانم !" ولی او گفت بیا به دیدن مفتی برویم کار مهمی پیش آمده و رویش را به صالحه کرد و گفت : "توی درمانگاه کنار این خواهر اسلامی میمانی تا ما برگردیم " انگار دنیا را به صالحه دادند ! یعنی خدایا امکان دارد پدرش هنوز در آنجا باشد و او بتواند با پدرش حرف بزند ؟ ام قادر هم خیلی خوشحال شد چون میتوانست بیشتر با صالحه آشنا شود . بسوی درمانگاه رفتند دکتر طلحه حالش خیلی بد بود و به اتاقش برای استراحت رفت و به ام قادر گفت اگر مریضی آمد او را خبر کنند! وقتی آنها تنها شدند ام قادر از صالحه پرسید :

" تو چرا زندانی شدی ؟" صالحه ناگهان زد زیر گریه و گفت :

" خواهر جان ترو بخدا بگو بتو گفتن که از من حرف بکشی؟" ام قادر گفت :

"نه عزیزم من فقط چند روزه آمدم میتوانی به من اعتماد کنی " صالحه گریه کنان گفت:

"چی بگم گول خوردم و به اینجا رسیدم ، عاشق شدم و نمیدونستم که عاشق یک عقرب سمی شدم ، بعد یک نامه برای پدرم نوشتم اما شوهرم فهمید و مرا زندانی کردند "

ام قادر که فکر میکرد شاید دیگر چنین موقعیتی پیدا نکند از او پرسید:

"تو ام جونیر و جنان را می شناسی؟ "

صالحه با تعجب پرسید:" تو آنهارا ازکجا میشناسی؟ هم اتاقت بودند؟"

ام قادر جواب داد :" از دور میشناسم چرا در زندان هستند؟ "

صالحه گفت: "پسرش فدایی بوده اما مثل اینکه پشیمان شده و اینها را زندانی کرده اند ، بیچاره ها یک عمر در اینجا بودند همه اش خدمت کرده اند اما نمیدانم چرا پسرش با او چنین کرده ؟"

ام قادر پرسید:" چرا فرار نمیکنین؟" صالحه با تعجب گفت:

"چطور فرار کنیم ؟ یک لحظه ما را آزاد نمیذارن !! و فرار کردن آسان نیست باید همکار مرد داشته باشیم چند وقت پیش یک زن فرار کرد اما کسی نفهمید چطور؟"

ام قادر گفت : "اگر قول بدی که پیام مرا به ام جونیر برسانی به تو کمک میکنم !"

صالحه با تعجب پرسید چه پیغامی؟ ام قادر گفت :

"به او بگو که جونیر کسی را برای نجاتش فرستاده همین!"

وارد درمانگاه شدند وحرفشان نیمه کاره ماند ، ابو مسعود و ابو حیدر

آنجا بودند صالحه دلش میخواست خودش را در آغوش پدرش بیاندازد ولی از ام قادر و ابو مسعود می ترسید . ولی پدرش با گریه بسوی او رفت و صالحه ناگهان نقابش را کنار زدخودش را در آغوش پدرش انداخت و های های گریست . ابو حیدر سرش را می بوسید دستهایش را می بوسید ، اشک میریخت و قربان صدقه دخترش میرفت و میگفت الهی خدا مرا کور میکرد و ترا در چنین حالی نمی دیدم ! صالحه فقط میگفت بابا مرا ببخش و همراهت ببر بابا من اینجا میمیرم ! من اینجا می میرم ! ام قادر نمیفهمید که چه خبر است ؟ این مرد واقعا پدر صالحه است ؟ ابو مسعود دست او را گرفت و به کناری کشید و بطور خلاصه داستان ابو حیدر را گفت، ام قادر خیلی خوشحال شد که حالا یک رابط دارند اما صالحه باید به زندان باز میگشت و آنها چطور میتوانستند دوباره با زندانیان تماس برقرار کنند؟ صالحه گفت که فقط روزی یک بار برایشان غذا میبرند وهمان فرمانده هم آنها را برای استفاده از دست شویی به خارج زندان میبرد . آنها باید نقشه فرار را دقیقا میکشیدند و هرسه آنها را فراری میدادند . باید شب که رامی و بهشاد از آشیانه هواپیما باز گشتند همه با هم نقشه فرار را بکشند و قبل از اینکه کسی متوجه نیت آنها شود فرار کنند . چون ماندن در این قصر شیطان عاقبتی جز مرگ نداشت . صالحه از دیدن پدرش خیلی خوشحال شده بود باورش نمی شد که بابا او را بخشیده و به کمکش امده باشد؟ قرار شد صالحه به زندان باز گردد و به ام جونیر و جنان پیام اینها را برساند و به بهانه مریضی یا خودش و یا ام جونیر و یا دخترش به درمانگاه باز گردند چون امکان دو باره رفتن ام قادر به زندان وجود نداشت . امروز هم خواست خداوند بود که این اتفاق افتاد

***

شب وقتی همه در اتاق مردان جمع شده بودند یکی از امیر ها وارد شد و با قیافه خیلی شاد و بشاش پرسید :

" امشب کی میخواهد با یک حوری بهشتی ازدواج کند ؟"

همه بهم نگاه کردند، برای تازه وارد ها این دعوت خیلی عجیب بود یعنی چه؟ از قدیمی ها کسی داوطلب نشد طاهر که همراه آنها آمده بود با خنده و شادی بلند شد و پرسید :

"همین امشب عروسی میکنیم؟ یعنی امشب با یک حوری بهشتی ازدواج میکنم؟"

امیر با لبخندی جواب داد:"البته ،بله همراه من بیا "

او با خوشی و شادمانی از تخت به پائین پرید و همراه آن مرد رفت . بهشاد به آنها نگاه کرد یکی دیگر از جوان هایی که قبلا آنجا بود قیافه اش در هم رفت ، سعید از او پرسید چرا ناراحت شدی ؟ تو میخواستی امشب با یک حوری بهشتی ازدواج کنی؟ او با قیافه ای در هم جواب داد: "دوستت امشب میمیرد برای یک عملیات انتحاری رفت!!"

رنگ از روی سعید پرید بهمراه آن جوان و بهشاد آهسته بدون اینکه دیده شوند به دنبال آنها رفتند تا شاید طاهر را منصرف کنند اما خیلی دیر بود . طاهر را به حمام بردند و و او را تمیز شستند برایش لباس خوبی آوردند! بیچاره طاهر بی خبر از همه جا با شادی و با این امید در دلش خوش بود که امشب را با یک دختر زیبا که شاید یزیدی و یا نصاری چشم آبی باشد خواهد گذراند! بعد دور تا دور کمرش را کمر بندی که چند بمب در آن قرار داشت بستند و او را به خدمت امیراعظم و مفتی بردند . امیر با خوشرویی به او گفت "

"مرحبا فرزندم که امشب به بهشت میروی و با حق ملاقات میکنی ، کاش من بجای تو بودم اما خداوند هنوز مرا در روی زمین لازم دارد !"

رنگ از روی طاهر پرید!! این حرفها یعنی چه !!؟ مگر قرار عروسی نیست ؟ به امیری که او را آورده بود نگاهی کرد و و با ترس پرسید: "بهشت کدام است مگر نگفتین که برای ازدواج مرا میبرید؟!!"

بجای آن امیر ، امیر حارث جواب داد: "بله فرزندم بعد از اینکه دکمه را فشار دادی و عده ای از منافقین را به جهنم فرستادی تو به بهشت میروی و میتوانی با قشنگترین حوری ازدواج کنی"

طاهر فریاد زد: "من برای ازدواج آمدم به من نگفتن که باید بمیرم !! من میخوام زنده بمانم !! نمیخوام بمیرم !! چرا به من نگفتید؟"

وناگهان شروع به دویدن کرد و امیری که او را برده بود بدنبالش دوید و از پشت سر تیری به مغز اوشلیک کرد ! جنازه اش روی زمین افتاد و

حوضی از خون دورش را گرفت ،در یک لحظه مرد. فقط همین!! جوان بدبخت در خون خود غلطید و مرد ،به همین سادگی ، بهشاد و سعید وجوان دیگر از پشت راهرو یواشکی نگاه میکردند و اشک میریختند برای جوانی که گول حوری بهشتی را خورد و جانش را از دست داد!! چقدر تاسف انگیز بود . بهشاد و سعید خواستند جلو بروند ولی آن جوان با دست جلوی آنها را گرفت و گفت:

"کجا؟؟ میخواین شما را هم بکشن ؟ خودشون جنازه اش رو میبرن برگردین تا مارو ندیدن."

رنگ از روی آنها پریده بود خدایا آیا این کشتارگاه را می بینی که به نام توچه خونها که نمیریزند ؟همگی با رنگ روی پریده به اتاق برگشتند و برای بقیه تعریف کردند . دکتر طلحه اشک میریخت تمام رویاهای او به باد رفته بود باید از اینجا میگریخت او برای کشتن نیامده بود اصلا نمیتوانست آنجا بماند اما چگونه میتواند فرار کند . اسد هم تازه به اتاق بازگشته بود و وقتی فهمید که چه اتفاقی افتاده ، رنگ از رویش پرید اینجا مرگ به همه چقدر نزدیک است؟!! همه دور هم نشسته بودند و برای طاهر گریه میکردند جوانی که ناخود آگاه بطرف مرگ رفت . همان امیری که طاهر را با تیر زد به اتاق بازگشت و گفت :

"چهار تا جنازه داریم بیایید کمک کنید به اتاق متوفیات ببریم "

رامی با تعجب پرسید : "اتاق متوفیات کجاست؟"

امیر جواب داد :"جاییکه مرده ها را میگذاریم تا برای خاک سپاری ببرند !"

رامی بلند شد و به پدرش و بهشاد و ابو حیدر گفت :

"بلند شین برویم باید کمک کنیم!"

همه با اکراه بلند شدند و براه افتادند اصلا دلشان نمیخواست که بروند ولی چون رامی گفت قبول کردند . رامی در فکرش چیز دیگری بود ، تازه فهمید که مرده ها را از اینجا بیرون میبرند!! میخواست ببیند چگونه این کار را انجام میدهند که شاید بتوانند به این وسیله فرار کنند !هر دو نفر یک جنازه را گرفته و براه افتادند ، بهشاد و سعید جنازه طاهر را

بلند کردند و آهسته اشک میریختند وبیاد لحظه ای که او با خوشحالی از تخت به پایین پرید تا برود عروسی کند افتادند ! چه صحنه غمگینی بود ؛ از چند راهرو رد شدند و به بیرون عمارت رفتند و بعد وارد یک سالن بلند شدند که تخت های زیادی داشت و سه نفر آنجا بودند جنازه ها را روی تخت ها گذاشتند و روی سه تخت دیگر هم جنازه هایی که داخل کیسه های زیب دار سیاه مخصوص مردگان بود قرار داشت ، دو مرد جوان هم آنجا بودند پیراهن شلواری به شکل داعشی ها تنشان بود ولی روی آن قنداق فشنگ نداشتند، حتماً آدم های معمولی بودند !امیری که با آنها آمده بود دستور داد که جنازه ها را به داخل ببرند وبعد به اتاقشان باز گردند و خودش بازگشت ، رامی ترجیح داد که بداخل برود و ببیند اینجا چه خبر است و سر و گوشی به آب بدهد!!، او بدنبال هر راهی برای فرار میگشت ! پس از رفتن امیر رامی از یکی از آن دومرد جوان پرسید :

"اینها را کجا می برید ؟"

مردی که آنجا بود جواب داد :"به قبرستان شهر و آنجا خاک میکنیم ! "

رامی نگاهی به آنها کرد لباس های عادی تنشان بود و به داعشی ها شباهتی نداشتند ، دوباره پرسید شما هم اینجا زندگی میکنید ؟ یکی از آنها جواب داد :

" نه ما فقط برای بردن جنازه ها می آییم ! "رامی داشت فکر میکرد شاید بتواند با آنها معامله کند و به این وسیله از اینجا فرار کنند در قالب مرده ها! پرسید: "هر روز میان ؟ "مردجوان جواب داد :

"تقریبا وقتی مریض ها زیر عمل میمیرند "رامی که فرصت را غنیمت شمرده بود گفت:" خوب اینها رو کجا میبرین؟"

مرد جوان پاسخ داد:"می بریم شهر اگه کس و کار داشته باشن می برنشان وگرنه خودمان می بریم قبرستان شهر! حالا چرا می پرسی؟"

رامی جواب داد :" هیچی ،همین جوری پرسیدم!خدا خیرتون بده" بعد یک اسکناس پنجاه دلاری از جبیش در اورد و آهسته در دست آن جوان گذاشت و گفت:" برادر دینی این جوان اینجا غریب است کسی رو نداره اورا بده غسل بدن و با احترام خاک کنید!"

پسر جوان که تا بحال انعام نگرفته بود خیلی خوشحال شد و گفت :
"سیدی امر دیگری نداری؟" رامی نگاهی به او کرد و گفت :

"شاید داشته باشم معمولا کی میای اینجا ؟" پسرجوان جواب داد :
"حدود عصر بیشتر روزها ، بعد نگاهی باو کرد و گفت:" سیدی چیزی
لازم نداری از شهر برات بخرم بیارم؟"

رامی فهمید که میشود با این جوان کار کرد ، او اهل معامله است !
یک اسکناس دیگر ازجیبش در آورد و باو داد و گفت:

" میتوانی باقلوا برام بیاری؟" پسر گفت : "بر روی چشمم سیدی فردا
ساعت چهار بیا ازم بگیر!! چه نوع باقلوا میخوای ؟ پنیری یا گردویی"

رامی لبخندی زد و گفت فرقی نمیکنه ، رامی که از کارش بسیار
خوشحال بود بابقیه بطرف عمارت براه افتاد ابو حیدر با تعجب به او
نگاه میکرد و پرسید:

"ابو حمزه دلت برای باقلوا خیلی   تنگ شده؟ فکر نمیکردم اینقدر
خوردن شیرینی را دوست داشته باشی؟" رامی خندید و آهسته گفت:
"ابو حیدر مثل اینکه قصد فرار نداری ها؟ خوب این هم یک وسیله!
نمیخوای با دخترت فرار کنی؟ "ابو حیدر با تعجب گفت:

"از خدا میخوام ولی چطوری ؟" رامی خندید و جواب داد:

"خوب اینم یه راهی است قاطی مرده ها فرار کنیم ، چطوره !!؟"

ابو حیدر هرگز چنین فکری نکرده بود چقدر خوبه که چند نفر با هم
باشند و فکرشان را باهم در میان بگذارند ! بقول قدیمی ها عقلشان را
روی هم بریزند!چرا که نه!! شاید بتواند دخترش را اینطوری فرار دهد و
خودش هم با دیگران برود، رامی فکر میکرد حالاکه ام جونیر و دخترش
را یافته بودند باید در پی راهی برای فرار باشند و اگر بتوانند زن ها را
قاطی اجساد فراری دهند خودشان طوری خواهند رفت . به اتاقشان
برگشتند ، ابو مسعود ، رامی وبهشاد روی یک تخت نشسته و آهسته
صحبت میکردند ، بهشاد هنوز هم میگفت شاید بتوان هواپیما را به راه
انداخت! و همه با هم فرار کنند! اما رامی گفت :

"گیرم که هواپیما را بلند کردیم کجا بنشینیم که اولا ما را قبول کنند که فراری هستیم ثانیا اینها ما را پیدا نکنند!! . چون پرواز یک هواپیما را نمیشود پنهان کرد"

ابو حیدر هم به کنار آنها آمد وآهسته گفت ترا به خدا من و دخترم را هم فراری بدهید . بهشاد اصرار میکرد که اگر هواپیما را تعمیر کنند میتوانند با آن فرار کنند اما رامی هم حرف درستی میزد که کدام کشور اجازه میدهد که آنها به زمین بنشینند و باید فکر دیگری کرد و اینکه خودشان را قاطی مرده ها کرده و فرار کنند بهترین راه است . اسد میگفت واقعا اگر بتوانند هواپیما را به پرواز در بیاورند شاید او بتواند اجازه فرود را در یک فرودگاه بگیرد، اما آنوقت تمام چشمهای بسوی آنها خواهد چرخید و نمیتوانند خودشان را از داعش پنهان کنند و اینها با مامورینی که همه جای دنیا دارند ممکن است پیدایشان کرده و همه را بکشند .رامی فکر میکرد که اسد درست میگوید و این کار خطرش بیشتر از فایده اش است پس باید راه دیگری یافت .

فردا صبح هر کسی به سر کار خودش رفت ،اسد هم به جمع آنها پیوست ، فقط جای طاهر خیلی خالی بود بیچاره چطور خودش را به کشتن داد! ، ابو حیدر هم حالا بیشتر به درمانگاه میرفت که شاید بتواند طوری دو باره دخترش را ببیند. داخل درمانگاه نشسته بودند که صدای تیر اندازی از بیرون عمارت شنیده شد با عجله به بیرون دویدند .و با کمال تعجب دیدند که یک دسته هشت تایی نوجوانان دوازده سیزده ساله پشت کیسه های شنی سنگر گرفته اند . امیر و مفتی هم بالای سرشان ایستاده و دستور تیر اندازی میدادند ، ناگهان در طرف دیگر چشمشان به عده ای که لباس معمولی به تن دارند افتاد که دو سرباز داعشی آنها را باشلاق میزنند تا بسوی دیگر محوطه بدوند تا این نو جوانان به آنها شلیک کنند و تیر اندازی به هدف متحرک را آموزش ببینند!وای که چقدر دردناک بود با هر تیری یکی به زمین می افتاد . تیر یا به سرشان میخورد یا به دست و پا یشان و با هر تیری که شلیک می شد امیر و مفتی با صدای بلند تکبیر میگفتند و با الله اکبر آنها را تشویق میکردند ، وای که چقدر وحشتناک بود! این بچه های معصوم قرار بود هر کدام یک دژخیم بشوند آیا می فهمیدند که دارند انسان های بیگناه را میکشند؟ ابو مسعود پرسید :

" اینا که تیر میخورند کی هستند؟" اسد جواب داد :" اینها مردم شهرهای نزدیک هستند که دستگیر میکنند و برای نشانه گیری می آورند اگر کشته شدند که هیچ جنازه آنها را پس میفرستند و اگر زخمی شدند به درمانگاه می برند تا معالجه شده و برای مشق تیراندازی بعدی آماده شوند و اکثراً یزیدی هستند"

ابو مسعود سری تکان داد و با خشم به این همه بی وجدانی نگاه کرد و بعد با تعجب پرسید:" یزیدی دیگه چه دینی است من تا حالا نشنیده بودم فکر میکردم داعش دشمن مسیحی و یهودی است؟"

اسد سری تکان داد و گفت :" کدام مسیحی و یهودی؟؟ باور کن که تمام قدرت اینها بستگی به یهودی ها و مسیحی ها دارد ! تو فکر میکنی این اسلحه ها ساخت داعش است؟؟ اینها یک ترقه نمیتونن بسازن این همه اسلحه پیشرفته از کجا به اینجا میرسه؟ اینها یعنی سران داعش خوب میدونن از کجا تغذیه میشن ولی این پایین دستی های بیچاره فکر میکنند دارن بهشت را میفروشن و اینها میخرن! اما یزیدی ها طایفه ای هستند در عراق و سوریه و ترکیه که بعضی ها میگویند از آتش پرستان قدیمی ایرانی هستند که مقداری از دین مسیحی و هندو هم در آن نفوذ کرده ، علامت دین آنها طاووس است و به عقیده آنها طاووس همان شیطان است ، ملک مقرب خداوند که برای هدایت بشر آمده نه گمراهی ، برای همین به آنها شیطان پرست هم میگویند و این زنهای بی حجاب را هم که هر از گاهی در داخل قصر و بیرون می بینید همان یزیدی ها هستند که به اسارت گرفته شدن و از آنها به عنوان نظافت چی هم استفاده میکنند "

هر چه میگذشت ابو مسعود و همراهانش به زشتی های بیشتری پی میبردند ای کاش میتوانستند همه را فراری دهند ولی این غیر ممکن بود . اینها را کدام کشور ها تغذیه مالی میکنند ؟ که آزادانه چنین قربان گاهی را ترتیب داده بودند؟بقول اسد حتماً کشورهای قوی و پول دار برای فروش اسلحه های خود یک روز القاعده را درست کردند و اکنون هم داعش معلوم نیست پس از داعش چه فرقه ای را خلق کنند.

***

فردا صبح دوباره زنها راهی شهر شدند ام قادر هم همراهشان بود او اول تصمیم داشت که به درمانگاه برود ولی ام حسام باو گفت برای امربه معروف به شهر ی میروند و دوست دارد که ام قادر بیشتر با کار آنها آشنا شود تا گاهی بتنهایی بتواند گروهی را به شهر ببرد. این بار در وسط شهر پیاده نشدند و مستقیم به ساختمانی که مدرسه دخترانه بود رفتند ام حسام به همه گفت: " به یاری خداوند امروز باید بساط شیطان را از توی خانه ها جمع کنیم "

ام قادر با خودش فکر کرد برای جمع کردن بساط شیطان از خانه ها چرا به مدرسه آمده اند ؟ پشت سر ام حسام وارد کلاسی شد معلم داشت ریاضی درس میداد و دستکش به دست نداشت . دختر ها با ترس بلند شده و به احترام ام حسام ایستادند،ام حسام با دست اشاره کرد که بنشینند بعد نگاهی به معلم کرد و گفت :" خواهر دینی نمیدانی که باید دستکش به دست داشته باشی ؟"

معلم که معلوم بود دل خوشی از این فضولی های زنان داعش ندارد نگاهی باو کرد و با تمسخر گفت:"خواهر جان دینی من ، می بینی که دارم با کج روی تخته مینویسم و مردی هم در این کلاس نیست ! که من دستکش دستم کنم ؟

ام حسام با عصبانیت جواب داد:" تو مربی این دختر ها هستی در هر حالتی وقتی بیرون از خانه خودت هستی باید دستکش به دست داشته باشی!"

معلم نگاهی با عصبانیت به او کرد و فریاد زد: " من نمیتونم با دستکش بنویسم وقتی بیرون هستم همیشه دستکش بدست دارم و..."هنوز حرفش تمام نشده بود که ام حسام گلوله ای بطرفش شلیک کرد و زن نقش زمین شد. ام قادر از ترس داشت سکته میکرد خداوندا اینها چگونه مرتکب چنین گناهانی بنام تو میشوند در اتاقی در بسته که همه زن هستند چرا باید دستکش به دست کرد! بی اراده از اتاق بیرون آمد به دیوار تکیه داده بود و اشکهایش را پاک میکرد و چند نفس عمیق کشید . چند لحظه بعد ام حسام از کلاس بیرون آمد انگار نه انگارکه اصلا اتفاقی افتاده و او الان یک زن را کشت!! بعد وارد کلاس دیگری شد و ام قادر هم به اجبار پشت سرش رفت . این شاید کلاس دوم بود دختر بچه های کوچکتری روی نیمکت ها نشسته بودند همه به احترام

ام حسام از جا بلند شدند و او با لبخندی به آنها اجازه نشستن داد و شروع به صحبت نمود و ادامه داد:" بارک الله دختر های خوب من ، امروز من میخوام بشما جایزه بدم ! هرکس که سئوال مرا درست جواب دهد به او جایزه میدهم"

بعد از توی کیف دستی اش چند عکس بیرون آورد، عکس آلات موسقی بود عکسها را یکی یکی روی دست بلند میکرد و از دانش آموزان می پرسید که این عکس چیست؟ عده ای سکوت کرده بودند ولی بعضی ها جواب میدادن که عکس فلوت است ،عکس ساز است و حتی عکس قلیان را هم نشان داد . بعد از جیبش چند تا شکلات بیرون اورد و گفت هر کس که بگوید کدام یکی از این الات موسقی را در خانه دارند به او شکلات جایزه میدهند و دختری دستش را بلند کرد و گفت درخانه آنها فلوت دارند و ام حسام با خنده گفت :" مرحبا دختر بارک الله حالا بگو خانه شما کجاست و اسم پدرت چیست؟

دخترک هم اسم پدرش و آدرس خانه شان راداد و یک شکلات جایزه گرفت و وقتی بیرون امدند ام حسام به زن دیگری گفت :" این اسم را بنویس تا برادران برای کشتن آنها امشب به خانه شان بروند تا بقیه بدانند که داشتن آلات موسقی حرام است ."

ام قادر از این همه خشونت داشت خفه میشد ،کی این ماموریت شیطانی خاتمه میابد و او به مرکز داعش باز میگردد. وارد کلاس دیگری شدند اینجا یک معلم جوان داشت خیمه شب بازی برای بچه ها نمایش میداد یک شاهزاده خانم و یک شاهزاده جوان که با هم حرف میزدند ام حسام بسوی او رفت و به جعبه ای که دختر جوان با دستهایش در داخل آن نمایش عروسکی را ترتیب داده بود زد ، دختر جوان سرش را بلند کرد و وقتی زنان داعشی را دید رنگ از رویش پرید ام حسام از دختر پرسید:" اینها چی هستند؟"

دختر با ترس گفت :"عروسک هستند:"

ام حسام پرسید: "این دختر چرا بی حجاب است ؟"

دختر که از ترس می لرزید جواب داد:" اینها عروسکهای قصه هستند واقعی که نیستند؟"

ام حسام با چاقویی سر هر دو عروسک را از بدنشان جدا کرد و جواب داد:

" تو اینجا مسئول هستی که به این دختر ها درس حجاب بدهی اینها بد آموزی دارد فهمیدی؟بعد از این چنین نمایش هایی نشان بچه ها نمیدهی "

و از کلاس خارج شد . ام قادر سرش درد گرفته بود بغض داشت خفه اش میکرد خدایا بنام تو چه گناهانی را مرتکب میشوند دیگر دنبال ام حسام نرفت و به حیاط مدرسه بازگشت تا او ماموریت شیطانی خودش را به پایان برساند و به قرارگاه باز کردند . ساعتی بعد براه افتادند وقتی از وسط شهر رد می شدند بعلت ازدحام جمعیت مینی بوس آنها مجبور به توقف شد، ام قادر از پنجره به بیرون نگاه کرد که ببیند چه خبر شده امیر فیصل را با چند نفر دید که دور پیرمردی که پیراهن عربی بلند بر تن دارد را گرفته اند و از او می پرسند که چرا پیراهن بلند بر تن دارد و مثل آنها لباس داعشی که پیراهنی تا زیر زانو و شلوار است بر تن ندارد ؟ مرد داشت عصبانی می شد و دامن دیشتاشه خودش را بالا زد و به آنها نشان داد که شلواری تا زیر زانو بر تن دارد ولی امیر فیصل فریاد زد:

" پیرمرد احمق این شلوار کوتاه است و ساق پای تو دیده میشود باید شلوار بلند بر پا داشته باشی "

پیرمرد ناگهان عصبانی شد و دیشتاشه خودش را از تن بیرون آورد و با زیر پیرهنی سفید و شلوار تا زیر زانو براه افتاد که امیر فیصل از پشت سر باو شلیک کرد .ام قادر از شدت گریه داشت خفه میشد روبنده اش را بالا زده بود و هق هق گریه میکرد . زن جوانی که کنارش نشسته بود با آرنج به پهلوی او زد که :

"ساکت باش مگر از جان خودت سیر شدی؟" ام قادر اشگهایش را پاک کرد و روبنده اش را انداخت تا کسی نبیند که او گریه میکند .

مینی بوس آنها بسوی قرارگاه براه افتاد. از قرار معلوم لباس مردان افغان که شلواری گشاد و پیراهنی تا زیر زانو بود بعد از القاعده لباس رسمی همه گروه های که خود را مجاهد می نامند شده و داعش نه فقط

این لباس را برنگ سیاه بر تن مردان و زنان خودش کرده بود ،بلکه الزاماً مردمی هم که در سوریه ،در شهرهای زیر سلطه داعش، زندگی میکردند هم باید این لباس را بپوشند که رسمی است که از زمان طالبان به بعد اکثر گروه های تروریستی مسلمان از آن پیروی میکنند . مینی بوس کهنه بسوی قرارگاه با سرو صدای زیادی در حرکت بود تا که وارد قرار گاه شدند ناگهان ام قادر دید که عده ای مرد که لباس سرتاپا نارنجی به تن دارند و با پاها برهنه و در قل و زنجیر روی شن ها به سختی راه میروند و دستهایشان را هم با زنجیر بسته بودند! در یک صف در حرکت هستند ، راننده مینی بوس وقتی آنها را دید بدستور یکی از زنان فرمانده کنار جاده ایستاد و زن داعشی به همه دستور داد تا پیاده شده و شاهد یکی از پیروزیهای داعش باشند همه پیاده شده و دنبال مردان نارنجی پوش که همراه هرکدام از آنها یک مرد داعشی بود براه افتادند ، مردان زندانی نارنجی پوش به جلو رفتند تا به یک محوطه بازی رسیدند و آنجا امیر اعظم ،مفتی و امیر فیصل ایستاده و پشت سرشان هم مردان زیادی جمع بودند .ام قادر بین آنها بهشاد و برادرش را شناخت . روی میزی اسلحه های دستی چیده بودند و وقتی این صف به کنار میز رسید هر کدام از داعشی ها که همراه زندانی ها بودند، یک اسلحه برداشته و بعد به مردان نارنجی پوش گفتند که دو زانو روی زمین بنشینند ،همه ساکت بودند. امیر اعظم شروع به سخنرانی کرد و چنین گفت:

" سبحان الله و الحمدلله ،خدا را شکر که امروز شما شاهد مجازات شدن عده ای منافق که از کشور های بیگانه برای کمک به ارتش سوریه آمده اند و بوسیله شیر مردان ما دستگیر شده اند هستید "

و بعدمفتی با صدای بلند فریاد زد تکبیر و آنها با گفتن الله اکبر تیری از پشت به مغز آن زندانیان شلیک کرده و پس از چند لحظه زمین تبدیل به دشتی قرمز رنگ شد و همه در یک آن مردند ام قادر چشمهایش را بست و رویش را برگردانید تا نبیند ولی این نقش را تا عمق قلبش هم میدید مگر می شد فراموش کرد !گوشه ای نشست و بحال ان زندانیان اشک ریخت ، معلوم نبود که هر کدام از انها در گوشه ای از دنیا چندنفر چشم انتظار دارند که منتظربازگشت عزیزشان هستند! وقتی کمی آرام شد ، به رنگ نارنجی فکر کرد چرا لباس نارنجی بتن زندانیان بود این لباس را کجا دیده بود ناگهان بیادش افتاد لباس زندانیان امریکایی هم

همین لباس است ! که در فیلم های هالیوودی زیاد دیده بود ! یعنی چه؟؟عجب وجه تشابهی !راستی چرا داعش لباس زندانیان خودر را نارنجی انتخاب کرده و چرا درست هم رنگ و هم مدل با زندانیان امریکا؟ آیا امریکا هیچ تعرضی در این مورد ندارد ؟ این وجه تشابه در خیال مردم این سوال را بر نمی انگیزد که چرا بین این همه رنگ داعش رنگ نارنجی را انتخاب کرده؟ یعنی داعش مورد تائید آمریکاست؟ این رنگ نارنجی چه فلسفه ای دارد؟با دلی پر از غم به اتاق خودشان رسید و باز هم معرکه دیگری در راه بود ، ام طاها پشت میزی نشسته بود و روی کاغذ های چهارگوش کوچکی چیزی می نوشت و بعد آنرا مچاله کرده و در ظرفی می انداخت ام قادر با بی حوصله گی روی تختش نشست امروز به اندازه کافی چیزهای بد و دلخراش دیده بود ! برای خودش یک چایی ریخت و نشست و به تماشا پرداخت ! ناگهان ام طاها بلند شد و با گفتن بارک الله ای خواهران دینی من چنین شروع به صحبت کرد:

" خواهرانی که عزیزی را از دست داده اند مثل ،پدرو مادر ، خواهر یا برادر ؛ امروز یکی از آنها این شانس را دارد که به دیدار عزیزش به جنت برود و قرعه بنام هر کس که در امد باید بدیدار حق برود ما یک ماموریت زنانه داریم که امروز باید انجام شود "

رنگ از روی همه پرید ام ناصر که تختش کنار تخت ام قادر بود آهسته گفت:

" لاحول ولا قوت الله بالله باز امروز میخواهند یکی را به کشتن بدهند؟" . همه بلند شده و ایستادند، ام طاها کاسه بلوری را در دست گرفته و با لبخندی موزیانه به همه نگاه میکرد و ناگهان جلوی یکی می ایستاد تااز درون ظرف یک قرعه بردارد ؛ نفر اول زنی بود که دوتا بچه داشت رنگ از رویش پرید او به اینجا پناه آورده بود تا بچه هایش را بزرگ کند حالا اگر انتخاب می شد چه برسرش بچه هایش می آمد ؟ ام طاها ظرف را جلوی او گرفت ! زن با دستانی لرزان آهسته تکه کاغذی را برداشت و بازکرد رویش هیچی نبود ! ام طاها با همان لبخند مرموز و پر معنی که همیشه بر لب داشت گفت:" تو امروز شانس رفتن به بهشت را نداشتی!" زن نفسی عمیقی کشید و گفت:

" انشالله دفعه آینده " ام طاها به کنار دیگری رفت پسر زنی که انتخاب

نشده بود به مادرش گفت :" یوما چرا خوشحالی ؟؟

مادرش گفت " ابنی چون قرعه بنام من نیافتاد:" ولی پسر سری جنباند و گفت :" یوما میرفتی جنت پیش رسول الله چرا خوشحالی باید ناراحت بشی که اسم تو در نیامد!"

زن نشست روی تخت و یکی زد توی سر خودش و با خود گفت خدایا من بچه هایم را به کجا آورده ام که بزرگ کنم ؟اینجا وسط خود جهنم است! ببین به این بچه های کوچک چی چیز ها یاد میدهند چگونه این ها را از اینجا نجات دهم ؟هرکدام از زنها با ترس و لرز تکه کاغدی را برمیداشتند و پوچ در می آمد تا بالاخره نوبت به یک دختر جوان بنام زهرا رسید دختر وقتی کاغد را باز کرد رویش نوشته بود مسافرخدا ! رنگ از روی زهرا پرید دندانهایش از ترس بهم میخورد و کاغد را به ام طاها نشان داد وبا لکنت زبان گفت :" ان خوشبخت منم!!"

ام طاها با فرستادن تکبیر او را به اتاقی برد که برای ماموریت انتحاری حاضرش کنند و به ماموریت فرستاده شود. پس از رفتن او ام قادر اشک هایش سرازیر شد همین دیروز زهرا برایش درد دل میکرد که یکي از نگهبانان مرد را دوست دارد و او گفته که در این مورد با مفتی حرف میزند تا زهرا را به عقد او در بیاورن و زهرا الان داشت عروس بهشت می شد .

***

فردا صبح برای گشت شهری مردها ابو حیدر و بهشاد و ابو مسعود را هم انتخاب کردند و آنها هم لباس رزم پوشیدند و همراه بقیه مردهای داعشی روانه شهر شدند ، نه میدانستند به کجا میروند و نه از ماموریت خود خبر داشتند قلب بهشاد در سینه اش می تپید در دستش تفنگ بود خدایا نکند او را مجبور به تیر اندازی کنند ! اگر چنین دستوری بدهند او چه کند ؟ رنگ به رویش نبود . اسد آهسته به ابو حیدر گفت که تو و خالد جلوتر بروید تا از تیررس اینها بدور باشید ! ابو حیدر هم دست خالد را گرفت و وانمود کرد که میخواهد کتابهای کتاب فروش دوره گرد را ببیند و او را بسوی دیگری کشید ، کتاب فروش از دیدن انها ترسید و با عجله روی چیزی را پوشانید، از زیر روزنامه می شد چند سیدی را دید که یا فیلم بودند و یا موسیقی ! ابو حیدر با دستش روی بقیه اش که

دیده می شد پوشانید! فروشنده خیلی خوشحال شد اما می ترسید از او تشکر کند . مسافتی که رفتند اسد هم به آنها رسید او دل نگران بهشاد بود . همانطور که قدم میزدند به پشت دیوار بلندی رسیدند ناگهان از آنطرف دیوار توپ فوتبالی به هوا برخاست ، اسد فوراً با تیر توپ را زد و توپ در هوا ترکید بهشاد و ابوحیدر از کار او خیلی تعجب کردند که چرا اسد چنین کاری کرد و توپ بچه های فقیر که چیز دیگری جز آن برای سرگرمی نداشتند را پاره کرد اماوقتی به بالای دیوار رسیدند دیدند عده ای پسر نوجوان صف کشیده و دارند نماز میخوانند ، ابو حیدر تعجب کرد حالا چه وقت نماز است اسد با لبخندی گفت:

" آنها داشتند فوتبال بازی میکردند ولی از نظر داعش فوتبال هم حرام است و وقتی من توپ را زدم فهمیدن که نگهبانان داعش دران میان و بخاطر این صف کشیدن و شروع به نماز خواندن کردند ."

ابو حیدر پیشانی او را بوسید که باعث نجات جان این بچه های بیگناه شد . از آنجا که رد شدند به بازار دیگری رسیدند ناگهان از روبرو امیر حارث و امیر فیصل را دیدند که دارند می آیند و عده ای دور آنها را گرفته و یک دوربین بدست هم داشت از بازدید آنها از شهر فیلم میگرفت ناگهان زنی که وسایل پلاستیکی روی چرخ دستی میفروخت از زیر پلاستیک ها تفنگی در اورد و به طرف امیر تیر اندازی کرد و دوسه مرد دست فروش دیگرهم از پشت یک گاری بیرون آمده و یک نارنجک بطرف امیر انداخته و شروع به تیراندازی نمودند ، اسد به آنسوی دوید و در حالی که داشت بطرف مهاجمان تیر می انداخت ولی طوری تیر اندازی میکرد که به داعشی ها بخورد ولی هر دو مرد و زن در اثر تیر اندازی محافظان امیر کشته شدند و امیر با عجله سوار ماشینی شد و همراه امیر فیصل بازار را ترک کرد . بهشاد آنچنان ترسیده بود که داشت غش میکرد، واقعا او شاهد یک درگیری مسلحانه در خیابان بود ؟ او از دیدن فیلم های جنگی هم می ترسید حالا در مقابلش عده ای در حال جان دادن بودند ! خدایا پس کی او مادر و خواهر جونیر را می یابد و ازین جهنم بدر می رود؟ آیا اصلا روزی به کشورش باز خواهد گشت؟ آیا از این جهنم جان سالم بدر خواهد برد؟اسدکه رنگ پریده و حال بد بهشاد را می دید به ابو حیدر گفت :

"تو و خالد به قرارگاه برگردید تا خالد بی هوش نشده ." واقعاً اسد

درست میگفت بهشاد تحمل چنین صحنه هایی را نداشت و به زمین افتاد ه بود. مهاجمین که مرده بودند اسد به کمک بقیه زخمی ها شتافت و آنها را سوار وانت میکرد تا زودتر به درمانگاه برسانند. ابو حیدر و بهشاد هم با یکی از وانت ها به قرار گاه برگشتند.

***

امیر حارث سوار ماشین امیر فیصل شده واز معرکه جان سالم بدر برد و به طرف قرارگاه میرفتند در راه از امیر فیصل پرسید کسی که ازروبرو دفاع میکرد کی بود؟ و او جواب داد یک افسر رانده شده از دستگاه دولت سوریه است که تازه به ما پیوسته امیر دستور داد در دو سه روز آینده اسد را پیش او بیاورد چون جنگ جویی بسیار خوبی است . بهشاد و ابو حیدر به همراه زخمی ها به قرارگاه بازگشتند ، بهشاد به اتاق خودشان رفت دلش بهم میخورد حالت استفراغ داشت ، چکار کند چقدر دیگر باید دنبال مادر و خواهر جونیر بگردد؟ آره مطمئن بود با چشمانش مادر جونیر را دیده بود ناگهان بیاد آنروز افتاد که مادر جونیررا وسط زنان زندانی دیده بود بی اختیار دوباره چشمهایش را دید انگار بسویش می دوید و او فریاد میزد یوما ..یوما ابو حیدر صدایش کرد با نگرانی او را تکان میداد بهشاد انگار دوباره خواب مادر جونیر را دیده بود .. با خودش میگفت شاید برای اینکه لحظه ای شک کردم که آیا آنها را خواهم یافت یا نه دوباره جونیر بسراغم آمد ! مگر نه اینکه ام قادر گفته بود که در زندانی که او رفته زنی بنام ام جونیر هست !!. پس آنها را خواهد یافت و دوباره به زندگی سابقش باز خواهد گشت ، بی اختیار دلش برای نسیم آرا تنگ شد ! یعنی او میداند که بهشاد و مادرش الان در میان داعش هستند ؟ کاش اجازه داشت که از تلفنش استفاده کند اما می ترسید! او از همه کس و همه چیز میترسید مخصوصاً وقتی که از رامی و ابو مسعود دور بود ! دلش خیلی گرفته بود اینجا حتی نمیتوانست با خانم اکرم هم حرف بزند ؛ غم بزرگی دلش را گرفت یاد نسیم آرا همه وجودش را پر کرده بود ، یاد روزهای بیمارستان افتاد که نسیم آرا را در پشت در اتاقش با چشمان بسته دیده بود! از خودش می پرسید آیا نسیم آرا در من بدنبال جونیر میگردد و یا نسبت به خودم هم حسی دارد ؟ راستی اگر او نسیم آرا را فراموش کند جونیر هم او را فراموش میکند و یا این عشق همراه این چشمها همه زندگی همراه او خواهد بود؟

صالحه وقتی به زندان بازگشت ام طاها دست های او را با زنجیر به دیوار بست و رفت ، او که از دیدن پدرش خیلی خوشحال بود آهسته خودش را به کنار ام جنان رساند و جریان را برایش تعریف کرد و گفت که چند نفر از طرف پسرت برای نجات تو ودخترت آمده اند و آنقدرازدیدن پدرش خوشحال بود که نتوانست این همه خوشی را در سینه اش پنهان کند و به ام جونیر گفت که پدرم هم برای نجات من آمده ! ام جونیر میترسید نکند که این یک نقشه باشد برای اینکه آنها را بکشند از صالحه پرسید که آن زن کی بود و دقیقا پسر مرا از کجا میشناسد؟ صالحه جواب دادمن نمیدانم ولی او ویک مرد دیگر تازه به اینجا آمده اند و قصد فرار دادن شما را دارند و به من گفته که باید یا تو یا جنان، یا من مریض شویم و کمک بخواهیم تا دوباره آن زن بیاید و مارا ببیند.ام جونیر با خودش میگفت یعنی ممکن است که این حقیقت داشته باشد و ما دوباره رنگ آزادی را ببینیم؟!! ممکن است که جونیرزنده باشد و اینها به ما دروغ گفته باشند؟

***

دو روز بعد دوباره ام قادر را برای کمک به یک زندانی به زندان بردند ،او امیدوار بود که به همان زندانی که ام جونیر در آن بود برود، همین طور هم شد و او وقتی وارد زندان شد بعد از اینکه چشمش به تاریکی عادت کرد صالحه را شناخت . صالحه و بقیه با زنجیر به دیوار بسته شده بودند . ام قادر قبل از اینکه زن داعشی که او را آورده بود حرفی بزند خودش را به صالحه رساند و آهسته پرسید: چکار کردی ؟ منظورش این بود که پیام را به ام جونیر رساندی؟ و صالحه در جواب گفت :

" ام قادر ام جونیر از صبح حالش بد است !" ام قادر خیلی خوشحال شد و بسویی که صالحه اشاره کرد رفت . زنی را دید که شاید پنجاه سال نداشت اما آنقدر سختی کشیده بود که بیشتر شکل یک پیر زن بود . کنارش نشست و پرسید:

" عزیزم چی شده؟ ام جونیر به چشمهای او نگاه کرد شاید نمیدانست که چه باید بگوید، با ترس گفت :

" از صبح تا بحال از درد شکم دارم میمیرم نمیتوانم هیچ چیز بخورم

خواهر دینی به دادم برس دارم می میرم !! "

ام قادر روبنده اش را کنار زد و کناراو روی زمین نشست طوری که زن داعشی که اورا آورده بود صورت او را نبیند ، با چشم اشاره ای به او کرد، یعنی ترا شناختم بعد مثل اینکه دارد او را معاینه میکند به شکمش دست زد و پرسید به دستشویی میروی ؟ بعد با ابرو به او گفت که بگو نه! ام جونیر جواب داد :

"نه خواهر دینی حالم خیلی بده سه روزه که به دست شویی نرفتم" ام قادر به محافظ داعشی گفت:

"من باید برگردم درمانگاه برایش دوا بیاورم و یا روی کاغذ بنویسم و شما بروید و بیاورید تا من اینجا کمکش کنم، مقداری هم آب گرم احتیاج دارم !"

زن داعشی که فکر نمیکرد ممکن است این یک نقشه باشد گفت :

"بنویس من میرم میارم ، تو اینجا آب گرم درست کن مقداری چوب آنجا هست و کاسه آب هم دارند ،تا من برگردم"

ام قادر که از خدا میخواست که کمی وقت داشته باشد تا با آنها حرف بزند گفت:" باشه من میمانم تو برو!" و روی کاغذ نوشت که ام جونیر احتیاج به این دارو دارد واسم یک مسکن معمولی را نوشت و به او داد. او مخصوصاً نوشت ام جونیر تا برادرش بفهمد که او اکنون درکنار ام جونیر است و آنها را یافته ، زن داعشی رفت و ام قادر کنار مادر جونیر نشست . حالا به او چه بگوید چشمهایش پر از اشک شده بود چگونه از جونیر بگوید؟ مادر جونیر دست او را گرفت و آهسته پرسید:

"ترا به خدا راستش رو بگو جونیر من زنده ست؟ " اشکهای ام قادر سرازیر شد به پهنای صورتش اشک میریخت خدایا به این مادر چشم انتظار چه بگوید؟ دستهای او را در دست گرفت و بوسید و موهایش را نوازش کرد و گفت: "عزیز دلم قربان آن دل بزرگت تو که میدانی جونیر برای چه کاری رفته بود!!؟ مگه نه؟"

اشکهای ام جونیر روان شد با بغض گفت:" اگر او مرده پس شما از طرف کی آمدین؟ پس چرا میخواین ما را نجات بدین؟" ام قادر که از

زنهای زندانی دیگر می ترسید آرام گفت:

"صبر داشته باش تا برات بگم!! جونیر از ما خواسته که شما را نجات بدیم" بعد نگاهی به دو زن زندانی دیگر کرد، یعنی به آنها اعتماد داری؟ ام جونیر نگاهی به آنها کرد و با چشم اشاره کرد که آری!

"بگو..بگو که جونیر چه شده ؟ زندس ؟ او را از کجا میشناسی؟ترا بخدااراستشو بگو!!"

ام قادر چشمهایش پر از اشک شد و با لحنی بغض آلود آهسته گفت:" خدا رحمتش کند شهید شد.."

مادر جونیر از روزی که ام قادر برای اولین بار به زندان آمده بود امیدوار شد که شاید جونیر زنده باشد؟ شاید یک بار دیگر او را ببیند!! با صدای بلند شروع به گریه کرد . ام قادر سعی میکرد که او را آرام کندو آهسته باو گفت :

"گریه نکن میدانم چه میکشی اما باید صبر کنی پسرت الان توی بهشته! "

اما او هم چنان اشک میریخت ، ام قادر او را نوازش میکرد و آهسته جریان را برایش میگفت که چگونه و چرا به اینجا آمده اند و جونیر قبل از مرگش در نامه ای از آنها خواسته تا مادر و خواهرش را نجات دهند! مادر جونیر هم چنان برای پسر بیگناهش که فدای فقر و نادانی آنها شده بود اشک میریخت ،ام قادر باخود میگفت : چقدر جونیر تشنه این عشق مادری بود او هرگز فکر نمیکرد که مادرش اینقدر او را دوست داشته باشد ! او همه عمر کوتاهش را برای راحتی مادر و خواهرش فنا کرد ! بیچاره ها هیچوقت با هم نبودند تا عشق مادرش را ببیند ! حالا چه کار کند ؟ کاش میتوانست او را به درمانگاه ببرد شاید در آنجا راحت تر بتواند با او سخن بگوید؟.

زن داعشی به درمانگاه رفت دکتر طلحه نبود و کاغذ را به ابو مسعود داد او وقتی نامه راخواند خیلی خوشحال شد که خواهرش اکنون کنار ام جونیر است و این بهترین موقعیت است که ام جونیر را به درمانگاه بیاورند ، چند تا قرص مسکن از جعبه ای برداشت و به زن داد ولی به او گفت :

"دکتر اینجا نیست بهتره زن بیمار را بیاورید اینجا تا دکتر او را ببیند!" زن گفت باشد اگر حالش بد بود او را می آورم و به زندان برگشت ، وقتی دید که ام قادر کنار بیمار نشسته و هنوز آب گرم درست نکرده با عصبانیت فریاد زد:

" از اون وقت چکار میکردی؟ چرا آب گرم درست نکردی؟"

ام قادر این روزها خیلی از دست زنان داعشی عصبانی می شد ولی سعی میکرد چیزی نگوید بنابراین با آرامش گفت:

" می بینی که داره از درد گریه میکنه داشتم پشتش را مالش میدادم که شاید بهتر بشه! بنظر من ببریمش درمانگاه شاید احتیاج به چیز دیگری داشته باشه !!من که دکترنیستم ! "

صالحه هم که دلش میخواست به درمانگاه برود شاید دوباره پدرش را ببیند گفت:

"خواهر اسلامی شاید آپاندیس باشه و احتیاج به عمل جراحی داشته باشه بهتره همه با هم کمک کنیم و ببریمش درمانگاه!"

زن داعشی کمی به آنها نگاه کرد حالا چه کار کند؟ اول فکر کرد که برود و اجازه بگیرد بعد باخودش گفت حالا او را ببریم چه میشود ؟ اگر احتیاج به عمل داشت که بهتر وگرنه برش میگردانیم . گفت پس تو هم بیا ! بعد زنجیر صالحه و ام جونیر را باز کرد و خودش جلو افتاد و به آنها گفت شما دو نفر کمکش کنید . ام قادر و صالحه زیر بغل ام جونیر را گرفتند و از سیاه چال بیرون آمدند. زن داعشی پشت سر انها تفنگ بدست حرکت میگرد و آنقدر نزدیک آنها راه میرفت که حرفهایشان را بشنود بنا براین آنها هیچ نمی گفتند و ام جونیر از ته دل گریه میگرد و برای جونیر مظلومش اشک میریخت و زن داعشی فکر میکرد از درد گریه میکند. وقتی به درمانگاه رسیدند دکتر طلحه هم برگشته بود مادر جونیر را روی تخت خواباندند و صالحه آن طرف پرده ایستاد و دکتر طلحه باو میگفت که چه کند ، زن داعشی از درمانگاه بیرون رفت ،ناگهان ام جونیر دست هایش را باز کرد و ام قادر را در آغوش گرفت و با گریه پرسید:

"جونیر من چطور مرد؟ چطور مرد؟ "در این موقع بهشاد که ابو مسعود به او با تلفن پیام داده بود که همراه ابو حیدر به درمانگاه بیاید چون حدس زده بود که شاید ام جونیر و صالحه به درمانگاه بیایند پس این بهترین موقعیت است که بهشاد مادر جونیر را ببیند، با ابو حیدر وارد درمانگاه شد . قلب بهشاد ناگهان شروع به تپیدن کرد و بی اختیار فریاد زد یوما..یوما و از هوش رفت و روی زمین افتاد. دکتر طلحه و ابو مسعود او را از روز زمین بلند کرده و روی تخت گذاشتند، ام جونیر با شنیدن کلمه یوما از روی تخت به پایین پرید و بطرف بهشاد دوید احساس میکرد جونیر برگشته ولی وقتی به او نزدیک شد او را نشناخت با گریه از ام قادر پرسید: "این کیه ؟ پسر توست ؟ چرا بی هوش شد؟" ام قادر نمیدانست چگونه باو بگوید که بهشاد چه نسبتی با او دارد؟ به او بگوید که تیکه ای از وجود تو در اوست؟ بگوید که او خاطرات پسر از دست رفته ات را در چشم خود دارد؟ بگوید که جونیر اورا تا به اینجا فرستاده ؟ اما همه اینها را چگونه در یک آن به یک زن عامی که حتی سواد خواندن هم ندارد بگوید؟ دستش را گرفت و به روی تخت بازگردانید ،بهشاد در بی هوشی خودش را درکنار زن همان عرب می دید زن عرب دست روی چشمهای او میکشید و چشمهایش را میبوسید و میگفت ابنی.. عزیزی ..ابنی.. بهشاد نفس عمیقی کشید و چشمهایش را گشود. دکتر طلحه از او پرسید :

"چی شده خالد چرا بیهوش شدی؟" بهشاد آهسته بلند شد و روی تخت نشست و به انگلیسی از ام قادر پرسید :

"این زن مادر جونیره؟ آره ؟ درسته ؟" و ام قادر در حالی که اشکهایش روان بود سرش را بعلامت مثبت تکان داد. بهشاد باورش نمی شد که سرانجام زنی را که سه ماه در اغما دیده بود یافته باشد ؟ بالاخره ماموریت او تمام شد؟ حالا به او چه بگوید؟ چطور او را فراری دهد؟ خواهرش کو؟ آیا این دختری که بالای سر او ایستاده خواهر جونیر است؟ از تخت پایین آمد و کنار تخت ام جونیر روی زمین زانو زد دست او را در دست گرفت و گفت یوما یوما؟ فقط همین کلمه را بلد بود میدانست که یوما یعنی مادر، ام جونیر باو نگاه کرد و ناگهان نگاهش به چشمان او گره خورد انگار جونیر را در آن چشم ها دید فریاد زد : ابنی ..ابنی.. و به عربی از ام قادر پرسید این کیه ؟ چرا شبیه جونیره؟ ام قادر دست او را گرفت و به بهشادگفت :

"برو کنار بگذار تا به او بگم که تو کی هستی؟"بعد آهسته آهسته همه داستان را گفت که چگونه جونیر باعث شده چندین نفر به زندگی برگردند ویکی از آنها هم پسر اومراد بوده و بالاخره گفت :

"ام جونیر این جوان که اینجا نشسته نشانه حیات پسر توست .. جونیر در او زنده است و این عشقی که ترا بسوی او میکشد همان عشق مادری است ،او تیکه ای از جونیر ترا در بدن دارد!! چشمهای جونیر ترا"

ام جونیر باورش نمیشد بلند شد و به بهشاد نگاه کرد، بهشاد بی اراده بسویش دوید و او را بغل زد دقیقا احساس میکرد مادرش را بغل کرده و هر دو میگریستند مادر جونیر مرتب چشمهای او را میبوسید و قربان و صدقه اش میرفت . دکتر طلحه مات به این صحنه نگاه میکرد و وقتی ابو مسعود جریان را برایش گفت با اینکه دکتر بود ولی باورش برایش سخت بود.. یعنی این امکان دارد ؟ که او گذشته کسی را که چشم هایش را باو داده بیاد بیاورد؟ اما با این حقیقت روبرو شده بود و باید باور میکرد آهسته به دیگران گفت که بطرف دیگر درمانگاه بروند و این مادر و پسر را برای چند دقیقه تنها بگذارند . بهشاد از روزی که آمده بود دو سه کلمه عربی آموخته مرتب آنها را تکرار میکرد و میگفت: یوما ..حبیبی.. و مادر جونیر هم چشمهای او را میبوسید و میگفت : ابنی عزیزی.. میگویند عشق زبان نمی خواهد فقط باید احساسش کرد . حالا او احساس میکرد که جونیر زنده است !! جونیر کنار اوست ، دلش میخواست با او از جونیر بگوید اما نمی توانست و فقط گریه میکرد و چشم های او را میبوسید .ام قادر دوباره به کنار آنها برگشت . بهشاد با گریه باو گفت :

"به مادر جونیر بگو که مرا ببخشد مرا حلال کند که چشمهای پسر او را دارم."

وقتی ام قادر برای مادر جونیر ترجمه کرد که او چه میگوید، مادر جونیر دوباره چشمهای او را بوسید و گفت :

"به او بگو که من از او تشکرهم میکنم که به چشمهای پسرم جان داده عوض اینکه چشمهایش زیر خاک بپوسد الان دارم توی چشمهایش نگاه میکنم ، احساس میکنم که جونیر من زنده است ! اگر او این

چشمهای عزیز مرا نداشت من اکنون نمیتوانستم به چشمهای پسرم خیره شوم به او بگو که او اکنون پسر من است، محرم من است چون تیکه ای از وجود من در اوست بعد گریه کنان گفت کاش جنان هم اینجا بود و اورا میدید."

ام قادر دست هایش را به گردن او انداخت و سر او را به سینه گرفت وگفت:

"اینقدربیتابی نکن جنان را هم خواهد دید ما برای
نجات شما آمده ایم باور میکنی یانه جونیر به خالد

در عالم رویا گفته که برو و مادرم را پیدا کن و او را نجات بده"

ام جونیر دوباره بهشاد را بغل زد و چشمهایش را بوسید و گفت : "به او بگو بیشتر از مادر خودش حلالش میکنم.. او عشق جونیر مرا به من برگرداند تا اینجا آمده تا مرا پیدا کند ای عزیزم ای پسرم از شیر مادر حلال تر باشد این چشمها "

بهشاد دست او را میبوسید باور نمیکرد که این چیز ها را در حقیقت می بیند شاید هنوز هم در رویا قدم میزند،یعنی این چشمها او را به مقصدی که دراین همه مدت خوابش را میدید رسانید! حالا چه کند؟ چگونه آنها را نجات دهد بعد با خودش گفت ، خدایی که مرا تا اینجا آورده ، به من کمک خواهد کرد تا آنها را از اینجا هم نجات دهم . دکتر طلحه بسوی آنها آمد او هم از این رویداد بی سابقه به گریه افتاده بود با دست اشکهایش را پاک کرد و به ام قادر گفت :

"بهتر است که دیگر خالد به سر کارش بازگردد، ولی من میتوانم امشب ام جونیر را اینجا نگهدارم " بهشاد نمیخواست که برود احساس عجیبی نسبت به مادر جونیر داشت ، دلش میخواست ساعت ها بشیند و به او نگاه کند کاش عربی بلد بود و میتوانست احساساتش را بیان کند اما ام قادر باوگفت:

"زبان مهم نیست پسرم او وجود جونیر را حس میکنه همین کافی است حالا تا کسی نیامده برو، دکتر امشب اونو اینجا نگه میداره منم کنارش میمانم و همه داستان را برایش خواهم گفت تو دوباره میتوونی برگردی

و اون رو ببینی !! "

ابو حیدر هم آنقدر محو تماشای این مادر و پسر بود که اصلا یادش رفت که دخترش هم اینجاست او هزاران سوال داشت که از صالحه بپرسد اما این اتفاق باعث شد که او هم فقط به قدرت خداوند که چگونه این پسر و مادر را بهم رسانده فکر کند ! صالحه از دکتر خواست تا او هم اینجا بماند اما ام قادر باو گفت که بهتر است او به زندان برگردد و جریان را برای جنان بگوید شاید جنان راه حلی برای فرار بداند چون سالها اینجا زندگی کرده . بهشاد و ابو حیدر به اتاق خودشان بازگشتند ولی صالحه منتظر بود تا زنی که او را آورده بیاید و او را به سیاه چال باز گرداند . درست بعد از رفتن بهشاد و ابو حیدر زن داعشی باز گشت و گفت که ام جونیر را هم باید ببرد اما دکتر طلحه باو گفت که اجازه نمیدهد ام جونیر برود امشب باید تحت کنترل قرار بگیرد شاید احتیاج به عمل فوری داشته باشد . زن هم دیگر چیزی نگفت و همراه صالحه رفت . ام جونیر حالا که تنها شده بودند دست ام قادر را گرفت و گفت:

" ترا به خدای بزرگ قسم میدم بنشین و روزهای آخر عمر جونیر را برایم بگو!"

ام قادر لبه تخت نشست وهمه چیز را از روز اولی که جونیر وارد زندگی آنها شد تا شهادتش و بعد آمدن بهشاد و پی گیری او که به دفتر خاطرات جونیر رسیدند و حتی عشق جونیر به نسیم آرا همه چیز را گفت و مادر جونیر فقط اشک میریخت و گوش میکرد ! چگونه او هیچوقت فکر نکرده بود که شاید روزی پسرش عاشق شود و بخواهد با دختری ازدواج کند !! لعنت به این احتیاج و فقر که انها را به این راه کشانده و باعث بدبختی خودش ، دخترش و ناکام از دنیا رفتن جونیر شده بود . ام قادر اشکهای او را پاک کرد و وقتی که مطمئن شد کسی در درمانگاه نیست آهسته تلفنش را از زیر آستین عبای عربی که تنش بود بیرون آورد و به مادر جونیر گفت :" دلت میخواد عکس جونیر رو ببنی؟"

مادر جونیر با تعجب به او نگاه کرد او هرگز عکسی از بچه هایش نداشت !چگونه ام قادر عکس جونیر را دارد ؟ وقتی ام قادر عکسهای جونیر در روزهای آخر عمرش همراه با نسیم آرا را به او نشان داد پیر زن داشت از هیجان غش میگرد هم اشگ میریخت و هم خیلی

خوشحال بود ، وقتی عکس نسیم آرا را دید بی اختیار صفحه تلفن را بوسید خدایا این دختر آخرین غم دنیای جونیر او بوده ! ای کاش جونیرنمرده بود و اکنون در کنار این دختر زیبا زندگی میکرد اما افسوس که این فقط یک رویای تلخ بود و بس! بعد او تلفن را بست و دوباره پنهان نمود می ترسید کسی تلفن را ببیند و همه نقشه هایشان نقش بر آب شود و به ام جونیر گوشزد کرد که در مورد تلفن با کسی حرف نزند سپس از ام جونیر پرسید:

" ام جونیر چرا بعد از شهادت جونیر شما را آزاد نکردند؟!! مگر قرار نبود وقتی جونیر ماموریتش را انجام داد شما را آزاد کنند چی شد؟ چرا هنوز زندانی هستین؟"

ام جونیر که برای اولین بار در عمرش احساس میکرد دوستی یافته است که میتواند همه راز دلش را به او بگوید و شاید که هرگز دیگر کسی را نیابد که چنین خواهرانه کنارش بنشیند و از دل داغدارش برایش بگوید و چنین گفت :

"ای خواهر دینی من، همانطور که جونیر در خاطراتش نوشته من اسیر دست بازی های دنیا شدم بعد از جنگ کویت و فرارما به عمان من زن عبدل رشید شدم ، مرد بسیار خوبی بود بچه های مرا زیر بال و پرش گرفت بعد از اینکه به عربستان رفتیم ، برای من خانه گرفت چند سال زندگی خوبی داشتیم ولی هرگز کسان او را ندیدم نمیدانم قومی داشت یانه و هیچوقت هم از آنها برایم نگفت ولی بعد ها فهمیدم که او از شیعه های جنوب عربستان است من حتی فرق بین شیعه و سنی را هم نمی دانستم اما آدم خیلی خوبی بود و یک روز در درگیری های شیعه و سنی در خیابان بدست شورته ها کشته شد. از آن روز من بدبخت شدم با دو تا بچه و دست خالی هر چه داشتم فروختم و خرج کردم تا یک روز صاحب خانه هم مرا بیرون کرد !! با دو تا بچه آواره کوچه ها شدم کسی به من کار نمیداد چون جایی نداشتم تا بچه هایم را بگذارم .بالاخره رفتم بسوی دست فروشی که آنهم همیشه با کتک شورته ها مواجه میشدم و باید فرار میکردم تا روزی که احمد جبار سر راه ما قرار گرفت اگر قبول نمیکردم چه میکردم؟ من چه میدانستم سرباز الله یعنی چه؟ فکر میکردم برای تدریس انها را به دهکده ها میفرستند تا به افغانستان رفتیم آنجا هم آنقدر از شهادت و بهشت و این چیزها هر روز برای ما

سخنرانی کردند که باورم شده بود این تنها راه رفتن به بهشت است. بعد از رفتن جونیر به عراق جنان هم جزء فرمانده ها شد و تعلیم میداد تا رفتیم پاکستان و بعد از کشته شدن بن لادن ما دوباره سرگردان شدیم نه دیگر میتوانستیم به افغانستان بازگردیم نه ما را به عراق میبردند چند ماهی از این غار به آن غار پناه میبردیم و مرتب در جنگ و گریز بودیم وهر روز عده ای کشته می شدند تا فهمیدیم که سوریه بدست لشکر اسلام افتاده و در آنجا حکومت اسلامی برقرار شده. پس از مدتی مارا به اینجا آوردند و جنان هم شد مثل همین زنها که می بینی مرتب به شهر میرفت برای ارشاد و امر به معروف تا زمانی که جونیر به اینجا آمد ،وای که نتوانستم یک شب سر پسرم را به سینه بگیرم و بخوابم همیشه توی محوطه برای چند لحظه او را میدیدم . بمیرم برای دل پسرم که چقدر مرا دوست داشته و من شوریده بخت نمیدانستم هنوز هم از آن دنیا نگران ماست . تا روزی که جونیر به من گفت که به ماموریت میرود ! آنقدر دلم گرفت که خدا میداند اما جنان به من میگفت که تو هم ردیف مادران شهدای صدر اسلام میشوی غصه نخور او مستقیم به بهشت میرود ولی برای دل من مادر این حرفها فایده نداشت اما چه کاری از دستم بر می آمد، من ازهمان روز اول قبول کرده بودم که پسرم سرباز الله شود . او رفت و ما از او بیخبر بودیم تا روزی که ناگهان این زنهای داعشی به اتاق ما ریختند و به ما گفتند که جونیر پیام داده که ماموریتش را انجام نخواهد داد ! وای که چه روز بدی بود همین زنهای فرمانده که خودشان را خواهر جنان میدانستند ما را با ته تفنگ میزدند جنان فریاد میزد که به امیر شکایت میکنم و ام حسام میگفت امیر خودش دستور داده تا آنقدر شما را بزنیم تا از درد بمیرید بعد هم ما را دست بسته پیش مفتی و امیر حارث بردند، مفتی بد ذات وقتی جنان را بی حجاب دید چشمش او را گرفت و عاشق جنان شد پیرمرد حریص، امیر حارث گفت حالا که پسرت ماموریتش را نمی خواهد انجام دهد تو و دخترت را با مو به دم اسب می بندیم و اسب را هی میکنیم تا آنقدر شما را بچرخاند تا بمیرید، اما مفتی مانع شد و از امیر خواست تا ما را به زندان بفرستد . تا وقتی که احمد جبار اینجا بود باز هم وضع ما در زندان بهتر بود اما همان روز که جونیر باید کارش را انجام میداد او را هم به عراق فرستادند تا در کار ما دخالت نکند ،وقتی فهمیدیم که جونیر شهید شده ، ام حسام به دنبال ما آمد و مارا پیش امیر حارث و مفتی برد . امیر حارث به جنان گفت چون تو به زندان

افتاده ای دیگر نمیتوانی امیر باشی اما برای اینکه زندگی خوبی داشته باشی ترا به عقد مفتی در میاوریم . جنان که از همان اول که به اینجا آمده بودیم از این مفتی دل خونی داشت گفت من حاضرم بمیرم اما به عقد مفتی در نیایم .!! امیر دستور داد تا هر دوی مارا بکشند اما مفتی که ته دلش امید داشت که جنان روزی راضی خواهد شد نگذاشت که ما را بکشند و گفت :

" امیر بخاطر من آنها را نکش ، قرار بود که جونیر ماموریتش را انجام دهد که داد ! پس حالا بخاطر نافرمانی از امیر آنها را زندانی کن تا قدر عافیت را بدانند و تا زمانی که جنان راضی شود که به عقد من در بیاید در سیاه چال بمانند."

مارا به آن زندان مخوف بردند، روزی یک وعده غذا فقط برای اینکه نمیریم به ما میدهند و روز شب ما را به زنجیر بسته اند حتی برای نماز خواندن هم دست های ما را باز نمیکنند و میگویند شما منافق هستین نمازتان قبول نیست بیخود زحمت نکشید.

ام قادر با خودش میگفت خدایا چگونه جونیر از همه این چیر ها با خبر بوده ؟ که چنین اصراری به پیدا کردن آنها داشت . انگار به او الهام شده بود که اینها چه روزگار بدی را میگذرانند و تازه فهمید که چرا جبار تلفنش را جواب نداد پس او را هم تبعید کرده اند . ام قادر پرسید :

" خوب حالا تا کی قراره که در زندان باشین ؟ او جواب داد :

" تا زمانی که جنان قبول کنه که زن این کفتار پیر بشه و برای همین هم مارا نکشته اند چون او امیدوار است که بالاخره جنان از این وضع خسته شود و به او بله را بگوید! "

بعد پرسید حالا شما میخواهید چکار کنید؟ ما را چطور میخواین ببرید که اینها ما را نکشند! ام قادر گفت:

" نگران نباش من تنها نیستم سه مرد همراه من هستن و نقشه خوبی خواهیم کشید اما جنان باید با ما همکاری کنه چون او به همه چیز وارد است باید با او هم حرف بزنیم نمیدانم چگونه میتوانم تنها او را ببینم؟ اما تو نگران نباش ما به زودی نقشه خودمان را اجرا میکنیم فقط امیدوار باش و به جنان هم بگو که باید راه های فرار احتمالی را

اگر بلد است بما بگوید "

خیلی حرفها با هم زدند ام قادر میخواست تا میتواند اطلاعات در مورد ساعات کار و نگهبان ها و ساعت هایی که ماشین ها به شهر میروند در مورد هر چیزی که میتواند به فرار آنها کمک کند را از او بپرسد تا در اختیار برادرش و رامی بگذارد چون در این جا ماندن خطر مرگ داشت و باید هر چه زود تر فرار میکردند ساعتی بعد بهشاد دوباره به درمانگاه بازگشت انگار دلش برای مادر جونیر تنگ شده بود ..از قبل آرامتر بود کنارش نشست دستش را بوسید و مادر جونیر دوباره اشکهایش سرازیر شد . یعنی جونیر باز گشته ؟ آیا این خود جونیر است که اینگونه سر بدامان او میگذارد؟ و بهشاد با اینکه یک کلمه از حرفهای او را نمی فهمید ولی این را احساس میکرد که ام جونیر همه عشق جونیر را در او می بیند. آهسته آهسته اشک میریخت و با خودش میگفت حالا تا اینجا آمده ام ولی اگراین ها را نجات بدم به کجا ببرم؟ دلش میخواست همان جا بنشیند و دست ام جونیر را در دست بگیرد اما دکتر طلحه بسوی آنها آمد و به بهشاد گفت :" خالد دیگر به اتاقت برگردد ، می ترسم کسی متوجه شود."

ام قادر حرفهای او را برای بهشاد ترجمه کرد و باو گفت برگرد و به سر کارت برو. بهشاد تا دیروز همراه رامی برای تعمیر هواپیما می رفت، اما دیروز یکی از امیرها به او گفت که باید روزی چند ساعت هم به اتاق سایبر بروی و با جوانان آن جا همکاری کنی! و امروز قرار بود که به اتاق سایبر برود اما آمدن ام جونیر به درمانگاه باعث شد که اینجا بماند . بنابراین بلند شد و بسوی اتاق سایبر رفت. یک پیام برای رامی نوشت که ام جونیر را پیدا کرده اند و او اکنون در درمانگاه می باشد رامی هم به او پیام داد که کارت را زود تر تمام کن و پیش من بیا ! بهشاد وقتی وارد اتاق سایبر شد باور نمیکرد که در این قصر مخروبه چنین تجهیزاتی کاملی هم وجود داشته باشد، کامپیوتر های مدل بالا اینترنت قوی همه چیز عین اتاق کامپیوتر یک اداره خیلی بزرگ بود . دقیقاً نمیدانست که چه کار باید بکند که قریب را دید و بسوی او رفت و از او خواست تا کمکش کند . قریب بیشتر او را بخاطر دانستن زبان انگلیسی در آنجا میخواست چون برنامه هایی را که هک میکردند باید دقیقاً برایشان توضیح میداد البته بهشاد عربی بلد نبود ولی قریب کمی انگلیسی حرف میزد و خوب هم میخواند بنا براین تیم خوبی راتشکیل

میدادند پس از ساعتی کار کردن بهشاد متوجه شد که قریب دارد روی بازی های پلی استیشن کار میکند ازو پرسید که داری بازی میکنی و قریب با خنده جواب داد:

" تو فکر میکنی که بازی میکنم ؟ نه من دارم این بازی های انلاین را هک میکنم و پیامی برای جوانان در روی آخرین مرحله بازی مینویسم که به ما ملحق شوند"

بهشاد با تعجب پرسید:"چگونه این کار را میکنی ؟"

و او نشانش داد که وقتی که جوانان گیمی را تمام میکنند به این پیام میرسند که " حالا شما آماده هستید که در جنگ های واقعی بر علیه ظلم و ستم در دنیا به پا خیزید و با اسلحه های واقعی به جنگ آنهاییکه دنیا را به تباهی میکشند بروید ، و اگر دوست دارید به ما بپیوندید دکمه بازی را دوبار فشار دهید " بعد خودش دکمه رادو بار فشار داد و پیام دیگری بر روی صفحه کامپیوتر آمد که نوشته بود " فردا صبح به بقالی سر کوچه بروید و از او یک بسته بیسکویت و یک شیشه شیرو دو بسته آدامس نعنائی بخواهید و وقتی پول میدهید به او بگوییدمن حاضرم

" بهشاد پرسید :"خوب بعد چه میشود ؟"

قریب جواب داد که :"فردا صبح وقتی به بقالی بروند بقال بعد از شناسایی آنها یک یادداشت به آنها میدهد که در ان نوشته فردا صبح زود ،سر کوچه ماشین سیاه رنگی منتظر شماست ، فردا صبح آنها به سر کوچه می روند ، بعد سوار ماشین شده به مرکز شهرها میروند وبا اتوبوس به اینجا آورده میشوند مثل طاهر و سعید "

بهشاد باور نمیکرد که اینها بوسیله تکنولوژی چگونه میتوانند جوانهای بیچاره را بخاطر هیجان بازی به اینجا بکشند و آنها را قربانی کنند سرش درد گرفت حالش داشت بد می شد، با خودش گفت خدایا کی از این جهنم نجات پیدا میکنیم ؟ به بهانه سردرد از اتاق سایبر که اتفاقا نزدیک آشیانه هواپیما بود بیرون آمد وبسوی آشیانه رفت تا به رامی بپیوندد . رامی از زمانی که با یکی ازکسانیکه مرده ها را می بردند آشنا شده بود برای فرار نقشه میکشید مخصوصا حالا که ام جونیر را یافته بودند باید هر چه زودتر از این جهنم فرار میکردند وقتی بهشاد جریان مادر جونیر و اینکه برای این هنوز زنده هستند که مفتی پیر

میخواهد با خواهر جونیر ازدواج کند را برایش گفت ، رامی کمی فکر کرد و جواب داد:

"حالا که مادر جونیر در درمانگاه است نباید وقت را از دست بدهیم و باید همین چند روزه نقشه خود را عملی کنیم " بهشاد پرسید :

"تو چه نقشه ای داری ؟ هنوز که ما تصمیمی نگرفته ایم !"

او جواب داد :" دارم ..دارم اما نه با جزییات ،باید زنها را بصورت مرده از اینجا بخارج بفرستیم چون راه دیگه ای نداریم و این کار را به کمک عطار همان پسری که برایمان باقلوا آورد ،باید عملی کنیم، به او میگویم درازای آزادی هر زن صد دلار به او میدهم ، دویست دلار را اول و بقیه اش را وقتی زنها را در خارج از اینجا تحویل گرفتیم ! آنها به پول احتیاج دارند و چهار صد دلار برای او پول خوبی است ! "

بهشاد با تعجب پرسید :"چهارصد دلار یعنی چهار زن ؟ دیگه کی رومیخوای فراری بدی ؟"

رامی نگاهش کرد و گفت : "فکر میکنی عمه را خیلی راحت میتونیم از اینجا بیرون ببریم ؟اون رو هم باید در قالب مرده خارج کنیم و هم چنین دختر ابو حیدر رو فراموش کردی اون بیچاره هم توی زندانه"

بهشاد باورش نمیشد که آنها باید چنین ریسکی بزرگی را بکنند گفت:

"ابوحمزه این همه زن را چطوری میخوای جزء مرده ها فراری بدی؟ "

او سرش را تکان داد و گفت :

"چاره ای نداریم ..فقط اول باید برای خودمان راه فراری پیدا کنیم !" بهشاد هنوز هم به پرواز هواپیما امید داشت و می گفت که اگر هواپیما را به پرواز در آوریم دیگر احتیاجی نیست که این همه کار خطرناک را انجام دهیم . رامی یکی روی دوشش زد و گفت :

"کی میخوای بزرگ بشی این خطرش خیلی بیشتر است ،ممکنه تا پرواز کنیم مارا بزنند ! بعد هم هر کجا برویم انگشت نما میشویم نمیخوای که یه هفته بعد توی یه کشور دیگه مارو بکشند میخوای؟پس باید فکر دیگری بکنیم."

بعد دستهایش را تمیز کرد و به بهشاد گفت باید برویم به اتاق متوفیات و ببینیم عطار آنجا هست یانه ؟ دو نفری در آشیانه را بستند و بسوی اتاق متوفیات براه افتادند در راه ابو حیدر را دیدند و او هم همراه انها شد . وقتی به اتاق متوفیات رسیدند اتفاقا عطار با یک جوان دیگر داشتند جسد ها را در مینی بوس کهنه شان میگذاشتند . عطار که مزه پول زیر دندانش رفته بود از دیدن رامی خیلی خوشحال شد ، خوب در کشوری که همه چیزش شده جنگ و مردم آواره کمپ های پناهندگان هستند! هر راهی برای رسیدن به پول را جوانان قبول میکنند، رامی به بهشاد پیشنهاد کرد که بیا کمک اینها کنیم و به این وسیله داخل اتاق متوفیات رفتند تا سر جنازه ها را بگیرند و کمک کنند ،رامی وقتی که داشت به عطار کمک میکرد گفت :

"عطار با تو کار دارم!"

عطار خیلی خوشحال شد و گفت :"سیدی هر امری داشته باشی اطاعت میکنم "

رامی او را به گوشه ای کشید و پرسید :"برای هر جنازه چقدر میگیری؟ او با تعجب نگاهی به رامی کرد و گفت :

" اینها که چیزی نمیدهند فقط اگر صاحب داشته باشند آنها به ما چند لیری میدهند ، اما فقط اینها به خانواده ما کار نداشته باشند برای ما کافی است."

رامی گفت "میخواهم با تو یه معامله بکنم اما نباید هیچکس بفهمه!" او جواب داد : "سیدی بر روی چشمم باز هم خوراکی میخواهی ؟"

رامی آهسته گفت : "نه میخواهم چهار تا جنازه را ببری و چهارصد دلار هم بهت پول میدم! "عطار چشمهایش برق زد، یعنی ممکن است که او چنین پولی را صاحب شود حتما برای مادر پیرش یک عینک خواهد خرید تا جلوی پایش را بهتر ببیند و پرسید:

"سیدی کی اینکار را بکنم ؟"

رامی جواب داد : " فعلا نمیدونم ولی در این مورد مبادا به کسی چیزی

بگویی فردا عصر میام تا زمانش رو معین کنیم"

او گفت :"مطمکئن باش سیدی بکسی چسزی نخواهم گفت . هر وقت شما بگویید حاضرم "

رامی کمی فکر کرد و گفت: "فردا من میام اینجا و منتظرت میشم و انوقت قرار میگذاریم که کی این کار را بکنی !" عطار با خوشحالی سوار وانت شد و به شهر رفت انها هم به اتاق خودشان باز کشتند.

***

وقتی صالحه تنها به زندان بازگشت جنان نگران مادرش شد . نکند بلایی سر مادرش آمده باشد ؟ نکند که او را هم از دست بدهد ؟ از صالحه پرسید : مادرم کجاست ؟ صالحه جواب داد امشب در درمانگاه میماند شاید دکتر او را عمل کند! جنان وحشت کرده بود نکند که راز آنها را فهمیده باشند و به اسم درمانگاه مادرش را بکشند! زن داعشی هنوز آنجا بود جنان با خودش گفت اگر او برود دیگر کسی صدای مرانخواهد شنید و به او گفت :

"ام سلمه من را به درمانگاه ببر میخوام پیش مادرم باشم! "

زن خنده ای کرد و گفت: "چشم اطاعت میکنم !! فکر میکنی هنوز امیر هستی که دستور میدی ؟"

جنان باور نمیکرد کسی که تا چند ماه پیش جلوی او خم می شد حالا چنین گستاخانه با او حرف بزند عصبانی شد و فریاد زد :

"هی با تو هستم یالله مرا پیش مادرم ببر! بعد با عصبانیت زنجیر ها را کشید و فریاد زد مگر صدای مرا نمیشنوی؟"

ام سلمه با لحن تمسخر آمیزی جواب داد: "اگر نبرم چکار میکنی؟ نکنه دستور اعدام مرا میدهی ؟"

جنان فریاد زد : "درسته دقیقأ ،اگر به حرفم گوش نکنی از مفتی میخوام که ترا اعدام کنه!"

ام سلمه خندید و گفت: " استغفرالله اتوب علیه!! مگر مفتی نوکر بابای توست که باو دستور بدهی؟" جنان که بیتاب شده بود و می ترسید که بلایی سر مادرش بیاید او بجز مادرش کسی را در این دنیا نداشت . از

وقتی که جونیر شهید شده بود و آنها زندانی شدند، همه اعتقادات جنان نسبت به داعش و القاعده از بین رفته بود ! و دیگر یک ذره به اینها اعتقاد نداشت و آنها را فقط انسانهای حیوان صفتی میدانست که برای خواسته های خودشان همه را قربانی میکنند فریاد زد :

" آره به مفتی میگم ،اگر الان مرا پیش مادرم نبری به مفتی میگیم! که به حرفم نمیکنی تا تو را مجازات کند !"

ام سلمه دوباره با نیش خندی گفت: "اگر مفتی را دیدی بگو!!"

جنان این بار نمیخواست که بخاطر لجبازی مادرش را از دست بدهد و چون صالحه به او گفته بود که کسانی از طرف برادرت برای رهایی شما اینجا هستند یک پشت گرمی خاصی احساس میکرد! با خودش گفت بگذار حالا من هم مثل آنها بشوم و دروغ بگویم اگر کسانی برای آزادی ما آمده اند پس من باید اول از این قل و زنجیر رها شوم تا بتوانم با آنها فرار کنم! به ام سلمه گفت: "همین الان میری و به مفتی میگویی که من حاضرم به عقد او در بیایم "

ام سلمه به صدای بلند خندید و گفت :"ای امیرم پس اینطور قرار است که زن مفتی بشوی؟ توعقلت را از دست داده ای ؛ مگر خواب این را ببینی که مفتی ترا عقد کند"

و از زندان خارج شد . جنان نمیدانست حالا چه کند چگونه خودش را به مادرش برساند ؟و به دنیای آزاد و آزادی ؟ او نمیخواست واقعا به عقد مفتی در بیاید فقط میخواست به این وسیله از زندان آزاد شود و پیش مادرش برود.

ام سلمه که از حرفهای جنان عصبانی شده بود با خودش گفت حالا نشانش میدهم که یک من ماست چقدر کره دارد!! جلوی بقیه زندانیها به من توهین میکند ! بجای اینکه به اتاق مفتی برود و پیام جنان را باو برساند مستقیم به اتاق زن مفتی رفت ، این جوانترین زن مفتی و بقولی سوگلی او بود، و این را همه میدانستند . زن بسیار زیبایی بود با قد بلندو صورتی مهتابی رنگ . مفتی دو تا زن دیگر هم داشت که فقط بخاطرخدا گاهی به آنها سر میزد و تقریبا اتاق اصلی مفتی اینجابود و این زن در اینجا حکومت میکرد . چند تا از زنان امیران هم در اتاق او

بودند و داشتند با هم قهوه میخوردند . ام سلمه وارد شد نگاهی به آنها کرد و با خودش گفت باو بگویم که جنان چه گفته !!جلوی این همه زن ؟ بعد گفت آره جلوی همه میگم تا بیشتر عصبانی شود و دستور اعدام جنان را بدهد ! زن مفتی که به ام غیث معروف بود نگاهی باو کرد و پرسید :

"ام سلمه با من کاری داشتی ؟"ام سلمه نگاهی به بقیه کرد خدایا چه کار کند؟ جلوی همه به او بگوید ؟ زن مفتی دوباره سوالش را تکرار کرد ام سلمه که از آمدنش پشیمان شده بود جواب داد :

" ام غیث میخوام تنهایی به خودت بگم !"

ام غیث که خودش را با زن امیر کل برابر میدانست گفت: "اشکالی ندارد جلوی همه بگو!! اینها دوستان من هستند چیزی از اینها پنهان نمیکنم!"

ام سلمه گفت :" در مورد مفتی اعظم است!! بگویم ؟"

ام غیث پرسید: "خدای نکرده بلایی سر شوهرم آمده ؟"

ام سلمه حالا شک کرده بود که آیا آمدنش به اینجا کار درستی بوده یانه ؟ به او بگوید یانه ؟ که ام غیث دوباره پرسید و ام سلمه از ناچاری جواب داد:

"نه خدا را شکر مفتی اعظم سلامت هستند ولی یکی از زنان زندانی پیغامی فرستاده که فکر کردم بد نیست شما هم بدانید!"

ام غیث ابروهایش را بالا انداخت و گفت: "آها شاید زن زندانی خواسته که من پیش مفتی خلیفه ضمانت او را بکنم آره؟ "

ام سلمه از آمدن پشیمان شده بود چطور جلوی همه ،به زنی که اینقدر به خودش و عشق مفتی اعتماد دارد بگوید که جنان چه گفته ؟ گفت " ام غیث شاید بعدا بیام بهتر باشد!!"

اما ام غیث که حالا کنجکاو شده بود که بفهمد این چیست که اینقدر مهم است گفت : "نه همین الان بگو!!" ام سلمه من من کنان گفت:

"جنان را که میشناسی ؟ همان دختری که بخاطر نافرمانی برادرش در زندان است یک پیغام برای مفتی بوسیله من فرستاده !! ولی من فکر کردم اول به شما بگویم !!"

زن مفتی که کم کم داشت عصبانی و نگران می شد گفت : " لا حول ولا قوت الله بالله !بگو ببینم که چه گفته؟"

ام سلمه آهسته گفت: "گفته به مفتی اعظم بگویم که او حاضر است به عقد حضرت مفتی در بیاید!!"

انگار دنیا را بر سر ام غیث کوبیدند فریاد زد: " استغفرالله ربی و اتوب الیه ،غلط کرده چنین پیامی داده الان خودم خدمتش میرسم ، دختره ملعون ! بی چشم و رو ! حالا برای شوهر من پیام میفرسته ! بهش نشان میدم!!"

بلند شد و عبایش را پوشید و به ام سلمه گفت :"مرا ببر پیش او ! باید بخودم بگوید" زنان دیگر سعی کردند که او را آرام کنند یکی میگفت مفتی عصبانی میشود دیگری میگفت خواسته ترا عصبانی کند مفتی بجز تو به کسی نگاه نمیکند ولی او مثل یک بمب قابل انفجار شده بود و مثل یک شیر زخمی میغرید ،از اتاقش بیرون آمد دوتا از زنان امیران هم روبنده هایشان را انداختند و بدنبال او روان شدند ، یکی از زنها داعشی بنام صدیقه که سالها دوست جنان بود واورا خیلی دوست داشت تصادفا در اتاق ام غیث بود و تمام این گفتگو را شنیدو فهمید که توطئه ای برعلیه جنان دارد صورت میگیرد و اگر اینها به زندان برسند جنان را خواهند کشت! و با خودش فکر کرد که جنان دختر عاقلی است، سر خود چنین پیغامی برای مفتی نمی فرستد !حتماً از طرف مفتی اشاره ای دیده که او با این اطمینان برای مفتی پیام فرستاده !! بنابراین بسرعت بطرف اتاق امیر اعظم دوید چون میدانست که مفتی الان آنجاست . میرفت تا مفتی را خبر کند .

زن مفتی با عصبانیت قدم های تند برمیداشت و مرتب با داد و بیداد برای جنان خط و نشان میکشید ،همراه ام سلمه و دونفر از دوستانش بسوی زندان روان بود . میخواست جنان را با مو بکشد بیرون و آنقدر او را بزند تا بمیرد . وقتی به زندان رسیدند حتی صبر نداشت که ام سلمه در زندان را باز کند ! بسرعت وارد زندان شد اول چشمش در

تاریکی جایی را نمیدید ولی فریاد زد :

"اهای جنان کدام یکی از شما هاست که آمده ام خونش را بریزم و به جهنم بفرستمش !"جنان که از همه چیز بیخبر و منتظر مفتی بود تا بیاید و او را بدیدار مادرش ببرد با تعجب گفت: "جنان منم تو کی هستی؟ "

ام غیث بسویش دوید و با چنگ زدن بر سرو صورتش و کشیدن موهایش فریاد میزد: "تو میخواهی زنِ شوهر من بشوی؟ برای مفتی پیام میفرستی تو سگ کی هستی که اوَ به تو نگاه کند وقتی زنی مثل من دارد !!"

ام سلمه و دو زن دیگر سعی میکردند اورا از جنان دور کنند ، بیچاره جنان اصلا نمیفهمید که جریان چیست ؟ او بخاطر نافرمانی از مفتی گوشه زندان افتاده بود وحالا زن مفتی داشت بقصد مرگ او را میزد و همانطور فحش و ناسزا نثار او میکرد!! جنان دستهایش بسته بود سعی میکرد با پاهایش از خودش دفاع کند، او که سالها تعلیم نظامی دیده بود تلاش میکرد که به زن مفتی لگد بزند و اورا از خود براند که ناگهان مفتی از در زندان وارد شد و فریاد زد :

" ام غیث اینجا چه غلطی میکنی؟"

ام غیث وقتی او را دید عصبانیتش چند برابر شد و بسوی مفتی دوید و گفت: " بارک الله که آمدی !بی حیایی را میبینی ؟ برای تو پیام داده این سلیطه ی خدانشناس ؟"

مفتی با عصبانیت باو نگاه کرد و گفت:" تو چگونه بدون اجازه من از اتاق خودت بیرون آمده ای میخواهی همین الان ترا سه طلاقه کنم و دستور بدم ترا اینجا به زنجیر بکشند؟ خجالت بکش و دست از سر جنان بردار !"

ام غیث که هرگز فکر نمیکرد که شوهرش به او خیانت کند و منتظر بود تا مفتی الان دستور قتل جنان را بدهد با شنیدن این حرفها از جانب مفتی بسیار عصبانی تر شد و بحالت جنون رسید و از حرفهای مفتی آنقدر بهم ریخت که ناگهان باو حمله کرد و فریاد زد:

"اسم او را از کجا میدانی ها؟؟نکند که تو هم عاشق او هستی ها؟"

مفتی ناگهان یک سیلی بصورت او خواباند که ام غیث از درد به زمین افتاد ، جنان هم از درد داشت بیهوش می شد. مفتی بسوی او رفت و به ام سلمه گفت : "زودباش دستهای جنان را باز کن !"

صالحه هم خودش را به جنان رسانده بود و سرش را روی زانویش گذاشته بود و گریه میکرد، مفتی به ام سلمه گفت : "دستهای این زن را هم باز کن !!"

بعد رویش را به زنش کرد و گفت :"به خدا قسم اگر بخاطر غیث نبود همین الان گردنت را میزدم اما بچه ات به تو نیاز دارد گمشو برو توی اتاقت تا من بیایم "

ام غیث که به زمین افتاده بود از درد ناله میکرد ، دوستانش که همراه او آمده بودند زیر بغل او را گرفتند و از جا بلندش کردند از دماغش خون سرازیر بود و نفرین کنان در حالی که میگفت: "الهی به عزایت بنشینم ابو غیث " از زندان بیرون رفت . مفتی با عصبانیت به ام سلمه نگاه کرد و گفت: "از کی تا بحال تو تصمیم میگیری که چکار باید بکنی ؟ با اجازه کی رفتی ام غیث را خبر کردی ؟بیا اینجا ببینم !"

ام سلمه از ترس بخودش میلرزید چه اشتباه بزرگی کرده بود!! حالا مفتی او را حتماً مجازات خواهد کرد جلوی مفتی دست به سینه ایستاد و گفت : "ببخشید مفتی اعظم فکر کردم جنان دارد پرت و پلا میگوید " مفتی با دست محکم به سر او زد و گفت :

"غلط کردی که فکر کردی ؟ ترا چه به این غلط ها که فکر کنی یالله زیر بازوی جنان را بگیر تا به درمانگاه به بریمش و بعد رویش را بسوی صالحه کرد و ادامه داد تو هم زیر بازوی دیگرش را بگیر"

جنان تقریبا بی هوش بود ، در هوش و بی هوشی اورا می کشیدند تا به درمانگاه ببرند . ام غیث وقتی دید که پشت سرش مفتی دارد جنان را می آورد فریاد میزد گریه میکرد توی سر خودش میزد اما فایده ای نداشت آن دو زن دیگر سعی میکردند او را آرام کنند که بیشتر از این کتک نخورد مفتی که به آنها رسیده بود به آن دو زن گفت :

"این سلیطه ملعون را به اتاقش ببرید و در اتاق را هم از بیرون قفل

کنید تا من بیایم و سزای این بی حرمتی او را بدهم "

وبا سرعت بدنبال جنان دوید .جنان داشت به هوش می آمد و کم کم میفهمید که جریان چیست ولی خودش را به بی هوشی زد که فعلا با مفتی همکلام نشود و به این وسیله برای خودش وقت میخرید تا لااقل بتواند با ام قادر که برای نجاتشان آمده حرف بزند وصالحه از این پیش آمد خیلی خوشحال بود چون میتوانست به این بهانه پدرش را دوباره ببیند ته دلش قند آب می شد!!خداوند راهی برای نجات او هم بازکرده است . وقتی به درمانگاه رسیدند دکتر طلحه بازگشته بود و در قسمت مردان داشت پانسمان یک زخمی را عوض میکرد . مفتی وارد شد و اورا صدا زد ، دکتر طلحه جلو آمد و به مفتی سلام کرد . مفتی پرسید اینجاپرستار زن دارید ؟ او گفت بله چی شده؟ مفتی به صالحه گفت جنان را ببر پشت پرده قسمت زنان ، بعد رویش را به دکتر طلحه کرد و گفت : "می شه پرستار زن او را معاینه کند؟ "

دکتر طلحه که نمیدانست جریان چیست پرسید: "مفتی چی شده چرا بیهوش است ؟" مفتی جواب داد : "در اثر زد و خورد زخمی شده نمیشود که پرستار زن او را معاینه کند؟"

دکتر طلحه جواب داد :"یامفتی من اول باید ببینم چی شده چرا بی هوش است ؟ پرستار زن بعدا میتواند کمک کند اما من باید مریض را معاینه کنم ." جنان را روی تختی خواباندند ام قادر نگاه کرد و صالحه را شناخت ولی چیزی نپرسید ، ام جونیر هم چشمهایش را بسته بود . ام سلمه به ان طرف پرده رفت و صالحه با عجله بورغایش را کنار زد و با دست به ام قادر اشاره کرد که ساکت باشد و طوری قرار گرفت که بین تخت ام جونیر و جنان قرار بگیرد تا ام جونیر دخترش را نبیند . مفتی به ام سلمه گفت :

"برو گمشو تا بعد به خدمتت برسم و بعد بلند گفت حجاب جنان را درست کنید تا دکتر برای معاینه بیاید" باشنیدن کلمه جنان ام جونیر روی تختش نیم خیز شد و داشت دهانش را باز میکرد تا فریاد بزند که

ام قادر دستش را گذاشت روی دهانش و آنرا محکم گرفت و آهسته در گوشش گفت : "ساکت باش نگذار مفتی بفهمد که تو مادرش هستی

صبرکن ببینیم چه شده !! شاید نقشه جنان باشد !؟"

دکتر طلحه به این طرف پرده آمد جنان را روی تخت گذاشته بودند ولی حجابش کامل نبود چون صورتش را ام غیث جنگ زده بود مقنعه اش کنار رفته و موهایش هم بدور سرش ریخته بود ..دکتر طلحه ناگهان نگاهش به او افتاد احساس میکرد این دختر را می شناسد به او خیره گشته بود ،ممکن است او عشق زندگیش رادوباره یافته باشد ؟ یعنی وسط این همه مرگ و ظلم نا امنی میشود عاشق شد؟ این دختر کیست که چنین با قلب او میکند صدای قلبش را می شنید بسویش آمد آهسته موهایش را از روی صورتش کنار زد جنان چشمهایش را گشوده بود و در چشمان دکتر نگاه میکرد انگار التماس میکرد که بگو من زخمی هستم ،بی هوش هستم و باید اینجا بمانم !! دکتر طلحه محو چشمهای جنان شده بود حتی فراموش کرد که چه باید بکند؟ فقط به او نگاه میکرد!! صدای مفتی از آن طرف پرده او را به خود آورد :

"دکتر او چطور است ؟ به هوش نیامده؟"

دکتر طلحه انگار از دوردست ها باز گشت ! این دختر با مفتی چه نسبتی دارد نکند زن او ست؟ جنان با نگاهش به دکتر التماس میکرد که بگو هنوز بی هوش است ! دکتر طلحه دست و پایش را گم کرده بود مثل پسر شانزده ساله ای که ناگهان عاشق شده و نمیدانست که چکار کند ؟ ام قادر بسویش آمد و آهسته باو گفت که این دختر ام جونیر است بگو بی هوشه تا اینجا بماند! دکتر طلحه بخودش آمد و گفت :

" حضرت مفتی هنوز بی هوش است من باید معاینه کنم وببینم چی شده؟ بعد بلند به ام قادر گفت : ام قادر بیا اینجا و به من کمک کن !!"

مفتی با نگرانی آنطرف پرده قدم میزد که ام طاها وارد شد و به مفتی گفت : " یامفتی اعظم ام غیث میخواهد خودش را از پنجره اتاقش به پایین پرت کند عجله کنید !! "

مفتی در حالی زیر لب غر میزد گفت : "سبحان الله ..لعنت خدا بر شیطان بگذارید خودش را بیندازد تا همه از دستش راحت شوند!"

اما ام طاها جواب داد:" حضرت امیر گفتند بیایم دنبال شما ! "

مفتی با اکراه براه افتاد و به دکتر طلحه گفت :"الان بر میگردم !! تا من برمیگردم باید او را به هوش آورده باشی!!"

و از در خارج شد . دکتر طلحه همانطور مسخ به جنان نگاه میکرد یعنی چه اتفاقی افتاده این خواهر جونیر است که امروز قصه او را شنیده ؟ حالا چکار کند ؟جنان به چشمان او نگاه کرد و با نگاهی که هزاران خواهش در آن موج میزد در حالی که اشکهایش روان بود التماس کنان آهسته به دکتر طلحه گفت:

"دکترترا بخدا قسم مرا اینجا نگه دارین ! نگذارین مرا به زندان ببرن"

ام جونیر وقتی صدای او را شنید از تخت پایین پرید وناگهان صورت جنان را دید و با فریادی کوتاه گفت:" یارب !! یارب !! چی شده دخترم؟ کی ترا به این روز انداخته؟"

جنان آهسته گفت : "یوما خواست خدا بوده که این اتفاق بیافته من میخواستم بیام پیش تو!!"

بعد با التماس به دکتر طلحه نگاه کرد: "دکتر به او نگو که من به هوش آمدم ، به من رحم کن!!" و با حالتی پر از خواهش به چشمان دکتر نگاه میکرد. دکتر طلحه کمی دست و پایش را جمع کرد و بخود آمد و از جنان پرسید جریان چیست چرا به این روز افتادی و مفتی چه نستبیبا تو دارد؟؟ ام جونیر آهسته داستان را برایش گفت و جنان اضافه کرد " دکتر مرا اینجا نگهدار و بگو که نمیتونم راه برم وگرنه او امشب مرا عقد میکنه و اگر قبول نکنم دوباره به زندان می اندازه!"

دکتر طلحه که حالا مطمئن شده بود که جنان زن مفتی نیست چراغ امیدی در دلش روشن شد که شاید خداوند او را سر راه جنان گذاشته با دست موهای جنان را از روی صورتش کنار زد و با لبخندی گفت: "نمیگذارم ترا به زندان ببرند مطمئن باش قلم پای کسی که ترا بخواهد ببرد می شکنم!"

بعد بطرف دیگر رفت وسایل پانسمان و یک مسکن خواب آورد و به جنان گفت:" نترس اصلا چیز مهمی نیست اما من یک خواب آور

برایت میزنم تا بخوابی و وقتی مفتی برگشت میگم او هنوز بی هوشه و باید اینجا بمانه تا فردا ببینیم که برای نجات شما چکار باید بکنیم ، اگر مرا بکشد هم نمیگذارم دست این کفتار پیر بتو برسد."

بعد نگاهی عاشقانه به او کرد و لبخندی زد و بطرف دیگر پرده رفت. ام جونیر با خودش میگفت وقتی خداوند لطف میکند از زمین زمان فرشته میفرستد این هم یکی دیگر که به کمک ما آمده .ابو مسعود که تمام این مدت در درمانگاه بود آهسته بطوری که کسی نشنود به خواهرش گفت تو مواظب جریان باش تا من بروم وابو حمزه را پیدا کنم باید هرچه زودتر تصمیم به فرار دادن اینها بگیریم تا دوباره به زندان برگردانده نه شده اند . دکتر طلحه دستی به پشت ابو مسعود زد و گفت "برو برادر من هستم و میدانم چه باید بکنم ."

***

مفتی بدر اتاق زنش رسید، ام غیث در را از تو قفل کرده بود ، مفتی فریاد میزد : "ملعون در را بازکن این چه آبرو ریزی است که بپا کردی؟ اگر دستم به تو برسد خودم خفه ات میکنم !!"

امیر حارث هم به آنجا آمده بود و مرتب به مفتی میگفت که آرام بگیرد تا او در را بازکند ، بالاخره در را شکستند و بداخل اتاق رفتند ام غیث کنار پنجره ایستاده بود و به مفتی لعنت میفرستاد و بصدای بلند گریه میکرد. مفتی از عقب او را گرفت وبه روی تخت انداخت، میخواست او را کتک بزند که امیر جلویش را گرفت و گفت: " یامفتی آرام باش جنجال بپا نکن !!"

مفتی زیر لب میگفت :"لا حول ولا قوت الله بالله این دیگر چه سلیطه ای بود که من گیرش افتادم !"

زن مفتی فریاد میزد: "امیر بخدا قسم والله اگر او را عقد کند اول او را میکشم بعد هم خودم را ! "

امیر روی تخت نشست و به یکی از زنها گفت که کمی آب برای زن مفتی بیاورند و اصرار کرد تا او آب را بنوشد وکمی آرام شود. بعد شروع به نصیحت کرد و گفت:

"خواهر دینی من ،این کار خلاف شرع که نیست خوب حالا شاید مفتی قصد تجدید فراش داشته تو نباید چنین آبروریزی کنی؟ حالا که هنوز کاری نکرده آن دختر احمق هم شاید حرفی زده این درست نیست در شأن زن مفتی نیست که چنین کند تو باید به بقیه زنها درس ایمان داری بدهی و بدانی که هر زنی که اجازه دهد شوهرش با زن بی کس دیگری ازدواج کند یک غرفه در بهشت را از آن خود میکند!"

زن مفتی با گریه گفت: "امیر من غرفه در بهشت نمیخواهم من شوهرم را دوست دارم و نمیخواهم او را با زن دیگری ببینم! بخدا قسم والله هم خودم و هم او را میکشم !!"

مفتی دوباره بلند شد و میخواست به او حمله کند که امیر دست او را گرفت و روی تخت نشاند و گفت : " مفتی برای رضای خدا میخواست اینکار را بکند و تا تو اجازه ندهی که او را عقد نخواهد کرد !! "

زن دوباره شروع کرد به گریه و داد بیداد کردن حالا دیگر اتاق پر شده بود از زنان امیران دیگر و هرکس چیزی میگفت ، بعضی ها میگفتند حق دارد و بعضی ها هم میگفتند که چطور شوهر های ما چند زن داشته باشند و ما سکوت بکنیم ولی او اجازه ندهد که مفتی زن دیگری بگیرد امیر به زنها گفت اتاق را خلوت کنید و فقط یکی از زنهای خودش و دوسه زن دیگر را گفت که اینجا بمانند و مواظب ام غیث باشند تا دست به کار خطرناکی نزند و بهمراه مفتی اتاق را ترک کرد و وقتی بیرون آمد دستور بازداشت ام سلمه را داد که چنین غوغایی به پا کرده است . بعد مفتی را به اتاق ریاست خودش برد و باو گفت :

"شیخ دست نگهدار .. حالا که جنان راضی شده چند روزی صبر کن تا ام غیث فراموش کند و بعد بطوری که کسی نفهمد او را عقد کن !جنان الآن کجاست ؟"

و مفتی جریان را تعریف کرد و گفت در درمانگاه است ! امیر حارث گفت :" بسیارخوب ،خوب است ، شاید خیری در این کار بوده!حالا بگذار امشب آنجا باشد تا حالش بهتر شود بعد در قسمتی که مردان هستند ونزدیک درمانگاه که زنها نمیتوانند به آنجا بروند اتاقی به او و مادرش میدهیم تا کسی نفهمد که به زندان بر نگشته اند و چند روز بعد هم برایت بی سرو صدا عقدش میکنیم . "

مفتی هم خوشحال بود و هم نگران و به امیر گفت که میخواهد به درمانگاه بازگردد ، اما امیر که فکر میکرد با رفتن او به درمانگاه ممکن است باز کسی برای ام غیث خبر ببرد گفت :

"یا شیخ تو فعلا لازم نیست به درمانگاه بروی ، من یکی را میفرستم تا به دکتر بگوید جنان را امشب همان جا نگه دارد تا فردا که حالش بهتر شود ، بعد هم به او اتاقی که گفتم را می دهیم !!"

صدیقه که نگران جان جنان بود و مرتب دور بر مفتی میچرخید که بفهمد جریان به کجا ختم میشود و وقتی که به اتاق فرماندهی بازگشتند او هم دم در ایستاده بود تا هر خبری میشود بفهمد ،صدای امیر را شنید که میگوید :"کی اینجاست بیاید توی اتاق !" صدیقه با عجله دوید توی اتاق و گفت: "بفرمایید یا امیر چه فرمایشی دارین؟"

مفتی او را شناخت و فهمید که او همان دختری است که او را خبر کرد پس حتماً دوست جنان است خیلی خوشحال شد و پرسید: "خواهر دینی اسم تو چیست ؟"

صدیقه با متانت گفت: "کنیز شما صدیقه هستم "

مفتی گفت : "من به تو و به ارادت تو نسبت بخودم اعتماد دارم تو بودی که مرا خبر کردی ، پس جنان را به دست تو می سپرم ، برو وبه دکتر بگو امشب جنان آنجا بماند تا فردا ،و خودت هم از او محافظت کن تا دست کسی باو نرسد"

صدیقه از شادی درپوست خود نمی گنجید ، چشمی گفت و با خوشحالی از اتاق بیرون آمد و بطرف درمانگاه دوید. صدیقه هم مثل جنان از کوچکی به همراه برادرش در افغانستان به القاعده پیوسته بود در آن زمان او فقط ده سالش بود و برادرش چهارده سال داشت وقتی که پدرش روی مین رفت و مرد ، آنها که کسی را نداشتند و دولت افغانستان هم بجز جنگ برای مملکتش و مردمش کاری نمیکرد ،آنها از نا علاجی به القاعده پناه بردند و مثل جنان و جونیر در آنجا رشد کردند ، برادر اوسه سال پیش دربمب گذاری در مقابل زینبیه در دمشق کشته شد و او تنها و بی کس ماند ، فقط جنان و مادرش بودند که او احساس میکرد کسی را دارد تا زمانی که جونیر ازاجرای ماموریت

سرباز زد و جنان به زندان افتاد و امروز او بقدر همه دنیا خوشحال شده بود که میتواند دوباره جنان و ام جونیر را ببیند . با عجله بسوی درمانگاه رفت . وقتي وارد درمانگاه شد دکتر طلحه هنوز بالای سر جنان نشسته بود ام قادر و صالحه هم کنار ام جونیر بودند . صدیقه بطرف تخت جنان رفت ، صالحه و ام قادر خودشان را کنار کشیدند چون او را نمیشناختند و می ترسیدند که برای خبر چینی آمده باشد صدیقه بدون اینکه بطرف آنها بیاید به دکتر طلحه گفت:

"دکتر امیر حارث امر فرموده که جنان را امشب در اینجا نگاه دارید تا فردا که دستور جدید بدهند "

دکتر طلحه نگاهی به جنان کرد و با خوشحالی گفت: "خودم هم همین تصمیم را داشتم چون حالش اصلا خوب نیست که به زندان باز گردد "

و بعد برای اینکه توجه صدیقه را حلب نکند به ام قادر گفت : "من میروم سر به مریض ها بزنم تو پیش این خواهر بمان اگر به هوش آمد مرا خبر کن!"

صدیقه از رفتن دکتر خوشحال شد و به یرف جنان رفت . جنان در اثر داروی خواب آور خوابش برده بود، صدیقه نگاهی به ام قادر و صالحه کرد ، ام قادر را تا بحال ندیده بود ولی صالحه بنظرش آشنا آمد ، خوب که دقت کرد صالحه را شناخت ولی بروی خودش نیاورد وبعد روی تخت بغلی ام جونیر را دید ناگهان مثل اینکه مادرش را پیدا کرده باشد بسوی او دوید واورا بغل زد و با گریه میگفت یوما عزیزم تو کجا بودی ؟ام جونیر از دیدن او خیلی خوشحال شد او را کنارش نشاند رویش را بوسید و به ام قادر و صالحه گفت که صدیقه مثل دختر خودم است .صدیقه اشک میریخت و صورت او را می بوسید وگفت از روزی که شما را زندانی کردند دنیا برای من هم مرد من تنهای تنها شدم باور نمیکنم که الان کنارتان هستم و بعد جریان اینکه او مفتی را خبر کرده که ام غیث به زندان رفته تا جنان را بکشد را هم تعریف کرد .ام قادر نفس راحتی کشید که پس این دختر هم خودی است . ام جونیر از او پرسید :

"حالا تو چطور اینجا آمدی ؟ "صدیقه با خوشحالی گفت :

"باور نمی کنی یوما مرا برای مراقبت از جنان به اینجا فرستادن ، من که خبر نداشتم شما هم اینجا هستین تازه یه خبر خوب دیگه هم دارم شما را به زندان نمی فرستن ، قراره این بغل یک اتاق به شما بدن تا وقتی که جنان به عقد مفتی در بیاد!! بعد آهسته پرسید: یوما جنان میخواد زن مفتی بشه!! و ادامه داد خوب چاره ای هم نداره بی نوا،یا باید برگرده زندان یا زن مفتی میشه !! "

ام جونیر قند توی دلش آب شد و ام قادر هم خیلی خوشحال شد که اینها به زندان باز نمیگردند و راه فرار آسان تر میشود فقط خدا کند که مرد ها زودتر یک نقشه فرار خوب بکشند. صدیقه نگاهی به صالحه کرد و پرسید : "تو صالحه زن عبدالله هستی ؟ "

صالحه ترسید فکر میکرد الان او را به زندان برمیگرداند ، اما ام جونیر دستش را فشار داد و با سر اشاره کرد که نترس حرف بزن ، صالحه با ترس گفت :" بله من زن عبدالله هستم ! "صدیقه گفت : "یارب عجب به تو نگفتن که عبدالله چی شده؟"

صالحه با تعجب پرسید: "نه چی شده؟ مرده؟" صدیقه گفت :"برای یک عملیات رفته و دیگه بر نگشته !! هیچ کس از او خبر نداره چطور ترا رها نکردن ؟؟ وقتی عبدالله دیگه اینجا نیست!!هنوز هم توی زندانی؟"

صالحه سرش را به علامت مثبت تکان داد، صدیقه در جواب گفت : "لا حول ولا قوت الله بالله ! اصلا جریان تو فراموش شده !! شاید اصلا یادشان نیست که تو توی زندانی !! حالا اینجا چکار میکنی ؟"

عوض او ام جونیر جواب داد : "جنان را کمک کرده آورده اینجا بعد دستی به سر صدیقه کشید و ادامه داد دخترم ،عزیزم بکسی نگو که او اینجاست بگذار کنار ما باشد !!"

صدیقه سر ام جونیر را بوسید و گفت:" یوما جان به من چه مربوطه خیلی دل خوشی دارم !! بعد آهی کشید و ادامه داد: چه کار کنم ؟ راهی ندارم باید تا آخر عمرم اینجا بمانم !! بعد از زندانی شدن شما دل من از دنیا گرفته !! اما چاره ای ندارم؟ مجبورم که بسازم و بسوزم راه دیگه

ای دارم؟ "

ام قادر که به این مکالمه گوش میداد با خودش میگفت لا الله اله الله این دیگه چه جهنمی است که هیچ کس اینجا راضی نیست بعد فکر کرد که کاش می شد بیشتر این دختر را بشناسد ، چون آزادنه به همه جا رفت و آمد میکند میتواند کمک بزرگی برای ما باشد،شاید بتواند به فرارما کمک کند . ام قادر که شاید بخاطر زندگی در اروپا ویا چون تحصیل کرده بود بیشتر میتوانست که تصمیم های بزرگ بگیرد و جسورانه عمل کند تصمیم گرفت که هر چه زودتر با برادرش صحبت کند تا نقشه فرار را اجرا کنند! . صدیقه پرسید که بشما غذا داده اند ؟ ام جونیرسرش را بعلامت نه تکان داد و صدیقه گفت میرود تا برایشان غذا بیاورد و از درمانگاه خارج شد .ام قادر کنار ام جونیر نشست . آهسته گفت :

" ام جونیر تو به این دختره اعتماد داری ؟ اگه ازش کمک بخوایم نمیره ما را لو بده؟"

ام جونیر نگاهی به او کرد و گفت: "الله اعلم ولی فکر نکنم که ما را لو بده!!" ام قادر فکری به سرش افتاده بود با خودش میگفت باید برادرم را در جریان بگذارم این بهترین موقعیت است باید تازمانی که آتش خشم ام غیث فرو ننشسته و مفتی به سراغ جنان نیامده نقشه فرار را اجرا کنند.

دکتر طلحه جلوی در روی یک صندلی نشسته بود و به اتفاقات امروز فکر میکرد آوردن ام جونیر به درمانگاه، بعد دیدن خالد و اینکه او چشمهای جونیر را دارد و حالا هم خواهر جونیر، که یک لحظه چشمانش را نمیتوانست فراموش کند ! با خودش میگفت خدایا من برای اینجا درست نشده ام مرا یاری کن که دست جنان را بگیرم و از اینجا بروم بعد مثل بچه ها به رویای خودش خندید مگر امکان دارد که او بتواند از اینجا فرار کند! ولی بلافاصله بیاد خالد افتاد مطمئنا او برای ماندن اینجا نیامده و فقط هم نیامده خودش را نشان ام جونیر بدهد! پس حتما آنها نقشه ای دارن کاش بتوانم اعتماد آنها را جلب کنم !بعد با خودش گفت چرا که نه ابو مسعود با من است و در این چند روزه به

من ثابت شده که آنها برای ماندن نیامدن شاید به من هم کمک کنند !ابو مسعود از سکوت دکتر طلحه تعجب کرده بود به کنارش رفت و پرسید:

"دکتر به چی فکر میکنی ؟ خیلی توی خودتی ؟" دکتر طلحه نگاهی به او کرد و گفت :" بیا کنارم بشین اتفاقا دلم خیلی میخواد حرف بزنم ، یه حرفایی توی دلمه که فقط بتو میتونم بگم!"

ابو مسعود کنارش نشست و پرسید: "خوب بگو ببینم این چیه که دکتر مارا اینجوری بخودش مشغول کرده؟ دکتر جواب داد:

"ببین رفیق من وتوبا یه اتوبوس آمدیم ، یعنی اگه با من حرف بزنی مطمئن باش که منم توی جبهه شما هستم ! بیا راستشو بگو جریان این مادر و دختر چیه؟ میخواین فراریشون بدین؟"

ابو مسعود نگاهی به او کرد با خودش گفت چی بگم از یک طرف راست میگه با ما آمده از طرف دیگه میترسم بگم و ما را لو بده پرسید: "خوب دکتر خودت بگو تو چرا اینجایی؟ اول تو حرف بزن ! "

دکتر جواب داد: "من که گفتم فکر میکردم اینها دارند به مردم بدبخت کمک میکنن نمیدانستم که خودشان جلاد هستن و عزراییل جان همه، اما از تو چه پنهان از وقتی این دختره رو اوردن دلم خیلی براش میسوزه!! برادرش رو کشتن ، این پیر زن بیچاره را زندانی کردن و شرط میذارن یا زن آن شیخ کفتار بشه و یا بره زندان ، بخدا که این عین بی عدالتیست ! ظلمه ، والله اگرامروز او را از اینجا بتوانم فراریش بدم فردا عقدش میکنم میبرمش مصر پیش خودم بخدا قسم راست میگم."

ابو مسعود نگاهی به او کرد یعنی ممکنه یک چنین معجزه ای اتفاق بیافتد و دکتر با جنان ازدواج کند و او ومادرش را به شهر خودش ببرد چه از این بهتر بار مسئولیت هم از دوش آنها و بهشاد برداشته میشود ! اما می ترسید حرفی بزند اول باید با پسرش مشورت کند که به دکتر اعتماد کنند یانه ! ولی این زیاد هم سخت نبود، دکتر در این چند روزه نشان داده بود که چقدر از دست داعشی ها رنج میبرد مطمئنا اگر با اوهمکاری کنند شاید بهتر بتوانند نقشه خودشان را اجرا نمایند ولی

کدام نقشه ؟ آنها هنوز نقشه درستی ندارند و روز به روز بر تعدادشان اضافه میشود ، ابو حیدر و دخترش هم باید با آنها فرار کنند و باخودش گفت امشب باید تصمیم قطعی بگیریم که چکار باید بکنیم ؟ دکتر سکوت او را که دید پرسید:

"چیه ابو مسعود حرفم را باور نمیکنی؟ بگذار درد دلم را برات بگم من سالها پیش عاشق دختر خاله ام بودم اما اون رو شوهر دادن چون سن و سال من کم بود ! منم دیگه دور زن گرفتن رو خط کشیدم و رفتم دکتر شدم ،اما امروز دلم لرزید باور میکنی یا نه !!جنان آنقدر به عشق از دست رفته من شبیه که برای چند لحظه فکر کردم اون برگشته !! خودم هم باورم نمیشه ! اما اگر گردن منو بزنن نمیگذارم این دختر معصوم زن مفتی بشه. من میفهمم که شما ها برای کمک به داعش نیامدین امروز صبح دیگه همه چیز رو فهمیدم پس من رو هم توی تیم خودتون ببرین !"

ابو مسعود به او نگاهی کرد حرفهای او را باور میکرد اما نمیخواست بدون مشورت با پسرش جواب مثبت به دکتر بدهد .در این موقع ام قادر که می دید درمانگاه خلوت است و صدیقه هم برای اینها غذا آورده به بهانه دوا به این طرف پرده آمد و با اشاره از ابومسعود خواست تا به طرف قفسه داروها برود انگار که دارویی لازم دارد و به کمک ابو مسعود نیازمند است . ابو مسعود به طرف او آمد و ام قادر بطور خلاصه تصمیم امیر را برای او گفت و اضافه کرد که امشب برنامه ریزی کنید که ظرف دو سه روز آینده فرار کنیم وگرنه اینها را یا میکشند و یا به زندان برمیگردانند و همچنین در مورد صدیقه گفت که شاید بشود از او هم برای فرار دادن اینها استفاده کرد. ابو مسعود خیلی خوشحال شد نصف کارها درست شده و اینها اینجا میمانند و بقیه اش را هم خداوند کمک میکند که هر چه زودتر فرار کنند به او گفت :

"تو پیش اینها بمان من با بقیه امشب حرف میزنم و اگر لازم بود چیزی را بتو بگم برایت پیام میفرستم . تو هر جا که اینها را بردند همراهشان برو. تا اتاقشان را یاد بگیری من هم میروم با ابو حمزه حرف بزنم امشب باید تصمیم آخر را بگیریم !"

دکتر طلحه وقتی ام قادر را دید بسویش آمد و پرسید : "جنان چطور است بیدار شده ؟"

ام قادر که نگرانی را در چشمان دکتر میدید با تعجب گفت: "نه خوبه خوابیده چرا اینقدر نگرانی دکتر ؟اتفاق بدی برایش افتاده ؟"

ابو مسعود با خنده گفت: "ام قادر دکتر نگران دلشه !! که سخت پیش جنان گیر کرده ! و یه دل نه صد عاشق شده میخواد با جنان عروسی کنه!! "

ام قادر نگاهی با تعجب به دکتر کرد یعنی عشق به همین سادگی اتفاق می افتد، چنین چیزی امکان داره؟ بعد با خودش گفت چی از این بهتر که ما با خیال راحت برگردیم . همان فکری که برادرش کرد به مغز او هم خطور کرد . بعد جریان ماندن جنان و ام جونیر را در اینجا ودادن اتاق از طرف امیر را برای دکتر گفت . دکتر طلحه هم خیلی خوشحال شد که جنان به زندان باز نمیگردد و هم از اینکه اگر نتوانند آنها را فرای بدهند جنان مجبور است با مفتی ازدواج کند غم بزرگی بر دلش نشست . نگاهی به ابو مسعود کرد و گفت : "من هم اینجا کاری ندارم بیا بریم پسرت را پیدا کنیم !"

ام قادر نگاهی به او کرد ولی چیزی نگفت او از همه می ترسید اما به دکتر اعتماد بیشتری داشت . دکترمیخواست همراه ابو مسعود برود ولی ابو مسعود گفت :

"بهتره تو اینجا بمانی و از جنان و مادرش محافظت کنی من به دیدن بقیه میروم ولی نگران نباش هر کاری خواستیم بکنیم ترا هم در جریان میگذاریم "

ابو مسعود از درمانگاه خارج شد . ابو مسعود میدانست که ابو حمزه الان در آشیانه هواپیما است قدم زنان به سوی آشیانه میرفت که صدای ابو حمزه را از پشت سرش شنید:" کجا میری بابا؟"

با تعجب به پشت سرش نگاه کرد و آنها را دید ، ابو حمزه از دیدن پدرش تعجب کرد و پرسید:

"چه خبر شده که این وقت از درمانگاه بیرون آمدین ؟" ابو مسعود

وقتی بهشاد را کنار اودید فهمید که او همه چیز را برای رامی گفته! ولی نمیدانست که جلوی اسد حرف بزند یانه؟ او از همه کس می ترسید در شهری که شیطان حاکم اوست حتی ازخزندگان هم باید ترسید،ولی رامی اشاره کرد که اسد از خودمان است و ابو مسعود هم توضیح داد که بعد از رفتن خالد باز هم اتفاقات دیگری افتاده و خبر خوش این است که جنان هم الان توی درمانگاه است ! خالد با خوشحالی کودکانه ای گفت : "من میتونم برم او نو ببینم !!؟"

ولی ابو مسعود دستش را گرفت وگفت :" صبر کن خودم میبرمت ولی با ابو حمزه کار دارم " بعد رویش را به پسرش کرد وادامه داد:

"خبر دیگه اینکه اونا برای دوسه روزی به زندان بر نمیگردن،جنان باید با مفتی ازدواج کنه! وگرنه یا بر میگردن زندان و یا آنها را میکشن " اسد که تا بحال ساکت بود با عصبانیت و گفت :

"لا الله الا الله این دیگر چه مجازاتی است استغفرالله ،پس باید زود تر دست به کار شیم ! تا این کبر پیر دختر بیچاره رو عقد نکرده "

ابو مسعود خندید و جواب داد: " صبر کنین تا همه داستان رو بگم ! باور نمی کنین که چه خبری دارم! خبر دیگه اینکه دکتر طلحه از جنان خوشش آمده اگر بتوانیم همه را فراری بدیم او حاضره که جنان رو به مصر ببره و با او ازدواج کنه! می بینید کار خدا را؟"

بهشاد ناگهان گفت: "ولی ما که اونو نمیشناسیم چطور اینها را بدست او بدیم ؟"

ابو حمزه که همیشه عاقلانه حرف میزد از این خبر استقبال کرد وگفت " البته اینم یک راهی است که خدا جلوی پای ما گذاشته وگرنه اونا را کجا ببریم و چگونه زندگیشون را تامین کنیم ؟ آنها که کسی رو توی این دنیا ندارن!"

بهشاد انگار که از خواهر و مادر واقعی اش حرف میزنند با جسارت تمام جواب داد: "من با خودم میبرمشون آمریکا !!"

همه بسادگی او خندیدند ، او چگونه فکر میکرد که دو زن داعشی را با خود به امریکا خواهد برد!و ابو مسعود با خنده گفت:

"پسرم حتماً دونالدترامپ هم برایشان فرش قرمز می اندازه !مگه آمریکا به دو نفر داعشی ویزا میده؟!!!؟"

بهشاد تا بحال به این موضوع فکر نکرده بود که گیرم که آنها را نجات دادم به کجا ببرم؟ واقعا چه باید بکند؟ حتی تا انگلیس هم نمیتواند آنها را ببرد !! ابو حمزه دستی به پشتش زد و گفت :

"اینقدر فکر نکن خدایی که ما رو تا اینجا آورده و جنان و مادرش رو روبروی ما گذاشته بقیه اش رو هم خودش حل میکنه حالا تو ساکت باش تا ما با اسد برنامه فرار را بریزیم"

بهشاد چاره ای نداشت و باید فقط گوش میکرد البته اسد هم کمی انگلیسی بلد بود اما وقتی در باره کار مهمی صحبت میکردند به عربی حرف میزدند و بهشاد چیزی نمی فهمید و از سکوت هم خسته میشد ،ابو مسعود رویش را بسوی ابو حیدرکرد و به او گفت که تو خالد را به درمانگاه ببر تا جنان را ببیند ما هم اینجا به کارمان میرسیم .بهشاد همراه ابو حیدر بسوی درمانگاه براه افتاد .ابو مسعود رشته سخن را بدست گرفت :

"خوب حالا باید یک نقشه خوب برای فرار بکشیم چه کار باید بکنیم ابوحمزه تو با عطار برای فراری دادن زنها صحبت کردی؟"

ابو حمزه جواب داد :"البته و مطمئن هستم که بما کمک میکنه!"

اسد پیشنهاد کرد که گوشه ای بنشینند و در این مورد دقیقا حرف بزنند چون اگر نقشه آنها کمی اشتباه شود همه چیز بهم خواهد خورد و سپس چنین گفت :

" خوب به حرفهای من گوش کنین من مامور اطلاعاتی دولت سوریه هستم و به اینجا نفوذ کرده ام تا بتوانم نقشه این ساختمان را دقیقا بدست بیاورم چون نیروی هوایی قصد بمباران اینجا را دارد، اما اول من باید کروکی اینجا را برایشون بفرستم چون قصد آنها محل فرماندهی امیرحارث ،مفتی و بقیه سران است و من باید محل زندگی زنان و بچه ها را هم علامت گذاری کنم که به آن قسمت بمبی اصابت نکند. من میتوانم ساعت و لحظه بمباران را تعیّن کنم، و باید در همان زمان ترتیب فرار شما را بدم . خالد که خوب میداند چگونه از کامپیوتر

استفاده کنه باید در پیدا کردن این کروکی به من کمک کنه وقتی نقشه را داشته باشم ساعت کار امیر حارث و بقیه را تقریبا میدانیم ، من دقیقا زمان بمباران را معین میکنم، ابو حمزه تو باید با عطار تماس بگیری، یک ساعت قبل از بمباران زنان را در کیسه های پلاستیکی به اتاق مردگان می فرستیم و عطار آنها را خارج میکند . من ترتیب یک مینی بوس در سر سه راهی که به اینجا میرسد را میدهم که در انتظار شما باشد . همگی ما باید در کنار هم باشیم ده دقیقه قبل از بمباران من به امیر خبر میدهم که با هک کردن سایت ارتش نیرو هوایی به این نتیجه رسیدم که ،قصد یک حمله هوائی را به ما دارند، ساعت حمله را بیست دقیقه دیر تر میگم، آنها به فکر نجات خودشان می افتند ،دیگه به اینکه کی کجاست فکر نمیکنن ما همه دم در بیرونی درمانگاه که به اتاق متوفیات میره جمع میشویم ومن یک وانت به آنجا میارم همگی عقب وانت دراز میکشید که دیده نشوید و درست در لحظه بمباران من براه می افتم و شما را به سه راهی میرسانم آنجا شما سوار مینی بوس بشوید وبه امید خدا بروید و من بر میگردم "

رامی خیره خیره باو نگاه میکرد:" یعنی چی من بر میگردم؟؟تو چرا بر میگردی؟ آنوقت به تو شک میکنن؟ اصلا چرا میخوای خودت رو به کشتن بدی ؟"

اسد لبخندی زد و گفت : "ای دوست من، قصد من از آمدن به اینجا که فقط نجات شما نبوده ؟ من ماموریت های بیشتری دارم ! من بر میگردم تا بدانم این ها چه برنامه هایی برای آینده دارند تا آنها را خنثی کنم ، این شغل من است باید بمانم!"

رامی با خودش فکر کرد که این بهترین نقشه فرار است که خداوند برای آنها پیش آورده اما دلش شور اسد را میزدپرسید: "رفیق آنوقت امیر از تو نمی پرسد که ما چه شدیم؟ به تو شک نمی کند؟"

اسد گفت :" وقت بمباران دیگه کسی فرصت سرشماری نداره تازه معلوم نیست امیر و مفتی زنده بمانند یا نه! صد ها نفر ممکنه زیر آوار برن شما هم چند تا از آنها!! شما نگران من نباشین فقط دعا کنید که این نقشه همانطور که میخوام انجام شه! البته اگر دکتر با ما هم دست بشه خیلی هم خوبه ،آن وقت میتوانیم زنها را به اسم مرده از درمانگاه خارج کنیم که خیلی عاقلانه تر است و خطر لو رفتن کمتری دارد، ، اگر

او واقعا مسئولیت جنان ومادرش را بعهده بگیره که دیگه کار شما تمامه و با اسودگی خیال به کشور خودتون برمیگردین !"

ابو حمزه گفت: "بارک الله این بهترین نقشه است خوب حالا پاشو من وتو به دیدن عطار بریم!"

ولی اسد گفت :"ما اول باید نقشه ساختمان را پیدا کنیم و بعد روز بمباران را معین کنیم هر چه دیر تر با عطار حرف بزنی بهتره ،یه وقت گول شیطان رو نخوره و ما را لو بده همون شب پیش از فرار خوبه بهش خبر بدیم"

ابو مسعود که نگران این نقشه بود و میدانست که کار خطرناکی است ولی باید انجام می شد .با نگرانی گفت : "قرار است که اتاقی در اختیار جنان و مادرش بگذارند ولی بعد از دوسه روز اگر مفتی گفت که میخواد با او عروسی کنه چی ؟ باید تاریخ بمباران رو هر چه زودتر مشخص کنید! "

اسد گفت : "خوب پاشیم بریم من باید با خالد برم اتاق کامپیوتر و نقشه این عمارت را پیداکنم و اگه بتونم کسی رو پیدا کنم که محل سکونت زن و بچه هارا بپرسم عالی میشود. بریم وبه امید خدا کارمون رو شروع کنیم.

***

بهشاد وقتی به درمانگاه برگشت صدیقه روی یک صندلی کنار جنان نشسته بود . بهشاد نگاهی به او کرد دید لباس داعشی پوشیده و تفنگ هم دارد ، خیلی ترسید حالا چکار میتواند بکند کنار ابو حیدر روی نیمکت نشست . ام قادر او را دید ولی نمی دانست تصمیمی بگیرد! اگر بهشاد به این طرف پرده بیاید به صدیقه چه بگوید ؟ صالحه هم پدرش را دید اما از صدیقه میترسید که باو نزدیک شود ! ام قادر به این سوی پرده آمد و مثل اینکه میخواهد بپرسد که برای چه به درمانگاه امده اید به انها نزدیک شد و آهسته به بهشاد گفت که همین جا بشین تا دکتر بیاید چون یک زن نگهبان برای جنان گذاشته اند!هنوز به صدیقه اعتماد نداشت .حتی ام جونیر هم نمیدانست که اگر صدیقه بفهمد که آنها قصد فرار دارند به امیر و مفتی خبر خواهد داد یا نه!! دکتر طلحه

به درمانگاه بازگشت به ام قادر گفت:

" حجاب همه را درست کنید میخواهم به عیادت جنان بیایم!" صدیقه هم بلند شد و کنار پرده ایستاد ، دکتر نگاهی به ابو حیدر و خالد کرد با خودش گفت شاید خالد دلش میخواهد خواهر جونیر را ببیند ، اما از صدیقه می ترسد ! از صدیقه پرسید:

"خواهر دینی شما قرار است اینجا بمانید؟"

صدیقه جواب داد: "البته مفتی دستور داده مراقب باشم که کسی دوباره به جنان حمله نکنه در واقع حفاظت او را به من دادن نه نگهبانی "

دکتر طلحه خیالش کمی آرام شد و نفس راحتی کشید ، بالای سر جنان رفت آهسته سرش را پایین برد و او را صدا زد جنان هنوز زیر تاثیر داروی خواب آور بود شاید هم بعد از مدتها روی یک تخت آرام خوابیده بود وگرنه در تمام مدت زندانی او نشسته سرش را به دیوار تکیه میداد و میخوابید. با شنیدن صدای دکتر طلحه آهسته چشمانش را گشود نیم نگاهی باو کرد که درین آشفته بازار خون و جنگ و مرگ و تفنگ ،آتش به دل دکتر زد . بعد نفس بلندی کشید و بخودش آمد ، ناگهان با عجله به مقنعه خودش دست زد که مبادا حجابش بد باشد بعد به چشمان دکتر نگاه کرد، چه نگاه مهربانی .. چه لبخند معصومی ! انگار که او سالها با این نگاه و لبخند آشنا بوده!چند لحظه در چشمان او خیره شد انگار او هم فراموش کرده بود که کجاست ؟ شاید فکر میکرد که خواب می بیند!! برای اولین بار مردی خوش سیما با چشمهای نگران باو نگاه میکند خدایا این حسی که در قلبش احساس میکند چیست؟ او هیچوقت فرصت عاشق شدن را نکرده بود ، یعنی اصلا تا بحال به مردی چنین خیره نشده بود، یعنی عشق این است ؟ دکتر با صدای مهربانش از او پرسید :

"جنان صدای منو میشنوی حالت خوبه؟" بعد با اشاره به صدیقه باو فهماند که مواظب حرف زدنش باشد ،جنان نگاهش را بطرفی چرخاند که دکتر اشاره میکرد اول ترسید وای خدایا این جا هم باز برای او نگهبان گذاشته اند !! اما در یک لحظه صدیقه را شناخت ، از دیدن صدیقه تنها دوستش خیلی خوشحال شد و با ناباوری صدا زد: "صدیقه تویی؟؟"

صدیقه بسویش آمد مثل دو خواهر همدیگر را بغل زدند ، جنان از خوشحالی گریه میکرد وای که این چندین ماهه او چقدر تنهایی و بی کسی کشیده بود ! صدیقه هم اشک میریخت دکتر طلحه ترجیح داد که به آن سوی پرده برود و بگذارد این دو دوست دل سیری از دیدن هم خوشحالی کنند . صدیقه اشکهای جنان را پاک کرد و مرتب به او میگفت : عزیزم .. عزیزم .. وگریه میکرد . پس از چند لحظه جنان کمی آرام گرفت و صدیقه کنارش نشست و برایش گفت که چقدر از ندیدن او دل تنگ بوده ولی باو اجازه نداده اند که به ملاقات آنها برود ! شاید چون میدانستند که آنها چقدر بهم نزدیک هستند می ترسیدند که صدیقه به آنها سرکشی و کمک کند!وچگونه خدا خواسته و وقتی ام سلمه به زن مفتی خبر داده که جنان میخواهد با مفتی ازدواج کند بر حسب تصادف انجا بوده و خودش را به اتاق مفتی رسانده و او را خبر کرده تا برای نجات جنان به زندان برود. جنان حالا میفهمید که مفتی ناگهان ازکجا پیدایش شد و در آخر او اضافه کرد که:

"قراره بغل درمانگاه در قسمت مردان یک اتاق به تو بدن تا همراه ام جونیر آنجا باشی تا آب ها از آسیاب بیفته و بعد تو با مفتی ازدواج کنی سپس آهسته سرش را نزدیک گوش او برد و گفت :

" آخه چرا میخوای بااین شیخ پیربد قیافه ازدواج کنی؟ "

جنان اشکهایش را پاک کرد و آهسته گفت :

"مگه خواب ببینه من فقط میخواستم از زندان در بیام وگرنه امکان نداره با او ازدواج کنم!" صدیقه با تعجب باو نگاه کرد شاید بیچاره دختر بینوا از بس در زندان مانده دیوانه شده نگاهی به او کرد و گفت:" اگر با مفتی ازدواج نکنی دوباره میفرستنت زندان!! مگه راه دیگه ای هم داری ؟"

جنان سرش را کنار گوش او برد و آهسته گفت : "میخوام فرار کنم!!" صدیقه انگار که جن دیده باشد با وحشت گفت:

"یارب یارب !توبه توبه میفهمی چی داری میگی فرار کنی؟چطوری ؟ میکشنت !!"

صالحه و ام قادر که به این گفتگو گوش میکردند فهمیدند که جنان به صدیقه اعتماد کامل دارد. ام قادر نفس راحتی کشید و با خود گفت خدارا شکر پس حالا میتوانیم روی همکاری صدیقه هم حساب کنیم جنان در پاسخ صدیقه گفت :" دیگه حالا خدا خواسته!! به من کمک میکنی ؟ فرار کنم؟"

صدیقه با خنده جواب داد:" بخدای احد واحد قسم اگه بتوانی فرار کنی نه تنها کمک میکنم بلکه منم با تو میام اینجا دیگه برای من شده جهنم از زمانی که شما را زندانی کردن و جبار را هم معلوم نیست به عراق فرستادن یا کشتن دلم اینجا سیاه شده ولی جایی را ندارم که فرار کنم اما اگر تو و یوما با من باشین بهر جا که شما بروید منم میام "

ام قادر نفس راحتی کشید که تیرش به هدف خورده و حالا یکی از زنان داعشی هم انها را همراهی میکند باید این را به گوش برادرش برساند ، بعد فکر کرد که روز به روز تعداد آنها دارد بیشتر میشود تا اینجا چهار زن را باید فراری بدهند . بعد به این سوی پرده آمد هنوز جنان از وجود بهشاد بی خبر بود و نمیدانست که چرا اینها برای نجات او و مادرش آمده اند ! ام قادر به مادر جونیر گفت:

"نمی خواهی جریان جونیر را به دخترت بگی ؟"

جنان نیم خیز شد و پرسید:"یوما یعنی جونیر زنده است؟ این زن چی میگه؟" ام جونیر دوباره چشمانش پر از اشک شد و بلند شد کنار جنان نشست و جریان خالد و چشمهایش را و ارتباط روحی جونیر و خالد را برای جنان گفت ، جنان که از علم پزشکی چیزی سرش نمی شد و این را فقط یک معجزه میدانست که چشمان برادرش زنده هستند و او میتواند به آنها نگاه کند ! اشکهایش روان شد آهسته گفت : "ام قادر این جوان کجاست می شه منم چشمهای برادرم را ببینم ؟"

ام قادر به آنسوی پرده رفت و بهشاد را صدا کرد، کس غریبه ای در درمانگاه نبود دوسه نفر مرد زخمی طرف دیگر اتاق خواب بودند . بهشاد بلند شد و بسوی ام قادر آمد و پرسید:

"بامن کاری دارین ؟" ام قادرآهسته گفت بیا خواهر جونیر میخواهد ترا ببیند!"

بهشاد دوباره منقلب شد انگار جونیر در وجودش فریاد میزد بسوی قسمت زنان دوید و ،یک زن داعشی و دوتا عباپوش آنجا بودند کدام یکی از این عبا پوش ها خواهر او هستند؟ به چشمانشان نگاه کرد ، جنان روبنده اش را کنار زده و روی تخت نشسته بود و اشک مثل باران از چشمش می بارید غیر از او که چنین گریه میکند چه کسی میتواند خواهر جونیر باشد ؟ به کنار تختش رسید، جنان بلند شد و دست روی شانه های او گذاشت و به چشمهایش خیره شد ! یعنی این چشمهای جونیر است که چنین با نگرانی به او می نگرد ؟ بی اختیار دستهایش را روی چشمان او کشید .جنان خیره به چشمان او مینگریست ! خدایا یعنی چنین معجزه ای رخ داده و چشمان جونیر الان دارد به او نگاه میکند! او از پزشکی چیزی نمی فهمید فقط این را میدانست که خداوند تیکه ای از وجود جونیر را برای آنها خفظ کرده همین و بس! بهشاد دستهای او را گرفت و بوسید او حتی کلمه خواهر را به عربی بلد نبود ولی عشق بین خواهر برادر زبان نمیخواهد، جنان بلند شد و چشمهای او را بوسید ، ام جونیر هم اشک میریخت از تخت پایین آمدو دست در گردن آنها انداخته و گریه میکرد. بهشاد خواهر نداشت اما این لحظه احساس میکرد که این دختر را به طریقی دیگر دوست دارد معنی عشق خواهر را میفهمید . ام قادر و صالحه و صدیقه طوری جلوی آنها ایستاده بودند که اگر کسی از بیرون نگاه کند نتواند ببیندکه بهشاد دو زن عرب را بغل کرده ، دکتر طلحه به این سوی آمد او میترسید که کسی سر برسد و آهسته به ام قادر گفت که ممکن است کسی بیاید بهتر است خالد به این طرف پرده بیاید ! بهشاد از صبح که مادر جونیر را یافته بود عشق زیادی در دلش نسبت به او احساس میکرد و حالا که جنان را هم دید احساس عجیبی داشت !چگونه ممکن است دو نفر را که در عمرش ندیده اینگونه دوست بدارد!! دست های مادرش را بوسید و به این طرف پرده آمد! دکتر طلحه داشت با بهشاد حرف میزد که یکی از زنان داعشی که فرمانده بود وارد درمانگاه شد و به دکتر طلحه گفت حضرت مفتی میخواهد شما را ببیند! بعد نگاهی به صدیقه کرد و پرسید:

"تو اینجا چکار میکنی؟ هزارتا کار هست که انجام بدی ! "صدیقه هم که پشتش به مفتی گرم بود با اطمینان خاطر جواب داد: "بدستورحضرت مفتی اینجا هستم تو به من چه کار داری مگر کمبود افراد دارید؟"

زن شانه هایش را بالا انداخت و همراه دکتر خارج شد . دل جنان به طپش در آمد نکند مفتی بخواهد امشب با او عروسی کند آنوقت چگونه فرار کنند ؟ دست ام قادر را گرفت و گفت : "ام قادر ترا بخدا زودتر مارا ببرید من میترسم این شیخ کفتار بخواد امشب با من عروسی کنه؟ چه کار کنم ها؟"

ام قادر از صبح که جنان را آورده بودند دکتر طلحه را زیر نظر داشت و فهمیده بود که او به جنان توجه خاصی دارد با اطمینان به او گفت: "به تو قول میدم دکتر نمیگذاره ترا از اینجا ببرن!! نگران مباش !"

***

وقتی دکتر به اتاقی که مفتی با امیر در آن بودند رسید از قبل خودش را آماده کرده بود که نگذارد جنان را جایی ببرند و با خودش میگفت حیف این دختر خوب نیست که گیر یک چنین افعی زهر داری بیافتند!! سلامی کرد و به کنار مفتی رفت، مفتی به دختری که او را آورده بود با دست اشاره کرد که از اتاق خارج شود . دکتر برای اولین بار اتاق امیر را میدید میز خاتم کاری با چندین صندلی راحتی که دور تا دور اتاق چیده بودند . درست مثل اتاق یک رئیس جمهور و روی میزش هم پرچم داعش بود . پشت سرش آرم داعش بر روی یک پارچه سیاه رنگ روی دیوار بچشم میخورد، مفتی آهسته به دکتر گفت که کنارش بنشیند و بعد از احوال پرسی حال جنان را پرسید ، دکتر هم توضیح داد که به هوش آمده ولی چون بعلت کتک خوردن درد زیادی داشته به او یک مسکن آرام بخش تزریق کرده و او الان خواب است . دکتر طلحه مطمئن بود که مفتی از آن زن داعشی که بدنبال او فرستاد بود چیزی نخواهد پرسید! چون وقتی میخواست با دکتر حرف بزند او را به بیرون فرستاد . مفتی که خیالش از جانب جنان آرام شد از دکتر تشکر کرد و باو گفت که امشب جنان را همانجا نگه دارید مادرش را هم همینطور تا صبح که او به دیدارشان بیاید و برایشان اتاقی را در نظر بگیرد . دکتر طلحه خیلی خوشحال شد که جنان به زندان باز نمیگردد . همین که برای جنان اتاقی در نظر گرفته بودند و او به زندان باز نمیگشت دکتر طلحه را خیلی خوشحال کرد و به سرعت به درمانگاه برگشت و این خبر را به ابو حیدر داد و به ام قادر هم گفت بعد به آن طرف پرده رفت تا با جنان حرف بزند ، صدیقه و صالحه که احساس کردند دکتر میخواهد چیزی به جنان بگوید به طرف دیگر اتاق رفتند و دکتر با

خوشحالی به جنان گفت :

"الحمدلله که تو امشب اینجا میمانی و بعدا هم به زندان نخواهی رفت مفتی در نظر داره تا همین جا اتاقی بتو ومادرت بده بعد آهسته سرش را پایین برد و گفت والله نمیذارم اوبا تو ازدواج کنه با هم از اینجا فرار میکنیم مطمئن باش! دستت را میگیرم و میبرم پیش مادرم تا عروسش را ببیند!"

جنان که تا بحال کسی اینگونه با او حرف نزده بود ته دلش قند آب شد احساس عجیبی در دلش شکوفه میزد یعنی یکی پیدا شده که میخواهد او را از این جهنم نجات دهد ؟؟ خدایا یارب یعنی اینهم از معجزات بازگشت جونیر است ؟ او هرگز تا بحال از هیچ مردی حرف های قشنگ نشنیده بود و همین اشاره دکتر طلحه به قلب نا امید او هزاران جوانه امید میزد . نگاهش را به پایین انداخت و چیزی نگفت و بعد دوباره به چشمان او خیره گشت ! نه او دروغ نمیگوید!! خدایا وقتی که دری را می بندی هزار قفل رویش میخورد و وقتی دری را میگشایی چندین دروازه گشوده میشود ،روزی که او و مادرش را به زندان انداختن تا به امروز کسی یک قدم بسوی انها بر نداشته بود ،اما از روزی که ام قادر به زندان آمد و بعد صالحه نوید این را داد که کسانی برای نجات آنها آمده اند و امروز که فقط معجزه ای بود که یقینش دشوار است ، آمدن مفتی به زندان ، آوردنش به درمانگاه دیدار خالد و چشمهایش و حالا این دکتر که نوید یک زندگی رویایی که او هرگز جرات فکر کردن به آن را هم نداشت به او میدهد! یعنی روزی میشود که او یک زندگی عادی داشته باشد ! او هم خانه ای داشته باشد و شوهری ؟ ام جونیر که این حرفها را می شنید باخودش میگفت اگر خدا بخواهد همه چیز با هم درست میشود یعنی ممکن است روزی جنان سرو سامان بگیرد و از این جهنم خلاص شود !! دکتر طلحه دوباره نگاهی به زخمهای او کرد و گفت:

"نترس زخم هایت چیزمهمی نیستند دو سه روزه خوب می شه اما فرداکه مفتی به دیدنت میاد سعی کن که ناله کنی و نگذاری او صورتت را ببینه تا وقت بیشتری داشته باشیم و نقشه فرار را درست کنیم ،والله والله نخواهم گذاشت دست او به تو برسد ! آرام باش و بخواب "

بعد به این طرف پرده آمد و به صدیقه گفت : " خواهر دینی برو برای همه شام بیاور ، اینها گرسنه هستند." صدیقه نگاهی به جنان کرد انگار

میترسید او را تنها بگذارد ولی جنان با اشاره چشم باو گفت که برود پس از رفتن صدیقه دکتر طلحه که میخواست بیشتر در مورد صدیقه بداند دوباره پیش جنان بازگشت ، یک صندلی به این طرف پاروان آورد و کنار جنان نشست .ام قادر خیلی دلش میخواست بداند که نیت دکتر طلحه چیست و دلش میخواست حرفهای اورا بشنود ولی خجالت میکشید و آنها را تنها گذاشت و به آن سوی پرده رفت . ام جونیر هم ظاهراً خوابیده بود یا شاید خودش را به خواب زده بود تا دکتر طلحه حرفهایش را بزند .دکتر کنار جنان نشست و با دست موهای او را از روی صورتش کنار زد تا دوباره به چشمهای قشنگ او خیره شود . جنان چشمهایش را بازکرد و لبخندی به او زد، این اولین باری بود که جنان با چنین مردی و با این احساس روبرو میشد ! او که غیر از تفنگ و جنگ و خون چیزی ندیده بود !!!او کجا و عاشقی؟ او کجا و حرفهای قشنگ؟ او کجا و نگاه های عاشقانه ؟ دکتر طلحه لبخندی به او زد و با آرامش شروع به حرف زدن کرد و همه جریان آمدنش به اینجا و نفرتی که از این دستگاه دارد و آرزوی فرار میکند و اینکه میداند که خالد و دوستانش برای نجات آنها به اینجا آمده اند و او میتواند در این مورد به آنها کمک کند همه و همه را برای جنان گفت و در آخر ازو پرسید که آیا به صدیقه میشود اعتماد کرد؟جنان انگار مدهوش این سخنان بود از زندان تنگ و تاریک نجات مییافت و اگر میتوانست فرار کند با چنین مردی بقیه عمرش را میگذراند چه ازین بهتر ؟ و در جواب دکتر طلحه پرسید برای چه میخواهد بداند که به صدیقه اعتماد دارد یانه؟ و دکتر طلحه توضیح داد برای فرار به کمک یک زن حتماً نیاز خواهند داشت .ام قادر بدقت به حرفهای دکتر طلحه گوش میکرد، دکتر طلحه تازه به اینجا آمده بود و راه وچاهی بلد نبود و اگر صدیقه با آنها همکاری کند مطمناً نقشه آنها به نحو بهتری انجام خواهد شد! و حالا مطمئن بود که دکتر طلحه هم نقش بسار موثری در این فرار خواهد داشت و همچنین بهترین رابط بین او و برادرش خواهد بود چون غیراز او کس دیگری نمیدانست که ام قادر خواهر ابو مسعود است و او تاکنون این راز را بروز نداده بود .در این موقع صدیقه با سینی غذا وارد شد و دکتر طلحه به این سوی پرده آمد و حرفهایش را با جنان ناتمام گذاشت . دکتر طلحه پس از اینکه سفارش زیادی به ام قادر و صدیقه کرد به طرف اتاقش براه افتاد ، او بیشتر از همیشه مصمم بود که فرار کند البته به همراه جنان ، او از روزهای اولی که وارد اینجا شد و بی

عدالتی ها و ظلم هاو سنگ سار کردن ها را دیده بود قصد فرار داشت و منتظر فرصتی میگشت ولی اکنون پس از دیدن جنان دیگر مصمم شده بود که همراه او فرار کند ولی فراردادن جنان بدون کمک بقیه امکان نداشت اما باید کاری کند که آنها هم به او اعتماد کنند، در این فکرها بود که به اتاقشان رسید در بسته بود در راگشود و وارد شد غیر از سعید که روی تختش خوابیده بود کس دیگری در اتاق نبود ! شب از نیمه گذشته بود اینها کجا میتوانستند باشند ؟ روی تختش نشست ، اصلا خوابش نمی آمد ، توی دلش آشوبی بر پا بود! باید با ابو مسعود حرف بزند ، بلند شد بطرف حمام رفت شاید اگر دوش بگیرد زودتر خوابش ببرد! اما باید تا صبح نشده با ابو مسعود صحبت کند ، قبل از اینکه مفتی برای دیدن جنان به درمانگاه برود! حوله اش را برداشت و بداخل حمام رفت ، در حمام را که باز کرد ناگهان ابو حیدر را دید که آنجا روی سکوی نشسته ! لباس هایش تنش بود و انگار در آنجا انتظار کسی را میکشید ! با تعجب به او نگاه کرد و با لبخندی گفت:" ابو حیدر اینجا چکار میکنی ؟"

ابو حیدر دستهایش را آهسته بالا برد و با تکان دادن آنها به او اشاره کرد که حرفی نزند و کنارش بنشیند . او روی سکوی نشسته بود که معمولا برای گرفتن وضو و شستن پا ها از ان استفاده میکردند . دکتر طلحه با تعجب نگاهش کرد و کنارش نشست ، و با چشم و ابرو از او پرسید که چه اتفاقی افتاده ؟ ابو حیدر در حمام را بست و به آهستگی گفت:" پسرم برایت تله گذاشتن"

دکتر طلحه با تعجب به او نگاه کرد و پرسید:" برای من؟ کی تله گذاشته"

ابو حیدر آهسته گفت:"من توی حمام بودم وقتی همه برای تمرین رفتن بیرون ، خودم دیدم مقداد که بیشتر اوقات همراه مفتی هست یه چیزی گذاشت زیر تشک تو و رفت ! "

دکتر طلحه با تعجب پرسید:" خوب چی بود نگاه کردی ؟

ابو حیدر نگاه عمیقی باو کرد و ادامه داد:" پسرم اولا من نخواستم فضولی کنم! ثانیا ترسیدم شاید توی اتاق دوربین مخفی باشه .. بریم

بیرون بعد با هم حرف میزنیم، ولی یکی یکی ..من اول میرم توی حیاط و آنجا منتظر تو میشم ، تو دوش بگیر پشت سر من بیا که جلب توجه نکنی! "

و بعد از حمام بیرون رفت . دکتر طلحه با عجله دوش گرفت و با خودش فکر میکرد که خدایا جریان چیست؟ چرا برای او تله گذاشته اند؟ یعنی چه چیز زیر تخت او جاسازی کرده اند؟ پس از گرفتن دوش از حمام بیرون آمد و روی تختش دراز کشید و بعد آهسته آهسته دستش را بطرفی که ابو حیدر گفته بود کشید یک جعبه بود وقتی بیشتر دقت کرد فهمید که یک ضبط صوت کوچک است ، مطمئن بود که مفتی به او شک کرده و میخواهد بداند که او در باره مفتی و جنان به کسی حرفی خواهد زد یانه!!با خودش گفت حتماً بقیه هم خبر دارند که کسی در اتاق نیست ! پس از چند دقیقه بلند شد و از اتاق بیرون رفت توی محوطه بیرون ایستاد و کمی به دور وبر نگاه کرد تا بقیه را پیدا کند، چند نفر در حال نگهبانی بودند و تفنگ بدست قدم میزدند و دور عمارت میچرخیدند ،کمی دورتر کنار باغچه زیر درختی چند نفر نشسته بودند. با خودش گفت حتماً ابو مسعود و بقیه هستند ! بسوی آنها رفت حدسش درست بود ، توی تاریکی زیر نور مهتاب آنها را شناخت . البته نور افکن ها در روی برج های مراقبت روشن بودند که هر چند دقیقه یک بار به پنجره های عمارت می تابیدند که کسی از پنجره ها خارج و یا داخل نشود . ولی جائیکه آنها نشسته بودند از تیر رس نور افکن ها دور بود و کسی جمع آنها را نمیدید . دکتر آهسته بسویشان رفت . خالد ، ابو حمزه ، ابو مسعود ، ابو حیدر و اسد زیر درخت نشسته بودند و حتماً داشتند نقشه فرار را میکشیدند .وقتی دکتر طلحه به آنها نزدیک شد سکوت کردند ، اسد به شوخی گفت :"چه کار کردی؟ دکتر واست تله گذاشتن"

دکتر طلحه لبخندی زد و گفت:" واسه اینکه عاشق شدم ! اونم عاشق کی؟ عاشق دختری که مفتی عاشقشه! یعنی رقیب عشقی مفتی شدم!"

همه خندیدند شاید فکر میکردند که شوخی میکند وگرنه کی اینجا از ترس داعش جرات میکند عاشق شود؟ ابو حمزه که خیلی شوخ طبع بود با اینکه قضیه را میدانست اما با خنده گفت: "حالا این دختر بدبخت کی هست که مفتی عاشقش شده؟

قبل از اینکه او جواب دهد ابو مسعود گفت:" چه کسی بجز جنان بیچاره؟ یا باید برگرده زندان یا زن مفتی بشه!"

ابوحمزه باتعجب پرسید" واقعاًعاشق اوشدی ؟یااین یه شوخیه؟"

دکترطلحه جواب داد:" مگه شوخی داریم ؟ بخدا قسم والله اگر بگذارم دست این مرد خبیث به او برسه ورش میدارم و فرار میکنیم"

اسد که روی همکاری دکتر طلحه برای نقشه فرار خیلی حساب باز کرده بود چون بدون همکاری او چگونه میتوانستند زنان را بصورت مرده فراری دهند ! ولی نیاز به تائید بقیه هم داشت ! اما با اتفاقاتی که امروز افتاد تقریباً مطمئن بود که او کمک خواهد کرد ، وقتی او باعث نگهداشتن جنان در درمانگاه شده ، پس حتماً راست میگوید و عاشق جنان است و این خودش دلیل خوبی برای فرار و کمک میباشد . اما نقشه او فعلا فقط یک طرح بود و او نیاز به همکاران بیشتری داشت تا بتواند نقشه خودش را درست اجرا کند . با خنده گفت:

" خوب دکتر پس عاشق شدی چطور میخوای فرار کنی ؟"

دکتر طلحه با خنده گفت:" به کمک شما ها ، مگه قرار نیست جنان و مادرش رو فراری بدین ! خوب منم همراهشون میرم"

یکدفعه همه به ابو مسعود نگاه کردند حتماً او لو داده که اینها قصد فرار دارند! ابو مسعود با خنده گفت:

" مگه دزد گرفتین !! به من چه ! خودش حدس زده دیگه!"

دکتر طلحه خندید وقتی میخندید آن قیافه جدی که همیشه داشت ناگهان عوض می شد و صورتش برق میزد بعد نگاهی به همه کرد و گفت:

" همه نقشه ها قراره از زیر دست من درز کنه ! اونوقت به من شک دارین؟ کی باید جنان رو اینجا نگه داره که شما بتونین فراریش بدین ؟ خوب معلومه که من! از رفت و آمد های شما به درمانگاه ،جریان امروز، خالد ،که چشمهای برادر جنان رو داره و بقیه چیزها خبر شدم،

نمیخواد ابو مسعود به من حرفی بزنه ! مگه خودم کورم ؟"

خوب درست هم میگفت اگر با او همکاری نکنند کل نقشه یک جایش می لنگد ! کسی چیزی نگفت و دکتر طلحه ادامه داد:" تازه یه خبر دارم مثل توپ ، یه چیزی مثل انفجار، تا قول ندین که منو قاطی خودتون میکنین نمیگم"

ابو مسعود که این مدت در کنار او کار کرده بود به صداقت او اطمینان کامل داشت و بهر جهت باید به او اعتماد میکردند وگرنه چطور زنان را از درمانگاه راهی اتاق مرده ها کنند؟گفت :

" من که به دکتر اعتماد کامل دارم الخصوص که عاشق جنان هم شده حالا بگو خبر توپ چیه دیگه؟" دکتر لبخندی زد و ادامه داد :

" خوب اگه بگم که صدیقه یکی از دختران داعشه ، که دوست صمیمی جنان است میتونه به ماکمک کنه چی !!؟ بازم منو از خود نمیدونین؟"

اسد از جایش پرید ! یعنی چنین چیزی حقیقت دارد ؟ او بقول معروف در آسمانها دنبال چنین کسی میگشت که بشود به او اعتماد کرد و اطلاعات گرفت با خوشحالی پرسید:

" کو ؟ کجاست این دختره ؟ شوخی که نمیکنی؟ ها ؟"

دکتر طلحه با خنده گفت:" حالا دیدی ریشتون پیش من گرو است ! باور نمیکنین از ابو مسعود بپرسین ! خودم از جنان پرسیدم که می شه به این دختر اعتماد کرد جواب داد بله ! دیگه چی میخواین ! منتظرین عروسی مفتی و جنان دعوت بشین !! "

اسد بلند شد و پرسید:"دکتر این دختر الان کجاس ؟"

دکتر جواب داد :" دست بر قضا مامور محافظت از جنان است و همین الان توی درمانگاهه :

اسد گفت:"راه بیفت بریم درمانگاه نباید وقت رو تلف کنیم ! شاید فردا دیگه اینجا نباشه من الان باید اونو ببینم!"

و براه افتاد بقیه هم خواستند دنبال آنها به درمانگاه بروند ولی رامی

گفت :

"بهتره زیاد شلوغ نشه و اسد خودش میدونه چکار باید بکنه "

اسد و دکتر طلحه بسوی درمانگاه براه افتادند ، اسد از روزی که وارد اینجا شده بود در آرزوی یافتن یک زن بود که بتواند در دستگاه داعش نفوذ داشته باشد . او باید در مورد حرمسرای امیر و مفتی همه چیز را بداند و اینکه قسمت زنان و بچه ها کجای عمارت است !در هر طبقه ای چند نفر زندگی میکنند ؟ و خیلی چیزهای دیگر که باید دقیقاً بفهمد ،تا این اطلاعات را پیدا نمیکرد نمیتوانست تاریخ بمباران را تعیین کند ! او نمیخواست باعث مرگ زنان و بچه ها ی بیگناه اسیر در دست داعش شود و اگر چنین چیزی حقیقت داشته باشد بهتر از این نمیشود!با هم قدم زنان بسوی درمانگاه براه افتادند . وقتی وارد درمانگاه شدند تقریباً همه خواب بودند ، ام قادر بنا به دستور دکتر امشب اینجا مانده بود . صدیقه سرش را به تخت جنان تکیه داده و چرت میزد ، آنطرف دو سه تا زخمی و مریض مرد بودند که دکتر طلحه قبل از ترک درمانگاه به آنها آمپول خواب آور تزریق کرده بود که بظاهر درد نکشند ولی در حقیقت بخاطر اینکه به رفت و امد ها شک نکرده و خبرچینی نکنند! در اینصورت همه در خواب عمیق بودند . از ورود آنها صدیقه بیدار شد دکتر طلحه هنوز هم میترسید که جلوی صدیقه حرف بزند باید اول با جنان حرف میزد ، اسد اینطرف پرده ایستاده و منتظر بود تا دکتر طلحه با جنان صحبت کند کنار در ایستاده و بیرون را تماشا میکرد . دکتر طلحه کمی فکر کرد و بعد به صدیقه گفت :

" خواهر دینی ممکنه ازشما خواهش کنم که یک ظرف آب گرم برای من درست کنی میدونم که این وظیفه شما نیست اما من باید زخم های جنان را پانسمان کنم و احتیاج دارم که آنها را با آب گرم بشورم ؟" صدیقه با نزاکت بلند شد و چشمی گفت و بطرف آشپزخانه کوچکی که در درمانگاه وجود داشت رفت . از صدای دکتر طلحه جنان بیدار شد نگاهی باو کرد و با وحشت پرسید:"دکتر به این زودی صبح شد؟ الان مفتی میاد ؟"

دکتر طلحه لبخندی زد وگفت :" نه عزیزم هنوز کو تا صبح.. من میخواستم ازت یه چیزی بپرسم در مورد صدیقه؟"

جنان با تعجب پرسید:" نصف شب چی میخوای بدونی در مورد صدیقه؟"

دکتر جواب داد :" دوست من اسد که قراره در نقشه فرار شما کارهای مهمی رو انجام بده احتیاج داره با یک زن که محرم دستگاه باشه ارتباط داشته باشه میتونه به صدیقه اعتماد کنه !!؟"

جنان نگاهی به دور بر کرد که ببینه صدیقه کجاست ؟ او از ده سالگی با صدیقه دوست بود امکان نداشت صدیقه باو خیانت کند ! اما از وفاداری صدیقه به داعش هم تا همین امروز مطمئن بود ولی حالا فکر میکرد که صدیقه به آنها کمک خواهد کرد. سرش را بعلامت تائید تکان داد و دکتر طلحه ادامه داد :

" پس وقتی آمد به او بگو اسد میخواد با او حرف بزنه همین امشب!" در این موقع صدیقه با یک ظرف آب گرم برگشت دکتر طلحه انگشتش را داخل اب زد و گفت" خیلی داغه بگذار یه کم سرد بشه !!"

و به این طرف پرده آمد و به کنار اسد که دم در ایستاده بود رفت و اهسته باو گفت که جریان را به جنان گفته و منتظر است تا عکس العمل صدیقه را بفهمند. پس از چند لحظه صدیقه به کنار آنها آمد و آهسته به دکتر گفت :" دکتر از اینجا که بری توی راهرو دست چپ یه دالان کوچکه ، که از آنجا به زیر زمین یه راه پله هست من زیر پله ها منتظر دوستت می ایستم !"

و بعد بدون اینکه منتظر جواب دکتر بشود از درمانگاه بیرون رفت و اهسته بطرف پله هایی که به زیر زمین منتهی می شد روان شد . این راهرو زیر زمینی برای فرار در موقع بمباران بود که بتوانند بصورت مخفیگاه ازش استفاده کنند. در دلش آشوبی بر پا بود ، او داشت به اعتقادش، به چیزهائی که همه عمرش ایمان داشت خیانت میکرد ، او قسم خورده بود که به داعش پا برجا بماند ، اما نه او برای وفاداری به القاعده قسم خورده بود ، هیچوقت برای وفاداری به داعش سوگند نخورده بود . زمانی که او به داعش پیوسته بود کسی را قسم نمیدادند ولی اکنون هر تازه واردی که می آمد یک روز باید دست روی قران میگذاشت و به حکومت اسلامی ابوبکر بغدادی قسم وفاداری میخورد او اجبارا به سوریه آمده بود جای دیگری نداشت تا برود !! او سالها پیش در افغانستان خانواده اش را از دست داده بود ، اگر همراه اینها به سوریه نمی آمد به کجا میرفت؟ اما حالا داشت به کجا میرفت؟ او

دارد به ملاقات مردی میرود که قرار است به داعش خیانت کند ! قرار است جنان را فراری دهد ! آیا او قادر به چنین کاری خواهد بود؟ آیا او آنقدر قوی هست که با اعتقادات داعش بجنگد؟ کدام اعتقاد ات؟ همان که جنان را پس از آنهمه خدمت به زندان انداخت؟ و تا پای سنگسار بیش برد؟ او چه کند ؟اگر به جنان کمک نکند چگونه تحمل کند که جنان هم به سرنوشت زنان حرمسرا دچار شود و روزی مثل زینب زن امیر فیصل بمیرد؟ و یا بدست زنان دیگر مفتی کشته شود ؟ نه او نمیتواند چنین سرنوشتی را در مورد جنان ببیند! تحملش را ندارد !! اما اگر گیر بیافتد چی ؟ اگر بفهمند که او به جنان کمک کرده چه برسرش خواهند آورد ؟ روی پله ها ایستاده بود خدایا به پائین برود و یا باز گردد!! اما پای بازگشت نداشت به اطراف نگاه کرد کسی در راهرو نبود به آهستگی از پله ها سرازیر شد! زیر پا گرد پله ها خودش را مخفی کرد و توی تاریکی در انتظار اسد ایستاد. ناگهان فکر کرد اگر کس دیگری عوض اسد بیاید چه؟ نه امکان ندارد ! غیر از دکتر طلحه و جنان کس دیگری خبر نداشت که او قرار است اسد را ببیند . خودش را پشت دیوار مخفی کرد و خدا خدا میکرد قبل از اینکه پشیمان شود اسد از راه برسد . چند دقیقه گذشت که سدای قدمهایی را شنید که از پله ها پائین می آید ، قلبش بشدت میزد اگر او را در اینجا پیدا کنند چه بگوید؟ در این افکار بود که احساس کرد یکی باو نزدیک میشود ، توی تاریکی صدای گام های مردانه ای را می شنید . پس از چند لحظه اسد روبروی او ایستاده بود . چشمانش به تاریکی عادت کرد ، حالا اسد را بخوبی میدید، مردی چهار شانه با هیکلی ورزیده که چپیه اش را بدور سرش پیچیده بود و تفنگی در دست داشت و دور کمرش پر از قنداق فشنگ بود . همان مردی که دم در درمانگاه کنار دکتر طلحه ایستاده بود نفس بلندی کشید و خیالش آرام شد . اسد به او نزدیک شد و فندکی از جیبش در اورد و روشن کرد ، او هم میخواست مطمئن شود که صدیقه در مقابل اوست . چشمان صدیقه در شعله کوچک فندک میدرخشید اسد ناگهان دستش را بالا آورد و روبند و مقنعه صدیقه را از سرش برداشت ، صدیقه خواست جیغ بکشد که اسد با دست دهان او را بست و آهسته در گوشش گفت:" باید صورت ترا میدیدم ، می ترسیدم که نکند بعداً کس دیگری به اسم تو با من تماس بگیرد ! موهای صدیقه بدورش ریخت ، برای اولین بار مردی او را بی حجاب میدید ، اسد هنوز دستش را بر دهان او گذاشته و خیره خیره به او مینگریست

چه دختر زیبائی زیر این نقاب و مقنعه مخفی شده بود ، باورش نمی شد ! صدیقه یا از ترس و یا از نزدیکی به یک مرد بیگانه میلرزید! هرگز در عمرش چنین اتفاقی برایش نیافتاده بود ! ناگهان از ته راهرو زیر زمینی صدای حرف زدن آهسته دو مرد بگوش رسید ! اسد به آنطرف چرخید ، دو نفر که یک فانوس در دست داشتند آهسته بطرف آنها می آمدند،اسد به زیر پله ها خزید و بی اراده صدیقه را بغل کرد و بخودش چسباند و با دست دهانش را گرفت که صدایش در نیاید . دو مرد نزدیک تر شدند ، از راه رفتن یکی از آنها معلوم بود که زخمی می باشد چون به دیگری تکیه داده و به زحمت راه میرفت . و تقریباً دیگری او را میکشید ، حالا کاملأ به آنها نزدیک شده بودند و صدای آنها به وضوح شنیده میشد . یکی از آنها عطار بود مرد جوانی که اجساد را به شهر میبرد ، اسد او را شناخت . او به مرد زخمی میگفت :

" صبر داشته باش دیگه رسیدیم ، الان می برمت پیش دکتر ، او مرد خوبیه ، طاقت بیار ! "

ولی مرد زخمی ناله میکرد و آهسته گفت " تو از کجا میدانی دکتر منو لو نمیده !؟"

او در حال از هوش رفتن بود و عطار به او دلداری میداد که دکتر طلحه انسان خوبی است و خیلی به مردم کمک میکند و آهسته آهسته او را از پله ها بالا میکشید. اسد داستان را فهمید ولی به صدیقه چیزی نگفت ، مطمئن بود که مرد زخمی از مخالفان داعش است و حتماً در یک درگیری زخمی شده و عطار او را از راه خروجی زیر زمین دارد به درمانگاه میبرد . حالا دیگرمطمئن شد که عطار به آنها کمک خواهد کرد.. چند لحظه بعد صدای عطار را شنید که به مرد زخمی میگفت تو همین جا باش تا من برگردم ، برم ببینم کس دیگری در درمانگاه نباشد ! مرد زخمی روی پله ها نشست . اسد همچنان صدیقه را در آغوش گرفته بود و گرمی نفس های او را احساس میکرد ، صدای قلبش را می شنید ، شاید یکبار دیگر عشق در این دنیای تاریک خودش را نشان میداد ! صدیقه احساس عجیبی در خودش حس میکرد که هرگز قبلا تجربه اش نکرده بود و برایش تازگی داشت !! آیا این خود عشق است؟ این خواستن است؟ این مرد جوان کیست و چه نقشی در زندگی او دارد؟ نفس صدیقه در آغوش اسد داشت بند می آمد ، انگار داشت نفس های آخرش را میکشید ، باورش نمی شد که چنین نزدیک به

مردی ایستاده که نفس های او را در روی گردنش حس میکند ، سعی میکرد که از تماس بدنش با اسد جلوگیری کند ! اما جابسیار کوچک بود و اسد هم او را بشدت به سینه اش می فشرد ، می ترسید کسی آنها را ببیند. پیشانی هر دو خیس عرق بود و صورت صدیقه گل انداخته بود که به زیبایی او می افزود، چند لحظه بعد صدای دکتر طلحه را شنیدند که با عطار به بالای پله ها آمده و درحال کمک کردن به زخمی بود . دکتر طلحه به عطار گفت:

" چرا اینو اینجا آوردی اگه کسی ببینه چی؟"

و عطار جواب داد:" دکتر چاره دیگه ای نداشتم ! توی شهر دیگه دکتر نمونده یا فرارکرده اند یا بدست داعش کشته شدن "

دکتر طلحه که نگران اسد و صدیقه بود پرسید :"وقتی اینو آوردی بالا کسی توی راهرو پائین شما رو ندید؟"

عطار جواب داد :" نه کسی نبود "و به کمک هم زخمی را به طرف درمانگاه بردند. و چند لحظه سکوت برقرار شد ، اسد آهسته صدیقه را از خودش جدا کرد و مقنعه او را روی سرش انداخت اما عطر موهایش هنوز هوا را پرکرده بود و اسد این هوارا تنفس میکرد، آهسته باو گفت "

"ببخش مجبور شدم ، ترسیدم مارو ببینن " صدیقه آهسته خودش را جمع و جور کرد و مقعنه اش را روی سرش درست کرد ولی روبنده اش را روی صورتش نیانداخت ،و اسد دوباره گفت:" باز هم معذرت میخوام که حجاب تورو برداشتم ، اما باید صورت ترو میدیدم ، "

بعد دوباره فندک را روشن کرد و به صورت او دقیقتر نگاه کرد ، صدیقه هم در نور شعله کم رنگ فندک صورت اسد را می دید ، مردی که برای چند دقیقه در آغوش او بود ،بعد نگاه محبت آمیزی به او کرد و پرسید:

" شما میخواین به جنان و مادرش کمک کنین که فرار کنن؟"اسد نگاهی به اطراف کرد و بعد انگشت سبابه اش را به علامت اهسته تر بلند کرد و گفت :

" اگر تو کمک کنی ؟ من به کمک احتیاج دارم!" صدیقه نگاهش را

دزدید و به پائین انداخت و پرسید:" من چکار میتوونم بکنم ؟ "

اسد دستی به شانه او زد و گفت:" همین که آمدی اینجا یعنی خیلی کارها میتونی انجام بدی ! ببین من حتی اینجا رو بلد نبودم! من احتیاج دارم نقشه عمارت را ببینم ! "

صدیقه لبخندی که زیبائی و معصومیت او را دو چندان کرد زد و گفت:" فکر میکنی من مهندس هستم ؟ نقشه خوانی بلدم ؟ که از من نقشه میخوای ؟ من فقط سواد خوندن و نوشتن دارم همین!"

اسد دوباره دستی محبت آمیز بر شانه صدیقه زد و گفت " من فرداشب نقشه رومیارم اینجا ، تو فقط باید چند جا رو در نقشه به من نشون بدی !"

صدیقه پس از سالها زندگی سیاهش در دامن داعش که هرگز از ته دل نخندیده بود، خنده ی تلخی کرد و گفت :" گفتم که من سواد نقشه خوانی ندارم اینو فقط به کسانیکه برای ماموریت های انتحاری انتخاب میشن یاد میدن !"

اسد با لبخند مهر آمیزی گفت " عیب نداره من خودم یادت میدم ، فقط فرداشب بیا اینجا !" صدیقه آرزوش این بود که دوباره به اینجا بیاید و با اسد دیدار کند اما خیلی میترسید جواب داد:

" اگرجنان هنوز در درمانگاه باشه من میتونم بیام وگرنه خیلی سخته " اسد آهسته گفت:" مطمئن باش دکتر طلحه او رو نگه خواهد داشت " صدیقه دیگر می ترسید نکند کسی متوجه شود که او در درمانگاه نیست آهسته گفت:" من دیگه باید برم ممکنه بفهمن که من توی درمانگاه نیستم !"

اسد بازویش را گرفت و گفت :" صبر کن تو همین جا بایست بذار من اول برم بالا وقتی مطمئن شدم کسی اون بالا نیست دو تا سرفه میکنم بعد تو بیا بالا " صدیقه چشمانش از شادی برق میزد او تا بحال کسی را که دل نگرانش باشد نداشت ، فقط برادرش بود که او هم مثل جونیر در قسمت مردانه زندگی میکرد و هر از گاهی او را می دید ، اما حالا یکی بود که نگرانش بود و این احساس خیلی قشنگ بود ،حتی

برای یک دختر داعشی ! اما آیا واقعأ اسد نگران او بود و یا نگران ماموریتش ؟ هر چه بود صدیقه این احساس را دوست میداشت ! اسد بی اختیار با دست شانه های او را لمس کرد و گفت:

" مواظب خودت باش "و از پله ها بالا رفت . چند دقیقه طول کشید تا صدای سرفه اسد را شنید . صدیقه با سرعت بالا آمد . اسد کنار دیوار طوری ایستاده بود که همه راهرو را میتوانست ببیند ، صدیقه با عجله روبنده اش را انداخت و از کنار او رد شد ، می ترسید اگر آهسته برود گرمای نفس های اسد وجودش را آتش بزند! قلبش را از حرکت باز دارد !و نتواند از اسد جدا گردد! فاصله این راهرو تا درمانگاه فقط چندقدم بود ، صدیقه وقتی وارد درمانگاه شد نفس بلندی کشید انگار که از جنگ باز گشته باشد ، یعنی همین چند دقیقه پیش او سرش را روی سینه مردی گذاشته بود؟ این خواب نبود؟ او با این احساس بیگانه بود ! اما هرچه بود احساس قشنگی بود! احساس دوست داشتن

دکتر طلحه داشت زخمی را پانسمان میکرد روی زمین خون زیادی ریخته شده بود ،دکتر به عطار آهسته گفت که برود از توی حمام حوله بیارد و زمین را تمیز کند قبل از اینکه کسی ببیند! و بفهمد که زخمی آمده ! عطار بداخل حمام رفت یک حوله کثیف روی زمین بود آنرا برداشت و شست و بیرون آمد و خونها را از روی زمین پاک کرد . جنان هنوز نخوابیده و در انتظار صدیقه بود ، صدیقه آهسته به کنار تخت او رفت و روی صندلی نشست . انگار که از سرزمین رویاها بازگشته بود اصلا یادش نبود که برای چه مقصودی به دیدن اسد رفته است! جنان که سکوت او را دید آهسته پرسید که او را دیدی و صدیقه به علامت مثبت فقط چشمهایش را باز و بسته کرد میترسید کسی حرفهای آنها را بشنود و چشمهایش را بست ، شاید هنوز هم در رویای آغوش اسد بود و نمیخواست آن لحظه قشنگ را فراموش کند ! و یاد آن لحظه ها را میخواست تا ابد در قلبش و خاطره اش حک کند. چند لحظه بعد اسد هم وارد درمانگاه شد و بسوی دکتر طلحه رفت و پرسید:

"دکتر مریض داری؟ دکتر از دیدن او خیلی خوشحال شد ، خدا را شکر که اسد به سلامت بازگشته و حالا میتواند او را پوشش دهد ، اگر کسی سربرسد، اسد هم به همین منظور آمده بود ، چون مطمئن بود که مرد زخمی، داعشی نیست و ممکن است دکتر طلحه به کمک

احتیاج داشته باشد . اسد به کنار آنها آمد مرد زخمی تیر خورده بود ، دکتر با داروی بی حسی تیر را خارج کرده و داشت او را پانسمان میکرد . چشمان اسد بدنبال صدیقه میگشت اما جرات اینکه به پشت پرده قسمت زنان برود را نداشت . دکتر طلحه پانسمان را تمام کرد و به عطار گفت که او نمیتواند زخمی را اینجا نگه دارد وعطار باید او را ببرد . عطار خودش هم میترسید ولی زخمی که خونریزی زیادی کرده بود خسته تر از آن بود که بتواند به تنهایی برود . عطار از دیدن اسد ترسید نکند که او را لو بدهد ، اسد با اینکه میدانست قرار است عطار در فرار دادن زنها دست داشته باشد اما نمیخواست پوشش خودش را بدرد او قرار نبود که فرار کند بنا براین باید بیشتر مراقب خودش باشد و با این که مشخص بود که عطار هم دست مقاومت ملی سوریه است ولی باز هم نمی خواست دستش پیش کسی رو شود . دکتر طلحه آهسته به عطار گفت که تا دم پله ها باهت میایم ولی بعد را باید خودت تنها او را ببری ، دکتر ابتدا فکر کرد که تا آخر راهرو زیر زمینی برود که ببیند به کجا منتهی میشود اما بعد با خود گفت صدیقه و جنان خودشان حتما این راه را بلد هستند چرا او خودش را به خطر بیاندازد . پس از راهی کردن آنها دکتر به درمانگاه بازگشت . هر چند که خوابش می آمد اما ترجیح میداد که در کنار جنان باشد ، میترسید اگر از درمانگاه برود افراد مفتی ناگهان بیایند و جنان را ببرند آنوقت چگونه او را بیابد؟ با خودش میگفت عجب یکباره مثل پسرهای نوجوان عاشق شدم ! وسط این همه زشتی و خشونت و مرگ ،عشق چگونه ناگهان پایش را بر دل من نهاد؟ این دختر بینوا را باید نجات دهم ! بالای سر جنان رفت ، زخم هایش را پانسمان نکرده بود تا هوا بخورد و زودتر خشک شود ، اما حالا تصمیم گرفته بود که آنها را پانسمان کند و طوری نشان دهد که صورت جنان چند روزی باید پانسمان بماند . جنان احساس کرد که کسی کنار اوست و چشمهایش را گشود، از دیدن دکتر بر بالینش خیلی تعجب کرد اما دکتر باو اشاره کرد که ساکت باشد ، بعد آهسته باو گفت که زخمهایش زیاد عمیق نیستند و به زودی خوب میشوند ولی او میخواهد که آنها را پانسمان کند تا اگر مفتی فردا به درمانگاه آمد او دلیلی برای بیشتر نگاهداشتن جنان در اینجا داشته باشد ! صدیقه یا خواب بود و یا وانمود میکرد که خواب است . سرش را به لبه تخت ام جونیر تکیه داده و خوابیده بود . او هم امشب کشمکشی با خودش و دلش داشت ! مردی را برای اولین بار از نزدیک لمس کرده بود ،

که گرمای نفس هایش گردنش را سوزاند ! ولی از این سوختن لذتی و رخوتی به او دست داد که تابحال چنین احساسس را تجربه نکرده بود ، آیا این خود عشق است ؟ آیا عشق اینگونه ظاهر میشود ؟ ولی عشق برای آنها میوه ممنوعه بود ! او نباید اسیر این احساس شود ! اما در دلش آرزو میکرد که اسد هم همین احساس را در باره او داشته باشد و دلش از هم اکنون برایش تنگ شده بود ! آیا اسد فقط از روی ترس او را در آغوش گرفته وچنان بخود چسباند ه بود؟ نه دلش چیز دیگری میگفت ! دلش میخواست عشق را باور کند ! بشناسد ! چیزی که هرگز خوابش را هم ندیده بود ! نکند فردا بیدار شود و ببیند که همه آنچه که امشب اتفاق افتاد خوابی بیش نبوده ! خدایا امشب یک رویای کاذب نباشد؟آیا میتواند به این امید دل ببندد ؟ آیا اسد هم همین احساس را دارد؟ آیا میتواند به این امید دل خوش باشد که یک روز او هم سر به دامن عشق گذارد ! آیا اسد فقط برای حفظ جان او دست به این کار زده و او را در آغوش گرفته بود ؟ یعنی اسد هیچ احساسی باو نداشت ؟ شاید اصلاً اسد عاشق جنان باشد که میخواهد او را نجات دهد ؟ چرا به این فکر نکرده بود ؟ اگر چنین باشد چه ؟ یک لحظه دلش از این فکر گرفت بعد به این فکر خودش خندید! نه امکان ندارد ! ناگهان چشم گشود و دکتر طلحه را دید که با مهربانی دارد زخمهای صورت جنان را پانسمان میکند و آهسته با او حرف میزند . با خودش گفت چرا دکتر عاشق جنان نباشد ! درسته حتماً همین طور است که چنین از او پرستاری میکند ! شاید اسد با جنان هیچ ارتباطی نداشته باشد ! مگر نه که جنان امروز صبح از زندان به اینجا آمده پس در این صورت اسد شاید تا بحال با او حرف هم نزده باشد ! باید به این فکرهای عجیبی که از سرش میگذرد فایق آید و نگذارد که افکارش به سیاهی برود ! اسد او را چنان گرم در آغوش گرفته بود که امکان ندارد عاشق زن دیگری باشد ! ناگهان بیاد لحظه ای افتاد که اسد مقنعه او را از سرش برداشت ! چرا اسد دوست داشت او را بی حجاب ببیند! خودش گفته بود که برای اینکه کس دیگری خودش را صدیقه جا نزند ! ولی صدای صدیقه مشخص بود ! حتی بدون نقاب هم اگر او را میدید کافی بود! چرا حجاب او را برداشت ؟ این افکارنمیگذاشت تا صدیقه بخوابد . دکتر طلحه پس از پانسمان صورت جنان آهسته باو گفت :

" اگر فردا مفتی آمد ، ناله کن و نگذار صورتت رو ببینه ! به او بگو که دوس نداری صورت زخمی ترا ببینه ! و باید اجازه بده تا صورت تو

کاملاً خوب بشه و بعد ترا عقد کنه! "

جنان ناگهان دست دکتر را گرفت ، میدانست که این کار گناه است ، اما خودش هم نفهمید که چرا این کار را کرد! با التماس گفت:

" دکتر ترا بخدا نگذار مرا عقد کنه ، ترا بخدا به من رحم کن ! " دکتر طلحه با دست دیگرش سر او را نوازش کرد و آهسته گفت :

"والله ! والله ،بخدا قسم اگر بگذارم دست او به تو برسه ، فقط میخوام برای خودمون وقت بخرم تا اسد بتوانه نقشه خودش را عملی کنه، حتی اگر ترا از درمانگاه به اتاق ببره ، به او بگو تا زخمات خوب خوب نشده دوست نداری صورت ترا ببینه؛ من مطمئن هستم که اسد همین دو سه روزه نقشه فرار رو عملی میکنه نترس! بخدا ایمان داشته باش ، او ترا رها نمیکنه "

اشکهای جنان بروی صورتش جاری شد ، او در تمام عمرش حرف های محبت آمیز نشنیده بود ، اکنون باور کردنش برایش سخت بود که روزی بتواند از این زندان که همه عمرش را در آن گذرانده بود رها شود ، جونیر جانش را فدا کرده بود تا او و مادرش به آرامش برسند و او مجبور نباشد به ازدواجی تن دهد که یک موی بدنش به آن راضی نبود، باید حرف دکتر را باور کند و به خدا ایمان داشته باشد که او همه چیز را درست میکند.

***

اسد روی تختش دراز کشیده بود و به اتفاقات امروز فکر میکرد ! او هنوز ماموریت های اصلی خودش را انجام نداده بود ، اگر میتوانست نقشه بمباران را درست انجام دهد شاید میتوانست به ماموریتش خاتمه داده و به شهرش بازگردد. ناگهان بیاد صدیقه افتاد ! هنوز چشمهای معصوم او که در شعله کم رنگ فندک برق میزد از یادش نمیرفت ، چه دختر زیبایی بود ! چه موهای قشنگی داشت ، بیچاره چطور به این راه افتاده است؟ شاید شوهر داشته باشد ! نه اگر چنین بود به فرار جنان کمک نمیکرد ! تازه این را هم فهمیده بود که زنانی که شوهر دارند حق خروج از اتاقشان را ندارند و فقط میتوانند در همان طبقه خود به اتاق دیگری بروند ! پس او شوهر نداشت ، از این بابت مطمئن بود. ولی

شاید عاشق کسی باشد ؟ نه چه کسی در اینجا جرات نگاه کردن به یک مرد را دارد ! چه رسد به عاشقی ! نه او حتماً دختری آزاد است با این فکر ها و با دل خودش میجنگید ! او برای عاشقی به اینجا نیامده بود آمده بود تا ماموریت مهمی را انجام دهد و وقتی برای عاشق شدن هم نداشت اما عشق که اجازه نمیگیرد و ناگهان وارد میشود ! مثل یک مهمان ناخوانده ، اما چه مهمان شیرینی ! چقدر بدل می نشیند ! کاش او هم میتوانست صدیقه را بردارد و از اینجا ببرد ! خواب به چشمانش نمی آمد ! به پنچره نگاه میکرد و گردش نور افکن را میدید ، که هر چند دقیقه یک بار از پنچره اتاق آنها میگذرد ! به ساعتش نگاه کرد ، اگر قرار باشد شب فرار کنند باید از پنچره بیرون بروند ، شاید باید محاسبه کند که هر چند دقیقه یک بار نور افکن به پنچره اتاق می تابد ، که در این فاصله بتوانند از پنچره بیرون بپرند ! آنقدر به نور افکن نگاه کرد تا خوابش برد .

***

صبح هنوز صبحانه نخورده بودند که یکی از سربازان وارد اتاق شد و به اسد گفت که امیر فیصل میخواهد او را ببیند ! همه باو نگاه کردند نکند صدیقه او را فروخته باشد ؟و تمام نقشه ها نقش بر آب شود ! ولی اسد خودش را نباخت و به آرامی گفت :

" بگذار صبحانه ام را تمام کنم خودم میام !"

اما پسر جوان جواب داد :" باشه من منتظر میشم"

این بار رامی هم وحشت کرد ! ای وای نکند برای اسد هم پاپوش دوخته باشند ؟ اسد با عجله صبحانه اش را تمام کرد و همراه مرد جوان اتاق را ترک کرد تا به دیدن امیر فیصل برود . مرد جوان به راهروئی پیچید و در مقابل در بلندی ایستاد و گفت :

" همین جا منتظر باش تا من اجازه بگیرم " و بداخل رفت اسد با خودش می اندیشید که اگر لو رفته باشد چه باید بکند ؟ باید خودش را آماده هر اتفاقی بکند بعد بخود گفت ، میگویم برام پاپوش دوخته اند ، به من تهمت زده اند ! چون من یک افسر فراری هستم میخواهند مرا بکشند! در این افکار بود که مرد جوان بیرون آمد و به او گفت داخل

شو، اسد با اینکه در دلش آشوبی بر پا بود ولی با خونسردی وارد اتاق شد ، اینجا اتاق امیر اعظم ،امیر حارث بود ، اتاقی بزرگ با پرده های الوان و دورتا دور آن نیمکت هائی مثل مبل که رسم عربها ست به دیوار چسبیده بود که رویه آنها از پارچه ای بسیار گران قیمت و قشنگ طراحی شده بود و میز خاتم کاری که سه تا صندلی مجلل بر پشت آن قرار داشت و پشت سر صندلی ها آرم داعش بر روی پرده سیاهی به دیوار زده شده بود . روی صندلی وسط امیر حارث نشسته بود و دو طرفش مفتی اعظم و امیر فیصل نشسته بودند . امیر عبائی به رنگ طلائی که دور آن حاشیه زر دوزی شده بود برتن داشت . مفتی مثل همیشه روی دیشتاشه اش عبائی سفید رنگی برتن داشت و شال نازکی هم به همان رنگ بر روی موهای مجعد سفید و سیاهش انداخته بود که سیاهی چهره اش را دو چندان میکرد ، اسد سلامی کرد و کنار در ایستاد ، او خودش را آماده هر اتهامی کرده و منتظر مجازات بود و با خودش تمرین میکرد که چگونه از خودش دفاع کند !امیر حارث جواب سلام او را داد و با دست اشاره کرد که جلو بیاید . اسد به آرامی نزدیک میز امیر رفت . امیر فیصل نگاهی به او کرد و گفت :

" اسد، حضرت امیر میخواستند ترا ببیند برای همین احضار شدی!" اسد سری خم کرد و به عادت عرب ها گفت

"یا امیرا" امیر لبخندی زد و گفت :

" جلو بیا جوان .. اسم تو چیست؟ " اسد نگاهی دیگر به امیر کرد در قیافه اش اثری از خشم نبود ! و خیلی آرام بنظر میرسید ! و لبخندی هم بر لب داشت ، اسد سری خم کرد و جواب داد:

"اسد یا امیرم" امیر ادامه داد :" اسد، بارک الله اسد! تو آنروز در بازار برای نجات جان من جنگیدی و کمک کردی ! من دیدم که به آنهائی که به ما حمله کردند تیر اندازی کردی ! آفرین ! بارک الله ! که اینقدر نترس و شجاع هستی !من میخواستم ترا از نزدیگ ببینم و میخواهم که همیشه با من باشی ! "

انگار آبی بر آتش درون اسد ریخته شد و تمام ترسش ریخت ! و امیر ادامه داد:" بعد از امیر فیصل تو مرد شماره دو من خواهی بود ،

میخواهم که ترا همیشه در کنارم ببینم ! بگو ببینم این رزم آرائی را کجا آموخته ای ؟ خیلی خوب تیراندازی میکنی ! "

اسد نفس راحتی کشید و لبخندی زد و سرش را بالا گرفت ومحکم گفت :" یا امیرا ! من افسر فراری از ارتش سوریه هستم و بیشتر از این نمیتوانستم برای انها کار کنم ! "

امیر با تعجب پرسید:" چگونه به ما محلق شدی ! و چرا از دست آنها فراری هستی ؟" اسد که از قبل داستانی را برای چنین موقعی آماده کرده بود جواب داد :

" قربان مورد اتهام همکاری با داعش قرار گرفتم "

امیر با تعجب پرسید: " چگونه ؟ وچطور گذاشتن تو به اینجا برسی؟"

اسد جواب داد:" قربان مورد اتهام قرار گرفتم ! و بجرمی که مرتکب نشده بودم محکوم شدم ،به همکاری با داعش ! سه سال پیش من مسئول گشت اطراف زینبیه بودم روزی در مقابل زینبیه نزدیک قرارگاه آوارگان فلسطین یکی از جوانان داعش با انفجار خودش باعث مرگ و زخمی شدن عده زیادی شد من خودم را به آنجا رساندم ، خیلی شلوغ بود زخمی های زیادی روی زمین افتاده بودند آمبولانس ها آمدند و آنهائیکه بد حال بودند را به بیمارستان رساندند ، من هم سه نفر را که زخمی بودند سوار ماشین خودم کردم و به بیمارستان بردم، آنها سر پائی معالجه شده و عصر همان روز مرخص شدند ، اما بعد از مرخص شدن معلوم شد که آنها از سربازان داعش بوده و در آن انفجار دست داشتند و چون من آنها را از معرکه دور کرده و به بیمارستان رساندم، باعث فرار آنها شده بودم ، یعنی اینطور به نظر رسید که من از قبل با آنها همکاری داشته ام ! مرا بازداشت و محاکمه نظامی کرده وزندانی شدم ، پس از آنهم از خدمت معلق کردیدم. دو سال در شهر های مختلف در بدر دنبال راهی برای رسیدن به اینجا میگشتم و تا بالاخره خودم رابه اینجا رساندم ، مرا به جرمی که مرتکب نشده بودم محکوم و مجازات کردند ، آنوقت بود که فهمیدم که چرا مردم به داعش می پیوندند و با دولت سوریه می جنگند ! بخاطر بی عدالتی هائی که به مردم روا میدارند و اکنون خوشحال هستم که قدم به راه درست گذاشته ام و امیدوارم به زودی در این راه به درجه شهادت برسم "

امیر حارث با دقت به حرفهای او گوش میکرد و مرتب و در بین حرفهای او بارک الله و سبحان الله میگفت . تاریخی که اسد میگفت درست بود و سه نفر از سربازان داعش آن انفجار را انجام داده بودند که یکی کشته و دونفر دیگر فرار کرده بودند ،هر چند که چند روز بعد از فرار آنها دستگیر و اعدام شده بودند ، اما این دلیل محکمی برای وفاداری اسد بود . بعد امیر سرش را تکان داد و گفت:

" مرحبا و بارک الله که راه درست را انتخاب کرده ای ، از امروز تو باید همیشه در کنار من باشی ! بیا اینجا کنار ما بشین "

اسد به کنار امیر رفت و امیر یک صندلی به او نشان داد که در کنار صندلی های آنها بود . اسد وقتی نشست تازه متوجه تلویزیون بسیار بزرگی که روی دیوار نصب بود شد، تلویزیون مثل صفحه های اتاق خبر و یا اتاق جنگ چند جای مختلف را نشان میداد و آنها داشتند با دقت به صحنه نگاه میکردند ، اسد کنجکاو شد که تلویزیون چه چیزی را نشان میدهند که آنها را چنین بخود مشغول کرده است ، صفحه تلویزیون چهار قسمت بود و چهار منطقه مختلف را نشان میداد اولی نزدیگ یکی از پست های بازرسی مرزی بین عراق و ترکیه بود و دیگری پارک بازی بچه ها را نشان میداد و یکی دیگر هم ایستگاه قطاری در یک کشور اروپایی و آخری هم بیمارستانی در سوریه بود ! اسد تعجب کرد که چه چیزی باعث شده اینها در چنین جاهائی دوربین مدار بسته داشته باشند! ناگهان تمام صفحه را پارک کودکان پر کرد و زنی که بچه ای در آغوش داشت و کالسکه ای را هول میداد در صفحه دیده شد و نگاهی به دوربین کرد و لبخندی زد وبعد کوله اش را روی یکی از اسباب بازی ها گذاشت و دور شد و در دستش چیزی دیده شد که دکمه قرمزی روی آن بود و ناگهان دستش دیده شد که دکمه را فشار داد و خودش و بچه و بقیه بچه ها بهوا پریدند و بمب بزرگی منفجر شد ! امیر و بقیه با گفتن الله اکبر ، الله اکبرو سبحان الله به همدیگر تبریک گفتند ، وای که چه صحنه دلخراشی بود اسد از ناراحتی داشت خفه میشد او چگونه نتوانسته بود که از این بمب گذاری با خبر شود و از این انفجار جلو گیری کند که دوباره صفحه تلویزیون ایستگاه قطار را نشان داد و زنی بی حجاب که او هم کوله پشتی داشت و منتظر قطار بود چهره اش روی صفحه نمودار شد قطار ایستاد زن با لبخندی سوار شد و دستهایش را بصورت خداحافظی بلند کرد و ناگهان قطار

منفجر شد ای داد بیداد !!اسد با خود گفت پس من اینجا چکار میکنم ! اگر نتوانم جلوی این انفجار هارا بگیرم !پس برای چی به اینجا آمده ام؟ ناگهان صفحه تلویزیون پاسگاه مرزی عراق و ترکیه را نشان داد و دوتا سرباز با در دست داشتن تفنگ به ماشینی نزدیگ شدند و با انداختن چیزی بداخل اتومبیل ناگهان آنرا منفجر کرده و خوشان هم به زمین افتادند. اسد داشت دیوانه می شد چه زمانی طرح این جنایات را کشیده اند که او بیخبر بوده !!پس او لولوی سر خرمن است !! که ناگهان دوباره تلویزیون بیمارستان را نشان داد که یک نفر که لباس نظافت چی برتن داشت محموله بزرگ لباسهای و ملافه های کثیف را حرکت میداد و لبخندی بر لب داشت که ناگهان چند سرباز به داخل ریختند و مرد را دستبند زده و بمب را از داخل ملافه ها در آورده و به بیرون بردند . آه از نهاد امیرو مفتی برآمد چگونه این ماموریت لو رفته است ! اسد خیلی خوشحال شد که این ماموریت شکست خورد!!ولی از این موضوع باید استفاده روانی میکرد تا اعتماد امیر را بیشتر بخود جلب کند و با گفتن لاحول والا قوت الله بالله و لعنت بر شیطان به امیر گفت :

" یا امیر حتما وارد سیستیم های کامپیوتری شما شده اند و توانسته اند این ماموریت را هک کنند وگرنه چگونه این ماموریت باین خوبی لو رفته !! " امیر که خیلی دمق شده و این شکست اثر کامیابی سه اقدام قبلی را در صورت او محو کرده بود به اسد گفت :

" تو به کار کامپیوتر و سایبر وارد هستی؟" اسد سری تکان داد و جواب داد :

" بله امیرا" امیر گفت برخیز تا به اتاق سایبر برویم وظیفه تو از امروز این است که بفهمی چگونه اطلاعات ما به خارج درز میکند !؟ اسد خیلی خوشحال شد او حالا میتوانست به اتاق سایبر راه یابد و از این طریق برنامه های اینها را هک کرده و از چنین اتفاقاتی جلوگیری کند. پس از دیدن این انفجارها تلویزیون خاموش شد و امیر بلند شد تا با اسد به اتاق سایبر برود و مفتی اهسته باو گفت که به درمانگاه میرود ولی امیر با اشاره سر ازو خواست که فعلا به آنجا نرود ! نمیخواستند اسد چیزی بفهمد اما انگار مفتی برای دیدن عروس بیشتر از این تحمل نداشت و میخواست به درمانگاه برود ، امیر به مفتی آهسته گفت که ترتیب این کار را میدهد و با اسد به اتاق سایبر رفتند. اسد تا بحال

این اتاق را ندیده بود چندین کامپیوتر آخرین مدل روی میز ها بود و چند مرد جوان هم روی آنها کار میکردند . عجیب بود که این مردان جوان را تا بحال ندیده بود انگار همه نابغه بودند آنقدر راحت داشتند روی کامپیوتر ها کار میکردند وبرنامه های کامپیوتر مینوشتند که فکر میکردی از بزرگترین دانشگاه های جهان مدرک برنامه ریزی دارند . خالد هم آنجا بود و داشت با قریب روی یک کامپیوتر کار میکرد همه از دیدن امیر خوشحال شده بلند شدند و سلام کردند ، امیر، اسد را به همه معرفی کرد و اضافه نمود که او هر روز برای سرکشی به کارها به اینجا خواهد آمد و بعد اسد را آنجا جای گذاشت و خودش رفت .اسد در کنار یکی از کامپیوتر ها نشسته بود او باید کاری میکرد که نقشه عمارت را بدست بیاورد و چیز دیگری که فکرش او را بخود مشغول کرده بود این بود که ویروسی وارد این کامپیوتر ها کند تا برای مدتی از کار بیافتند و نتوانند برنامه های دولت ها را هک کنند .

***

همانشب اتاقی در کنار درمانگاه برای جنان و مادرش به امر امیر آماده نمودند ، قبل از رفتن آنها به اتاقشان خالد یک بار دیگر به درمانگاه آمد تا آنها را ببیند درست در زمانیکه ام قادر با تلفن تصویری داشت با نسیم آرا حرف میزد و مادر و خواهر جونیر را باو نشان میداد ، نسیم آرا اشک میریخت وای که چقدر جونیر در روزهای آخر عمرش آرزوی دیدن آنها را داشت ، مادر جونیر مرتب قربان صدقه او میرفت و آه میکشید و اشگ میریخت این دختر عشق اول وآخر زندگی کوتاه پسر او بوده ! عشقی که به ناکامی انجامید و داغش بر دل نسیم آرا تا ابد ماند ، خالد ناگهان نسیم آرا را روی صفحه تلفن دید دلش مالش رفت، چقدر این چند روزه دلش هوای دیدنش را کرده بود اما جرات اینکه باو تلفن کند را نداشت و وقتی او را دید بی اختیار اشک هایش جاری شد ! خدایا آیا میشود که از این جهنم فرار کنند و دوباره عشقش را بیابد ! نسیم آرا نگاهی پر از عشق به او کرد و به انگلیسی گفت بهشاد منتظرت هستم برگرد! سلامت برگرد! انگار دنیا را نسیم آرا با این چند کلمه باو داد ! وای که چقدر شیرین است که بفهمی کسی در انتظار توست ! چقدر لذت بخش است از دهان کسی که دوستش داری کلام امید وار کننده ای را شنیدن ! حال وهوای بهشاد دوباره عاشقانه شد

ورفت به روزهای بیمارستان ، روزهائی که وجود نسیم آرا را پشت در اتاق احساس میکرد! روزهائی که نمیدانست این کیست که در درون او فریاد میزدند ! چشمهای نسیم آرا خیس اشک بود آیا این اشگ شوق از دیدن مادر جونیر است و یا اشگ غم دوری از بهشاد ؟ ای کاش میتوانست ازو بپرسد ! اما تماس قطع شد ! ام قادر می ترسید کسی ببیند که او تلفن دارد ! و جالب اینجا بود که بخاطر اینترنت قوی که برای اتاق سایبر استفاده میکردند آنها میتوانستند بدون هیچ اشکالی با هم تماس بگیرند دور از چشم نگهبانان! بهشاد هنوز هم در حال هوای نسیم آرا گم گشته بود! بخودش آمد و به مادر جونیر که از دیدن نسیم آرا اشک می ریخت خیره شد، ای کاش عربی بلد بود و میتوانست برای مادر جونیر از احساساتش ، از روزهای بیمارستان ، از اینکه زمانی که در اغماء بود او را بالای سرش می دیده بگوید ! ولی فقط میتوانست دست او را ببوسد و به او یوما بگوید و همین هم برای دل داغدار ام جونیر بس بود که چنین معجزه ای رخ داده و نیمی از جونیر زنده است حال بشکلی دیگر و به زبان دیگر، ولی احساس او جونیر بود ! نگاه او جونیر بود! عشق او جونیر بود و همین برای مادر جونیر کافی بود !بهشاد تا دم اتاق همراه آنها رفت ولی میدانست که دیگر نباید به داخل اتاق برود . اتاق کوچکی بود با دو تا تخت و وسایل کمی وتی هر چه بود برای آنها کافی بود ..جنان وقتی مفتی به دیدن او رفت از او خواست تا صالحه را هم به او ببخشند و او مثل خدمتکار در اتاق جنان برای پرستاری او بماند ، البته بعد از عقد جنان ، اتاق دیگری هم به آنها میدادند ولی فعلا این برایشان کافی بود و مفتی که از خوش خدمتی صدیقه خیلی راضی بود او را مامور محافظت از جان جنان کرد و گفت که دیگر لازم نیست به ماموریت برود و همیشه کنار جنان باقی بماند . البته همه این کارها بصورت مخفی انجام شد و چنین وانمود کردند که جنان به زندان بازگشته است تا همسر مفتی از هول و هراس جنان بدر آید و همانطور که دکتر هم گفته بود باید زخمهای جنان خوب شود و جنان از مفتی خواست که بعد از بهبودی کامل صورتش برنامه عقد را انجام دهند . وقتی جنان درمانگاه را ترک میکرد نگاهی پر از عشق و دلتنگی به دکتر طلحه نمود ای کاش حرفهای او راست باشه و روزی با هم ازین جهنم فرار کنند ! ولی آیا چنین چیزی میشود ؟حالا چگونه با اینها ارتباط برقرار نماید ؟ دکتر طلحه هم از رفتن جنان ناراحت شده بود ولی چاره ای بجز تسلیم شدن نداشت و به ظاهر به ام قادر گفت که جنان را باید هر روز برای معاینه به درمانگاه بیاورد تا

زخم هایش خوب نشده باید تحت کنترل باشد . او هم از این جدائی دل خونی داشت ولی چه کند اسیر دست جلادان بودند و چاره ای جز تسلیم و رضا نداشتند .صدیقه وقتی اتاق را ترک میکرد آهسته به دکتر طلحه گفت به اسد بگوئیدکه قرار امشب یادش نرود ! او هم به این امید دل بسته بود که شاید دوباره اسد را ببیند ! وای که اینها در چه جهنم سیاهی زندگی میکردند که فقط یک روزنه کوچک از نور چه امیدی به دلهای آنها میتابید! دکتر طلحه به جنان اطمینان داد که چند روزی بیشتر در این اتاق نخواهند بود و ام قادر هم بعنوان پرستار مرتب به دیدار آنها خواهد رفت .اتاق خوبی بود هر چه بود از غل و زنجیر و سیاه چال خیلی بهتر بود مخصوصا که همه با هم بودند و همه امیدوار که خداوند راه فراری برایشان کشوده است .

***

بعد از غروب آفتاب اسد با خالد به درمانگاه آمد ، دکتر طلحه هنوز آنجا بود ، اسد توانسته بود نقشه عمارت را پیدا کند، اینجا که الان مقرر حکومت داعش بود قبلا چه بوده ؟ او فهمید که این قصر یکی از شاهزادگان عثمانی که زمانی سوریه و دمشق هنوز تکه ای از حکومت عثمانی بوده تعلق داشته و او سالها در این جا زندگی میکرده که پس از فرو پاشی دولت عثمانی مدتها متروک باقی مانده و بعد گروهی باستان شناس تصمیم گرفتند که اینجا را تبدیل به هتل بسیار بزرگی نمایند که ناگهان بدست داعش افتاده و به مقر حکومت آنها تبدیل گشته ، این قصر به دلیل بمباران های پی در پی خرابی های بسیاری داشت ، پیدا کردن نقشه آن بسیار مشکل بود ولی اسد توانست که کروکی آنجا را بیابد. از آن قصر زیبا در اثر بمباران های فراروان اثری بر جای نمانده بود، اسد به کمک خالد نقشه را پیدا کرد ،حالا باید به دیدن صدیقه میرفت ، خودش هم نمیدانست که چرا اینقدر هیجان زده است !آیا برای انجام عملیات اینقدر خوشحال است یا از دیدن صدیقه ! از دیشب که صدیقه را بی حجاب دیده بود برق نگاهش وعطر موهایش را نمیتوانست فراموش کند عطرش همه جا را پرکرده بود ! چه چشمهای قشنگی داشت! چه نگاه غمگینی ! انگار کوهی از غم در پشت پلکهایش پنهان بود ! آیا همه دخترهای اسیر اینجا چنین غمی در نگاهشان هست و یا فقط صدیقه ؟ دکتر طلحه آهسته پیام صدیقه را به او داد ، ولی هنوز خیلی زود بود که به زیر زمین برود، او آمده بود

که ببیند درمانگاه چه خبر است و برای فرار چند روز فرصت دارند ؟ دکتر طلحه گفت :

" فعلاً که جنان در اتاقش است ولی مفتی خیلی عجله داره شما چکار کردین؟" اسد گفت که نقشه فرار را طرح ریزی کرده اند فقط باید روز بمباران را تعیین کنند البته بعد از دیدن صدیقه ، چون هنوز به خیلی چیزها احتیاج دارد و ابو حمزه باید با عطار قرار بگذارد. دکتر طلحه مطمئن بود که عطار همکاری میکند چون دیشب او یک زخمی را به درمانگاه اورد بود ، در همین موقع عطار وارد شد سلامی کرد و اهسته بدکتر طلحه گفت که زخمی دیشب خیلی درد دارد ! دکتر طلحه هم به او چند قرص مسکن قوی داد که برایش ببرد و اسد باو گفت :

" آیا به اتاق متوفیات میروی ؟ ابو حمزه با تو کار دارد"

عطار وقتی اسم ابو حمزه را شنید خیلی خوشحال شد چون باو وعده پول هم داده بودند ! به اسد گفت که تا یکساعت دیگر در انجا خواهد بود و به انتظار ابو حمزه خواهد ماند . دکتر طلحه خیلی دل تنگ جنان شده بود اما چاره ای نداشت و باید این دوری را بپذیرد تا زمانیکه همه چیز روبراه شود!

***

قلب صدیقه در سینه اش چنان می تپید که حس میکرد الان روحش از بدنش پرواز خواهد کرد . او زودتر از اسد به زیر پله ها آمده بود با اینکه خیلی می ترسید ،ولی هیجان زیادی داشت ، انگار هزار سال بود که اسد را ندیده بود ! اگر اسد برود او چه کند ؟ آیا موفق میشود که همراه جنان فرار کند؟ به کجا فرار کند !حالا میدانست که دکتر طلحه عاشق جنان است ، این را از رفتار او فهمیده بود و خیلی برای جنان خوشحال بود که اگر بسلامتی ازین برزخ فرار کند به بهشتی خواهد رفت که هر دختری آرزویش را دارد ! ای کاش او هم می توانست که به این عشق یک شبه اطمینان داشته باشد ! کاش او هم می فهمید که اسد فقط بخاطر فرار باو نزدیک شده و یا احساسی هم به او دارد! این انتظار چقدر کشنده بود .صدای طپش قلبش را می شنید وای اگر کسی از آنجا بگذرد آیا صدای تپیدن قلب او را خواهد شنید ؟ ناگهان صدای پائی شنید که از روی پله ها می آمد یعنی اسد دارد می آید ؟ نکند کس دیگری باشد ! پس از چند لحظه اسد را در تاریکی شناخت

آنقدر خوشحال شده بود که میخواست خودش را در آغوش او بیاندازد ولی خجالت می کشید . اسد به آرامی باو سلام کرد ، صدیقه روبنده اش را بالا زده بود می ترسید اسد دوباره مقنعه اش را بردارد . اسد لبخندی بر لب داشت که او را جذاب تر میکرد و طپش قلب صدیقه را تند تر! اسد کاغذی از جیبش در آورد و خواست فندکش را روشن کند که صدیقه ناگهان دست او را گرفت و گفت :

" اینجا نه میترسم کسی به روشنائی شک کند کمی پائین تر یک اتاق است که برای بازجوئی استفاده میکنن الان آنجا کسی نیست !"

و اسد را بسوی اتاقی کشید و آهسته درش را گشود . پشت در اتاق بزرگی بود که یک میز و دو تا صندلی هم داشت . اسد خیلی خوشحال شد و نقشه را روی میز گذاشت و فندکش را روشن کرد . صدیقه نگاهی به کاغذ کرد و گفت :

" من که گفتم ازین چیزها سر در نمی آورم !"

اسد لبخندی زد و گفت " صبر داشته باش یادت میدم "

بعد نقشه را برایش توضیح داد و از درمانگاه شروع کرد و به راهرو رسید و اتاق ها را یکی یکی نشان داد تا به اتاق امیر رسید ، آن وقت از صدیقه پرسید:

"خوب حالا تو بگو.. پشت پرده سیاه که قسمت زنان است چند اتاق وجود دارد؟ طبقه بالا چه خبر است ! اتاق زنها کجاست؟ اتاق بچه ها کجای این طبقه است .؟"

صدیقه که کم کم میفهمید که نقشه چطور است ،اتاق زنهای معمولی مثل ام قادر و کسانیکه وارد این عمارت میشوند را نشان داد و هم چنین اتاق زنان فرمانده که همه در یک قسمت دیگر بود و اتاق های مفتی و امیر که در واقع حرمسرای آنها بود که در طبقات بالائی جای داشتند ، و در قسمت پائین هم چند تا اتاق را نشان داد که اتاق پسر های نوجوان بودند که اسد بیشتر روزها آنها را در محوطه در حال تمرین تیر اندازی دیده بود . اسد تند تند روی نقشه هر چه که صدیقه میگفت می نوشت و با علامت خاصی مشخص میکرد . شاید حدود پنچاه پسر بچه در این اتاق ها که نزدیک اتاق مردهای امیر بودند زندگی میکردند ، اسد

نمی دانست چگونه آنها را از بمباران نجات دهد! چون وقتی اتاق امیر ها را میزدند مطمئناً اتاق بچه ها هم مورد حمله قرار میگرفت و اگر در روز بمباران میگردند خیلی ها در عمارت نبودند و شاید فرار آنها را هم غیر ممکن میکرد، باید شب بمباران می شد که هر کسی در استراحت گاه خودش باشد . اسد قصد داشت که اتاقهای مردان و زنان امیر را هم مورد هدف قراردهند ولی از کشته شدن بچه های معصوم می ترسید و از صدیقه پرسید :

" فاصله اتاق بچه ها و اتاق امیر ها چقدر است ؟" صدیقه گفت :

"در دو طرف راهرو است ، زیاد از هم دور نیست ! برای چی میپرسی؟" اسد هنوز هم میترسید که باو بگوید قصد بمباران دارند ! نکند که صدیقه آنها را لو دهد ! ناگهان صدای حرف از توی راهرو آمد صدیقه داشت نصفه جان می شد اگر او واسد را در این اتاق بیابند هر دو را سنگ سار خواهند کرد ! اسد فندک را خاموش کرد و دست صدیقه را گرفته وبه پشت دیوار شکسته و نیمه خرابی که داخل اتاق بود کشید ، هر دو ترسیده بودند صدای قلب صدیقه را اسد می شنید اورا بخودش چسبانده بود و آرام اش میکرد . صدیقه یکبار دیگر خودش را در آغوش اسد یافت ! خدایا این چه سرنوشتی است که او دارد ! اگر چند لحظه دیگر در آغوش اسد بماند بدون شک خواهد مرد . با خودش میگفت خدایا بگذار یک بار دیگر نفس بکشم اگر او همچنان مرا بخود بفشارد روح از بدنم خارج میشود !چگونه میتوانم گرمای نفسهای اسد را تحمل کنم ! خوشبختانه صدا کم کم ضعیف شد و به تدریج دوباره سکوت حکم فرما شد . اسد نفس عمیقی کشید و آهسته صدیقه را از خودش جدا کرد ، صدیقه هنوز هم نمیتوانست نفس بکشد خدایا چرا او را چنین امتحان میکنی ؟ اسد آهسته او را دوباره به کنار میز آورد و از او پرسید:

" صدیقه این همه پسر نوجوان را از کجا به اینجا آورده اند ؟ صدیقه نفس عمیقی کشید و دوباره خودش را یافت وبا آرامش جواب داد :

" بعضی ها با مادرها یشان آمده اند از بی کسی و بدبختی ! تعدادی هم را هم وقتی پدرشون رو کشتند به اسارت گرفتن تا برای آینده تربیت کنند! من و برادرم هم یکی از همین بچه ها ی قربانی بودیم! که بدام افتادیم "

اسد ناگهان پرسید:

" تو برادر هم اینجا داری ؟" صدیقه آهی کشید و گفت :

" داشتم ولی او هم مثل جونیر برای یک ماموریت انتحاری رفت و کشته شد!"

اسد خیلی دلش برای او سوخت بیچاره دختر بی نوا توی این دنیا کسی را ندارد ! چقدر زندگی این دختر های اسیر داعش به هم شبیه است روزی که از اینجا برود او را هم با خود می برد !بعد پرسید که دوست دارد زندگیش را برای او بگوید ؟ صدیقه روی صندلی نشست و گفت:

" من و برادرم توی افغانستان با پدرم زندگی میکردیم ، مادر ما وقتی که بچه بودیم در یک بمباران به محل عروسی دائیم کشته شد ، عروسی دائیم بود ما خیلی خوشحال بودیم مردها می رقصیدن ، ما بچه ها فشفشه بازی میکردیم که ناگهان هواپیما ها را روی سرمان دیدیم فرار کردیم هر کدام بگوشه ای پناه بردیم ،اما خیلی ها کشته شدند ، مادرم و عروس و داماد هم جزء آنها بودند، بعد از مردن مادرم ما خیلی تنها شدیم ، پدرم مرد خوبی بود کشاورزی میکرد برادرم جلاالدین هم به او کمک میکرد توی یه اتاق کوچک زندگی میکردیم که یه روز پدرم رفت روی مین و کشته شد . خیلی برای ما سخت بود ، دیگه کسی رو توی این دنیا نداشتیم ، برادرم چهارده سالش بود به تنهائی نمیتوانست کار کنه ، تازه مزرعه مال ما که نبود ما فقط روش کار میکردیم . صاحبش آمد و ما را بیرون کرد و کارگرجدید آنجا گذاشت ، ما هم براه افتادیم برادرم میگفت بریم کابل آنجا کار زیاد است شاید کار پیدا کنم ، در بین راه به طالبان برخورد کردیم وقتی قصه ما را شنیدند گفتند از ما نگهداری میکنند و ما را به توی غارها بردند جائیکه بن لادن و گروهش زندگی میکردند ، آنجا با جنان و جونیر آشنا شدیم ،آنها از عربستان امده بودند ، بزودی ما هم عربی یاد گرفتیم و با بقیه به عربی حرف می زدیم که شاید اکنون دیگر حتی نتوانم به دری صحبت کنم ! بعد از حمله امریکا به افغانستان به پاکستان رفتیم و پس از کشته شدن بن لادن به سوریه آمدیم .سه سال پیش برادرم برای یک ماموریت انتحاری رفت به دمشق ، مقابل زینبیه ، کشته شد من تک و تنها ماندم اگر جنان و مادرش اینجا نبودند شاید طاقت نمی آوردم . اما حالا نمیدانم بدون آنها چه کنم ؟ اسد بفکر فرو رفت اگر جوانی که در زینبیه بدست او

دستگیر شده و بعداً با آنها همکاری نمود اسمش جلال الدین باشد چی ؟ یعنی ممکن است برادر صدیقه زنده باشد؟ او زمانی که سه نفر را به بیمارستان رساند دو نفر آنها داعشی بودند اما قصه ای که به امیر گفت نصفش دروغ بود آن دو نفر زنده ماندند و به خدمت دولت سوریه در آمدند و اطلاعات بسیار خوبی هم دادند اما بصورت ظاهر عکس های آنها را بعنوان داعشی که اعدام شده اند همه جا توضیح کردند ! یعنی ممکن است که یکی از آنها برادر صدیقه باشد ؟ پرسید صدیقه برادرت دقیقاً در کجا کشته شد ؟ صدیقه جواب داد:

" به من که نگفتن اما با دو نفر دیگر رفته بودند شام که حرم زینبیه را منفجر کنند اما فقط یکی از آنها توانست ماموریتش را انجام دهد برادرم زخمی شد و بعد دستگیر و اعدام شد آنطور که به من گفتند ! و من توی این دنیا تک و تنها شدم "

اسد فکر میکرد یارب عجب یعنی ممکن است دست حادثه خواهر جوانی که هم اکنون در تیم آنها کار میکند سر راه او قرار داده باشد ؟ اما اسم هیچکدام از آنها جلاالدین نبود ! چطور این ممکن است ؟ به صدیقه بگوید یانه ؟بهتر است فعلا یک امید واهی به او ندهد ، دخترک باندازه کافی درد کشیده حالا به این امیدوار نشود که برادرش زنده است باید مطمئن شود که اسم او جلا الدین است آنوقت به صدیقه حقیقت را بگوید . صدیقه رشته افکار او را پاره کرد وپرسید :

" اسد این نقشه ها را برای چی میخوای اگر به من بیشتر توضیح بدی میتونم بیشتر کمک کنم !"

اسد می ترسید اما بالاخره که صدیقه از بمباران با خبر میشد، اگر به کسی میگفت چی ؟ پرسید :

" صدیقه تا چقدر به داعش وفادار هستی ؟" صدیقه کمی فکرکرد و گفت

"به کی وفادار باشم ؟ به کسانیکه بعد از این همه سال جنان را بیرحمانه به زندان انداختند! شلاقش زدند ! مادر پیرش را با ته تفنگ زدند ! حتی نگذاشتن من به دیدنشان برم ! حتی نمیدونستم کجا هستن ؟ به اینهائیکه بچه های معصوم را کفن میپوشانند و توی قبر می خوابانند تا تمرین مردن کنن؟"

ناگهان اسد پرسید :" چه کار میکنن؟ یعنی چی بچه ها تمرین مردن میکنن؟"

صدیقه آهی کشید و گفت :"تو ندیدی ؟ پسرهای بچه سالی که هر روز می بینی در بیرون مشق تیر اندازی میکنند هفته ای یک بار دریک شب همه را به غسال خانه میبرند و ده نفر از آنها را انتخاب میکنند ! میشورند کفن میکنن و بعد روی دست گرفته و به قبرستانی که در محوطه است میبرند ، آنجا به آنها نماز میت میخوانند برایشان دعا میکنند و در گور دسته جمعی میگذارند و از بقیه میخواهند که بر روی آنها خاک بپاشند فقط روی سر و صورتشان خاک نمیریزند تا زنده بمانند و پس از این خاک سپاری آنها را همان جا تا صبح میگذارند و باز میگردند، البته بقیه بچه ها هم تا صبح در کنار آن قبرستان می نشینند که عادت کنن، تا بحال چند تا از آنها از ترس سکته کرده و مرده اند ولی خوب این کار را هر هفته انجام میدن تا ترس آنها از مردن بریزد "

نفس اسد بند آمده بود ! خدایا این ها دیگرچه جنایت کارانی هستند با بچه های معصوم چه کار میکنند چگونه آنها را شکنجه روحی میدهند ! ناگهان فکر کرد که اگر شبی که این کار را انجام میدهند بمباران شود دیگر بچه ها در اتاقشان نخواهند بود وای که این عمل زشت آنها با همه بدیش چه خبر خوبی برای اسد بود ! پرسید:

" صدیقه معمولا چه شبی این کار را انجام میدهند ؟"

صدیقه جواب داد :"اگر کار دیگری پیش نیاید شب جمعه این کار را انجام می دهند و صبح همه آنها را بیرون میارن حمام میکنند و به کسانیکه زنده مانده اند تفنگ جایزه میدن وبعدا به نماز جمعه میبرن ! اما من ازین جریان نفرت دارم چون خودم می دیدم وقتی جونیر و جلال کوچک بودند چقدر از این کار می ترسیدند و شب های جمعه من و جنان تا صبح خوابمان نمیبرد که آیا برادر هایمان زنده باز میگردن یا نه ؟"

اسد فکر میکرد اینها چه حیواناتی هستند ! شاید حیوانات هم به این بی رحمی نباشند. ولی شاید این کار باعث شود که این بچه ها در شب بمباران زنده بمانند ، باید دقیقاً بداند این هفته کی این برنامه را اجرا میکنند که پس از اینکه پسر ها را به بیرون بردند و امیر ها باز گشتند

ترتیب بمباران را بدهد .

***

امروز چهار شنبه بود اسد نقشه دقیقی کشیده و کاملأ آماده کرده بود ، قرار بر این بود که پنچشنبه شب وقتی که بچه ها را برای تمرین مردن به محوطه قبرستان می برند نقشه را اجرا کنند . ابو حمزه نصف پول عطار را داد و چهار تا کیسه سیاه زیب دار که مخصوص حمل اجساد بود عطار در اختیار او گذاشت ، حالا باید ترتیب فرستادن زنها را به اتاق متوفیات بدهند .جنان خیلی نگران بود ، میترسید نکند ناگهان مفتی برای عقد بیاید ! ام قادر مرتب به آنها سر میزد و روزی یکبار جنان را به درمانگاه میبرد که مثلاً پانسمان صورتش را عوض کند ، ولی در حقیقت دکتر طلحه برای دیدن او بی تاب می شد و میخواست که او را ببیند ! اسد در این مدت نقشه ها را کاملأ علامت گذاری کرده بود و باید برای همکارانش میفرستاد ، ولی امکان اسکن(تصویر برقی) از اتاق سایبر وجود نداشت چون همیشه آنجا کسانی بودند ، بیست و چهار ساعته کار میکردند ، دستگاه جاسوسی آنها خیلی وسیع تر از آنچه که دولت سوریه فکر میکرد بود . او فقط توانست با تلفن عکس نقشه ها را برای فرمانده خودشان بفرستد . و هم چنین از آنها خواست تا عکس دو جوان داعشی را که هم اکنون در حال خدمت به دولت بودند را برایش بفرستند میخواست مطمئن شود که برادر صدیقه زنده است . ساعت بمباران را ده شب تعیین کردند ، امشب قرار بود که دوباره صدیقه را ببیند و همه نقشه را برایش توضیح دهد . هنوز به اونگفته بود که قرار است قرارگاه را بمباران کنند، ابو حمزه باو گفته بود که شاید از ترس آنها را لو دهد در واقع تصمیم بر این گرفتند که حتی به امیر هم گزارش این که سایت دولت را هک کرده و امکان بمباران وجود دارد را هم نگوید . قرار براین بود که چند دقیقه قبل از بمباران فرار کنند که وقت بمباران آنها در جاده باشند .امشب دوباره صدیقه به زیر پله ها آمده و منتظر اسد بود ، او تصمیم گرفته بود که با جنان برود اما اگر اسد بازگردد او با این دلی که در سینه اش میلرزید چه کند؟ او بدون اسد حتی نمیتواند نفس بکشد اسد از پله ها پائین آمد و سلامی به صدیقه کرد ، صدیقه دوباره صدای قلبش را می شنید و به خداوند التماس میکرد که خدایا رحمی به من کن تا این دل من آرام بگیرد، او امشب باید تکلیف خودش را با اسد روشن میکرد . اسد ازاو پرسید که

برای فرار آماده است و ناگهان صدیقه پرسید:

" تو خودت چکار میکنی ؟ با آنها میروی و یا باز میگردی ؟" اسد که انتظار چنین سوالی را نداشت با تعجب پرسید:" چرا این سوال را میکنی ؟ صدیقه ناگهان به گریه افتاد و گفت :" اگر تو برگردی منم بر میگردم ! من بدون تو هیچ جا نمیرم"

و زد زیر گریه ،اسد بی اختیار او را این بار از روی عشق و محبت نه ترس در آغوش گرفت و گفت :" صدیقه ! عزیزم من مامورم و معذور نمیتونم بدون اجازه بروم !!؟:

اما صدیقه با چشمان گریان گفت :" اگر تو برگردی منم نمیرم ! من دلم میخواد یا کنار تو باشم یا بمیرم " اسد سرصدیقه را در آغوش گرفت و پیشانی او رابوسید او هم در دلش عشقی نسبت به این دختر احساس میکرد اما باورش نمیشد که صدیقه او را چنین دوست داشته باشد که حاضر است به این جهنم باز گردد ، سرش را نوازش کرد و بوسید و به او اطمینان داد که هرکجا برود او را با خودش خواهد برد و بعد که صدیقه کمی آرام شد گفت :

" صدیقه میخوام یک عکسی به تو نشون بدم ببینم اورو میشناسی ؟" بعد تلفنش را در آورد و عکس دو جوان داعشی را باو نشان داد با دیدن یکی از آنها صدیقه فریاد زد :

" ای خدا این جلالدین برادر منه تو این عکس رو از کجا آوردی ؟" اسد با لبخندی گفت :

" خوب پس بهت مژده بدم که برادرت زندست و پیش ماست و تو را پیش او میبرم .. صدیقه خودش را از شادی در آغوش او انداخت و بصدای بلند گریه کرد خدایا یعنی این ممکن است که برادرش زنده باشد ! چقدر برایش اشک ریخته بود !چرا این مدت به او خبر نداده؟ و اسد برایش توضیح داد که او هرگز نگفته که خواهری دارد ! شاید می ترسیده که در دستگاه جاسوس باشد و برای خواهرش تولید درد سر شود ،مثل جنان و مادرش ! شاید فکر میکرده که صدیقه اینحوری جایش امن تر است ! و شاید هم اگر داعش بو می برد که او زنده است صدیقه را میکشتند !اسد سعی میکرد او را آرام کند . دوباره به همان اتاق رفتند

چون ملاقاتشان داشت طولانی میشد و اسد می ترسید کسی سر برسد . قرار بر این شد که فردا غروب زنها را بصورت جنازه به اتاق متوفیات ببرند اما صدیقه می ترسید که اگر ناگهان مفتی به اتاق آنها برود چه اتفاقی خواهد افتاد !؟ این کار خیلی خطرناک بود چون غیبت چند ساعته جنان و مادرش را نمی شد پنهان کرد ! اسد فکر میکرد که او درست میگوید ! اگر در این فاصله مفتی به اتاق جنان برود و آنها را نبیند چه خواهد شد ! قرار شد با ابو حمزه دوباره حرف بزند و به صدیقه بوسیله دکتر طلحه خبر بدهد . صدیقه از شادی در پوستش نمی گنجید ؛ یعنی جلاالدین زنده است !! خدایا یعنی امکان دارد دوباره او را در آغوش بگیرد !! یعنی میتواند این خبر را از جنان پنهان کند!! در چشمهایش برقی میزد که اسد تا بحال ندیده بود نمی دانست این برق عشق به اسد است و یا عشق برادری که برایش سه سال پیش مرده بود ! یکی یکی از پله ها بالا امده و از هم جدا شدند اسد به خوابگاه رفت . و صدیقه به اتاق جنان برای نگهبانی ، جنان و مادرش خواب بودند و او کنار در روی صندلی نشست و به افکار دور درازش فکر کرد که فردا چه خواهد شد! اگر گیر بیافتند همه را اعدام خواهند کرد ! آیا ارزش این را دارد ؟ آری دارد !! نجات از این جهنم به اعدام هم می ارزد! اگر همه نجات یایند چقدر خوب میشود ! برادرش را خواهد یافت ! فکر میکرد که این خبر را به جنان بدهد یا نه ؟ جنان حتماً خوشحال خواهد شد ! اما او هم در دلش آرزو خواهد کرد که اگر جونیر زنده بود چه خوب میشد ! با این فکر ها به خواب رفت .

***

امروز روز قیامت بود همه با نگرانی بیدار شدند ! قرار بود که محشری بر پا شود و همه فرار کنند ! چند نفر از آنهائیکه الان زنده هستند فردا نخواهند بود! ای کاش فرمانده ها کشته شوند و بقیه آزاد، شاید وقت بمباران عده زیادی بتوانند فرار کنند چون شلوغ خواهد شد . اسد به اتاق سایبر رفت خیلی وحشت داشت اما باید ویروسی را وارد سیستم میکرد که آنها نتوانند برای مدتی به سیتم دولت سوریه وصل شوند ! فقط یک نفر در آنجا بود .. که داشت روی برنامه بازی های پلی استیشن کار میکرد. اسد ایمیلی را برای او فرستاد ! از جائیکه معمولا ایمیل های فرار جوانان میرسید . مرد جوان ایمیل را باز کرد و ناگهان

فریاد زد ویروس ..ویروس برایمان فرستادند !! اسد بسویش رفت و سعی کرد کامپیوتر او را امتحان کند با هم خیلی کار کردند اما سیستم ازکار افتاده بود و مرتب واکنشی نشان میداد که همه چیز از هم پاشیده ! جوان به امیر خبر داد چندین نفر شروع کردند روی کامپیوتر ها کار کردن ، قریب میگفت مارا هک کردن و وارد سیستم ما شده اند در خواست انتی ویروس کرد !! سرهمه به این موضوع گرم شده و تقریباً برنامه های هر روزه بهم خورده بود . اسد فکر میکرد کاش دیر تر این کار را انجام میداد نکند تا موقع بمباران سیستم به راه بیافتاد . دست بر قضا در آن بعد از ظهر عده ای که به گشت شهری رفته بودند با یک تیر اندازی مسلحانه روبرو شده و ناگهان جنگی درگرفته و تعداد زیادی از داعشی ها تیر خورده بودند و زخمی ها را با عجله به درمانگاه می رساندند، ! حدودا هنگام نماز عصر بود. دکتر طلحه خیلی ترسیده بود با بودن این همه زخمی او چگونه زنها را فراری دهد ! اسد هم در اتاق سایبر با خالد و قریب مشغول راه اندازی سیستم بودند . مفتی که برای بازدید از وضع زخمی ها به درمانگاه رفته بود از دکتر طلحه در مورد حال جنان پرسید و دکتر گفت هنوز هم صورتش زخم است و جراحاتش خوب نشده . مفتی وقتی از درمانگاه بیرون آمد بدر اتاق جنان رفت و در زد ! صدیقه در را گشود و از دیدن مفتی خیلی ترسید بصدای بلند که جنان و مادرش بشنوند به مفتی سلام کرد ، آنها روبنده های خود را انداخته و بسوی در آمدند ! قلب جنان در سینه اش می تپید نکند مفتی برای عقد آمده باشد با صدای آرامی سلام کرد ، مفتی داخل اتاق شد و روی یک صندلی نشست و از حال آنها جویا شد و پرسید که کسی مزاحم آنها شده یا نه !! ؟منظورش از زنان خودش بود ! ام جنان با روی گرم با او رو برو شد وبا لحن خوبی با او حرف زد و گفت :

" خدا را شکر که زیر سایه شما هستیم و همه چیز برای ما محیا میباشد کسی که تحت سرپرستی و حمایت شما باشد چه کسی جرات دارد او را بیآزارد!!"؟

مفتی از این خوش آمد گویی خوشحال شد و از جنان پرسید :"بحول قوه الهی کی میتوان برنامه عقد را برگزار کرد !!؟"

انگار برای عروسی خیلی بیتاب بود ! جنان سرش را پائین انداخت و چیزی نگفت ته دلش به او میخندید که دیدار به قیامت انشالله ! اما

مادرش جواب داد :" یا حضرت مفتی اجازه بده زخم های صورتش کاملاً خوب شود آنوقت انشالله زیر سایه شما و حضرت امیر عقد کنید ! جنان دوست ندارد شما صورت زخمی او را ببینید!"

مفتی از اینکه دل جنان با او نرم شده و دلش میخواهد عروس خوشگل مفتی شود خیلی خوشحال شد و بعد از دادن چند دستور و سفارشات زیاد به صدیقه اتاق را ترک کرد .

***

در درمانگاه دکتر طلحه با نگرانی به زخمی های جدید میرسید او نگران امشب بود اگر این همه زخمی در درمانگاه باشند او چگونه میتواند زنها را فراری دهد ؟ باید فکر دیگری بکنند ! ام قادر و ابو مسعود هم باو کمک میکردند ، دکتر طلحه آهسته جریان را با ابو مسعود در میان گذاشت و گفت باید نقشه دیگری برای بردن زنها به اتاق متوفیات به کشند ! ابو مسعود درمانگاه را ترک کرده و بسوی خوابگاه رفت ولی کسی را در آنجا نیافت ! او هیچوقت به اتاق سایبر نرفته بود ولی حدوداً میدانست کجاست ، شاید ابو حمزه آنجا همراه بهشاد و اسد باشد ! به نزدیکهای آنجا رسید که دید امیر عصبانی همراه اسد بسوی اتاق سایبر میرود خودش را جمع و جور کرد و کنار دیوار ایستاد ، با بودن امیر در آنجا هیچ کاری نمیتوانست بکند ! خدایا چکار کند ؟ او باید با اسد و یا ابوحمزه حرف میزد ! ناگهان بهشاد را دید که با عجله از اتاق سایبر بیرون آمد . ابو مسعود خیلی خوشحال شد و پیام دکتر را به او داد و ازو پرسید ابوحمزه کجاست ؟بهشاد جواب داد نمیدانم اوضاع بهم ریخته خدا کند که بتوانیم برنامه را اجرا کنیم ! بعد آهسته گفت :

" اسد خیلی زود دست بکار شد باید تا شب صبر میکرد !"

ابو مسعود پرسید :" مگر چکار کرده ؟" و بهشاد توضیح داد که تمام سیستم کامپیوتر را بهم ریخته که آنها را سرگرم کند ولی اوضاع خیلی پیچیده تر از انچه او فکر میکرد شده است،بعد گفت شاید ابوحمزه به اتاق متوفیات رفته باشد !"

ابو مسعود گفت :" من باید به درمانگاه بازگردم تو برو و او را پیدا

کن چون با اسد که نمی شه حرف زد او کنار امیر ه"

بهشاد به بیرون محوطه رفت اوضاع بیرون هم زیاد خوب نبود و مرتب زخمی می آوردند از قرار معلوم درگیری خیلی بزرگی رخ داده بود و تعداد زخمی ها زیاد بودند ،حالا چه می شد ؟ اگر نتوانند امشب برنامه رااجرا کنند چه خواهد شد ؟ امکان دارد همه در بمباران کشته شوند ! بسوی اتاق متوفیات رفت و در بین راه ابو حمزه و ابو حیدر را دید که آنها هم دارند بطرف همان سو میروند ! با عجله خودش را به آنها رساند و پیام دکتر را به او داد ! ابو حمزه هم خیلی نگران بنظر میرسید، اوضاع خیلی بهم ریخته بود . امکان فرستادن زنها از درمانگاه امکان نداشت ! باید فکر دیگری میکردند . خوشبختانه عطار آنجا بود به دلیل درگیری امروز کشته شدکان زیادي را به آنجا برده بودند ! چند امیر هم آنجا بودند ! ابو حمزه وقتی شلوغی اتاق را دید بیرون ایستاد تا کمی خلوت شود . امیر ها میخواستند که ترتیب یک قبر دسته جمعی را برای کشته شدگان بدهند و منتظر دستور امیر بودند ولی از در گیری امیر در اتاق سایبر خبر نداشتند ! امیر فیصل که بهشاد را میشناخت ناگهان ازو پرسید که اینجا چکار میکند او الان باید در سر کار باشد ؟ ابو حمزه برای بهشاد ترجمه کرد که او چه میگویند و بهشاد جواب داد که بخاطر ویروسی که وارد سیستم شده هیچکس نمیتواند فعلا با کامپیوتر کار کند و امیر هم آنجاست و دارند روی سیستم کار میکنند ! امیر فیصل با گفتن جمله لا الله الله امروز دیگر چه روزی است با عجله بسوی اتاق سایبر رفت و بقیه هم او را دنبال کردند و موقعیت خوبی برای حرف زدن با عطار پیش آمد! ابو حمزه باواشاره کرد که بیرون بیاید و بطور خلاصه باو گفت که نمی توانند زنها را بصورت مرده از درمانگاه خارج کنند! عطار لبخندی زد و گفت :

"سیدی این که مشکلی نیست ! پله های نزدیگ درمانگاه به یک راهروی زیر زمینی میرسد که یک راهروی طولانی است و یک خروجی دارد الان با هم برویم آنجا تا نشونتان بدم ! شب زنها را از همان راه بیارید بیرون و من با ماشین از انجا میبرمشون لازم نیست که توی کیسه باشن همه رو عقب ماشینم میخوابانم و میبرم !"

ابو حمزه خیلی خوشحال شد ! حالا یک نقشه دیگری هم داشتند باید

به دکتر و اسد خبر میداد ! با عطار ساعت هشت شب قرار گذاشت که دم در خروجی راهرو زیر زمینی منتظر زنها باشند و از او خدا حافظی کرده و بسوی عمارت براه افتادند ! هر طور شده باید تغییر برنامه را به صدیقه خبر میدادند اما چطور؟ به درمانگاه رفتند چون دیدن اسد الان امکان نداشت ! وقتی به درمانگاه رسیدند دیدند آنجا انقدر شلوغ است که امکان حرف زدن با دکتر وجود ندارد ! ابو مسعود بسوی آنها آمد بهشاد سردرد را بهانه کرد و گفت که دوای مسکن میخواهد ، بعد آهسته داستان تغییر نقشه فرار را باو گفت و قرار شد او به ام قادر بگوید تا زنها را خبر کند ! و بعد بسوی اتاق سایبر رفتند . امیر آنجا بود با تمام کوشش هنوز نتوانسته بودند که راهی برای درست کردن سیستم پیدا کنند . قریب پیشنهاد کرد که کسی بشهر برود شاید از مغازه ها انتی ویروس پیدا کند ! اما کی ؟ اسد پیشنهاد داد که خود قریب برود چون فقط خود او میداند که چه میخواهد واز کجا باید پیدا کند! قصد او دور کردن قریب از اتاق سایبر بود ! در این صورت قریب همراه چند نفر به شهر رفتند هر چند که شهر هم امروز خطرناک بود و درگیری بزرگی در نزدیگی بیمارستان بین داعشی ها و عده ای از مقاومت ملی رخ داده بود و تعداد زیادی از مغازه ها بسته بودند. امیر هم به اتاق خودش رفت و اسد توانست بدیدن ابو حمزه بشتابد . او هرگز فکر نمیکرد که بهم ریختن سیستم حادثه به این بزرگی ببار بیاورد ! و هم چنین نزاع بین داعشی ها و مقاومت ملی هم در چنین روزی قوز بالاقوز دیگری بشود . وقتی اسد جریان درمانگاه را شنید گفت :" لاالله الله چه روز بدی ! حالا چکار کنیم ؟" اما ابو حمزه برایش گفت که قرار شده در جلوی خروجی زیر زمین هم دیگر را ببینند ! اسد خیلی خوشحال شد درست است مگر نه اینکه آنشب عطار یک زخمی را از همان راه آورده بود ! در اینصورت این حتی از بردن زنها بصورت مرده هم آسان تر است ! ساعت نزدیک شش بود آنها هنوز نهار هم نخورده بودند ! با عجله غذائی خورده و به درمانگاه رفتند ! ام قادر برای سر زدن به جنان به اتاق او رفت و جریان را برایشان گفت ! جنان و صدیقه هر دو آن راه را بلد بودند و حتی احتیاج نداشتند که کسی همراه آنها باشد !اسد تصمیم گرفت که ساعت بمباران را جلو بیاندازد چون اگر قریب باز میگشت و انتی ویروس را وصل میکرد مطمئناً میتوانست بفهمد که امشب حمله هوائی صورت خواهد گرفت ! زنها پس از خوردن شام لباس پوشیده و بورغه هایشان را بسته و آماده حرکت شدند ابتدا صدیقه از اتاق بیرون رفت و چند دقیقه ای توی راهرو ایستاد که ببیند کسی آنجا هست یانه

بعد آهسته به در ضربه ای زد ، صبر کرد و دوباره دو ضربه دیگر زد، این رمزی بود بین آنها تا کسانیکه درون اتاق بودند بفهمند که کسی در راهرو نیست ! ابتدا ام جنان بیرون آمد و با عجله بسوی پله ها دوید و از پله ها پائین رفت . صدیقه صبر کرد و دوباره همان کار را تکرار نمود اینبار صالحه بیرون آمد و بطرف پله ها رفت و آخر از همه ام قادر و جنان بیرون آمده و از پله ها سرازیر شدند و آخر از همه خود صدیقه به پائین رفت . حالا در پائین پله ها باید بطرف خروجی میرفتند ! تازه اینجا خطر شروع می شد اگر کسی آنها را ببیند چه خواهد شد ! چسبیده به دیوار راه میرفتند که در تاریکی دیده نشوند چون عبای سیاه بر تن داشتندئ امکان دیده شدنشان در آن تاریکی خیلی کم بود .تمام ترس جنان و صدیقه این بود که اگر کسی از روبرو بیاید چه خواهد شد ! صدیقه تفنگش را محکم بدست گرفته بود که اگر کسی را دید بی تامل شلیک کند ! اما اگر صدای تیر اندازی به بالا میرفت چی ؟ حدود سیصد متری رفتند تا به در خروجی رسیدند ! صدیقه آهسته در را گشود و نگاهی به بیرون کرد ، کسی دیده نمی شد ، بیرون رفت در گوشه ای مینی بوس سفید متوفیات را دید با عجله بقیه را صدا کرد و همه با آرامش بسوی ماشین رفتند عطار و یک نفر دیگر توی ماشین نشسته بودند با عجله در عقب را گشودند و زنها سوار شده انگار که دوباره به دنیا آمده بودند نفس های عمیق می کشیدند کسی که کنار عطار نشسته بود پیاده شد تا برود و به ابوحمزه خبر دهد که عطار زنها را سوار کرده و دارد می رود ! او شریک عطار بود و بودنش در عمارت توجه کسی را جلب نمیکرد قرار بود او با مردها فرار کند، عطار با سرعت از بیراهه به بیرون از محوطه رفت . کسی به ماشین او شک نمیکرد چون هر روز به قرارگاه می آمد، دوستش حجت با عجله خودش را به درمانگاه رساند و به دکتر طلحه گفت که اجساد را عطار برد دیگر برای امشب کسی را نمیبریم ! این رمزی بود بین آنها به این معنی بود که زنها رفتند ، دکتر طلحه خیلی خوشحال شد و از درمانگاه بیرون آمد ، همه دم درمانگاه ایستاده و منتظرخبر بودند ! دکتر طلحه با خوشحالی گفت که گوسفند ها به سلامت رفتند ! اسد کجاست ؟اسد هنوز با امیر بود و در حال ور رفتن با سیستم که قریب باز گشت ! برگشتن قریب خیلی خطرناک بود اگر میتوانست سیستم را راه بیندازد امکان اینکه از حمله هوائی خبر شوند وجود داشت . اسد با عجله از اتاق سایبر بیرون رفت و بسوی درمانگاه رهسپار شد .

***

آنروز عصر مفتی که از دیدار امروز با جنان بسیار خوشحال بود تصمیم گرفت که هدیه ای برای او بفرستد و از آشپزخانه خواست تا باقلوای پنیری درست کنند و بعد از یکی از زنهای امیر که به او اطمینان بیشتری داشت خواست تا باقلوا را برای صدیقه ببرد ! در واقع اینطور شایعه یافته بود که به صدیقه اتاق داده اند و دیگر کار نمیکند و این زن امیر که دل خوشی از صدیقه نداشت و از اینکه صدیقه صاحب اتاقی شده اصلاً خوشحال نبود ! با خودش میگفت صدیقه چه خدمتی به مفتی کرده که باو اتاق اختصاصی داده اند و حالا مفتی برایش شیرینی هم میفرستتد ! بدر اتاق رسید و در زد ولی کسی در را باز نکرد! دوباره در زد ولی صدائی نشنید! خواست در را بازکند اما در قفل بود ! تعجب کرد پس صدیقه کجا رفته خواست شیرینی ها را به اتاق خودشان ببرد و بین دوستان تقسیم کند ، اما بعد ترسید که اگر مفتی بفهمد او را از عصبانیت بکشد و یا بشدت مجازات کند بنا براین به پیش مفتی باز گشت و گفت :

" حضرت مفتی کسی در آن اتاق نبود !" مفتی ناگهان از جا پرید که چه اتفاقی افتاده با عجله بسوی اتاق جنان براه افتاد وقتی به آنجا رسید شروع کرد با مشت و لگد به در کوبیدن ،صدایش به درمانگاه رسید و دکتر طلحه از در درمانگاه بیرون آمد که ببیند چه خبر شده و دید که مفتی دارد با عصبانیت بدر میکوبد ! و فریاد میزند که چرا کسی در اتاق نیست ، دکتر با عجله بدون اینکه مفتی متوجه شود به درمانگاه بازگشت و به ابو مسعود اشاره کرد که به بیرون بیاید و بعد جریان را به او گفت که برود و همه را خبر کند ، خودش هم با عجله به مریضها سرکشی کرد که بتواند زودتر برود چون احساس میکرد که اوضاع بشدت متشنج شده و امکانش هست که آنها نتوانند به موقع فرار کنند!. مفتی وارد درمانگاه شد که ببیند جنان آنجاست یا نه ولی دید فقط زخمیها هستند چیزی نگفت و با سرعت بیرون رفت .دکتر طلحه هم با عجله بسوی بیرون دوید همه آنجا جمع بودند گفت :" یالله فرار کنیم مفتی فهمیده که زنها نیستند !"

همه با عجله بسوی وانتی که اسد از قبل گوشه ای پارک کرده بود دویدند و سوار شدند ، اسد از دور پیدا شد و با علامت آنها بسوی وانت

بار رفت ، با عجله بالا پرید ودرست گند لحظه قبل از شروع بمباران از دروازه محوطه خارج شد ، که ناگهان فریاد مفتی در همه جا پیچید که جنان فرارکرده همه جا را بگردید .. همه شروع به دویدن کردند کسی فکر نمیکرد که از محوطه و عمارت خارج شده باشند ! اتاق به اتاق را میکشتند و زنها را از اتاق بیرون می کشیدند ، مفتی فکر میکرد که آنها در اتاقی پنهان شده اند که ناگهان قریب که انتی ویروس را وصل کرده بود و یکی یکی برنامه ها را بر میگردانید فریاد زد :

" امیر را خبر کنید اسد نفوذی است یالله او را دستگیر کنید "

عده ای بدنبال جنان می گشتند و عده ای هم رفته تا به امیر بگویند که اسد نفوذی میباشد . سعید که همیشه منتظر بود راه فراری بیابد و دیده بود که اسد با وانت رفت ناگهان شنید که یکی فریاد میزند ، اسد را پیدا کنید! اسد بهمه خیانت کرده ! فهمید که آنها فرار کرده اند باید خودش را به آنها می رساند.بسوی محوطه بیرون دوید ، آنجا یک موتور سیکلت را یافت که گاهگاهی امیران از آن استفاده میکردند ، روی موتورسیکلت پرید وبسرعت بطرف دروازه راند . از دور ماشینی که اسد آنرا میراند دیده بود میرفت تا او را خبر کند . وقتی که از دروازه عبور کرد کسی باو مشکوک نشد چون هم سوار موتور امیرها بود و هم لباس داعشی برتن داشت، که ناگهان هواپیما ها بر روی آسمان پیدا شدند و بمب هایشان را بر روی عمارت ریختند ، حالا دیگر کسی بدنبال اسد و یا جنان نمی گشت هرکس بفکر نجات جان خویش بود که به گوشه ای پناه ببرد ! اولین بمب به اتاق مفتی خورد ولی او در اتاقش نبود ، دومی به اتاق امیر افتاد، امیر که داشت میرفت بیرون ببیند چه خبر شده بر روی هوا پرید و با سر توی اتاقش افتاد ؛ بمب ها یکی پس از دیگری به اتاقها میخورد و هر کدام کوهی از آتش ببار می آورد، زنها بدون حجاب از اتاق هایشان فرار کرده و توی راهرو ها می دویدند ! بعضی از اتاق ها را شوهر ها از بیرون قفل کرده بودند که زنان آنها بدون اجازه بیرون نروند ! بیچاره ها در آتش زندانی شده وزنده زنده میسوختند!دیگر کسی بفکر فرار اسد و یا جنان نبود هر کسی میخواست جان خودش را نجات دهد و بمباران همچنان ادامه داشت. با اینکه اسد نقشه را طوری کشیده بود که بچه ها و زنها مورد اصابت بمب قرار نگیرند ولی وقتی که آتش جنگ همه جا را میگیرد ترو خشک با هم میسوزند ! و نمیشود که عده ای را جدا کرد ! مفتی که خیلی پول پرست بود فکر جنان را رها کرده و به اتاقش باز گشت

تا پولهائیکه در این مدت اندوخته بود قبل از اینکه طعمه آتش گردد نجات دهد ! او سه تا زن و چند تا بچه داشت ولی اصلاً بفکر آنها نبود و فقط قصد نجات جان خود و پولهایش را داشت . هنوز بچه های کفن شده را به قبرستان نبرده بودند ، امیر هائی که این کار را انجام میدادند پا بفرار گذاشتند و بچه های بسته شده در کفن فریاد میزدند ، چند تا از پسرها که فرار کرده بودند وقتی صدای داد و بیداد دوستانشان را شنیدند به اتاق بازگشتند تا دست و پای این مردگان زنده ی کفن پوش را باز کنند . قیامتی بر پا شده بود و هرکس بفکر نجات جان خودش بود . . بمباران هنوز هم ادامه داشت . در گوشه ای از جهان که جان انسانها حرمتی ندارد کشتن آنها به آسانی کشتن صفی از مورچه گان است که با پاشیدن یک اسپری سمی هزاران تن از آنها در یک آن کشته میشوند . این بمباران با تمام سعی اسد بیش از آنکه امیر و مفتی و سران را بکشد طبق معمول هر جنگی فقط زنها و بچه های معصوم اسیر دست داعش را کشت.

***

اسد با سرعت میراند می ترسید که مورد تعقیب قرار بگیرد و نتواند اینها را نجات دهد از دور ماشین عطار را دید . عطار در محوطه ای که درختان زیادی داشت زیر چند تا درخت مینی بوس خود را پنهان کرده بود تا مورد توجه قرار نگیرد، باخوشحالی بطرف انها رفت . زنها هنوز در پشت وانت دراز کشیده و میترسیدند که بیرون بیایند . اسد به آنها رسید هنوز از مینی بوسی که قراربود برای کمک آنها برسد خبری نبود شاید آنرا زده باشند . اسد پیاده شد باید زنها را خودش نجات میداد هرچند وانت او کوچک بود و به برای همه جای نداشت .عطار پیشنهاد کرد که وانت را همانجا رها کنند چون ممکن بود شناسائی شوند و همه با ماشین مرده کشی عطار بروند ، ابو حمزه هم این حرف را پسندید چون وانت داعش نه تنها ممکن بود مورد شناسائی قرار گیرد ، چون شهر شلوغ شده بود ومردم هم که دل خوشی از داعش ندارند ممکن بود به آنها حمله کنند و این بهترین گزینه بود ، همه پیاده شدند و سوارمینی بوس سفید شدند که ناگهان دیدند موتور سواری دارد بسوی آنها می آید ، اسد تفنگش را مستقیم بسوی او گرفت که اگر بطرف آنها شلیک کرد جواب بدهدکه از دورسعید را شناخت . به عطار گفت بایستد تا سعید به آنها برسد، وقتی سعید به آنها رسید داشت از حال میرفت از

پایش خون میریخت در اثر بمباران زخمی شده بود ، او را هم بداخل مینی بوس کشیدند ، سعید از درد ناله میکرد و گفت که بخاطر نجات اسد امده چون قریب فریاد میزده که اسد نفوذی میباشد! ای وای اسد دیگر نمیتوانست باز گردد! پس او هم باید فرار میکرد ، شاید خداوند این راه را جلوی پای او گذاشته بود که دست صدیقه را بگیرد و برود ! اسد تصمیم داشت که آنها را به نزدیک ترین شهر ببرد ولی ابو حمزه گفت جان همه ما در خطر است و تو نمیتوانی ما را پنهان کنی باید به کمپ آوارگان برویم در آنجا امنیت ما بیشتر است ! تا هر کدام راهی شهر و دیار خود شویم . دکتر که موقع فرار نتوانسته بود حتی کیف دستی خودش را بردارد نمیدانست چگونه زخم پای سعید را که خون ریزی شدیدی داشت ببندد ، ام قادر تکه ای از عبای خودش را پاره کرد و به او داد تا زخم او را ببندد که لااقل بیشتر از این خون ریزی نکند ! سعید جان خودش را بخطر انداخته بود تا اسد را خبر کند و شاید خواست خدا بود که او هم فرار کند ! دکتر زخم او را بست لااقل خون ریزی نمیکرد تا به کمپ پناه جویان برسند و در آنجا او را معالجه کنند ! از دور شعله های آتش دیده می شد مطمئناً هنوز داشتند بمباران میکردند ، دل جنان خیلی میسوخت وای که الان آنجا چه قیامتی برپاست ، طفلک بچه هائی که اکنون دارند میسوزند ، صدیقه بفکر بچه هائی بود که در کفن پیچیده شده اند آیا آنها فرصت فرار یافتند ؟ خدایا این جنگ چقدر وحشتناک است و تو چگونه میتوانی این همه ظلم و بی عدالتی را ببینی ! این بچه های معصوم فدای چه میشوند ! فدای جاه طلبی انسانهای دیو سیرتی که میخواهند دنیا را از آن خود کنند ! الان آنجا چه خبر است ! اما دیگر برای این فکر ها خیلی دیر شده بود و آنها راه بازگشتی نداشتند و باید به راه خود ادامه میدادند ! جنان فکر میکرد حالا به کجا خواهند رفت ؟ مطمئن بود که خالد نمیتواند آنها را با خود ببرد ! آیا دکتر طلحه به وعده ای که داده بود وفا خواهد کرد ؟ از جلوی ایست نگهبانی داعش گذشتند ولی کسی آنجا نبود شاید خبر بمباران به همه جا رسیده و آنها به کمک بقیه رفته بودند ! مدتی که از شهر گذشتند عطار به اسد گفت که می ترسد تا کمپ پناهندگان برود چون ممکن است شناسائی شود ! او که قرار نبود همراه آنها فرار کند و باید بخانه اش باز میگشت ! حرف درستی میزد باید وسیله دیگری میافتند ! پیداکردن وسیله در این موقع شب کار بسیار دشواری بود !

چون در ایستگاه های بازرسی داعش همه خود رو ها را نگه میداشتند و ممکن بود صدیقه و جنان و دکتر شناسائی شوند ! عطار پیشنهاد کرد که که میتواند آنها را به یکی از خانه های تیمی مقاومت ملی ببرد تا فردا صبح برایشان وسیله ای جور کند ، این پیشنهاد خوبی بود هرچند که خطر ناک هم بود چون ممکن بود که داعشی ها به خانه های تیمی حمله کنند ! اسد تصمیم گرفت که با فرمانده خودش تماس بگیرد و جریان را بگوید ، ولی در گیروداد فرار تافنش را کم کرده بود ! و نمیدانست چه کند؟ابو حمزه گفت او تلفن دارد اگر انتن بدهد و بالاخره پس از طی مسافتی اسد توانست با فرمانده اش تماس بگیرد ،پس از تماس معلوم شد که ماشینی که قراربوده به کمک آنها برود را شناسائی کرده و زده بودند . قرار شد ساعت دوازده شب ماشین دیگری برای نجات انها به ان خانه تیمی فرستاده شود . حدود نیم ساعت بعد به آن خانه تیمی رسیدند ،وقتی وارد خانه تیمی شدند باور نمیکردند که در مقر حکومت داعش هستند ، زنها بی حجاب کنار مردها نشسته بودند ! از جو خانه اصلا نمی شد فهمید که در سوریه هستند ! اسد دوست نداشت که شناسائی شوند ! به عطار گفت در همین حیاط بیرون منتظر خواهند ماند ! چون می ترسید که در بین اینها جاسوس باشد . عطار کمی برایشان خوراکی آورد و نیم ساعت بعد ماشینی که قراربود آنها را به کمپ پناهندگان ببرد از راه رسید ! همه با عجله سوار شدند ! ابو حمزه صد دلار اضافه به عطار داد و با او روبوسی کرد باو گفت که مارا حلال کن ! شاید دیگر هزگز هم را نبینم ! عطار برایشان دست تکان میداد و چشمانش را اشکی پوشانده بود ! اگر بخاطر پدرو مادر پیرش نبود او هم همراه انها میرفت ! شاید یک روز پدرو مادرش را هم بردارد و به کمپ برود ! اما بعد از آن به کجا بروند ؟این آوارگان راه به جائی ندارند ! لااقل اکنون لقمه نانی برای خوردن و سرپناهی برای خوابیدن دارند، ماشین آنها در پیچ جاده کم شد و عطار بخانه خودش رفت. شاید دیگر هرگز اینها را نبیند باخود گفت زندگی این است یک روز دل بستن و روز دیگر دل کندن!

***

خود رو آنها وارد کمپ پناه جویان سوری شد ! شب از نیمه گذشته بود نگهبانان خود رو دولتی را شناختند و اجازه ورود دادند ! ماشین در

وسط محوطه ایستاد و یکی یکی پیاده شدند ! چادر های پاره و چراغ های کم رنگ درونشان فریاد از فقر ملتی میزد که اسیر دست ظالم های روزگار شده اند . صدیقه و جنان که تا بحال بجز قرارگاه های داعش و القاعده جائی را نه دیده بودند برایشان خیلی عجیب بود ! این همه مردم از دست داعش فرار کرده اند ! آنها با کی همکاری میکردند ! با قاتل هائی که مردم را چنین آواره کرده اند ! کی مقصر است ؟دولت سوریه و یا حکومت داعش ؟ کی باعث سرگردانی این همه زن و بچه شده است!! شاید ابر قدرتها که خودشان را حامی نسل بشر میدانند و ولی در حقیقت جیبشان را با پول هائی که از فروش اسلحه بر علیه ازادی همین بشر بدست می اورند پر میکنند. همگی پیاده شدند ! و بداخل چادری که اولین بار به اینجا امده بودند رفتند ! مرد عربی که در آن چادر بود ابو حمزه را شناخت و با خوشحالی با او روبوسی کرد ابو حمزه قبلا باو گفته بود که برای یافتن اقوامش به داخل سوریه میرود و حال آنها را یافته و باز گشته بود . ! زنها سرگردان وسط کمپ ایستاده و نمیدانستند که به کجا بروند، آنها هرگز با مردها داخل یک چادر نشده بودند ! ام قادر جلو افتاد و به آنها گفت دنبال من بیائید ! صدیقه و جنان بهم نگاه میکردند ! حالا تکلیف آنها چیست ؟ به کجا باید بروند ؟ صالحه همراه پدرش به خانه خود میرفت اما اینها کجا باید می رفتند ؟ بدنبال ام قادر براه افتادند که ناگهان با صدای اسد ایستادند

" صدیقه تو کجا میری ؟" صدیقه نگاهی باو کرد و ایستاد ! جنان عوض صدیقه با تعجب جواب داد :

" خوب معلومه با ما میاد!" اسد نگاه عاشقانه ای باو کرد و دستش را بسوی صدیقه دراز کرد و گفت :

" صدیقه قراره با من بیاد ، دستش را هیچ وقت ول نمیکنم ! بعد رویش را به صدیقه کرد و ادامه داد میخوای همسفر زندگی یه سرباز بشی؟" صدیقه از خوشحالی فریاد کوتاهی کشید و بسوی او دویدو خودش را درآغوش اسد افکند! یعنی می شه دنیا چنین با او مهربان شده باشد صدیقه سرش را در آغوش او گذاشته و میگریست و اسد با دست های مردانه اش او را نوازش میکرد ! جنان مات به این صحنه نگاه میکرد این اتفاق کی افتاد که او بیخبر است ! یعنی صدیقه عاشق

اسد شده !او حتی اسد را درست ندیده بود و از این جریان اصلاً خبر نداشت . صدیقه اشک هایش را پاک کرد و بسوی جنان آمد او را درآغوش گرفت و بوسید ، ام جونیر هم از چادر بیرون آمد باورش نمی شد که صدیقه قرار است از آنها جدا شود ولی با خود میگفت ما خودمان نمیدانم که به کجا میرویم ؟ او را کجا ببریم ؟صدیقه دست در گردن او انداخت و میگریست ،لحظه خداحافظی بود !اما این اشکها اشک شادی بود ! صدیقه قرار بود که بخانه بخت برود ! اسد با خوشروئی به جنان گفت :

" خواهر دینی من نگران صدیقه نباش خداوند رحمتش را باو تمام کرده جلالدین هم زنده است ! "

جنان از شادی فریاد کشید ! خدایا شکرت اگر جونیر مرده او هنوز یک برادر زنده دارد ! اما اینها کجا دوباره همدیگر را ببینند ! آیا میشود روزی دوباره دور هم جمع شوند ! اسد که میدانست دکتر طلحه جنان و مادرش را به مصر خواهد برد باو قول داده بود که بزودی برایشان گذرنامه سوری خواهد گرفت تا به مصر بروند ولی فعلاً برای اینکه جایشان امن باشد باید در این کمپ بمانند تا اسد بتواند برنامه های خود را عملی کند ! همه برای خدا حافظی بیرون آمدند اسد به دکتر طلحه گفت به زودی باز میگردد ! با اینکه هر کدام از یک دیار آمده بودند اما این لحظه جدایی برایشان سخت بود ! در این مدت کوتاه مثل یک خانواده با هم اخت شده و به با هم بودن عادت کرده بودند ! چقدر جدائی سخت است ! صالحه و ابو حیدر هم باید با اینها میرفتند چون ماندن آنها در کمپ درست نبود ! خودشان خانه داشتند و مادری در انجا به انتظار صالحه چشم بر در دوخته بود ! مادری که هرگز فکر نمیکرد روزی دوباره دخترش را ببیند ! خداحافظی غم انگیزی بود صدیقه دو سه بار بازگشت و خودش را در آغوش جنان افکند ! اسد به او قول داد که وقتی گذرنامه آنها را بیاورد صدیقه را هم با خود خواهد آورد تا دو باره یکدیگر را ببینند . ماشین اسد براه افتاد ، صدیقه و صالحه به پشت سر نگاه میکردند و برای آنها دست تکان میدادند ، این معجزه را هیچگدام باور نداشتند !سعید هم که اهل سوریه بود اسد با خودش برد که پس از مداوا به آغوش خانواده اش بازگردد. ماشین آنها با گرد و خاک فراوان میرفت و اینها را با چشمان گریان پشت

سربرجای میگذاشت .

***

فردا صبح که بیدار شدند ، جنان و مادرش از چادرشان بیرون آمدند ! جنان آنچه را که میدید باور نمیکرد ! بچه های گرسنه و پا پرهنه در کنار چادر ها میدویدند ! از هر چادری زنی با عبای کهنه و پاره بیرون می آمد ، ناگهان ماشین وانتی از دور پیدا شد و همه با هم زن و مرد کودک و بزرگ سال بسوی آن میدویدند ، دستهایشان یک دیگر را عقب میزد ! دستها در هوا بدنبال لقمه نانی بود که قرار بود به آنها داده شود ! یکی شیشه آب میگرفت ! یکی نان گیرش می آمد ! یکی غذای پخته و دیگری قوطی کنسرو ! خدایا اینجا کدام جهنم بود ! جنان حالا میفهمید که چگونه سالها زیادی را در خدمت شیطان گذرانده است و فکر میکرده که دارد عبادت میکند ، خداوند او را ببخشد ! ببین بر سر مردم چه آورده اند ! اینها هر کدام زندگی داشتند! خانه داشتند ! کدام ظالم اینها را اینگونه سرگردان نموده است !با خود گفت خود ما ! خود من که اینگونه سر سپرده داعش شده بودم ! من هم در مقابل آنها مسئول هستم ! خدا مارا ببخشد ! جونیر حق داشته که پشیمان شود و ماموریت را انجام ندهد ! جنان کنار چادر ایستاده بود و به این محشر کبرا نگاه میکرد ! کدام خدا گفته که این ها منافق هستند و باید کشته شوند ! آنهم بدست کی ؟ بدست امیر حارث و مفتی که خودشان جلاد بودند ! دکتر طلحه هم از چادر بیرون آمد و کنار جنان ایستاد ! او گذرنامه اش را تحویل داعش داده بود و باید اینقدر اینجا بماند تا اسد برای هر سه آنها گذرنامه بیاورد ! اما خوشحال بود که همه چیز بخیر گذشته و توانستند فرار کنند . نزدیک ظهر دوست ابوحمزه که در لبنان زندگی میکرد آمد ! صبح زود رامی باو زنگ زد که به کمپ برگشته اند او باورش نمیشد !!مگر میشود کسی به داعش بپیوندد و سلامت باز گردد ! با عجله آمده بود تا آنها را ببرد ! بهشاد دل جدائی از جنان و مادرش را نداشت ! اما چاره دیگری هم نبود ! او نمیتوانست که اینها را با خودش به امریکا ببرد گرچه آنها را بدست انسان امینی می سپرد !ولی باز هم دل نگران بود . دکتر طلحه قول داده بود که تمام عمرش از آنها نگهداری کند ! حالا نوبت خداحافظی اینها رسیده بود ! مادر جونیر گریه میکرد او در این مدت کوتاه بهشاد را باندازه جونیر دوست داشت

فکر میکرد جونیر او بازگشته و حالا دوباره باید جدا می شدند ! خوب زندگی این است اما با دل خوش از هم جدا می شدند ! ام جونیر چند بار سر بهشاد را بوسید ! عجیب این بود که از روزی که مادر جونیر را یافته بود جونیر دیگر به سروقت بهشاد نیامد انگار خیال او هم راحت شده بود که مادر و خواهرش از جنگ جلادان نجات یافته اند و روحش آرامش یافته بود. رفتنی باید برود و ماندنی باید بماند ! چاره دیگری نبود ! تا آنجا که چشم می دید برای هم دست تکان میدادند و با چشم گریان بهم مینگریستند ! وقتی وارد خاک لبنان شدند ! بهشاد هنوز هم باورش نمی شد که دوباره به لبنان بازگشته و ماموریت چشم هایش به پایان رسید.

فصل سوم

یک سال از فرار ما میگذره ، هنوز هم وقتی چشامو می بیندم آن صحنه هارو خواب می بینم ! بعضی شبها فکر میکنم که وقت بمبارونه و ما نتونستیم فرار کنیم ! نسیم آرا رو می بینم که داد میزنه اما صداشو نمی شنوم .مفتی و امیر را میبینم که دارن سربازها رو دنبال ما میفرستن ! اما وقتی بیدار میشم می فهمم که اینها فقط یه خواب بوده ، یعنی تموم شد!! اون همه وحشت و ترس تموم شد!! و ما فرار کردیم باور نمیکنم که این منم که کنار نسیم آرا توی هواپیما نشستم و داریم میریم قاهره ! آخه یادم رفت براتون بگم که بالاخره هفته پیش من و نسیم آرا عقد کردیم !حالا چطوری به مامان و بابا گفتم که نسیم آرا رو پیدا کردم بماند ! اصلا باور نمیکردند تا بالاخره راضی شدند و اومدن انگلیس و نسیم آرا رو واسه من خواستگاری کردن !. البته هنوز هم از رفتن ما بداخل داعش خبر ندارن وگرنه یه شب سر راحت روی بالش نخواهند گذاشت رامی و خلیل هم برای عروسی ما به لندن آمدن و یکبار دیگه دور هم جمع شدیم و از گذشته وحشتناک باهم خیلی حرف زدیم مخصوصا از شب فرار، البته اسد دل همه ما را قرص کرده که نترسید امیر و مفتی یقین دارند که همه شما در بمباران کشته شده اید و کسی دنبال شما نمیگردد.توی این مدت اتفاقات جالب دیگری هم افتاده جنان با دکتر طلحه عروسی کرده و دو هفته پیش صاحب یه پسر شدن که اسمشو گذاشتن جونیر ، اسد و صدیقه هم ازدواج کردن ! از صالحه و ابو حیدر هم خبر داریم صالحه به دانشگاه برگشته و چند ماه دیگه واسه خودش خانم دکتر می شه ،درسته که از هم دور هستیم اما مرتب با هم حرف میزنیم . میگن بچه ی جنان خیلی شبیه جونیر شده دلم بی تاب دیدن ا

اونه ! آخه مگه نه که من دائیش هستم . از بالا دارم به قاهره نگاه میکنم ! این منم یا جونیر که اینقدر خوشحاله ! نمیدونم !! بی تابم که هواپیما بنشینه و اونا رو دوباره ببینم و باهشون حرف بزنم ، آخه نسیم آرا در این یه ساله به من کمک کرد تا عربی رو یه کمی یاد بگیرم بقدری که بتونم با اونا صحبت کنم .! بعد از عقد ما دکتر طلحه از ما دعوت کرد که برای ماه عسل بیایم پیش آنها منم از خدا میخواستم که دوباره اونا رو ببینم ، وقتی از گمرک در میایم از دور دکتر طلحه رو می بینم خودشه ولی کت و شلوار پوشیده دیگه اون لباس داعشی تنش نیست کنارش یه خانم با حجاب ولی خیلی شیک می بینم وای خدایا این جنانه ! دیگه بورغا و روبنده نداره یه کت و دامن پسته ای خوشرنگ تنشه ویه روسری قشنگ هم سرشه ! کنار اون هم یه زن دیگری هست، حتماً اون یوما ست ! بی اختیار بسویش میدوم آره خودشه داد میزنم یوما یوما .. عزیزی و خودم رو توی اغوشش گم میکنم ! از چشاش اشک شوق میریزه ! منم گریه میکنم دوباره جونیر رو با تمام وجودم حس میکنم انگار اونه که یوما رو بغل کرده ! دستهای جنان را می بوسم . یوما نسیم آرا رو بغل کرده و اشک میریزه میدونم با اینکه از دیدن ما خیلی خوشحاله ولی ارزو میکنه کاش الان عوض من جونیر کنار نسیم آرا بود ، اما با سرنوشت نمی شه جنگید ، جونیر کوچولو رو بغل میکنم بهش نگاه میکنم چشاش عین چشای منه ! چشماشو می بوسم ، دنیا شاید همیشه زیبا نباشه، شاید هنوز جنگ با داعش پایان نگرفته باشه !شاید هنوز در گوشه و کنار جهان هر روز عده ای قربانی تعصب های نژادی و دینی ، رنگ و اقلیم بشن، اما دنیا روی زیبا هم دارد و همیشه باید بفکر آن بود که از بین زشتیها زیبائی را بیابیم . مثل قصه زندگی من که پس از اون همه عذاب و معما بالاخره همه چیز درست شد ، هم نسیم آرا رو یافتم و هم کابوس هایی که توی اغماء میدیدم تموم شد وحالا شاید جونیر هم خوشحاله و از بالای آسمان داره بما نگاه میکنه ولبخند میزنه سرم رو بلند میکنم و به آسمون نگاه میکنم! انگار چهره جونیر رو روی ابرها می بینم !مگه نمیگن که آدمای خوب وقتی بمیرن فرشته میشن حتی بال هاش رو هم می بینم داره لبخند میزنه مطمئنم که دیگه از من راضی ، راضی شده حتماً هم منو بخشیده که عاشق نسیم آرای او شدم ،آخه خودش اونو نشونم داد حتماً دلش نمیخواسته که نسیم ارا یه عمرتنها بمونه ! که عشق اونو توی دل من کاشت . جونیر

کوچولورو بغل میکنم و می بوسمش سرمو توی بغلش پنهون میکنم که
کسی اشکامو نبینه ! انگار همه اون کابوسها تموم شد و من دوباره از
یه اغماء دیگری بیرون اومدم . اغماء یک مسافر خدا.

پایان

۲۲ آپریل ۲۰۱۹ لاگونا هیلز کالیفرنیا